劉鴻澤 장편소설

진시황제 (2)

지성문화사

차례

13

여불위의 최후

영정은 친정(親政)을 시작한 이래 국정의 전반을 총괄하면서도 결코 여불위의 동정을 놓치지 않았다. 비록 여불위가 낙양의 식읍으로 유폐되었다고는 하지만 아직까지 그의 존재에 대해 무심해도 좋을 정도는 아니기 때문이었다. 영정은 등승을 낙양으로 보내 여불위를 감시케 한 후, 그 자신은 두어 달 식음을 전폐하다시피 하며 문서 더미에 묻혀 살았다.

그러던 어느 날 중졸(中卒) 한 명이 원군을 청하는 환흘(桓齕)의 급서(急書)를 들고 대전으로 뛰어들어왔다. 그즈음 환흘은 영정의 명을 받고 위나라의 포양(蒲陽)을 공격하고 있었는데 진군은 위군에 비해 수적으로 상당히 열세인 상황이었다. 급서를 읽은 영정은 즉시 왕전에게 10만의 증원군을 환흘에게 보내도록 명령하였다. 이때 마침 궁궐에 들어와 있던 우승상 왕관이 이 소식을 듣고 급히 달려와 영정에게 주청했다.

「대왕마마, 환흘 장군에게 새로운 작전 지시를 내리시면 그만이옵니다. 증원군을 보내실 필요가 없사옵니다.」

왕관의 뜻밖의 주장에 영정은 아무런 말 없이 그를 바라보았다.

「오기(吳起)의 병법에 이르기를 '평지를 피하고 험지로 적군을 끌어들여야 승리한다'고 하였사옵니다. 따라서 위군의 수가 많고 우리 진군은 적기 때문에 평지에 늘어서서 전투를 벌이기보다는 그들을 험지로 끌어들여 일거에 몰아쳐야 하옵니다. 그러므로 환흘 장군에게는 마땅히 험지에 의거하여 위군을 유인하는 계책이 필요한 것이지 증원군이 필요한 상황은 아니옵니다. 게다가 포양성은 10만 대군을 증파하여 탈취할 만큼 우리에게 중요한 곳이 아니옵니다. 대왕마마, 깊이 생각하시어 결정하소서.」

그러자 곁에 있던 장군 왕전도 왕관의 주청을 거들었다.

「그러하옵니다. 조그만 성을 빼앗는데 대군을 보낼 필요는 없사옵니다. 허락하신다면 소신이 부장 몇 명을 이끌고 포양성을 점령하는 데 힘을 보태겠사옵니다.」

왕전의 말에 영정은 흡족한 미소를 띠며 그의 출사를 허락하였다.

그로부터 얼마 후 영정은 포양성이 함락되었다는 승전보를 받았다. 이런 일이 있고 나서야 비로소 영정은 학문의 중요성을 절감했다. 그 뒤로 영정은 한 달 중 거의 반달 이상을 서고 더미에 파묻혀 선현의 지혜를 습득하기 시작했으며 그렇게 몇 달을 보낸 이후에도 하루에 두 시간 이상은 반드시 독서를 하며 학문을 닦았다. 어느덧 영정의 학문은 나날이 발전하여 조정 일을 처리하는 데 있어 학식 높은 대신들과 경전을 인용하여 토론을 벌일 수 있을 정도로 식견이 풍부해졌다.

그는 지난날 말을 타고 활을 쏘며 사냥을 즐겼듯이 그즈음에는 독서삼매경에 흠뻑 빠져들었다. 처음에 영정은 병가(兵家)와 법가(法家)의 책을 즐겨 읽었는데, 그 중에서 그의 마음을 움직인 책은 〈육도(六韜)〉, 〈손자병법〉, 〈이리법경(李悝法經)〉 등이었다. 병서와 법서를 어느 정도 섭렵한 영정은 그 다음으로 공자와 맹자의 유가, 겸애비공(兼愛非攻;서로 사랑하고 공격하지 말라)을 주장하는 묵자, 노자와 장자의 도가와 철저한 이기주의를 표방한 양주(楊朱)에 이르기까지 독서의 폭을 넓혔다. 〈시경〉이나 〈국어〉, 〈좌전〉과 같은 경전류는 읽은 지 이미 오래된 서적들이었다.

영정은 제자백가의 서적을 거의 탐독하였는데 특히 순황의 학설이 마음을 끌었다. 순황은 일찍이 입국예의(立國禮儀)에 대하여, 하늘의 이치는 인간사에 간여하지 않고 늘 그러하다는 '천도유상(天道有常)'과 형법으로 나라를 다스려야 한다는 '형법치세(刑法治世)'를 주장한 바 있었다. 이렇게 영정이 순황의 학설을 좋아하면 할수록 이사에 대한 신임도 그만큼 깊어졌다. 뒤이어 읽은 한비의 글도 영정을 매료시켰는데, 특히 한비의 치국에 관한 사상은 영정이 태자 적부터 고민하던 문제를 말끔히 해결해 주었다. 이 때문에 영정은 천금을 아끼지 않고 한비의 저작을 구입하였다.

하루는 한비가 쓴 〈심도(心度)〉를 구하여 밤새워 읽던 영정이 그 다음 날 새벽같이 이사를 불러들였다. 영문도 모른 채 급히 영정의 서재에 도착한 이사에게 영정이 부시시한 얼굴로 물었다.

「'성인이 백성을 다스리는 데에는 근본을 본받아 하지 욕심을 따라서는 안 된다. 오로지 백성들에게 유익함이 있어야 할 따름이다.' 이 객경은 이 글을 누가 쓴 것인지 아오?」

영정의 질문에 이사는 순간적으로 사형인 한비를 떠올리며 생각했다.

'임금께서는 늘 한비의 말을 인용하여 치국의 도리를 말씀하신다. 계속 이렇게 나온다면 나는 도대체 어떻게 처신해야 하는가?'

대답을 고대하는 영정의 모습에 이사가 말했다.

「그것은 소신의 사부이신 순황 선생의 글이옵니다.」

「무엇으로 그렇게 단정하오?」

영정이 되물었다.

이사는 잠시 머리를 떨군 채 생각을 하고 난 후 영정에게 대답했다.

「일찍이 사부께서는 소신에게 훈계를 하시면서 명철하신 군주를 도와 나라를 부강하게 하는 데에는 반드시 백성에 대한 사랑을 근본으로 해야 한다고 말씀하셨사옵니다. 그렇다면 애민(愛民)이 무엇인가 아뢰오면, '그 하고자 하는 바를 쫓으면 곧 해가 되고, 나아가는 바를 다스려야 유익하다(縱其欲則害之策其進則利之)'는 뜻이옵니다. 그러므로 형벌로 백성을 바르게 다스려 못된 백성이 되지 않게 하는 것이 바로 현명한 군주

라고 하였사옵니다. 이것이 바로 백성을 사랑하는 애민(愛民)의 근본이
옵니다.」

이사의 설명에 영정이 고개를 끄덕이며 말했다.

「훌륭한 사부 밑에 뛰어난 제자가 있다는 말이 과연 틀리지 않소. 이
경! 그런데 그대의 사형이라는 한비 선생은 순황 선생보다 더욱 뛰어나
고 철저한 학설을 가졌더이다. 그가 말하기를 '형벌이 엄하면 백성이 조
용하고, 상장이 지나치면 못된 언행이 살아난다. 그러므로 백성을 다스
리는 데 있어 형벌의 엄격함이 다스림의 으뜸이며 상장의 지나침은 어
지러움의 뿌리이다' 라고 하였소. 과인이 생각하기에 이와 같이 좋은 말
은 치세(治世)의 금언(金言)이라 할 만하오.」

한비에 대한 영정의 찬사는 이사의 가슴을 무겁게 짓눌렀다. 호승심
(好勝心)이 강한 이사는 한비의 학설이 영정에게 커다란 영향을 준다는
사실에 왠지 불안감을 떨치지 못했다.

그러나 영정은 아무런 의심 없이 한비의 학설을 받아들이는 데 온 힘
을 쏟았다. 일국의 군주가 자신의 야망과 목표를 이루기 위해 선철(先
哲)의 학설에 심취하여 깊이 연구하고 토론하며 정치에 적용하는 경우
는 영정을 전후로 보기 드문 일이었다. 이렇게 영정은 거대한 사업을 성
취하기 위한 자질과 소양을 높여갔으며, 학문과 재능이 점점 커짐에 따
라 그의 목표는 더욱 뚜렷해지고 방향도 확실해졌다.

한편 일 년여 넘게 낙양에 머물며 여불위의 동태를 감시하던 등승은
그 이듬해 춘분 즈음에 영정의 부름을 받고 급히 함양으로 돌아왔다. 등
승이 낙양에 머문 일 년 동안 함양성은 참으로 많이 달라져 있었다. 그
러나 등승은 저잣거리를 감상할 여유도 없이 곧바로 함양궁으로 달려가
뛰다시피 큰걸음으로 영정이 머물고 있는 서재로 향했다. 마침 서재에서
죽간을 뒤적이던 영정은 등승의 발자국 소리에 급히 문을 열고 밖으로
나왔다.

「과인은 발소리만 듣고도 그대인 줄 알았소. 그대 말고는 그 누가 감
히 임금이 있는 곳에서 그렇게 방자한 발소리를 낼 수 있겠소?」

영정은 등승이 예를 올리기도 전에 그의 손을 잡으며 크게 웃었다. 영정의 웃음 속에는 지난날 고락을 함께 한 등승에 대한 깊은 애정이 스며 있었다. 서재로 들어온 영정이 여불위의 동태를 묻자 등승은 그동안 관찰한 그의 행적을 빠짐없이 보고했다.

등승의 보고를 들은 영정이 한동안 깊은 생각에 잠기더니 문득 고개를 들며 그에게 물었다.

「여 대인이 그렇게 검소한 생활을 하고 있다는 게 확실하오?」

「틀림없사옵니다. 소신이 여러 차례 직접 확인한 바이옵니다.」

「식읍이 낙양의 10만 호라면 적어도 호당(戶當) 2백만 잡아도 일 년에 수입이 2천만 금이야. 3천 금만 주면 적국의 대신도 매수할 수 있으니 2천만 금이면 얼마나 큰 돈인가.」

영정은 이렇게 혼자 중얼거리며 며칠 전 이사와 풍거질(馮去疾)이 올린 상서를 생각해 보았다. 그들은 상서에서 여불위가 비록 세력을 잃고 낙양으로 물러나 있지만 결코 가볍게 보아서는 안 된다고 주장하였다.

「소신이 알기로 2천만 금을 모두 거두어들이지는 않고 있사옵니다. 여 대인은 세액의 반을 감면해 주고 있으며, 또한 거두어들인 금액의 반은 대부분 도로의 보수나 제방을 쌓는 데 쓰고 있었사옵니다.」

「뭐라고? 과연 그 자의 죄가 적지 않구나! 아직도 음흉한 생각을 버리지 않고 있다니!」

「마마!」

영정이 뜻밖의 반응을 보이자 등승은 어쩔 바를 몰랐다.

「좋은 일이 아니옵니까?」

「쯧쯧쯧!」

영정이 손을 내저으며 말했다.

「풍환(馮驩)이 신릉군을 대신하여 설(薛)의 채권을 없애주고 민심을 얻은 일을 벌써 잊었소?」

「그때 마마께서는 '교활한 토끼는 도망갈 굴을 미리 세 개나 파놓는다(狡兎三窟)'고 말씀하셨지요.」

　그제서야 등승은 영정이 염려하는 바를 눈치챘다.

「여 대인이 세를 감면해 주고 또 도로와 제방을 보수하는 것은 민심을 얻으려는 계책일 뿐이오. 재기를 노리고 있는 거지. 과인이 이 사실을 알진대 어찌 작은 쥐가 제방을 무너뜨리도록 가만 놔둘 수 있겠소?」

「그럼 어떻게 해야 하옵니까?」

　예상 밖으로 사태가 복잡해진 것을 안 등승이 난감한 얼굴로 영정을 바라보았다.

「여 대인이 만나는 사람은 주로 어떤 이들이오?」

「없사옵니다. 그는 거의 바깥을 나가지 않고 있으며, 다만 각국의 사신들이 그의 명성을 흠모하여 찾아오는 정도입니다.」

「흥! 그게 바로 본색을 숨기고 모반을 준비한다는 징조요.」

「하오나 모반을 계획하고 있다면 병마가 있어야 하는데 그런 준비는 일체 없었사옵니다. 각국의 사신들도 인사만 하고 그냥 돌아가는 모양이옵니다.」

「허허허.」

　영정이 등승을 보며 웃었다.

「등 시위장은 너무 순진한 게 탈이야. 일찍부터 한과 위는 여 대인을 극진히 대우하고 있소. 그런 상황에 그 자가 모반을 작심하면 그만이지 무슨 병마가 필요하겠소?」

　잠시 입을 다물고 있던 영정이 갑자기 주먹을 불끈 쥐며 소리쳤다.

「나무를 자를 때 그 뿌리를 살려두면 다시 싹이 돋아나는 법이고, 물을 막을 때 그 원천을 메우지 않으면 쉬임없이 물이 솟아나는 게 자연의 이치이듯, 여불위의 기반을 부수지 않으면 반드시 모반을 일으킬 것이야!」

　영정의 외침에 등승은 놀란 눈으로 그를 쳐다볼 뿐이었다.

「낙양은 주나라의 왕성이었고, 또한 용과 호랑이가 숨어 있기에 아주 좋은 곳이오. 그런데 과인이 이대로 그냥 앉아 화근을 키워서야 되겠소?」

말을 마친 영정이 곧바로 붓을 들었다.

「무엇을 쓰려는지 궁금하지 않소?」

등승이 고개를 가로젓자 영정은 창밖으로 보이는 하늘을 가리키며 웃었다.

「과인은 여 대인에게 열흘 이내에 촉지(蜀地)로 떠나라고 할 작정이오.」

「촉 땅이라면 너무나 멀고 궁벽한 곳이라 늙은 여 대인이 제대로 갈 수나 있을는지 모르겠사옵니다.」

「늙은이라고? 등 시위장, 강태공은 나이 칠십에 주문왕에게 발탁되어 천하사를 이루었다오. 그걸 알고 있소?」

등승이 영정의 뜻을 이해하지 못하고 다시 물었다.

「마마께서는 이전에 소신에게 '예예' 하는 천 명의 신하보다 '아니오'라고 할 수 있는 한 명의 신하를 원한다고 말씀하지 않으셨사옵니까?」

그 말에 영정이 단호히 말했다.

「여 대인은 아니오!」

등승은 영정의 태도에 자신이 더 이상 이 문제에 대해 나설 필요가 없음을 깨달았다.

「명령을 받들어 여 대인이 10일 이내에 촉지로 떠나도록 이르겠사옵니다.」

여불위에게 보내는 백서(帛書)를 등승에게 건네주며 영정이 말했다.

「등 시위장, 과인이 여 대인을 촉지로 보내는 진정한 뜻은 그가 분을 참지 못하고 자결하기를 바라는 데 있소. 이 점 염두에 두시오.」

「그렇다면 차라리 독배를 내리시는 게 좋지 않사옵니까?」

「그렇게 과인의 말을 못 알아 듣겠소? 여 대인은 지금 이웃 여섯 나라와 결탁하여 모반을 꿈꾸고 있는데 그런 그에게 독배를 내리는 것은 그의 지위를 높여주는 처사일 뿐이오. 등 시위장은 천하를 통일하여 백성에게 하늘의 빛을 내려주겠다고 맹세한 지난 일을 벌써 잊었단 말이오? 여 대인은 통일을 막는 원흉이오. 그를 제거해야만 하늘의 빛을 백성에게 줄 수가 있소.」

이때 궁녀가 급히 들어와 영정 앞에 엎드렸다.

「왕태후마마께서 대왕마마의 알현을 요청하셨사옵니다.」

영정은 여불위를 낙양으로 축출하고 난 뒤에 대신들의 주청을 받아 왕태후 주희를 함양성의 감천궁으로 다시 불러 살게 하였다.

「무슨 일로 과인을 만나겠다는 거냐! 태후께 가서 아뢰어라. 과인은 처리할 일이 많아 사흘 안에는 그 누구도 접견할 수 없다고.」

궁녀를 내보낸 영정이 등승에게 물었다.

「그대도 과인에게 여 대인의 구명을 호소하려는가? 하지만 그와 같은 적신(賊臣)을 살려두면 두고두고 후회하게 될 것이오. 그런데 태후는 이 사실을 알고 과인에게 선처를 구하는 거지.」

등승은 영정의 판단력에 그만 감탄하였다.

「사내 대장부가 작은 일에 연연하면 큰일을 이룰 수 없소. 등 시위장은 어서 과인의 뜻을 받들어 일을 처리하시오.」

등승이 급히 궁을 빠져나가자 영정은 멀리 사라지는 그를 바라보며 중얼거렸다.

「부드러우면 삼키고 딱딱하면 뱉으라고 했지.」

이때 후궁(後宮) 쪽에서 아름다운 음악소리가 들려왔다. 며칠 전 조나라 왕이 가기들을 진나라로 보내왔는데 그동안 영정은 독서를 하느라 그녀들의 존재를 잊고 있었던 것이다. 가기들의 노랫소리에 마음이 흔들린 영정이 후궁 쪽으로 발걸음을 옮겼다.

한편 문신후 여불위는 관직에서 물러나 은거하는 와중에도 자신의 이름이 다른 나라에 널리 알려지고 그에 따라 많은 사람들이 찾아오자 몹시 걱정이 되었다. 때문에 그는 나무가 크면 바람 잘 날 없다는 말처럼 매사에 행동거지를 더욱 조심했다. 여불위는 독서를 하거나 국화를 가꾸거나 아니면 연못가에 앉아 물고기가 노니는 모습을 바라보며 하루하루를 보냈고, 밖에 나가더라도 들에 나가 뽕나무를 심고 낚시를 하면서 세상 일에는 관심이 없는 것처럼 행동했다. 또한 세금을 거두면 아낌없이 백성들에게 나누어 주곤 했는데, 그런데 바로 이런 일이 후에 자신을 옭아매는 오랏줄이 될 줄은 꿈에도 생각하지 못했다.

이날 여불위는 후원에 앉아 따스한 봄 햇살을 쬐고 있었다. 중천에 뜬 태양은 겨우내 얼어붙었던 낙양의 너른 대지를 포근하게 감싸주었다. 눈을 들어 하늘을 보니 멀리 푸른 산이 흰 구름을 뚫고 밝게 빛났다. 살랑거리는 바람에 호수의 물결이 흔들리자 나무 그루터기에 매어져 있던 조각배가 가볍게 몸을 떨었다. 호수 가에는 봄을 맞은 나뭇가지에 새싹이 푸릇푸릇 돋아났고 버드나무 가지가 물을 쫓아 늘어졌으며, 모란꽃이 터질 듯한 처녀의 가슴처럼 활짝 피어 있었다. 붉고, 노란 복숭아꽃 또한 앙증맞게 봉오리를 맺어 아지랑이 사이를 날아다니던 나비들이 그 꽃잎 위에서 날개를 접곤 하였다. 온갖 꽃들과 한창 물이 오른 나무들이 푸른 하늘과 푸른 호수와 함께 온 세상을 화려하게 장식하고 있었다. 이런 자연의 생명력은 마치 들판을 달리는 어린아이들처럼 힘이 넘쳤다.

「과연 한 폭의 그림이군!」

여불위는 흐드러지게 피어 있는 모란꽃 앞에서 감탄어린 비명을 질렀다. 작은 새 한 마리가 날렵하게 호수 수면을 박차고 하늘 높이 날아오르는 것이 그의 눈에 들어왔다.

「물가에 노니는 저 새, 열 걸음에 날개짓, 백 걸음에 물 한 모금…… 이 얼마나 멋진 생활인가. 더 이상 부귀영화를 쫓아서 무엇하랴?」

여불위는 지난날의 치열했던 삶을 생각하며 눈을 감았다.

「은공, 어디에 계십니까?」

총관 사마공이 여불위를 찾고 있었다. 마침내 호수 가에 서 있는 여불위를 발견한 사마공이 소리쳤다.

「대왕마마의 성지가 내렸습니다!」

「성지?」

여불위는 가슴이 섬짓했다.

'오랫동안 잠잠하더니 갑자기 무슨 성지를?'

여불위는 왠지 예감이 좋지 않았다. 그는 다시 한 번 후원의 경관을 죽 훑어보며 한숨을 내쉬었다.

「알았네, 곧 가지.」

등승은 대청에서 여불위를 기다리며 또 한번 대청 안팎을 훑어보았다. 실내는 그리 넓지 않았으나 매우 밝고 깨끗했으며 은은한 향내가 가슴까지 시원하게 만들었다.

이때 여불위가 수염을 쓰다듬으며 천천히 대청으로 들어왔다. 그는 싸늘한 눈빛으로 등승을 한 번 힐끗 보았을 뿐 아무 말 없이 헛기침을 몇 번 하고는 그를 애써 외면했다.

그런 모습에 등승이 벌컥 화를 내며 소리쳤다.

「문신후 나으리께서는 아직 두 어깨가 든든하신가 봅니다! 대왕마마의 성지가 내렸는데 예를 올릴 생각도 않으시니.」

씨근덕거리는 등승의 얼굴을 한동안 뚫어지게 바라보던 여불위가 천천히 대청 가운데로 나오더니 바닥에 무릎을 꿇고 예를 올렸다. 그러자 등승은 영정이 내린 백서를 여불위에게 던지며 퉁명스럽게 말했다.

「자세히 읽어보시지요.」

여불위는 천천히 백서를 펼쳤다.

'신(臣) 여불위는 조(詔)를 받으시오.

과인은 선제(先帝)의 유지를 계승하고 사직(社稷)의 영령을 받들어 친정(親政) 이래 백성은 생업에 즐거워 하고 교화가 널리 퍼지고 풍속이 순화되었으며 문치(文治)와 무공(武功)이 매우 두터웁게 세워졌소.

하지만 과인은 낙양의 소식에 이르러 걱정이 태산 같소. 소인배들이 그대의 처소를 드나들며 국정을 농락하고 잡설(雜說)을 퍼뜨려 망령되이 민심을 흐리고 법령을 그르치고 있으며, 더욱이 근래에는 제후와 결탁한 세력이 하도(河洛;황하와 낙양)의 길에 들끓는다고 하오. 이러한 어지러운 행동을 과인이 어떻게 용납할 수가 있겠소?

묻노니, 그대는 어찌된 연유로 진왕의 중부라는 이름을 얻고 감히 선왕과 동렬에 놓이었단 말이오.

또한 묻노니, 그대는 과연 어떤 공을 세웠기에 십 수년 간 집정(執政)을 하고 식읍을 10만 호나 받았으며 문신후라는 봉호를 가질 수 있었단 말이오.

상벌(賞罰)이 공평치 못하면 나라의 기강이 바로 서지 못하는 법, 그대는 과인의 성지를 받는 즉시 10일 이내에 촉(蜀)으로 떠나기 바라오……'

성지를 읽어가던 여불위의 뺨에 눈물이 주르르 흘러내렸다. 그의 뇌리에는 불현듯 한단성에서 영정의 이름을 지어주던 그날 광경이 떠올랐다. 그 뒤를 이어 이인이 왕위에 오르던 모습, 왕태후 주희의 부름을 받고 감천궁에 잠입하던 일이 생각났다. 어린 나이에 요절한 감라의 얼굴과 눈물을 흘리며 그 곁을 떠나던 도 총관의 얼굴이 눈 앞에 나타났다.

주렴 뒤쪽에서 부복하고 있던 사마공은 여불위가 몸을 부르르 떨며 눈물을 떨구자 헛기침을 하며 앞쪽으로 걸어나왔다. 그 소리에 여불위는 겨우 정신을 차리고 사마공의 부축을 받으며 의자에 앉았다.

등승은 여불위가 힘없이 주저앉아 처연하게 눈물을 흘리자 측은한 마음을 감추지 못했다. 보아하니 여불위는 이미 영정의 속마음을 헤아린 듯한 표정이었다. 여불위가 알아서 스스로 결단을 내린다면 굳이 험악한 수단을 쓸 필요 없이 모든 일이 자연스럽게 마무리될 터였다. 하지만 진나라를 위해서 십여 년간 국정을 맡아 성심을 다한 여불위의 최후를 생각하니 일말의 동정심이 솟아나는 건 등승 스스로도 어쩔 수 없었다.

'일세를 풍미한 여 승상이 죽음으로 가는 길을 어찌 저리도 태연하게 받아들일까? 마치 자신의 앞날을 미리 내다보고 때가 되어 떠나는 사람 같다.'

여불위에 대한 동정심에 가슴 한쪽이 아려오던 등승은 문득 떠나기 전 영정이 하던 말이 생각났다.

「사내 대장부가 작은 일에 연연하면 큰일을 이룰 수가 없다.」

얼른 감정을 수습한 등승이 자리에서 일어나 대청을 나오려는데 여불위가 물기어린 목소리로 그를 붙잡았다.

「잠시만 기다려 주시오.」

여불위는 사마공의 부축을 받으며 떨리는 손으로 비단폭에 글을 써 내려갔다.

「이 글을 대왕께 건네주시오. 노신이 마지막으로 간언하는 글이 될 것이오.」

잠시 후 여불위가 그것을 등승에게 건네주었다. 등승은 글이 적힌 비단을 두르르 말면서 그 내용을 힐끗 엿보았다.

'......옛말에 '불을 가지고 놀면 불에 타 죽고, 힘을 믿는 자는 반드시 힘으로 망한다'고 하였으며, 〈노자〉에도 이르기를 '비록 귀한 자리에 있다 해도 천한 백성을 본받아야 하며, 높은 벼슬아치는 반드시 낮은 벼슬 아치를 귀감으로 삼아야 한다'고 하였사옵니다. 이는 지극히 옳고 바른 성현의 말씀이옵니다. 백성과 신하는 나라의 주춧돌로써 가벼이 여기거나 능멸해서는 아니 되옵니다......'

깜짝 놀란 등승은 비단 두루마리에서 눈을 떼지 못했다.

'......대왕께서는 스스로 법으로써 나라를 다스린다고 하시는데, 그렇다면 노신에게 무슨 잘못이 있어 이런 조치를 취하신다는 말씀이옵니까? 노신이 진율(秦律)의 어느 조항을 위반했사옵니까? 일국의 군주가 자신의 희노애락에 따라 백성을 다스린다면 누가 복종을 하겠사옵니까. 노신이 진에 공이 있는지의 여부는 위로 하늘이 알고 아래로 백성이 알고 있사옵니다. 공리(公理)는 결코 대왕의 입에서 결정되는 게 아니옵니다.'

등승은 마지막 구절에 더욱 놀랐다. 그는 여불위가 군주를 가볍게 여기지 않았다면 '공리는 대왕의 입에서 결정되는 게 아니다'라고 감히 말할 수 없으리라 생각했다. 영정에 대한 여불위의 안하무인에 등승은 화가 머리 끝까지 치솟았다.

「너무 무례하지 않습니까? 이런 글을 어떻게 대왕마마께 전할 수 있단 말입니까?」

「허허허, 고깃배를 삼킬 수 있는 물고기도 육지에 나가면 힘 없는 개미를 이기지 못하는 법이지. 겨우 12급 작위에 불과한 애송이가 대들어도 어쩌지 못하는 신세가 되었군.」

여불위는 씁쓸하게 웃으며 자신의 신세를 한탄했다. 등승의 머리 속에 문득 십여 년 전 영정의 처소에서 여불위와 다투던 장면이 떠올랐다. 그때의 세도당당했던 여불위와 지금은 늙어 힘 없는 그 앞에 서 있는 등승 자신은 얼마나 달라졌을까 하는 생각이 머리를 스쳐지나갔다. 등승은 화를 억누르고 여불위를 바라보았다.

'저 늙은이는 작위가 무려 20급이니 아직은 내가 이래라저래라 할 수 없는 노릇이지.'

등승은 몸가짐을 다시한 후 예의를 차리며 말했다.

「이 몸은 대왕마마의 뜻을 전달하는 임무를 맡았을 뿐입니다. 대인께서 그렇게 말씀하시니 따르지 않을 수가 없겠습니다.」

등승의 말에 여불위는 처참하게 웃으며 꿈을 꾸듯 중얼거렸다.

「허허허, 노부(老夫)는 양적의 상인에서 시작하여 일국의 왕을 세웠고 상국의 지위에 올랐으며, 더욱이 저서까지 후대에 남기니 더 이상 무엇을 구하리. 이제는 죽어도 여한이 없구나. 다만 군주를 위하여 정인법관(政仁法寬;정치는 어질게, 형법은 관대하게 하다)을 다하지 못하는 것이 안타까울 뿐이로다. 이제 이곳의 이름을 낙수(洛水)의 북쪽이라는 뜻의 낙양(洛陽)이 아니라 태양이 떨어졌다는 의미의 낙양(落陽)으로 바꾸어야겠다. 이보게, 양치기 꼬마, 그대에게 충고 하나 하겠네. 옛말에 '교활한 토끼를 잡은 다음에는 곧바로 날렵한 사냥개를 잡아먹는다'라고 했지. 이 말을 명심하게. 자네에게도 해당될 말일 테니…… 허허허.」

여불위는 등승을 돌려보낸 후 다시 방안으로 돌아와 의관을 정제했다. 한동안 생각에 잠겨 있던 여불위는 잠시 후 독주를 마시고 스스로 목숨을 끊었다. 그때가 영정 12년(BC 235년), 효문왕 원년(BC 249년)에 상국이 되어 영정 10년(BC 237년)에 그 자리를 떠날 때까지 여불위는 무려 12년 간 진나라의 권력을 장악했다. 그 기간 동안 여불위는 동주(東周)를 무너뜨리고, 삼천군(三川郡;지금의 사천성), 태원군, 상당군, 동군(東郡)을 개척했으며, 거대한 수리 시설인 정국거(鄭國渠)를 세우고, 초나라를 압박하여 수춘(壽春)으로 천도하게 만들었다. 또한 〈여씨춘추〉를 저술하여 치국의 도리를 역설하였다.

여불위가 자살하자 영정은 등승의 노고를 치하하고 그를 함양성을 관리하는 함양 내사에 임명하였다.

여불위가 세상을 떠나자 총관 사마공은 비통한 심정을 억누를 수 없어 장례를 치른 후에도 홀로 남아 여부를 지키고 있었다. 그러던 어느 날 낙양현의 현존(縣尊)이 병력을 이끌고 여부를 봉쇄하기 위해 나타나자 사마공은 나라에 상서를 올리며 이를 막으려 애썼다. 이런 모습에 평소 여불위를 존경하고 있던 현존은 사마공에게 충고의 말을 건넸다.

「영리한 새는 큰 나뭇가지에 둥지를 튼다고 하였소. 그대는 어찌하여 아직도 미련스럽게 이곳에 남아 있단 말이오. 혹 함양에서 다른 명령을 내리기라도 하면 그대는 적어도 성단육세(城旦六歲:6년 동안 변방의 성을 쌓아야 하는 노역)의 형벌을 받을지 모르오. 그러니 하루빨리 이곳을 떠나시오.」

사마공은 현존의 말에 그날 밤을 꼬박 새우며 곰곰이 생각을 정리했다. 마침내 이튿날 새벽, 사마공은 여불위의 복수를 위해 마음에 칼을 품고 낙양을 떠나 남쪽으로 정신없이 말을 몰았다.

그로부터 이레 정도 지나서 황혼이 질 무렵, 사마공은 어느 작은 마을에 도착하게 되었다. 마침 장날이었던 그 마을은 저녁이 되자 파장이 되어 사람들이 흩어지는 중이었다. 마을 한복판을 가로질러 나즈막한 언덕 위에 오른 사마공은 그곳에서 짐을 실은 말을 나무기둥에 매어놓고 한가롭게 쉬고 있는 사람들을 만났다. 그들은 아마도 장에 물건을 내다팔고 필요한 물품을 사가지고 집으로 돌아가는 길인 모양이었다. 사마공은 그들에게 물 한모금을 얻어마시고 쉬지 않고 앞으로 내달렸다. 날은 점점 어두워졌다. 태양은 이미 서산으로 기울고 붉은 노을도 점점 검푸르게 변해갔다. 사마공은 하루빨리 진나라를 벗어나고 싶은 마음에 밤길을 마다 않고 힘차게 달려갔다.

어느덧 사방이 어두워지고 태양이 사라진 자리에 달이 떠올라 길을 비추고 있었다. 띄엄띄엄 마주쳤던 사람들의 모습도 이제는 전혀 볼 수 없었다. 희미한 달빛 아래 말을 타고 달리던 사마공의 가슴에 쓸쓸한 기운이 사무쳐 왔다. 그런 기분을 떨쳐버리려는 듯 사마공이 손에 쥔 말고삐를 더욱 세게 틀어쥐며 산허리를 돌 즈음 뜻밖에도 멀리 달빛 아래 사람 그림자 두 개가 눈에 들어왔다. 그리고 그들 뒤를 개 한 마리가 따르고 있었다. 그들의 뒷모습이 아주 낯익어 사마공은 지난날을 더듬어 보았다.

「아, 복우산에서 나를 구해준 노인!」

사마공은 너무나 기쁜 나머지 소리를 질렀다.

「어르신! 뜻밖에 이런 곳에서 만나는군요!」

「할아버지, 그 사람이에요. 진나라의 여 승상을 찾아가겠다던 그 사람!」

사마공을 알아본 능매가 이대퇴의 팔을 끌며 소리쳤다. 그제서야 이대퇴는 초립을 벗고 사마공을 보며 웃었다.

「누구신가 했더니 사마 선생이시군. 진나라는 지금 한창 봄이지요?」

「뭐라고 말씀드리기가 어렵습니다. 어르신, 며칠을 굶었습니다.」

이렇게 말하며 사마공이 힘겹게 말에서 내렸다. 이대퇴는 그를 자세히 살펴보았다. 훤칠한 키와 희디흰 얼굴은 예나 지금이나 변한 게 없었지만 남루한 행색이 그간의 고생을 말해주고 있었다. 사마공이 탄 말도 오랜 여행에 지쳤는지 갈빗대가 나올 만큼 비쩍 마르고 먼지를 뒤집어써서 제 색을 알아볼 수 없을 정도였다. 짐이라고는 말 등에 간신히 매달려 있는 해진 보따리 하나뿐이었다.

사마공의 행색을 보다 못한 능매가 대나무 광주리에서 만두를 몇 개 꺼내 그에게 건네주었다. 그것은 두 사람이 다음날 먹을 양식이었다. 먹을 것을 본 사마공은 체면 불구하고 허겁지겁 눈 깜짝할 틈도 없이 만두를 먹어치웠다. 간신히 허기를 메운 사마공이 서둘러 다시 떠날 채비를 하자 이대퇴가 웃으며 입을 열었다.

「무엇이 그리 바쁘시오? 날이 어두우니 잠시 쉬었다 떠나도록 하시오. 국화주도 있으니 목도 축이고……」

「어르신, 말씀은 고맙지만 중요한 일이 있어 잠시도 머물 시간이 없습니다.」

사마공은 혼잣말처럼 이렇게 중얼거리고는 고개를 들어 달빛을 가리고 있는 검은 구름을 바라보았다. 그런 사마공의 모습에 이대퇴는 그를 말릴 상황이 아님을 알았다. 초조하고 불안한 사마공의 표정에 능매가 궁금함을 참지 못하고 그에게 물었다.

「무엇이 그렇게도 급하다고 그러세요?」

「진나라의 훌륭한 대신이, 아니 위대한 별 하나가 떨어졌소.」

독주를 마시고 쓰러져 가는 여불위의 마지막 모습이 떠오르자 사마공은 그만 목이 메었다. 그 순간 사마공은 여불위를 죽음으로 몰아넣은 등승이 바로 능매가 꿈에도 그리워 하는 바로 그 사람이라는 것을 깨닫자 더 이상 이대퇴의 집에 머물 수가 없었다. 은인을 죽게 한 사람의 혈육과 함께 밤을 지낼 수는 없는 노릇이었다.

「그럼 남쪽으로 가시오?」

급히 자리에서 일어나는 사마공을 보며 이대퇴가 걱정스럽게 물었다.

「이번에는 초나라로 갑니다.」

사마공이 짧게 답하고 말에 오르자 능매가 말 앞으로 뛰어와 다급하게 소리쳤다.

「제가 찾는 사람을 알아보신다고 약속하셨잖아요!」

이렇게 말하고는 능매는 속마음을 내비친 자신이 부끄러운지 얼굴을 붉혔다.

「그의 이름은 등승이라고 하며, 유명한 장군이 되었소.」

딱딱하게 굳은 얼굴로 대답한 사마공이 말에 채찍을 가했다. 그러자 능매가 다시 물었다.

「등 오라버니는 아직도 저를 기억하고 있던가요?」

사마공은 능매를 힐끗 바라보며 뭐라 말을 꺼내려다 그만 입을 다물고는 말을 몰기 시작했다. 능매는 멀리 사라지는 사마공을 보면서 눈물을 떨구었다.

「사마 선생은 어찌 그렇게도 고생이 심할까. 어제는 위나라로, 오늘은 진나라로, 그리고 내일은 초나라로 또다시 떠나는 몸이 되다니. 대나무 바구니로 물을 긷는 셈이야, 쯧쯧쯧.」

이대퇴가 사마공이 떠나버린 숲길을 바라보며 혀를 찼다.

사마공이 가버리자 능매는 몸으로라도 그의 앞길을 막고 등승에 관한 일을 자세히 묻지 못한 것이 후회스러웠다.

'등 오빠는 진정 나를 기억하고 있을까?'

눈물을 글썽이며 우두커니 서 있는 능매의 모습을 이대퇴는 한숨을 내쉬며 바라보았다.

여불위가 스스로 목숨을 끊었다는 소식은 빠르게 함양성 내에 퍼졌다. 여불위와 교분이 깊었던 우승상 왕관은 조용히 눈을 감고 지난날 그와 함께 했던 시간들을 떠올렸다. 뜻이 통하던 벗이 세상을 떠났다는 생각에 왕관의 기분은 매우 착잡했다. 왕관은 비록 우승상이라는 최고 지위에 올라 있었지만 실권이 없는 허수아비에 불과했다. 이사나 몽염의 위세에도 비할 바가 못 되었다. 그 때문에 여불위에 대한 왕관의 안타까움은 더욱 컸다.

가을로 접어들자 산야(山野)는 바야흐로 붉은 물결이 춤추고 있었다. 위수 북쪽에 있는 차아산(嵯峨山)과 동쪽의 요산도 황금색으로 단장하고 있는 중이었다. 왕관은 울적한 심사를 달랠 겸 해서 영정에게 주청하여 정국거를 시찰하기로 하였다. 왕관은 어깨를 짓누르는 궁성의 위압감에서 벗어나 탁 트인 자연에서 마음껏 울분을 토로하고 싶은 심정이었다.

이날, 경수(涇水)를 따라 북상하면서 정국거를 시찰하던 왕관은 갑자기 행렬을 멈추게 하고는 수레에서 내려 강변으로 발걸음을 옮겼다. 사실 왕관에게는 정국거의 수로에 관심을 기울일 마음의 여유가 없었으며, 실제로 이번 시찰의 목적도 그것이 아니었기 때문에 그는 더 이상 공무를 수행하고 싶지 않았다. 왕관에게는 남북으로 길게 늘어져 경수로 진입하는 세 개의 배수구 암문도 눈에 들어오지 않았다.

강변에 홀로 선 왕관은 강을 따라 늘어선 고목들이 붉고 노랗게 물든 잎들을 바람에 우수수 떨어뜨리는 광경을 바라보면서 인생의 황혼을 생각했다. 또한 잔잔한 물결에 몸을 내맡긴 이끼낀 바위가 풍상을 이겨낸 삶의 흔적을 말해주는 듯했다.

왕관은 먼 하늘을 바라보며 깊은 상념에 젖어들었다.

'인생은 바로 저 낙엽과 같은 것인가. 온 산을 붉게 물들이는 세월의 흐름처럼 덧없는 것인가.'

갑자기 처연한 마음이 든 왕관이 큰소리로 중얼거렸다.

「지혜가 있다한들 승세를 타느니 못하고, 보습을 만들어도 계절의 변화보다 못하구나.」

이때 왕관의 표정을 유심히 살펴보던 중대부 안설이 근심어린 목소리로 입을 열었다.

「승상 대인, 무슨 걱정이 있으십니까? 푸르른 초목을 불태우는 가을의 숙살지기(肅殺之氣)에 마음이 아프십니까, 아니면 경수에 흐르는 도도한 물결이 수심(愁心)을 일으키는 겁니까?」

지난날 장신후 노애나 문신후 여불위와 가깝게 지낸 사람들은 대부분 죽음을 당했고, 그렇지 않으면 최소한 면직으로 죽은 듯이 살고 있었다. 안설도 예외는 아니었지만 왕관의 적극적인 변호로 8백 석의 봉록을 그대로 유지할 수 있었다. 이 때문에 안설은 왕관을 친부모처럼 여기며 충성을 다했다.

「승상의 생각은 다른 데 있소이다.」

곁에 있던 장당이 안설에게 말했다. 장당의 수염은 거의 반백에 가까웠다.

「다른 데 있다니요?」

안설이 놀라며 물었다.

「이 앞에 있는 정국거는 누가 만들었소이까?」

장당의 물음에 안설이 고개를 돌려 도도히 흐르는 경수를 바라보았다.

「그야 문신후 여공이지요. 대왕께서 등극하셨을 때 여공은 정성을 다하여 대규모 토목 공사를 일으켰지 않습니까.」

「그만 하시오. 이제 더 이상 문신후 대감을 거론하지 마십시다. 그의 영령이 편안히 쉴 수 있도록 그냥 놔두십시다.」

갑자기 입을 열어 두 사람의 대화를 막던 왕관이 슬픈 표정으로 정국거를 가리키며 중얼거렸다.

「이 정국거가 완성되었을 때 백성들이 좋아하며 노래를 지어 불렀는데 지금 문신후 대감은 세상을 떠나고 말았소.」

그제서야 안설은 왕관의 마음을 헤아리고 고개를 끄덕였다.

「그래도 ‘정국거가 천하에 통하니 온 땅이 비옥하도다. 이제 흉년은 영원히 끝났으니 백성들의 환호가 쉴 줄을 모른다(鄭國渠通沃野關中凶年長絕萬衆歡呼)’는 노래는 남아 있지 않습니까?」

「산은 있어도 님이 없고, 들은 풍요로워도 객이 없도다.」

왕관이 아주 상심한 표정으로 이렇게 중얼거리자, 안설과 장당은 서로 눈짓을 하며 한숨을 내쉬었다.

「누가 마음을 헤아려 앞서 가고, 누가 생각이 깊어서 조심하겠는가.」

「승상 대인의 말이 옳습니다. 세상에서 가장 헤아리기 어려운 것은 군왕의 마음입니다. 옛말에도 ‘그 말에서 가장 어려운 것은 희노애락이다’라고 하지 않았습니까? 바로 주군이……」

안설이 갑자기 말을 뚝 끊더니 왕관의 눈치를 살폈다. 그러자 기회를 엿보던 장당이 끼어들었다.

「우리 진나라는 객경 몇 명이 버려놓고 있습니다.」

장당은 안설이 이사와 같은 객경에게 불만이 많다는 사실을 잘 알고 있었다.

「진나라는 진나라 사람이 다스려야 합니다. 어찌 객(客)들이 좌지우지할 수 있습니까. 특히 이사와 같은 애송이가……」

「목소리를 낮추시오!」

안설이 장당에게 주의를 주었다.

「모든 일의 흥망성쇠(興亡盛衰)는 때가 있는 법이고, 영고고락(榮枯苦樂)은 명(命)이 정해져 있소. 왕 승상께서도 짐작하고 계시겠지만 이사는 대왕의 신임을 잃어가고 있소. 노애와 여 승상이 없어진 뒤에도 이사는 교만하게 날뛰어 지금 주군의 미움을 받고 있는데도 그는 그런 사실을 모르고 있지요. '의롭지 못하면 반드시 죽게 된다'고 하는데 바로 이사 그 자를 두고 하는 말이 아니겠소?」

장당의 말에 왕관은 속으로 감탄했다.

'장 대인은 늙은 생강이군. 나도 눈치채지 못한 것을 알아내다니.'

왕관의 머리 속에 영정의 위세를 믿고 날뛰던 이사의 모습이 떠올랐다. 그는 이사의 직권 남용을 생각하며 중얼거렸다.

「공손앙, 공손앙이여!」

진나라 효공왕 6년(BC 356년)에 위나라의 공손앙은 좌서장(左庶長)이 되어 변법(變法)을 실시하여 진나라의 부국강병을 추진하였다. 공손앙은 그 공으로 상(商;지금의 섬서성 상현)에 봉해졌는데, 뒤에 효공이 죽은 후 그가 세운 법령은 그대로 존속되었지만 공손앙 개인의 운명은 비참하게 마감되었다. 이 때문에 '공손앙'이라는 세 자는 진나라 귀족들에게 '죄악이 극심하다'는 뜻으로 통용되곤 하였다.

왕관의 입에서 공손앙이라는 말이 튀어나오자 안설과 장당 두 사람은 고개를 끄덕이며 그의 마음을 이해했다. 세 사람의 대화는 이들을 인도하는 정국거의 공정부(工程部) 부총관 사록(史祿)의 귀에도 들렸다. 사록은 '공손앙'이라는 말을 듣자 곧바로 왕관 앞에 나아가 무릎을 꿇고 말했다.

「승상 대인, 소신은 대대로 진나라에 살았기 때문에 진나라 사람들의 답답한 심정을 그 누구보다 잘 헤아리고 있습니다. 오늘 중대한 일이 있어 승상 대인께 아뢰고 싶습니다.」

왕관은 갑자기 눈 앞에 나타난 사록을 자세히 뜯어보았다. 이제 갓 스물을 넘긴 사록은 눈매가 또렷한 것이 무척 총명해 보였다. 왕관이 사록에게 마음이 끌리는 듯싶자 안설은 그에게 다음 말을 재촉했다.

「무슨 일인지 어서 승상 대인께 아뢰게나.」

사록은 사방을 둘러보고 세 사람 이외에는 주변에 인적이 없음을 확인한 후에야 비로소 입을 열었다.

「어제 수로를 순찰하다 간자 한 명을 잡았는데 심문해 보니 한나라에서 보낸 간자였습니다. 그런데 간자가 밀서 한 통을 지니고 있어 살펴보니 한나라에서 우리 측의 총관에게 보내는 것이었습니다. 소신은 그 자리에서 당장 그를 처단하고 싶었지만 중대한 일이라 생각하고 승상 대인께 아뢸 때를 기다렸습니다.」

말을 마친 사록이 품에서 밀서를 꺼내 왕관에게 건넸다.

「그래, 간자는 어디에 있는가?」

왕관이 물었다.

「염려놓으십시오. 소신은 이 일이 워낙 중대한 일이라 여기고, 소리 하나 밖으로 새어나오지 않는 밀실에 그를 가두었습니다.」

「아주 잘했네.」

그런데 미소를 띠며 사록을 칭찬하던 왕관이 갑자기 배가 아픈 듯 그 자리에서 고꾸라졌다.

「윽, 으윽!」

왕관은 고통을 참지 못해 얼굴을 찡그렸다. 멀리서 쉬고 있던 그의 심복들이 이런 모습을 보고 재빨리 다가와 그를 부축하여 마차에 뉘였다. 장당이 급히 수행하고 있던 태의 하무(夏無)를 부르자 그는 부리나게 달려와 왕관의 손을 들어 진맥을 하기 시작했다. 오척 단신의 하무는 서른 정도의 나이로 허리에는 약초 바구니를 찼는데 그 손놀림이 매우 빨랐다. 하무가 작은 함에서 침을 꺼내 왕관의 손등과 발등에 꽂고 가슴을 몇 차례 쓰다듬자 시간이 얼마 지나지 않아 왕관은 정신을 되찾았다. 신음을 멈춘 왕관이 손짓으로 장당을 부르더니 귀엣말을 속삭였다.

「이보게, 시찰을 멈추고 빨리 함양으로 돌아가기 위해 내가 거짓 행동을 한 걸세. 어서 사록과 간자를 데리고 함양 쪽으로 수레를 돌리게나.」

왕관의 말에 장당은 이런 사실을 안설에게 전하고 급히 수레에 올랐다.

이사는 노애와 여불위를 제거하는 데 큰 공을 세우고 그 대가로 영정으로부터 새로운 저택을 하사받았다. 함양성 남쪽에 위치한 경치 좋은 언덕 위에 세워진 그 집은 원래 여불위의 소유로써 매우 넓고 아름다웠다. 초나라 출신으로 창고지기에 불과했던 이사는 영정의 신임으로 하루가 멀다 하고 관직이 올라가자 기고만장해서 아침 저녁으로 영정을 알현하고 각종 계책과 밀서를 올렸다. 그러나 이사의 지나치게 급진적이고 이상적이며 황당하기까지 한 계책에 조정 대신들은 점차 반기를 들며 조직적으로 그를 성토하기 시작했다. 영정 또한 처음에는 이사의 의견을 적극적으로 수용하였으나 점차 그를 멀리하게 되었다. 이사는 좌승상과 우승상에게 계속 견제를 당하고 그들의 측근들에게 질시를 받자 언젠가부터는 아예 병을 핑계로 조회조차 나오지 않았다.

조정의 모든 사람들이 이사의 독단적이고 안하무인한 태도에 그를 가까이하지 않았지만 의리 있고 선량한 등승만큼은 이사의 건강을 매우 걱정하며 그를 기다렸다. 함양 내사의 요직에 오른 등승은 아침부터 저녁까지 너무나 바빠 정신이 없을 정도였지만 그 와중에서도 시간을 내 이사의 집으로 문병을 갔다.

등승은 측근 몇 명만 대동하고 가벼운 옷차림으로 말을 타고 함양성의 서문을 빠져나가 필원(畢原)을 거쳐 몽룡거(蒙龍渠)를 따라 남쪽으로 달리다 위수에 이르자 다시 사석로(沙石路)를 따라 관도를 힘차게 달렸다. 늦가을의 쌀쌀한 바람이 등승의 얼굴을 세차게 때렸다. 잠시 후 등승 일행은 단풍이 물든 알록달록한 산이 병풍처럼 감싼 이사의 저택에 도착하였다. 듣던 대로 그곳은 경치가 정말로 빼어났다. 언덕 위에 오르자 멀리 하천이 뱀처럼 구불구불 저택을 휘감아 흐르는 것이 한눈에 들어왔고, 비록 왕궁의 위엄이나 크기와는 비교할 수 없다 해도 어지간한 고관대작의 저택보다 화려하고 웅장한 이사의 집이 나타났다.

저택의 정문에 이르자 문지기가 얼른 밖으로 나오며 등승 일행에게 공손하게 인사를 올렸다. 말에서 내린 등승은 총관에게 방문의 목적을 전달한 후, 널따란 정원 한가운데로 푸른 돌을 깎아 만든 길을 천천히 거닐며 주변의 풍광을 감상하였다. 조금 뒤 월문(月門)을 지나자 아주 아담하고 소박해 보이는 작은 정원이 나타났는데 울창한 상록수림 한가운데에 꾸며진 작은 연못이 앙증맞았다. 연못가에 죽 늘어서 있는 기암괴석의 틈새에는 한여름 무성한 생명력을 자랑하던 들풀들이 차가운 가을바람에 시들어가고 있었다.

그때 어디선가 진한 국화 향기가 흘러나와 코를 자극하자 등승은 그 향기에 취한 듯 자신도 모르게 향을 따라 정원을 지나 중당으로 발길을 돌렸다. 그런데 걸음을 옮기던 등승의 귀에 이번에는 가느다란 노랫소리가 들려왔고, 곧이어 까르르 하는 여인의 웃음소리가 노랫가락에 실려 그의 마음을 혼란하게 했다. 오랜만에 여유있는 마음으로 정원을 감상하던 등승은 이 모든 것이 너무도 의아했다.

「이게 무슨 소리인가? 옛말에 '여자는 예쁘든 밉든 궁에 들어가면 질투가 생기고, 선비는 어질든 용렬하든 조정에 있으면 음흉해진다'고 하더니…… 이사, 이사, 그대도 결국 호랑이 꼬리를 잡고 미끄럼을 타려는 소인배에 불과한가.」

등승은 불길한 마음에 이렇게 중얼거리며 빠른 걸음으로 소리가 나는 쪽으로 걸어갔다. 중당에서는 화려한 병풍이 둘러쳐진 앞에서 이사가 좌우에 아름다운 가희(歌姬)를 거느리고, 그 주위로 십여 명의 시첩(侍妾)들이 자리를 함께 한 손님들의 시중을 들고 있었다. 그들은 어여쁜 여인들이 따르는 술을 연신 받아마시며 히히덕거렸다. 잠시 후 이사의 오른편에 앉아 있던 가희가 일어나 요염하게 몸을 비틀며 초나라 지방의 민가를 간드러지게 부르기 시작했다. 그러자 이사는 그녀의 노래를 감상하는 듯 눈을 지그시 감고 고개를 끄덕이며 얼굴 가득 웃음을 지었다.

등승은 그런 이사의 모습을 더 이상 보지 못하고 중당 안으로 성큼성큼 들어갔다. 난데없이 그가 등장하자 노래를 부르던 가희가 깜짝 놀라 몸을 도사렸으며 이사는 등승의 심상치 않은 눈빛을 느끼고 자리에서 벌떡 일어났다. 등승은 오랜 세월을 궁중에서 살면서 온갖 음사와 짐승 같은 짓거리를 보아왔지만 그저 외면하고 지나갔었다. 그러나 이날만큼은 사정이 달랐다. 지금까지 그는 왕전, 몽염, 몽의, 이사와 벗처럼 어울리면서 이들을 광명정대한 군자라고 여겨왔다. 그런데 믿었던 이사가 병을 빙자하여 집안에 틀어박혀 이런 문란한 생활을 하는 것을 목격하자 등승은 도저히 그대로 있을 수가 없었다.

「이 객경, 이처럼 환락에 탐닉하고 있었다니 주군의 얼굴을 어떻게 뵈올 작정이오?」

등승의 목소리는 벼락과도 같았다. 이사의 시중을 들던 여인들은 오금을 저리며 부들부들 떨었고, 한자리에 있던 손님들은 이사의 얼굴을 멍하니 바라보며 어쩔 줄 몰라 했다. 강직하고 불 같은 등승에 대한 소문이 함양성에 널리 퍼져 있었으며, 영정이 노애와 여불위를 제거하고 왕태후를 제압하는 데 가장 공을 크게 세운 사람이 바로 등승이라는 사실 또한 모르는 사람이 없었다.

이사는 갑자기 등승이 나타나 흥을 깨뜨리자 매우 언짢은 듯 고개를 획 돌렸다.

'무식한 목동 같으니, 작위를 보아도 내가 높고 공을 따져도 내가 많은데 감히 내사 주제에 뭘 믿고 저렇게 날치는가?'

손님 중에 눈치 빠른 한 사람이 눈짓을 보내자 이사와 등승만을 남겨두고 모두들 중당을 빠져나갔다. 주위가 갑자기 너무도 고요해졌다.

잠시 화를 누그러뜨린 이사가 부드러운 목소리로 등승에게 말했다.

「등 내사, 우리가 어디 한두 해 사귄 사람이오? 화를 풀고 내 말 좀 들어보오. 요즈음 내 심사가 하도 답답하여 술을 빌려 잠시 잊으려던 참이었소. 결코 주군의 기대를 저버리는 행동을 하려는 게 아니었으니 오늘 일은 못 본 것으로 해주시오.」

등승은 이사의 구차한 변명에 더욱 부아가 끓었다. 그러나 이사가 계속 자신의 잘못을 시인하며 그에게 이해를 구하자 등승은 점차 화가 풀어졌다.

「마마께 내가 고할 것도 없이 이미 이 객경의 행동은 마마께 낱낱이 알려졌소. 이 객경은 대왕마마의 손바닥 안에서 놀고 있단 말이오.」

「그게 정말이오?」

이사는 깜짝 놀랐다. 그간 그는 많은 대신들이 한순간의 잘못으로 일가족이 몰살당하는 경우를 수없이 보아왔다. 이사가 너무나 놀라 몸을 덜덜 떨자 등승이 그를 위로하며 말했다.

「큰일을 이루려면 배부름을 얻으려 하지 말고 편안을 구하지 말며, 빠르게 일을 처리하고 말은 늘 조심하라고 선인들께서 말씀하셨소. 그런데 이 객경은 그 말을 벌써 잊었단 말이오? 얼마 전 왕 승상께서 오랫동안 진나라에 숨어 있던 간자를 잡았는데 그 사실을 보고받은 대왕마마의 진노가 대단하다오. 때가 이러하니 특히 행동에 조심하기를 당부드리오.」

머리가 비상한 이사는 사태가 매우 심각함을 깨닫고 등승의 손목을 덥썩 잡으며 말했다.

「등 내사, 정말 고맙소. 그대가 나를 구해주는구려.」

이때 밖에서 관병이 뛰어들어오며 등승에게 급히 궁으로 돌아오라는 영정의 명을 전달했다.

「내사 대인, 축객령이 내려졌습니다!」

이 말에 등승은 이사에게 황급히 인사를 하고 궁으로 향했다.

축객령이 내려졌다는 관병의 말은 이사의 가슴을 내리쳤다. 이사는 떨리는 가슴을 진정시키지 못하고 멍하니 천정만 바라보았다.

14

축객령

진왕 영정 10년(BC 237년), 우승상 왕관은 정국거에서 체포한 간자를
통해 밝혀낸 사실을 밀서에 적어 영정에게 보고하였다. 한나라는 진나라
의 침략에 시달리다 못해 정국(鄭國)을 파견하여 관개수로 작업을 돕게
했는데, 명분은 진나라의 농본 정책을 지원한다는 것이었지만 속셈은 수
로 공사에 진나라의 힘을 쏟게 하여 국력을 분산시키려는 의도였던 것
이다.

영정은 밀서의 내용에 크게 분노했다. 그러자 왕관과 그의 측근들은
이때를 노려 곧바로 이사와 대부 요가(姚賈)를 탄핵하는 상서를 영정에
게 올렸다.

「객경 이사는 대왕마마의 신임을 믿고 법을 자주 어기며, 그 행동이
교만하고 거침 없어 많은 대신들의 원성을 사고 있사옵니다. 또한 대부
요가는 탐욕에 눈이 멀어 뇌물을 수수하고 사치와 향락에 빠져 있사옵
니다. 게다가 외국에서 진나라로 들어온 인사들은 대부분 법규에 어긋난
공사(工事)와 법률을 주청하여 쓸데없이 국력을 탕진하였사옵니다. 부디
이들을 쫓아내고 진율의 엄정함을 보여주옵소서.」

이에 영정은 왕관 일행의 상서가 옳다고 판단하고 곧 조서를 내려 '축

객령'을 선포하였다.

「진나라에 입국한 지 15년이 되지 않은 사람은 모두 내쫓는다!」

축객령이 내려지자 함양성은 온통 벌집 쑤셔놓은 듯 들끓기 시작했다. 거리마다, 집집마다 사람들은 모이기만 하면 모두들 축객령에 대해 떠들었고, 특히 이웃 나라에서 진나라로 투항한 사람들은 근심과 걱정이 끊이지 않았다.

그런 가운데 혈기 왕성한 젊은이들은 이사 등 객경들의 집에 몰려가 욕을 하고 돌을 던지기도 했다. 그리고 왕관은 이들을 뒤에서 조종하며 '진인치국'의 사상을 전파하는 데 여념이 없었다. 영정 또한 진나라 백성들의 애국적인 환호와 열정에 올바른 판단력을 상실하고 축객령을 강경하게 시행하였다.

사태가 심각해지자 등승과 몽염, 몽의, 왕전은 여러 차례 상서를 올려 축객령의 부당함을 간언했지만 영정은 들은 체도 하지 않았다.

'삼줄기 한 가닥도 옷을 만드는 데 소중하고, 처첩 한 명도 군왕을 즐겁게 하는데, 하물며 진나라에 공을 세운 외국인을 축객하면 앞으로 어느 누가 진을 위해 힘을 쏟겠사옵니까? 축객령은 부당하오니 부디 철회하여 주옵소서.'

이런 상서문이 계속 들어오자 영정은 오히려 그것을 바닥에 내던지며 화를 냈다.

축객령이 내려진 지 열흘이 지났다. 하지만 함양성은 마치 폭풍 전야처럼 고요했다. 그러나 시간이 지나면서 처음에 축객의 범위가 진나라에 들어온 지 15년이 채 안 된 관리들로만 생각했던 것이 뜻밖에도 상인과 평민에게까지 그 범위가 확대되자 함양성은 말 그대로 폭풍우가 밀려드는 듯했다. 거리마다 병사들이 쏟아져 나와 백성들을 붙잡고 진나라 사람인지 아닌지를 하나하나 가려내자 마침내 이에 반발하는 백성들이 들고 일어났다. 이에 따라 함양성은 치안이 마비되고 엄격한 법치가 허물어지기 시작했다.

등승은 함양성을 관리하는 내사로서 치안 유지에 온 힘을 기울였으나 하루하루 날이 지날수록 사태는 악화되기만 했다. 등승 밑에 있는 병사들 중에서도 군공을 세운 수많은 외국 병사들이 강력하게 축객령을 반발하고 나섰다. 진나라 병사들 또한 두 패로 갈라져 한 패는 적극적으로 축객령을 시행하였고, 한 패는 소극적으로 대처하였다.

이날 함양성 서문을 둘러보던 등승은 비단 파는 저잣거리에서 진나라 백성들이 어떤 사람을 에워싸고 모욕을 주는 광경을 목격하였다. 그곳은 제나라에서 들어온 몇몇 상인들이 포목점을 열고 있었는데 진나라 사람들이 그것을 알고 그 중 한 사람을 붙잡아 멸시를 하며 나라 밖으로 당장 쫓아내야 한다고 악을 써댔다. 등승은 간곡한 말로 이들을 설득했지만 오히려 그들은 제나라 사람 편을 드는 등승을 의심하고 욕했다. 진나라 사람들의 행태에 분노를 참지 못한 등승은 병사들에게 무력을 써서라도 이들을 모두 해산시키라고 명령했다. 이때 어떤 사람이 등승에게 소리쳤다.

「등 내사도 진나라 사람이 아니다!」

병사들의 위협에도 불구하고 그들은 흩어지지 않은 채 등승에게 야유를 보냈다. 하는 수 없이 등승은 검을 빼어들고 큰소리로 외쳤다.

「흩어지지 않으면 모두 법에 의거하여 처단하겠다!」

그제서야 사람들은 멈칫거리며 물러나기 시작했다. 등승이 무릎을 꿇은 채 두려움에 떠는 제나라 상인을 일으켜 세워 집으로 돌아가게 해주자, 그는 연신 허리를 굽히며 등승에게 고마움을 표시하였다.

한편 이사는 전혀 예상치 못한 축객령이 선포되자 집안에 틀어박혀 그 대책에 골몰하였다. 어렵사리 진나라로 들어와 국왕의 총애를 받는 객경이 되었는데 그 모든 노력이 하루아침에 수포로 돌아가게 되자 그는 분노와 허탈감으로 어찌할 바를 몰랐다. 축객령 때문인지 며칠째 이사의 집에는 그토록 뻔질나게 드나들던 사람들의 발길이 일시에 뚝 끊겼다. 이사는 처음 진나라에 들어왔을 때처럼 외톨이 신세가 되었다. 그러나 그대로 주저앉을 수는 없었다. 이사는 진나라에 처음 발을 들여놓은 후 여불위의 식객으로 2년을 소리없이 살았던 일, 동궁의 시위가 되어 영정을 만났던 장면을 떠올리며 움츠렸던 가슴을 폈다.

「그래, 〈열자〉에서 말하기를 '천하에는 완전한 공(功)이 없고, 성인에게도 완전한 능력이 없으며, 만물에는 완전한 쓰임새가 없다' 고 하였다. 이대로 주저앉을 수는 없어. 어떻게 그냥 앉아서 당할 수가 있겠는가.」

이사는 자신의 목을 옥죄고 있는 무리들을 떠올리면서 일대 반격을 계획하였다. 그는 부리나케 영정에게 올릴 상서를 준비한 후, 어느 날 어둠을 틈타 조용히 집을 빠져나가 함양성 내의 작은 상점에 몸을 숨기고는 등승을 만날 기회를 엿보았다.

그 다음날 등승은 여느때와 마찬가지로 함양성을 순찰하기 위해 남문에 이르렀다. 이때 길 모퉁이 상점에서 한 사내가 쏜살같이 달려와 등승에게 종이 조각 하나를 건네고는 눈 깜짝할 사이에 사라져 버렸다. 등승이 사내가 뛰어간 쪽을 힐끗 바라보니 바로 이사가 변장을 한 채 그에게 눈짓을 보내고 있었다.

주변을 잠시 살펴본 후 등승이 급히 뛰어오자 이사가 미소를 지으며 그를 반겼다.

「사태가 이런 식으로 진전될 줄은 전혀 예상치 못했소. 함양성의 백성들이 나를 그냥 놔두려 하지 않으니 어쩔 수 없이 이렇게 꾸미고 나왔소이다. 지금 난 바로 옆 상점에서 몸을 숨기고 있는 요 대부와 함께 잠시이 바람을 피할 생각이니 등 내사가 이 상서를 대왕마마께서 친히 볼 수 있도록 은밀하게 건네주시오. 은혜는 잊지 않겠소이다.」

등승은 이사가 건네주는 비단 두루마리를 소매 속에 집어넣고 고개를 끄덕였다. 그리고 등승은 이사와 요가의 피신을 위해 말 두 필을 내어준 다음 그들을 함양성 십 리 밖까지 전송해 주었다. 그러나 두 사람을 전송하고 돌아오던 등승은 남문으로 되돌아오던 중 진나라 백성들에게 포위를 당하고 말았다.

「이사를 어디로 빼돌렸소? 어서 그를 내놓으시오!」

「당신 혹 조나라 첩자 아니오?」

어떻게 알았는지 사람들은 등승을 둘러싸고 이사를 내놓으라고 윽박질렀다. 이들은 온갖 협박과 조롱을 보내며 등승의 비위를 건드렸다. 하지만 이사를 잡으려는 이 사람들을 잘못 건드렸다가는 자칫 사태가 커질 것 같아 등승은 끓어오르는 분을 억누를 수밖에 없었다. 등승이 그를 호위한 수십 명의 병사들에게 눈짓을 하자 병사들은 칼과 창으로 사람들을 위협하며 재빨리 이들 사이를 헤쳐나갔다. 엉겁결에 등승에게 길을 내준 사람들이 소리를 지르며 따라왔지만 말을 타고 달리는 등승 일행을 잡을 수는 없었다.

무사히 부중(府中)으로 돌아온 등승은 그즈음 성내에서 벌어지고 있는 일련의 사태에 대해 곰곰이 생각해 보았지만 아무리 생각해도 축객령은 잘못된 조치였다. 등승은 소맷자락에서 이사가 건네준 비단 두루마리를 꺼내 가만히 훑어보았다. 뛰어난 문장력이 돋보이는 이사의 상서문은 그때까지도 혼란스럽기 짝이 없던 등승의 머리 속을 말끔하게 씻어주었다. 등승은 마음 속으로 쾌재를 부르며 궁으로 내달렸다.

등승이 함양궁 앞에 다다라 안으로 들어가려 하자 시위들이 왕명을 들먹이며 그의 앞길을 막았다.

「이놈들, 내가 누군지 몰라서 이러는 것이냐?」

「왕명이라 저희들도 어쩔 수 없습니다. 그만 물러가 주십시오.」

시위들이 난처한 얼굴로 등승을 바라보았다. 시위들 대부분이 등승이 오랜 세월 데리고 있던 부하들인 탓에 그들은 막상 왕명을 내세우며 등승을 가로막고는 있지만 직속 상관인 그의 명을 무시할 수는 없었다. 그런 그들의 심정을 익히 알고 있는 등승이 소리를 버럭 질렀다.

「너희들의 충성심은 갸륵하구나. 하지만 국가의 존망이 걸린 이 시점에서 작은 맹서에 연연할 수는 없는 일, 굳이 내 길을 막는다면 후에 커다란 불충의 씨앗을 낳게 될 것이다!」

등승이 이렇게 호통을 치면서 시위들을 물리치고 안으로 들어가자 이들은 더 이상 막지 못하고 길을 비켜주고 말았다. 시위들은 등승의 강직하고 불 같은 성격을 너무도 잘 알고 있었다.

입술을 굳게 다문 채 등승은 아무것도 거칠 게 없다는 듯 성큼성큼 영정의 침소로 향했다. 그러나 침소의 문은 이미 굳게 닫혀 있었다. 등승이 나타나자 황문령이 급히 달려왔다.

「내사 대인, 돌아가십시오. 대왕마마께서는 침전에 드셨습니다.」

「알았으니 그대는 돌아가시오.」

황문령을 보낸 등승은 침소 앞에 앉아 호방하면서도 거친 노래를 부르기 시작했다. 양을 치던 어린 시절, 처음 영정을 만났을 때 불렀던 바로 그 노래였다. 그러나 노래가 끝났는데도 안에서는 아무런 움직임이 없었다.

등승은 다시 노래의 한 구절을 힘차게 불렀다.

「백성들은 언제 하늘의 빛을 볼 수 있을까요?」

등승의 노랫소리 때문인지 침소의 문이 덜컹 열리더니 영정이 화난 얼굴로 소리쳤다.

「경은 아직도 양 치던 어린 시절의 치기를 버리지 못했소? 조정의 대신 신분으로 뜰에 앉아 노래를 부르는 저의가 도대체 무엇이오?」

영정의 호통에 등승은 땅바닥에 닿을 정도로 머리를 조아리며 말했다.

「죽을 죄를 지었사옵니다. 소신은 다만 대왕마마께 주청할 일이 있어 무례를 무릅쓰고 이렇게 왔사옵니다.」

영정이 신경질적으로 문을 쾅 닫고 들어가자, 잠시 후 황문령이 나와 등승을 데리고 침소로 들어갔다. 비단금침에 비스듬히 누운 채 영정은 등승의 예가 끝나자마자 먼저 입을 열었다.

「무슨 일이 그렇게도 급하오?」

「아뢰옵기 황공하오나 소신은 대왕마마께 축객령의 철회를 주청하고자 하옵니다.」

「흥!」

안색이 갑자기 변한 영정이 자리에서 벌떡 일어나자 등승이 재빨리 물었다.

「마마, 감히 여쭙겠사옵니다. 대왕마마께서는 천하의 주인을 원하시옵니까, 아니면 일국의 주인을 원하시옵니까?」

「쓸데없는 질문일랑 그만하시오. 천하를 통일하겠다는 과인의 생각을 등 내사는 아직도 모른단 말이오?」

「그렇다면 한 가지 더 여쭙겠사옵니다. 대왕마마께서는 제나라의 비단과 초나라의 구슬로 만든 옷에, 연나라의 신발을 신고 싶으시옵니까, 아니면 오로지 진나라의 땅에서 나는 물건만이 필요하시옵니까?」

「천하를 통일하면 이 세상 모든 물건을 과인이 향유할 수 있지 않겠소?」

「대왕마마, 마마께서는 천하의 모든 물건을 가지고 싶다고 하시면서 어찌 사람은 진나라 출신이 아니면 쓰지 않는다고 하시옵니까?」

등승의 물음에 영정은 아무 대답도 하지 못하고 한동안 침묵에 잠겨 있더니 갑자기 무슨 생각이 들었는지 불쑥 입을 열었다.

「등 내사는 하루아침에 어떻게 그리 말을 잘하게 되었소? 누군가 뒤에서 그대를 부추긴 것 아니오?」

등승은 영정의 기세가 상당히 누그러졌다고 판단하고 이사의 상서를 꺼내 그에게 보여주었다. 영정이 가만히 두루마리를 펼치자 소전체(小篆體)로 쓰여진 이사의 상서 첫머리에 '축객령을 간언함(諫逐客令)'이라는 제목이 눈에 들어왔다.

'신이 들으니, 관리들이 축객을 건의하였다고 하는데 이는 실로 지나친 일이라고 사료되옵니다. 옛날 진목공께서는 어진 선비를 찾는 중에 서쪽 융(戎)의 땅에서 유여(由余)를 구하였고, 동쪽 완(宛)의 땅에서 백리해(百里奚)를 얻었으며, 송(宋)에서 건숙(蹇叔)을 맞이했고, 진(晉)에서 비표(丕豹)와 공손지(公孫支)를 받아들였사옵니다. 이들 다섯 명의 공자 모두가 진나라 출신이 아니었지만 목공께서는 그들을 중용하시어 20국을 아우르시고 서융(西戎)을 관(關)에서 추방하셨사옵니다.

또한 진효공(秦孝公)께서는 상앙(商央;공손앙을 의미)의 법을 받아들여 문란한 진의 풍속을 가다듬고 백성의 생활을 윤택하게 했으며 나라를 부강한 길로 이끄셨사옵니다. 그에 따라 백성들은 하루하루를 평화롭게 지냈고 제후들은 군주께 복종했으며 초와 위를 물리쳐 국토를 천 리나 확장하셨사옵니다.

한편 진혜왕(秦惠王)께서는 장의(張儀)의 계책으로 삼천(三川;지금의 사천)의 땅을 얻었고, 서쪽으로 파(巴)와 촉(蜀)을 아우르고, 북쪽으로 상당(上黨)을 수복하였으며, 남쪽으로는 한중(漢中)을 빼앗아 구이(九夷;주변 여러 민족)를 포용하고 언(鄢)과 영(郢)의 땅을 제압하셨사옵니다. 또한 동쪽으로 성고(城皐)의 험지를 정벌하여 비옥한 땅을 지킬 수 있었고, 마침내 육국합종(六國合縱)을 쳐부수어 진을 섬기도록 만드셨사옵니다.

그리고 진소왕(秦昭王)께서는 범수(范雎)를 중용하여 세도당당했던 양후(穰侯)와 화양(華陽)을 물리치고 왕실을 굳건하게 하였으며, 권문세족의 발호를 누르고 제후를 제압한 결과 오늘의 진나라에 이르게 되었사옵니다.

이들은 모두가 진나라의 빈객(賓客)으로 커다란 공을 세운 인물들이옵니다. 이렇게 볼 때 객경인 이 몸이 과연 진나라에 어떤 잘못을 저질렀다고 보시옵니까? 만일 이들 빈객을 받아들이지 않고 중용하지 않았다면 진나라는 어떻게 지금과 같은 부(富)와 이(利)를 쌓을 수 있었으며, 강대한 병력과 명성을 얻을 수 있었겠사옵니까.'

영정은 잠시 숨을 돌린 다음 심각한 표정으로 상서문을 계속 읽어나갔다.

'지금 폐하께서는 곤산(昆山)의 옥(玉)을 걸치시고, 수화(隨和)의 보(寶)를 지니셨으며, 명월(明月)의 주(珠)를 늘어뜨리고, 태가(太柯)의 검(劍)을 허리에 차시고, 견리(緣離)의 마(馬)를 타시며, 취풍(翠風)의 기(旗)를 꽂고, 영타(靈鼉)의 고(鼓)를 두드리고 계신온대 이는 모두가 진나라에서 나지 않는 물건들이옵니다. 그런데 폐하께서는 그런 것에 기뻐하시니 이는 어찌된 일이옵니까?

반드시 진나라에서 나는 것이어야만 된다면 야광(夜光)의 벽(璧)으로 조정을 장식할 수 없으며, 서상(犀象;무소와 코끼리)의 뿔로 만든 완구를 갖고 놀 수 없고, 정(鄭), 위(魏)의 여자를 후궁으로 둘 수 없고, 준마 부제를 마구간에 매어둘 수 없으며, 강남의 황금을 써서도 아니 되고, 촉(蜀)의 단청을 칠해서도 아니 되옵니다. 또한 후궁의 귀와 눈과 입을 즐겁게 하는 모든 것들도 반드시 진나라에서 나는 것만 취할 수 있을 것이옵니다. 완주(宛珠)의 비녀, 전기(傳璣)의 귀고리, 아호(阿縞)의 옷을 궁중에 들일 수 없으며, 아무리 아름답고 얌전한 여자라 하더라도 조나라의 여자를 곁에 둘 수 없고, 귀를 즐겁게 하는 음악도 진나라의 음률이 아니면 연주할 수 없을 것이옵니다. 옹(甕)을 치고, 쟁(箏)을 켜고, 어깨를 두드리며 노래를 부르는 것만이 진나라의 음악이고 정(鄭), 위(衛), 상한(桑閒), 소(韶), 우(虞), 무(武), 상(象)은 모두 진나라의 음악이 아니니 들을 수 없을 것이옵니다.

지금 폐하께서 옹을 치는 걸 버리고 정(鄭)과 위(衛)를 들으시며, 쟁(箏)을 켜는 걸 버리고 소(韶)나 우(虞)를 들으시는 까닭은 무엇이옵니까? 뜻에 맞고 보기에 좋으면 그만인 것을, 지금 폐하께서는 오로지 사람에게만 그렇게 하지 않사옵니다. 가(可)한지 그렇지 않은지 일체 묻지도 않으시고 무조건 진나라 사람이 아니면 모두 축객을 하고 계시옵니다. 그러한즉 폐하께서 귀중하게 여기시는 것은 몸과 마음을 즐겁게 하는 구슬이나 물건이고 나라의 근본인 백성은 가볍게 보시는 것으로 사료되옵니다. 하지만 그렇게 해서는 일개 제후조차 제압하실 수가 없을 것이옵니다.'

이사는 통렬하게 영정을 비난했다. 상서문을 읽는 영정의 얼굴색이 점점 창백하게 변해갔다.

'신이 듣자 하니 땅이 넓으면 곡식이 많이 나고, 나라가 크면 백성이 늘고, 국력이 강하면 병사가 용맹하다고 하옵니다.

태산(泰山)은 흙먼지 하나 마다하지 않아 그렇게 높을 수 있었고, 황하는 작은 물줄기 하나 거부하지 않아 그토록 넓을 수 있었으며, 패업을 이룬 왕은 백성을 내치지 않았기에 그 덕(德)을 밝힐 수 있었사옵니다.

땅에는 끝이 없고 백성에게는 이국(異國)이 없으며, 사시사철이 풍요로운 것은 하늘의 보살핌이 있어서 그러하옵니다. 지금 백성을 내쫓는 건 적국에게 도움이 되고, 빈객을 버리는 것은 제후에게 힘을 보태주는 결과를 낳게 되며, 천하의 선비들이 진나라로 오는 것을 막는 일은 도적에게 양식을 주어 그들을 살찌게 만드는 지름길이옵니다.

진나라 땅에서 나는 것이 아니면서도 귀한 물건이 많듯, 진나라 출신이 아니더라도 충성스러운 선비들은 많사옵니다. 지금 축객령을 내리시어 객을 적국에게 내주고 백성을 제후에게 넘기시면, 진나라는 텅텅 비고 모두들 제후에게 붙어 진을 원망할 것이옵니다. 그렇게 된다면 백성들은 나라가 위급해도 구하지 않을 것이고, 막상 선비와 병사가 필요해도 그때는 얻을 수가 없을 것이옵니다.'

영정은 상서문이 적힌 비단 두루마리를 둘둘 말아 탁자에 올려놓고는 천천히 창가로 다가가 어둠에 싸인 하늘을 내다보았다. 영정의 등 뒤에서 등승은 함양성의 치안이 엉망이 되어 통제하기 어려운 지경에 이르렀다고 보고했다.

보고를 들은 영정이 이마의 땀을 훔치며 등승에게 소리쳤다.

「물러가시오!」

등승이 예를 올린 뒤 밖으로 나가려 하자 머리를 떨구고 있던 영정이 중얼거렸다.

「이 객경과 요 대부를 찾아오시오.」

왕관은 한나라의 간자인 정국을 잡아 이사와 수많은 빈객을 단숨에 진나라에서 내쫓을 수 있게 되자 득의만만해졌다. 축객령이 내려지고 얼마

지나지 않아 50번째 생일을 맞이한 왕관은 왕부(王府;왕 대인의 저택))
의 백화정(百花庭)에서 주연을 크게 베풀었다.

이날 아침 일찍 왕부에 도착한 중대부 안설은 주위를 둘러보며 큰소
리로 중얼거렸다.

「승상께서 생신을 맞이하시니 문앞에 빛이 가득하구나.」

총관이 안설을 발견하고 급히 달려와 허리를 깊숙이 숙이며 인사를
하였다.

「중대부 어른, 어서 안으로 드십시오.」

「허허허, 참으로 좋은 날이오.」

안설은 품에서 지전을 꺼내 총관과 하인들에게 나누어 주며 호탕하게
웃었다. 안설의 마차에서 홍포(紅包;귀한 선물)와 갖가지 꽃으로 장식한
화분을 내리던 총관이 화분 하나를 가리키며 말했다.

「어쩐지 승상 대인께서 중대부 어른을 무척 아끼신다 했더니 다 곡절
이 있었군요. 승상 대인께서 가장 좋아하시는 꽃입니다.」

이 말에 안설은 흡족한 표정을 지으며 총관의 뒤를 따라 내정(內庭)으
로 발길을 옮겼다.

백화정은 왕부의 후원에 있는 방형(方形;네모난 건물)의 건물로 반듯
한 돌로 벽을 쌓고 육각형의 나무를 기둥으로 세웠다. 그 주변에는 흰
국화, 노란 국화, 붉은 국화, 작약, 두견화, 홍모란이 가득하고, 은은한 향
기를 뿜어내는 들풀도 소담스럽게 자라고 있어 백화정이라는 이름이 아
주 잘 어울리는 곳이었다.

안설은 백화정의 풍치에 다시 한 번 소리 높여 감탄했다.

「안 대부, 어서 오시오. 혼자서 일찍도 오시었구료.」

꽃을 감상하고 있던 왕관이 안설을 반갑게 맞았다.

안설은 왕관에게 정중하게 인사를 하고는 그 곁으로 다가갔다. 왕관은
노란 국화 앞에서 코를 벌름거리며 향기를 맡고 있었다.

「대인, 참으로 좋은 꽃입니다.」

「그렇지요. 하지만 이렇게 아름다운 꽃에도 벌레가 끼는 법이오.」

왕관의 말에 안설은 고개를 끄덕였다.

「이 벌레는 마치 우리 진나라에 들어와 있는 빈객과 같은 존재들이오.」

「승상 대인, 어떻게 하면 그 벌레들을 모두 죽일 수 있을까요?」

안설이 왕관의 눈치를 살피며 물었다.

「안 대부는 꽃 가꾸는 것을 어떻게 생각하고 계시오? 꽃도 학문과 마찬가지로 정성을 들여야 한다오. 이 국화 한 송이를 피우기 위해서도 서너 달 이상의 정성을 쏟아야만 하지요.」

안설은 그제서야 눈 앞에 피어 있는 국화가 귀하디 귀하다는 금사국(金絲菊)임을 알았다.

「누릇누릇한 꽃대가 마치 금실처럼 생겼군요. 맑고 부드럽고 은은한 향기가 국화 가운데 으뜸이 아닐 수 없습니다.」

안설이 금사국의 아름다움을 예찬했다.

「그렇소이다. 〈시경〉에서 노래한 '저 못의 언덕, 부들과 연꽃이 가득하다(彼澤之陂有蒲有荷)'는 구절은 모두 꽃의 아름다움을 읊은 것이지요. 꽃을 감상하는 즐거움은 실로 무궁무진하다오.」

「왕 승상의 말씀이 옳습니다.」

왕관의 말에 안설이 맞장구를 쳤다.

「정성을 들여야 가지 하나하나마다 아름다운 꽃이 피듯, 정사(政事)도 온 정성을 쏟아야 하지요.」

「지당하신 말씀입니다. 승상께서 축객을 건의하자 진나라 백성들이 모두들 기뻐하며 찬동하고 있습니다. 더욱이 오늘 승상의 생신을 맞이하여 대왕마마께서 친히 축하의 뜻을 보내오셨습니다.」

안설의 말에 왕관은 환하게 웃으며 만족해 했다.

「군왕이 뛰어나니 신하도 이를 따른다고 하였소. 이 모든 공로는 영명하신 주군께 돌려야겠지요.」

「대왕마마께서 영명하시다면, 대인께서는 목민(牧民;백성을 다스리는 관리)의 인재이십니다.」

왕관은 안설의 찬사가 싫지 않은 듯 가볍게 미소를 지었다.

「재주를 믿으면 일 년을 버티지 못하고, 신념을 지니면 평생을 지킨다고 하였소. 나는 신념을 따르는 사람이오.」

「역시 대인이십니다.」

안설이 감탄하는 눈빛으로 왕관을 바라보았다.

「어느 누가 대인의 강렬한 신념을 따르지 않을 수 있겠습니까?」

두 사람이 이야기를 나누며 꽃밭을 나오는데 멀리 장당이 급하게 달려오는 모습이 보였다.

「장 대인, 무슨 급한 일이라도?」

안설이 물었다.

「오늘 아침에 공자(公子;왕의 자제) 부소(扶蘇)께서 전하는 바에 따르면 대왕마마께서. 이사를 다시 찾는다고 합니다.」

「정말이오?」

왕관이 깜짝 놀라 물었다.

「그렇다면, 우리가 먼저 이사의 목을 쳐야겠군.」

안설이 당혹스러워 하는 왕관을 바라보며 중얼거렸다. 이 말에 이번에는 장당이 놀라 안설을 바라보았다.

「그만두게나.」

왕관이 손을 내저으며 안설을 말렸다.

「생일 잔치 흥이 모두 달아나는군.」

「그렇지만 대인?」

왕관이 한숨을 푹 내쉬자 안설이 안타까운 표정으로 말했다.

「이렇게 가만히 앉아서 지켜볼 수만은 없지 않습니까? 무슨 대책이라도 내리셔야지요.」

「여우를 죽이자 늑대가 나타나는 꼴이 바로 이런 걸 두고 말하는 게 아니겠소. 이번 축객령은 실패한 듯싶소.」

왕관의 체념 어린 말에 안설과 장당은 설마하는 눈빛으로 그를 쳐다보았다.

이때 백화정에 들어오던 태의 하무차가 왕관을 발견하고는 급히 다가왔다.

「승상 대인, 좋지 않은 일이 벌어졌습니다.」

왕관은 하무의 말에 눈을 감았다.

이미 축객령을 철회하고 대전에서 등승과 이사, 그리고 요가를 기다리고 있던 영정은 심사가 그다지 좋지 않았다. 자신이 한 번 결정한 일을 다시 번복하는 것은 특히 군주로서 무척 자존심 상하는 처사이기 때문이었다.

「이제 앞으로 과인이 내린 결정을 어느 백성이 쉽게 따라 주겠는가?」

영정이 한숨을 내뱉으며 중얼거리고 있을 때, 등승이 이사와 요가를 데리고 대전으로 들어왔다. 그런데 그들은 옷이 다 해어지고 온몸은 흙 투성이인 채였다. 영정이 세 사람의 행색이 궁금하여 그 까닭을 묻자, 등승이 낭패한 표정으로 대답했다.

「저희 세 사람이 함곡관을 지나는데 난데없이 돌무더기가 쏟아져 내려와 마차가 엎어지고 부서졌사옵니다.」

「어떻게 그런 일이 벌어질 수 있단 말이오?」

영정이 놀라 눈을 크게 떴다.

「소신이 산 위에 올라가 조사해 보니 누군가 고의로 돌무더기를 굴린 듯하였사옵니다.」

「무슨 근거로 그렇게 단정하는 것이오?」

「그 주변에 작은 돌이 널려 있었고, 또한 사람들의 발자국도 발견하였사옵니다.」

「허어, 이번 일은 과인과 등 내사만이 알고 있는데 참으로 괴이하군.」

영정은 비밀이 새어나가는 것을 가장 꺼려했다.

「소신이 산 위에서 요패(腰牌) 하나를 발견하여 수습해 왔는데 대왕마마께서 한번 살펴보옵소서.」

등승이 허리춤에서 요패를 꺼내 영정에게 건네주었다. 한눈에 보아도 그것은 승상부의 하인들이 사용하는 요패임을 알 수 있었다. 영정은 알았다는 표정으로 고개를 끄덕였다.

　이사는 영정을 만나면 강력하게 읍소할 생각이었으나 영정이 등승과 오랫동안 이야기를 나누는 바람에 조용히 입을 다물고 있었다. 등승이 보고를 마치자 그제서야 영정은 이사에게 눈길을 돌렸다.

　「이 객경이 과인을 일깨워 주었소. 상서를 읽고서야 축객령이 잘못되었음을 확실히 알았소. 이 객경은 앞으로 과인과 진나라를 위해 더 한층 힘써 주시고 널리 인재를 구하는 일에도 도움을 주도록 하시오.」

　영정의 말에 이사는 그만 감격하여 눈물을 떨구었다. 그러자 곁에 있던 요가가 목이 멘 목소리로 입을 열었다.

　「대왕마마께서 축객령을 폐기하시었으니 이제 수많은 인재가 진나라로 몰려올 것이옵니다.」

　「어찌 다른 이들을 그대들과 비교할 수 있겠소. 화씨(和氏)의 벽(璧)과 같은 인재는 진정 찾기가 쉽지 않은 법이오.」

　「대왕마마, 신들은 인재가 아니옵니다. 이번 여행길에 우연히 현사를 만났사온대, 그는 경사(經史 ; 경전과 역사)에 밝고 역리(易理)에 뛰어나며 병략(兵略)에도 조예가 깊었사옵니다. 실로 진나라를 위해 큰일을 할 사람이었사옵니다.」

　「그래요? 그런데 그 사람은 지금 어디에 있소?」

　요가의 말에 영정은 마음이 급해졌다.

　「그의 성은 왕(王)이고 이름은 료(繚)라 하오며 위나라 포양인으로 지금 대전 밖에서 대기하고 있사옵니다. 대왕마마께서 한 번 만나주옵소서.」

　「이 객경과 비교하면 어떻소?」

　영정이 묻자 요가는 이사를 힐끗 바라보더니 대답했다.

　「적어도 그는 소신보다는 열 배, 아니 백 배는 뛰어난 사람일 것이옵니다.」

　요가의 말에 이사는 심사가 뒤틀렸지만 어쩔 수 없이 꾹 눌러 참았다.

　영정의 명에 따라 등승이 대전을 나가 왕료를 데리고 들어왔다. 왕료는 갈색 베옷 차림이었지만 키가 훤칠하고 중후한 체격이 돋보이는 인물로 나이는 이제 불혹(不惑)을 넘긴 것 같았다. 다만 기침이 심한 것이 얼굴에 병색이 드러나 보였는데 오랫동안 고생한 흔적인 듯했다.

대전으로 들어온 왕료는 무릎을 꿇고 영정에게 가볍게 목례를 올렸다. 영정은 그가 제대로 예를 갖추지 않자 불쾌한 표정을 감추지 못하고 싸늘한 목소리로 입을 열었다.

「선생 같은 인재께서 어찌하여 축객령이 내려진 이 시점에 진나라로 들어오셨습니까?」

「축객령은 대왕의 손과 발을 묶어 놓는 잘못된 법령이라 생각했사옵니다. 소신은 비록 재주가 없사오나 축객령이 옳지 않음을 역설하고자 진에 들어왔사옵니다.」

「하하하.」

왕료의 말에 영정이 크게 웃었다.

「축객령이 나의 손과 발을 묶어 놓는 잘못된 법령이라구요? 그런데 과인은 선생께서 주청을 하시기도 전에 먼저 그것을 폐지하였으니 선생은 너무 늦게 오신 게로군요.」

영정의 비아냥거리는 말에 왕료는 고개를 뻣뻣하게 세우더니 목소리를 높였다.

「신이 진나라로 들어올 때에는 축객령이 폐지되기 이전이었사옵니다. 지금 비록 그것이 폐지되기는 하였지만 대왕마마의 뜻은 그리 굳세지를 않사옵니다. 다시 말씀드리오면 마마의 진정한 뜻은 축객령 폐지에 있지 않사옵니다. 늘 마음 속으로 주저하고 계시는 것이지요. 그러나 인재를 구하는 데 있어 현우(賢愚)를 가리지 않는다면 바로 오랑캐의 임금과 다를 바 없을 것이옵니다.」

왕료의 직설적인 언사에 영정은 매우 화가 났다. 대전에 함께 자리한 몇몇 대신들은 영정의 일그러진 표정에 모두들 가슴을 졸였다. 더욱이 왕료를 추천한 요가는 몸을 부들부들 떨며 어쩔 바를 몰랐다. 영정의 성격을 알고 있는 이사만이 마음 속으로 쾌재를 불렀다. 그는 '모름지기

군자는 말을 조심해야 한다'는 경구를 어느 누구보다도 가슴 깊이 새기
고 있는 사람이었다.

왕료를 노려보던 영정이 결국 분노를 참지 못해 자리에서 벌떡 일어
나며 소리쳤다.

「저 미친 자를 당장 밖으로 끌어내 효수하라!」

그러나 왕료는 아무렇지도 않은 표정으로 중얼거렸다.

「엽공호룡(葉公好龍)을 다시 보니 이제 진나라의 멸망을 손꼽을 날도
멀지 않았도다.」

효수의 명령에도 전혀 기가 죽지 않은 채 오히려 당당한 왕료의 태도
에 영정은 매우 놀랐다. 군왕의 지존(至尊)으로 베옷 입은 일개 선비의
기개를 조금도 누르지 못하자 영정은 문득 순황의 말이 떠올랐다.

'군왕이 자신의 희노애락으로 천하를 다스린다면 충신과 간신을 판별
하는 기준을 잃게 된다.'

시위들이 들어와 왕료를 끌고 나가려 하자 영정이 손을 저으며 소리
쳤다.

「잠깐, 엽공호룡이란 무슨 뜻이오? 그리고 진나라의 멸망을 손꼽는다
는 말은 어떤 의미요? 이 자리에서 분명하게 설명하지 못하면 죽음을
면치 못할 것이오.」

영정의 말에 왕료는 가슴을 펴고 당당하게 대답했다.

「몸을 바쳐 의로움을 얻는다면 죽어도 여한이 없사옵니다. 죽음을 면
하고 면치 않고는 소신에게 그다지 중요하지 않사옵니다.」

일단 소신을 밝힌 왕료는 천천히 그리고 아주 힘 있게 자신의 의견을
말하기 시작했다.

「대왕께서는 내사에게 명하여 쫓아낸 신하를 다시 불러들이셨사온대
이들은 돌아오던 길에 바위가 머리 위에 떨어지는 공격을 받았습니다.
그렇다면 이들을 공격한 사람들은 누구겠사옵니까? 그들은 분명 대왕을
해칠 사람들은 아니지만 쫓아낸 신하들을 다시 불러들이시자 위기를 느
끼고 해치려 했사옵니다. 이는 어렵게 생각할 필요도 없이 나라 안에 현

사를 싫어하는 세력이 자리잡고 있다는 증거이옵니다. 현사들이 사라지면 간적(奸賊)들은 대왕의 좌우에 독버섯처럼 자라게 될 터이며, 죄가 없는데도 위협을 받으면 현사들은 다시 불러도 오지 않을 것이옵니다. 용(龍)을 좋아하던 초나라 엽공이 막상 용이 나타나니 두려워 했다는 엽공호룡은 이를 두고 하는 말이옵니다. 진나라가 강해지면 제후들은 일개 군현의 관리자에 불과하지만, 빈객들이 진을 떠나 그들과 연합하면 결과는 아무도 예측할 수 없게 되옵니다. 지백(智伯), 부차(夫差)가 망한 까닭도 이와 같사옵니다. 따라서 신이 망국의 그날을 손꼽아 기다린다는 의미는 바로 이것이옵니다.」

영정은 그제서야 왕료의 충고를 이해하고 받아들였다.

「그렇게 선견지명이 있는 선생께서 어찌하여 과인이 축객령을 철회할 것을 예측하지 못하셨습니까?」

「대왕마마, 제가 한말씀 올리겠사옵니다.」

애를 태우며 사태를 지켜보던 요가가 영정이 왕료를 받아들이자 비로소 안도를 하고 입을 열었다.

「소신과 이 객경이 성을 빠져나가 몸을 피하던 중 우연히 왕료 선생을 만났는데 말이 조리 있고 사리가 명확해 줄곧 그 말을 경청했사옵니다. 선생은 우리에게 축객령이 곧 철회될 것이라고 주장하였는데 과연 며칠 후 등 내사가 저희들을 찾아와 그 사실을 믿을 수 있었사옵니다.」

그 말에 이사도 고개를 끄덕였다. 영정은 왕료의 식견에 다시 한 번 감탄하고 더욱 공손한 태도를 갖추었다.

「과인이 잠깐 눈이 어두워 현사를 몰라보고 해를 끼치려 했습니다.」

영정은 왕료에게 무례를 사과한 후, 진나라가 앞으로 나아갈 방향과 통일의 방략을 구하였다. 그러자 왕료가 빙그레 웃으며 대답했다.

「냇물에 갖가지 오물이 모여들 듯 사람도 누구나 잘못을 할 수 있사옵니다. 대왕께서 지난날 시행하신 정책의 잘못됨을 솔직히 인정하시니 마치 하늘에 떠 있는 태양처럼 많은 사람들이 대왕을 우러러볼 것이옵니다.」

왕료가 처음으로 찬사를 보내자 영정은 매우 흡족한 미소를 지었다.

왕료는 영정의 명에 따라 천하의 대세를 분석하고 진국의 내정과 병력의 운용, 농상 정책에 관하여 다양한 의견을 개진하였으며, 특히 토지, 백성, 정사(政事)의 관리와 운용에 깊이 있는 철학을 제시하였다. 영정은 그의 언변과 학식에 깊이 탄복하고 그를 상빈(上賓)으로 받들어 궁중에 머물도록 하였다.

등승은 영정의 밀명을 받아 함양성의 치안을 강화하면서 다른 한편으로는 함곡관에서의 낙석 사건을 조사하였다. 축객령이 철회된 지 열흘이 못 되어 함양성은 질서를 되찾아갔으며 낙석 사건의 진범은 쉽게 밝혀졌다. 요패를 단서로 탐문한 끝에 우승상부의 총관이 모든 것을 지시했음이 드러나자 우승상 왕관은 병을 핑계로 조회에 나오지 않았다.

왕관은 자리에 누워 '해가 뜨면 움직이고 달이 차면 기운다(日中則移 月滿則仄)'는 이치를 생각했다.

「지나치게 욕심을 내면 오히려 미치지 못하는 법이지.」

그는 울화병으로 속을 썩히면서 태의 하무차를 기다렸다.

한편 하무차는 일을 마친 후 궁궐을 나오면서 곤혹스러운 표정을 지었다. 예전에는 일이 끝나면 곧장 승상부로 달려가곤 했는데 이제는 어찌해야 좋을지 난감하기만 했다. 하무차의 조상은 본래 제나라 상인으로, 그의 아버지는 각지를 떠돌아다니면서 물건을 팔았고 시간이 나는 대로 틈틈이 어깨 너머로 배운 의술로 사람들의 맥을 짚어주고 푼돈을 벌었다. 하무차는 열네 살 때 부친으로부터 약초의 배합과 침술을 배웠는데, 그 후 열여덟 나이로 군대에 들어간 그는 의관(醫官)이 갑자기 죽는 바람에 그 자리를 맡게 되었다. 4년 동안 군의로서 많은 공을 세운 하무차는 병역을 마친 후 태의부(太醫府)의 의승(醫丞)으로 선발되었고 이 년 후에는 태의로, 더 나아가 태의령(太醫令)으로 승진하였다. 그러나 제나라가 점점 쇠퇴해 가자 태의령의 관할 하에 있는 의사들도 겨우 백여 명으로 줄어들게 되었다.

가슴 속에 야심을 키우고 있던 하무차는 더 이상 쇠락해 가는 제나라에서 그냥 주저앉아 있을 수 없어 마음을 굳게 먹고 강대국인 진나라로 들어왔다. 호시탐탐 기회를 엿보던 하무차는 어느 날 우연히 우승상 왕관을 수행하고 정국거를 시찰하는 행렬에 동참하면서 진나라의 태의가 되는 행운을 잡았다. 그러나 뜻밖에도 축객령이 내려지면서 제나라 사람인 그의 지위가 갑자기 흔들리기 시작했다. 만일 영정이 축객령을 철회하지 않았다면 하무차의 말로는 매우 비참했을 것이었다.

이전에 하무차는 왕관에 의해 발탁되었다는 이유 하나만으로 그에게 궁궐에서 일어나는 여러 가지 정보를 건네주고 건강도 극진히 보살폈다. 침식을 잊을 정도로 왕관에게 충성을 다했는데 막상 축객령이 내려지자 왕관은 그를 거들떠보지도 않았다.

이런저런 생각을 하던 하무차는 자리에서 벌떡 일어나 안설의 집으로 발걸음을 돌렸다. 중대부 안설의 집은 매우 아담하고 깔끔했다. 그간 여러 차례 들락거렸던 하무차는 쉽사리 대문을 통과하여 중당에 이르렀다. 주변에는 사람 그림자 하나 보이지 않았고, 다만 대청에서 도란도란 속삭이는 소리만이 하무차의 귀에 들려왔다. 고개를 돌려보니 왕부의 총관과 안설이 머리를 맞대고 은밀히 무슨 일인가 상의하고 있었다.

하무차가 중당의 문을 열고 안으로 들어오자 두 사람은 흠칫 놀라며 하던 말을 중단했다. 하무차가 안설에게 인사를 하기가 무섭게 왕부의 총관은 매우 당황한 표정으로 서둘러 자리를 떴다.

'무슨 다급한 일이 있기에 저렇게 당황해 하며 도망갈까? 등에는 보따리를 짊어지고, 틀림없이 멀리 떠나는 차림이야.'

하무차는 갑자기 모든 것이 혼란스러웠다. 안설 또한 하무차에게 두 사람의 만남을 들켜서 그런지 매우 당혹스러운 태도였다. 하무차는 더 이상 그곳에 머무르고 싶지 않아 안설에게 간단한 안부를 묻고는 얼른 자리를 떴다.

난데없이 나타나 훌쩍 떠나가 버리는 하무차의 행동이 왠지 부자연스럽다고 생각한 안설은 그가 사라지자 곧바로 왕관에게 달려갔다.

몸이 좋지 않은 왕관은 그날따라 하무차가 오지 않자 매우 갑갑하던 터였다. 이때 안설이 급히 뛰어와 하무차의 이상한 행동을 고해 바치자 왕관은 씁쓰레하게 웃으며 중얼거렸다.

「나뭇잎도 무성하면 반드시 지는 법, 이것이 자연의 이치이지.」

잠시 침묵을 지키던 왕관은 무슨 결심을 한 듯 자리에서 일어나 조복을 입고 궁으로 발걸음을 옮겼다. 대전으로 들어간 왕관은 영정에게 예를 올리고 낙석 사건을 염두에 둔 채 먼저 말을 꺼냈다.

「소신이 용렬하여 간자인 정국의 말을 무조건 믿고 많은 물의를 일으켰사옵니다. 비록 그것이 소신의 본뜻은 아니었지만, 모든 책임을 지고 삼가 인수(印綬;임명장과 같은 기능의 도장)를 마마께 바치오니 부디 고향으로 돌아가 여생을 보낼 수 있도록 허락하여 주옵소서.」

영정은 왕관이 솔직히 잘못을 시인하고 벌을 받겠다고 나서자 빙그레 미소를 지으며 말했다.

「고향에 내려가 여생을 보내신다니 참으로 좋은 생각입니다. 그러나 천명을 알고 조용히 물러나는 것은 마땅한 일이지만 왕 승상은 인망이 두텁고 아직 할 일도 많은데 어찌 늙음을 핑계로 그만 물러나실 수 있겠소?」

「대왕마마께서는 법으로 나라를 다스려야 기강이 바로 선다고 하셨사옵니다. 하온대 소신이 법을 어겼으며 시(時)와 세(勢)가 물러나기를 종용하니 마땅히 어진 이에게 자리를 물려주는 게 도리라 사료되옵니다.」

영정은 완곡하게 자리를 사양하는 왕관의 말을 듣고 잠시 생각에 잠겼다.

'승상은 정말 잽싸게 제 꼬리를 감추는군. 총관이 이미 몸을 빼내 달아났다 그거지. 당장 이 자에게 벌을 내릴 수도 있지만 아직 그는 '진인치국'을 주장하는 사람들의 중심 인물이고 조정에서도 그를 따르는 사람이 많이 남아 있어. 그러나 그 무리들이 조정의 권력을 장악하고 있는 것은 아니니 굳이 승상을 내칠 필요가 없겠지.'

영정은 왕관이 물러나는 이유로 시와 세를 언급하자 내심 편안한 마음이 되었다. 만일 영정이 왕관을 강력하게 응징한다면 많은 신하들이 일단은 영정에게 복종하겠지만 언제든지 시와 세가 바뀌면 그의 말을 듣지 않을 것을 알았기 때문이었다.

영정은 마음의 결심을 굳히고 부드러운 목소리로 왕관에게 말했다.

「천명을 알고 욕심을 그치면 걱정이 없다고 하였소. 승상께서 이미 어진 사람에게 자리를 물려주려는 결심을 내리셨다면 과인도 굳이 말리지는 않겠소. 다만 경은 대대로 진의 세족(世族)으로 신망이 두텁고 경사(經史)에 밝으니, 공자 부소의 태부(太傅;태자의 사부를 일컬음)를 맡아 주시면 어떻겠소?」

왕관은 뜻밖에 영정이 자신에게 태부의 자리를 권하자 매우 놀랐다. 그는 공자 부소를 잘 알고 있었다. 부소는 어린 나이였지만 매우 총명하고 의젓하며 효성이 지극하였으며 침착하고 의연하여 많은 대신들이 진나라의 다음 번 군주로 손꼽고 있었다.

'그래, 군자는 위기를 맞았을 때 더욱 의연하게 대처하는 법, 동쪽 땅을 잃으니 오히려 서쪽의 땅이 굴러오는구나.'

왕관은 솟아오르는 기쁨을 감추며 조용히 대답했다.

「소신의 허물을 마다 않고 태부로 삼으시니 성은에 감읍할 따름이옵니다.」

왕관이 예를 올리고 물러나자, 잠시 후 상빈 왕료가 영정 뒤에 걸린 주렴을 걷어올리고 성큼성큼 앞으로 나왔다.

「물이 맑으면 고기가 모이지 않는 법이옵니다. 이는 매사를 너무나 정확히 하면 무리가 따르지 않는 이치와 같사옵니다. 적이라 할지라도 그를 쳐서 대세를 바꿀 수 없다면 살려두어 훗날 이용하는 게 좋사옵니다. 너무나 강하게 내치면 반발을 사 대사를 그르칠 수 있지요.」

그 말에 영정이 기분좋게 웃으며 대답했다.

「너무 윽박지르거나 심하게 힐난하지 말라는 뜻 아니오?」

「그렇사옵니다. 가장 슬기로운 사람은 바보처럼 행동하는 것이옵니다.」

영정은 왕료가 기쁜 얼굴을 하며 다가오자 그 연유를 물었다.

「무엇이 그리 즐겁소?」

「대왕께서는 작은 선심으로 큰 이득을 얻으셨고, 내치(內治)를 공고히 하셔서 걱정을 덜으셨사옵니다. 이제 대왕께서는 재물을 아끼지 마시고 적국의 대신들을 매수하여 그 나라를 혼란에 빠뜨리십시오. 대왕께서는 30만 금으로 제후들을 모두 멸하실 수가 있을 것이옵니다.」

그러자 영정이 고개를 갸우뚱거렸다.

「작은 선심으로 큰 이득을 얻고, 내치를 다져서 걱정을 덜었다는 게 무슨 뜻이오?」

왕료가 대답했다.

「왕 승상은 축객령을 주도한 중심 인물이옵니다. 그는 방금 전 대왕의 질책을 기대했으나 오히려 태부에 임명되자 아주 감동한 듯했사옵니다. 아마 마음 속으로 대왕께 진심으로 충성하겠노라 맹서했을 것이옵니다. 이것이 바로 칼의 힘을 빌리지 않고 내부의 불만 세력을 다스리는 고도의 심리 전술이옵니다. 즉 작은 자비심으로 커다란 이익을 얻은 셈이지요.」

그제서야 영정은 크게 웃으며 고개를 끄덕였다.

「하하하, 그렇다면 수천 금으로 제후를 얻는다는 건 싸우지 않고 적을 굴복시키는 병가의 심리전이겠구려.」

그 말에 왕료는 흡족한 표정을 지으며 영정의 슬기로움에 감탄하였다.

그 다음날 진시 무렵 영정은 왕료, 등승, 이사와 몇몇 대신을 대동하고 가벼운 옷차림으로 적색 준마를 타고서 함양성 북쪽 교외에 위치한 왕전의 군영을 시찰하러 나갔다. 지난밤에 눈이 약간 내려서인지 산과 들은 온통 은색으로 뒤덮여 있었다. 북풍은 쉴틈없이 대지의 눈발을 흩날려 사람들의 가슴까지 차갑게 얼어붙게 했다. 모진 바람에도 아랑곳없이 힘차게 말을 몰아 몇 차례 산구비를 돌고 돈 영정은 마침내 군영이 한눈에 보이는 산마루에 다다랐다. 멀리 삭풍에 찢어지기라도 할 듯 펄럭이는 군기(軍旗) 아래 왕전의 군영은 질서 있게 줄지어 자리잡고 있었다.

영정 일행이 군영 가까이에 이르자 갑자기 커다란 호각소리가 벌판에 울려퍼졌다. 대영(大營)의 백 보(百步; 약 60-70장으로 현재 척도로는 180미터 정도) 앞에는 대장군 왕전이 부장 양단화(楊端和), 번의(樊齮), 몽염을 이끌고 도열하였으며, 그 뒤로 백여 명의 도위(都尉), 교위(校尉)가 줄지어 서서 영정을 기다리고 있었다. 군영에 도착한 영정 일행이 말에서 내려 군례(軍禮;왕을 맞이하는 예식)를 치르자 왕전이 앞장서서 이들에게 군영을 안내하였다.

군영은 매우 질서정연했으며 그 방어망이 아주 튼튼하게 만들어져 있었다. 일차 방어선은 가시나무와 싸리나무를 단단히 엮어 일 장(一丈;약 3미터) 높이로 총총히 박아 담장을 쳤고, 거기에서 세 걸음 뒤로 이차 방어선이 형성되어 있었는데 흙으로 판축하여 담을 쌓고 그 위에 사람의 두 배 높이 정도 되는 목책이 서 있었다. 그리고 담장 아래를 깊게 파서 물이 흐르는 해자를 만들었으며 담장의 사방에는 망루를 세워 전방을 바라볼 수 있도록 하였다. 또한 군영의 도로는 가로와 세로로 질서 있게 닦여졌고, 각 막사마다 오(伍;다섯 명의 병사) 혹은 십(什;열 명의 병사)의 단위로 배치되어 있었다.

병사들은 모두 막사 앞에 나란히 서서 영정의 시찰을 받았다. 북소리가 크게 세 번 울리자 수만 명이 들어 있는 군영은 쥐새끼 소리조차 들리지 않았다. 각 개의 군영을 지휘하는 중군장(中軍帳)들이 막사 앞에서 자신의 군영을 표시하는 깃발을 가슴 앞으로 늘어뜨리고 있다가 영정이 다가오면 하늘 높이 치켜올리곤 했다. 병사들은 군기가 확실히 잡혀 있었고 사기 충천한 모습이었다.

영정을 동행한 조정 대신들은 입을 모아 왕전의 군대를 칭찬하였다.

「대왕마마, 진군의 위풍은 북풍과 같이 당당하고 철마처럼 든든하옵니다.」

그러나 대신들의 감탄과는 달리 왕료는 매우 불만스런 표정이었다.

「별다른 게 하나도 없군.」

영정은 왕료의 말에 기분이 언짢아 왕전을 불렀다.

「왕 장군, 과인이 오늘 특별히 현사 왕 선생을 모시고 왔으니 연무(演

武)하는 모습을 시범보여 그의 마음에 들도록 해보시오.」

왕전은 힐끗 왕료를 바라보며 불쾌한 표정을 지었다. 갑병(甲兵) 백만을 움직일 만한 웅지를 품고 있는 왕전 앞에서 일개 서생에 불과한 그가 군영에 대해 가타부타하는 것이 아니꼬울 뿐이었다. 그러나 영정의 명이 내려지자 왕전은 어쩔 수 없이 손을 들어 시범을 지시하였다. 영내에 북이 둥둥둥 크게 울리기 시작하자 왕전이 양단화와 여러 부장, 그리고 백여 명에 이르는 도위와 교위들을 이끌고 연무장으로 이동하였다.

연무장은 아주 넓은 초지에 마련되었는데 마침 햇볕이 내리쬐는 바람에 눈이 녹아 땅은 상당히 질퍽거렸다. 연무하기에는 아주 좋지 않은 상태였다.

영정 일행은 열병단(閱兵壇)에 자리를 잡고 앉았다. 열병단은 언덕이 끝나는 지점에 마른 흙을 쌓아 만들었는데 대략 일 장 정도의 높이였다. 영정은 단상 위에 놓인 풀로 엮은 방석 위에 앉아 왕전에게 연무를 지시했다.

명이 떨어지자 다시 깃발이 펄럭이고 북이 요란하게 울려퍼지기 시작했다. 대규모의 병력이 사방에서 깃발을 흔들며 중앙으로 달려나오는 것이 마치 검은 구름이 초원에 밀려드는 듯한 형상이었다. 질풍노도와 같은 그들의 기세에 영정은 아주 흡족한 표정을 지었으며, 이사 또한 쿵쾅거리는 가슴을 진정시키며 상기된 얼굴로 군사들의 모습을 바라보았다. 그러나 단지 한 사람, 왕료만은 냉정한 모습을 잃지 않고 면밀하게 군사들의 연무를 관전했다. 영정은 그런 왕료의 오만한 옆모습을 힐끗 바라보았다.

'흥, 자기가 뭐 그리 대단하다고 이런 위세에도 꿈쩍않는 거지?'

한편 왕료는 왕료대로 남몰래 영정의 모습과 행동을 주시하면서 생각했다.

'작은 일에 쉽게 감격하고, 심계가 독랄한 위인이군. 결코 오래 사귈 만한 사람이 아니야.'

영정과 왕료는 제각기 서로의 인물됨을 평가하며 연무를 관전하였다.

왕전은 신속하고 과감하게 군사들을 지휘했다. 번의는 푸른 깃발에 푸른 깃, 푸른 갑옷을 입은 일만의 좌군을, 양단화는 누런 깃발, 누런 깃, 누런 갑옷을 입은 일만의 중군을, 그리고 흰 깃발, 흰 깃, 흰 갑옷을 입은 일만의 우군은 몽염이 통솔하였다. 지휘관의 명에 따라 일사불란하게 움직이며 소리 높이 외치는 삼군의 우렁찬 함성은 마치 천지를 진동하는 듯했다.

「진왕 만세! 만세! 만만세!」

호각과 북소리, 깃발에 따라 삼군 병사들이 질서정연하게 모였다 흩어지고, 대오를 변형하며 공격진과 방어진을 구축하였다. 처음에는 방진(方陣), 그 다음은 원진(圓陣), 다음은 학날개진, 물고기떼진, 기러기진으로 형태가 바뀌었다. 그러더니 북소리가 다시 세 번 울리자 우군이 선봉에 서고 좌군과 중군이 날개 대형으로 진을 구성하다가, 갑자기 대형이 바뀌어 중군이 앞장서고 그 뒤를 좌우군이 따르는 일자형이 되었다. 넓은 초지에서 누런색, 흰색, 푸른색의 대형이 움직이는 모습은 마치 풀숲을 헤치며 전진하는 뱀처럼 날렵하고 교묘했다. 깃발이 천지를 덮고 함성이 사방을 울리자 영정은 아주 만족스런 표정이 되었다.

이윽고 북소리가 여섯 번 울리자 삼군의 대열이 영정을 중심으로 담을 쌓으며 뒤로 물러나더니 곧이어 60명의 사수(射手)가 걸어나왔다. 그들의 백 보 앞에는 가로, 세로 3척 정도의 청, 황, 백색의 표적이 세워져 있었다. 각각 두 대의 화살을 가지고 사선 앞에 선 사수들은 북이 울리자 과녁에 화살을 한 대씩 날렸다. 60대의 화살이 요란한 소리를 내며 공중을 갈랐다.

「퍼퍼퍽!」

황색 표적에는 20대가, 백색 표적에는 19대가, 청색 표적에는 18대가 적중되었다.

「신전수(神箭手;활을 잘 쏘는 사람)가 많군!」

등승이 감탄 어린 목소리로 중얼거렸다.

이어서 다시 북소리가 울리자 60명의 사수들이 일제히 두번째 화살을 날렸다. 황색, 백색 표적은 모두 20대가, 청색 표적에는 19대가 적중되자 청색의 좌군 대장 번의의 얼굴이 씰룩거렸다.

왕전이 다시 깃발을 펄럭이며 다른 시범을 지시하였다. 이어진 시범은 깃발 뺏기 시합으로, 삼군에서 각기 건장한 병사 백여 명이 나와 30여 명은 자기 군의 상징 깃발이 펄럭이는 통나무를 붙잡고, 나머지 60여 명은 두 패로 나뉘어져 상대방의 깃발을 탈취하는 경기였다. 북소리가 울리자 병사들은 함성을 지르며 상대방의 깃발을 뺏기 위해 성난 말처럼 초원을 뛰어다녔다. 빼앗으려는 무리와 뺏기지 않으려는 무리들이 치열하게 몸싸움을 벌였다. 활쏘기에서 꼴찌를 한 좌군의 번의는 고함을 지르며 부하들을 독려했지만 결과는 활쏘기 때와 마찬가지로 중군이 제일 먼저 좌군의 깃발을 빼앗고, 곧이어 우군의 깃발마저 탈취했다. 이에 번의는 매우 분개하면서도 부끄러워 차마 얼굴을 들지 못했다.

이어서 기마군의 깃발 뺏기 시합이 벌어졌는데, 삼군에서 각기 네 명씩 출전하는 경기로 아주 거칠고 위험했다. 계속 수세에 몰리던 좌군의 번의가 직접 시합에 참가할 뜻을 밝혔다. 이 경기는 북소리가 울리면 출전한 열두 명의 기마병들이 말을 타고 6백 보 앞에 펄럭이는 적색 깃발을 먼저 빼앗아 되돌아오는 시합이었다.

「둥둥둥!」

마침내 북소리가 울리자 열두 필의 말이 쏜살같이 앞으로 뛰쳐나갔다. 잠시 후 제일 앞서 나아가던 백색 기병의 뒤를 바싹 쫓아가던 황색 기병이 말에서 몸을 일으켜 발을 살짝 걸자 백색 기병은 그만 말과 함께 넘어지고 말았다. 황색 기병의 묘기에 사람들이 환호성을 질렀다. 그때 번의가 이 틈을 타고 황색 기병을 낚아챈 뒤 선두로 나서서는 두 필의 말을 번갈아 타면서 묘기를 부리기 시작했다. 뒤를 따르는 기병들이 오른쪽에서 공격하면 번의는 얼른 왼쪽 말로 자리를 옮기고, 왼쪽으로 공격하면 오른쪽 말로 옮기며 줄곧 선두를 지켰다. 그렇게 해서 번의가 적색 깃발 앞에 십여 보 정도 다가갔을 때 갑자기 뒤에서 황색 기병이 채찍을 꺼내 깃발을 빼앗았다. 하지만 번의의 손이 더욱 빨랐다. 채찍 끝이 깃발을 낚아채는 순간 번의는 재빨리 그것을 가로채 말머리를 돌렸다. 이런 광경에 좌군 병사들이 열광하며 소리쳤다.

「번표자(樊豹子;번씨 성을 가진 표범)! 번표자!」

영정도 번의의 묘기에 혀를 내둘렀다.

「번 장군, 아주 장해! 정말 멋지군!」

번의는 좌군의 자존심을 조금이나마 회복했다는 우쭐함에 어깨를 들썩였다. 왕전이 그런 번의를 묵묵히 바라보았고, 왕료는 기막히다는 표정으로 영정에게 말했다.

「일군의 대장이 자존심에 좌우되다니, 질서를 문란케 한 죄를 물어 마땅히 처형하심이 옳사옵니다.」

왕료의 주청에 영정과 대신들은 깜짝 놀라 그를 바라보았다. 영정은 갈수록 자신의 기분과 어긋난 말만 하는 왕료가 괘씸해 크게 화를 냈다.

「용맹하기로 삼군의 으뜸인 맹장을 어찌하여 처형하라는 것이오?」

왕료 또한 비분강개하여 영정 못지않게 큰소리를 쳤다.

「틈이 크면 높은 담도 쉽게 무너지는 법이옵니다. 실제로 전투에서는 한 명의 맹장이 필요한 게 아니옵니다. 전군이 일치단결하여 한 마음이 되었을 때 승리가 보장되는 법, 병사 한 명이 군령을 어기면 나아가 하나의 오가 군령을 어기고 이어서 십, 졸(卒;백 명의 대오)이 군령을 어기게 될 것이옵니다. 사정이 이러할진대 수만의 군사를 통솔하는 장수가 군령을 위반했을 때 전군의 패망은 불을 보듯 뻔한 일이옵니다. 소신이 주청하는 징벌의 요체는 군기를 엄정히 수립하고, 후일 전투에서 승리를 보장하기 위해서일 뿐이옵니다. 좌군의 장수는 자존심에 얽매어 필부의 용기를 선보였으니 마땅히 질서를 어지럽힌 죄를 물어 일벌백계하심이 옳은 줄 아옵니다.」

번의는 왕료의 가혹한 비판에 아무 소리 못하고 고개를 떨구었다. 그러자 영정이 손을 내저으며 번의를 물러나게 하였다. 곁에서 왕료의 말을 듣던 대장군 왕전은 그의 배포와 식견에 경외심이 들었다. 중군의 몽염과 우군의 양단화도 왕료의 말에 탄복하여 고개를 끄덕였다.

영정은 여러 장수들이 왕료의 말에 수긍하는 자세를 보이자 왕료에게
어떻게 병사를 훈련시켜야 하는지 자문했다. 왕료가 가볍게 미소를 지으
며 입을 열었다.

「여러 장군들이 연습을 실전처럼 하고 있지만 천하의 수많은 정예병
과 비교하면 세 가지 부족함이 있사옵니다. 첫째는 행오(行伍)의 표식이
불분명하여 지휘와 전투의 투입에 어려움이 있사옵니다.」

「그렇다면 어떻게 해야 합니까?」

몽염이 다급하게 물었다.

「폐하, 제일 먼저 25명을 1졸로 하는 군제를 펴시옵소서. 제1오는 머리
에 청색 두건을, 제2오는 이마에 적색 띠를, 제3오는 가슴에 황색 표식을,
제4오는 복부에 백색 표식을, 제5오는 허리에 흑색 표식을 하고 병사에
게 각각 고유 번호를 붙여 누가 어떤 임무를 맡는지 정확하게 알려주어
야 하옵니다. 같은 병사라 할지라도 명확하게 식별을 해야 뒤에 상벌을
분명히 가릴 수 있지 않겠사옵니까?」

「훌륭합니다! 병사들 개개인마다 표식을 하면 감히 누가 질서를 어지
럽히겠습니까?」

몽염이 감탄하여 소리쳤다.

「두번째는 주둔시 군영의 군기가 엄정해야 합니다. 막사와 막사 사이
에 순찰 도는 병사가 있기는 하지만 서로를 알아보는 아무런 명패(名
牌)도 없고, 또한 영내를 돌아다니는 병사들을 그대로 방치하고 있습니
다. 군영은 사람의 심장과도 같고 나라의 수도와도 같은 곳입니다. 군령
(軍令)이나 명패가 없으면 누가 어느 대오에 속하는지 알 수 없고, 적의
간자가 들어와도 판별할 수가 없습니다.」

왕전은 군영에 대한 왕료의 식견에 탄복했다.

「야전에서 생활해 온 우리도 발견하지 못한 부분을 정확하게 지적하
시다니 과연 대단하십니다.」

장군들의 감탄에 왕료는 계속 말을 이었다.

「셋째, 병사들을 훈련시킬 때에는 마땅히 오, 십, 졸을 단위로 시작하

여, 마지막에 군 전체의 훈련에 이르러야 합니다. 즉 오의 훈련이 끝나면 십, 졸로 확대하고 이를 백부장에게 넘겨 직접 지휘하도록 조치하십시오. 오, 십, 졸의 지휘 능력이 발휘되어야 군의 전력이 상승할 것입니다. 아울러 모든 막사 앞에 막대기를 세워 병사들이 시간을 알 수 있도록 해야 합니다. 시간을 잘못 판단했다가는 전군이 몰살하는 사태가 일어날 수 있습니다.」

「알겠습니다. 그렇게 시행하도록 하지요.」

왕전은 왕료의 말에 전적으로 동의했다. 그는 이제까지 보아온 어떤 병서에서도 왕료의 견해와 같은 내용을 본 적이 없었다. 왕료를 만나서야 비로소 왕전은 하늘 밖에 또 다른 하늘이 있다는 말을 믿지 않을 수 없었다.

왕전은 곧바로 영정에게 주청을 하였다.

「대왕마마, 소신은 용렬하여 진군을 조련하는 데 역부족이오니 현사에게 이 일을 맡기시는 게 좋을 듯하옵니다.」

영정의 곁에서 넋이 나간 듯 왕료의 말을 듣고 있던 등승은 왕전의 목소리에 정신이 번쩍 들었다. 지난날 할아버지 이대되에게 들었던 대오의 방법과 포진(布陣)에 관한 이야기가 그 당시에는 너무 어려서 이해하지 못했는데, 지금 와서 왕료의 말을 들으니 그 모든 것을 확연하게 알 수 있었다. 그 후 등승은 왕료를 자주 찾아가 병법에 대하여 가르침을 구하곤 하였다.

영정은 감탄 어린 대신들의 표정과 왕전의 간곡한 주청에 매우 흡족한 마음이 되었다.

「왕 장군, 그렇게 겸양하실 필요가 없소이다. 여기 왕 선생은 이미 과인이 마음 속으로 국위(國尉)로 삼기로 결정하였소. 길일을 택하여 임명식을 거행하겠으니 모두들 유념하도록 하시오.」

영정의 말에 왕전은 너무 기뻐 어쩔 줄 몰라 했고 왕료 또한 뜻밖의 임명에 허리를 굽히고 예를 올렸다.

「대왕마마의 은혜를 받아 대임을 맡았으니 있는 힘을 다하여 보필하는

데 최선을 다하겠사옵니다.」

이사는 왕료가 점차 영정의 신임을 얻어가자 떨떠름한 기분이 들었다.

'왕료는 진나라에 들어온 지 얼마 되지 않아 삼공(三公)의 관직을 받았는데 나는 도대체 무언가? 대왕께서 한비 사형의 학설에 빠져 있으니 차라리 그를 불러와 왕료를 견제하는 게 낫겠다.'

이렇게 마음먹은 이사는 기회를 봐서 영정에게 한비의 초청을 거론하기로 결심했다.

한편 열병식에서 왕료에게 심한 질책을 받은 번의는 무척 풀이 죽어 있었지만 얼마 후 왕료의 따스한 위로를 받고는 다시 힘을 얻어 열심히 훈련에 참가하고, 그 뒤부터는 사사로이 용맹을 자랑하지 않았다. 국위에 오른 왕료는 번의에게 포상을 내리며 그의 노력을 극구 칭찬하였다.

15

이사의 배신

　진왕 영정 13년(BC 234년), 왕명을 받아 10만의 병사를 이끌고 다시 조나라 정벌에 나선 번의는 출병을 명령받자 매우 기분이 좋았다. 지난 봄에 번의는 조나라의 평양성(平陽城)을 공격하여 적장 호첩(扈輒)을 주살하고 조나라 병사 15만 명을 참수하여 대공(大功)을 세운 바 있었다. 이번에도 그는 영정과 왕료에게 자신의 진면목을 보여주리라 다짐하며 병사들에게 행군을 독촉하였다. 그러나 많은 병사들이 빠른 행군에 지쳐 하나 둘 낙오되기 시작했다.
　이번 전투에는 종희(鐘喜)라는 청년 군관도 참여하였는데, 그는 이전에 현리(縣吏)의 벼슬을 지낸 바 있었다. 통일 전쟁이 가열되자 영정은 각지에 조서를 내려 각 현에서 일정 수의 관리를 선발하여 전투에 참가시키라고 지시했는데 이는 지방 관리들에게 전투를 몸소 경험케 하는 동시에 행정에 밝은 그들을 통해 부대의 지휘 능력을 강화하려는 의도였다. 그 바람에 종희도 전투에 참가하게 되었던 것이다.
　종희는 입대 통지서를 받은 후 그동안 모아둔 돈으로 말을 한 필 사서 부리나케 집결지에 도착하였다. 숱한 훈련 과정에서 종희는 줄곧 좋은 점수를 얻었고 국위 왕료의 눈에 띄어 칭찬도 받았다. 때문에 종희는 자신에게 당연히 백부장의 직위가 내려질 것으로 기대했지만 번의는 오히려 그를 후군에 편입시켜 양식을 관리하게끔 하였다. 선봉을 맡고 있는 전군(前軍;동서, 중, 전후의 5군 중 선봉 부대)이나 중군(中軍)에 속하여 직접 전투에 참가하고 싶었던 종희는 후군에 남아 양식을 관리하는 직책을 맡게 되자 점점 불만이 쌓여갔다.

황혼이 지자 병사들은 행군을 멈추고 야산에 군영을 설치하였다.

「어이, 양관(糧官)! 선두에 나서서 용맹하게 싸워야 할 청년이 이게 무슨 꼴인가?」

늙은 병사가 종희에게 위로의 말을 건넸다.

「어이, 번표자가 온다, 조용히 하라구!」

한 병사가 소리쳤다.

번의는 그 생김새가 그의 족형(族兄)인 번우기와 매우 닮았다. 검은 수염에 강인한 얼굴을 한 번의는 처음 오장(伍長)의 낮은 직책에 있었을 때 맨손으로 표범을 때려잡아 번표자라는 별명을 얻었다. 이후 그는 수많은 전투에서 많은 공을 세우고 직위가 점점 높아져 장군에까지 이르렀지만 괴팍한 성격은 여전히 고치지 못했다. 지난날 성교 공자와 번우기가 모반을 했을 때 번의는 그에 동참하지 않았고, 이후 영정의 총애도 잃지 않았다. 영정은 번의를 늘상 상승 장군(常勝將軍)이라 부르며 그의 용맹을 아꼈다.

측근 몇 명을 대동하고 군영을 순찰하던 번의가 종희가 있는 곳으로 다가왔다.

「빨리빨리 막사를 설치하고 양식을 배분해야지 그렇게 게을러서야 어떻게 대군을 먹일 수 있겠느냐?」

번의가 나타나자 종희는 갑자기 큰소리를 치며 부하들을 독려했다. 그 소리에 번의가 고개를 돌려 종희를 바라보았다.

「오, 자네였구만. 남군(南郡)에서 온 청년이 맞지?」

종희는 번의가 자신을 알아보자 용기를 얻고 말했다.

「장군, 저를 전군이나 중군에 배치시켜 주십시오.」

「전군이나 중군이 얼마나 힘든지 그대는 아는가? 칼을 들고 휘두를 수나 있을지 모르겠군.」

번의가 종회를 위 아래로 훑어보며 말했다. 그의 말에는 종회같이 나약한 서생이 어떻게 선봉에 나설 수 있겠느냐는 비아냥이 섞여 있었다. 그런 번의의 표정에 종회는 더 이상 할 말을 잃고 그만 입을 다물었다. 말머리를 돌리려던 번의가 갑자기 종회에게 물었다.

「양관, 자네는 남군에서는 무슨 일을 했나?」

「안륙현(安陸縣)에서 어사(御史), 영사(令史)를 지냈습니다.」

「그럼 경험은 조금 있겠군. 안륙현은 정말 아름다운 곳이지. 틈이 나면 중군으로 나를 찾아오게나.」

말을 마친 번의가 그 자리를 떠나면서 소리쳤다.

「먼저 양식이나 제대로 잘 관리하게, 헛생각하지 말고. 그런 다음에 다른 일을 생각해야!」

번의의 마지막 말에 종회는 마음이 들떠 제대로 잠을 이루지 못했다.

진나라의 번의가 대군을 이끌고 한단성을 공격한다는 소식은 신속하게 조나라의 조정에 전해졌다. 사태가 위급해지자 이날 이른 아침부터 조왕은 대신들을 불러 대전에서 긴급회의를 열었다. 그때까지만 해도 조왕은 임금의 자리에 올라 연회를 열고 오락을 즐기는 데에만 바빴을 뿐 조정의 정사에는 전혀 관심을 기울이지 않았었다. 이를 본 많은 뜻 있는 사람들이 조왕에게 충고했다.

「위가 바르지 못하면 아래를 바르게 하기 어렵고, 굽어 있으면 바로 펴기가 어렵사옵니다.」

그러나 조왕은 이런 충고를 전혀 귀담아 듣지 않았고, 그 결과 왕궁, 관부 그리고 대신들의 저택과 심지어 저잣거리의 작은 상점에까지 온갖 사치품이 흥청망청 흘러넘쳤다. 이럴 즈음 진나라 대군이 조나라를 공격하자 백성들은 뜻밖의 사태에 당황하여 갈팡질팡 어쩔 줄을 몰랐다.

조왕이 창백한 얼굴로 대신들에게 말했다.

「지금 진나라의 번표자가 무서운 기세로 우리 땅을 쳐들어 오고 있소.

어떻게 해야 좋을지 경들의 생각을 말씀해 보시오.」

조왕의 말에 대전에는 무거운 침묵이 흘렀다. 조왕이 세 번이나 똑같은 질문을 던졌지만 대신들 중 어느 누구 하나 나서서 말하는 사람이 없었다. 이런 모습에 조왕은 매우 낙담하여 가슴을 치며 탄식했다.

「대전에는 홀(笏;조회 때 손에 쥐던 패)이 가득한데 자신있게 나서서 말하는 사람 하나 없다니……」

「대왕, 그렇게 걱정하실 필요가 없사옵니다. 진군이 의안(宜安;지금의 하북성 석가장 부근)으로 들어올 시점에 맞춰 아군을 비성(肥城;하북성 고성 부근)에 집결시킨 후 방비하도록 하면 쉽게 그들을 물리칠 수 있을 것이옵니다. 비성은 지세가 험난하여 지키기는 쉽지만 공격하기에는 매우 어려운 곳이옵니다.」

승상 곽개가 자리에서 일어나 말했다. 그는 조나라의 승상직에 무려 이십 년이나 있었지만 기개와 담력이 부족하여 언행에 늘 자신이 없었다. 곽개는 말을 마친 후 주변을 두리번거리다 두 눈을 부릅뜬 채 자신을 노려보고 있는 공자 가(嘉)를 발견하였다.

공자 가와 조왕 천(遷)은 모두 조도왕(趙悼王)의 아들로 왕위를 놓고 보자면 가가 윗사람이므로 당연히 조왕이 됐어야 했다. 하지만 당시 조도왕이 천의 생모인 소첩을 총애하는 바람에 왕위가 서자인 천에게 넘어가게 되었다. 큰아들이면서도 왕위에 오르지 못한 가는 항상 불만이 가득했지만 조왕 천의 핍박을 피하기 위해서 그동안 조회 때마다 입을 다문 채 한 마디도 하지 않았었다.

그러나 이번 사태는 조나라의 운명을 가늠짓는 위기 상황이었다. 게다가 침묵 끝에 승상 곽개가 내놓은 계책이라는 것이 너무도 소극적이고 위험하기 짝이 없었다. 가는 도저히 그대로 보고만 있을 수 없었다.

「진군은 남쪽으로는 업성, 평양을 점령했는데 그곳과 국도인 한단성과는 불과 이틀 거리밖에 되지 않으며, 서쪽의 진군은 알흥(關興)을 함락했습니다. 그리고 현재 북방의 요새는 이미 번의에게 포위되어 있습니다. 승상께서는 비성이 방비하기는 쉽지만 공격하기는 어려운 곳이라고 하시는데 그게 어찌 계책이라 할 수 있겠습니까? 우리 조나라는 몇 년 사이에 국토를 반이나 잃었습니다. 망국의 재앙이 곧 우리 곁에 닥칠지도 모르는 상황입니다. 만에 하나라도 나라를 잃는다면 조상의 영전 앞에 어떻게 감히 얼굴을 들 수 있겠습니까?」

조왕 천은 형인 가의 말에 기분이 나빴지만 워낙 위급한 상황인지라 속으로 꾹 참고 그의 의견을 물었다.

「그렇다면 어떻게 해야 국난을 이겨낼 수 있겠소?」

「대왕, 소신은 우선 조정 안팎에서 벌어지고 있는 연회를 당장 중단하고, 아울러 나라를 좀먹는 간신배들을 모두 뿌리뽑아야 한다고 생각합니다. 또한……」

「잠깐, 지금 과인에게 필요한 것은 번표자에게 대항하는 방책이오.」

조왕이 자신의 충고를 듣기 싫어하는 눈치를 보이자 가는 얼른 말을 바꾸었다.

「대왕, 염파(廉頗) 장군이 있지 않습니까. 그를 부르십시오.」

가의 제안에 눈을 번쩍 뜬 조왕이 대신들 사이에 앉아 있던 대부(大夫) 조고(趙高)를 바라보며 말했다.

「조 대부는 대량에 갔다온 지 며칠이 지났는데 어찌하여 여태 보고를 올리지 않는 거요?」

얼마 전 조고는 염파를 다시 조나라로 불러들여 병권을 맡도록 설득하라는 조왕의 명을 받고 염파가 피신해 있는 위나라 대량을 다녀왔다. 조고는 조왕의 물음에 얼른 한 발 앞으로 나서며 대답했다.

「대왕, 명령을 받들고 대량으로 갔다가 다시 한단으로 돌아온 지 사흘이 지났습니다만 지금까지 대왕을 알현할 길이 없어 보고드리지 못하였사옵니다.」

조왕은 지난 사흘 동안 연회에 빠져 조회조차 보지 않았던 것이다. 그 말에 천은 조고를 더 이상 추궁하지 못했다.

「그래, 갔던 일은 어떻게 되었소?」

조고가 빙그레 미소를 지으며 대답했다.

「노쇠한 염파 장군이 어떻게 그런 대임을 맡을 수 있겠사옵니까? 그는 소신과 함께 식사를 하면서 무려 세 번이나 측간에 갔다왔습니다. 그런 몸으로는 도저히 조나라의 대장군을 맡을 수 없다고 사료되옵니다.」

조고의 보고에 곽개가 다시 입을 열었다.

「대왕, 사정이 그러하오면 조총(趙蔥) 장군을 보내 막으심이 좋을 듯 하옵니다.」

「그건 절대로 안 됩니다!」

가가 얼굴을 붉히며 소리쳤다.

「조총 장군의 군이 지금 남쪽에 주둔하고 있는데 반해 적장 번의는 우리의 북쪽을 공격하고 있사옵니다. 비성에 집결한 우리 병력을 도우러 오는 조총의 군을 기다리고 있다가는 그 전에 번의에 의해 함락될 가능성이 높사옵니다. 그리고 만일 비성이 적의 수중에 떨어진다면 북쪽은 지킬 만한 요새가 없사옵니다.」

「그렇다면 이것도 안·되고 저것도 안 된다는 것이 왕형(王兄)의 생각 이시오?」

조왕이 화를 내며 가에게 소리쳤다.

「대왕, 노여움을 푸시고 소신의 다음 말을 들어주옵소서. 비성을 지킬 수 있는 장수는 오로지 이목(李牧) 장군뿐이옵니다. 그는 북쪽의 장성에 있으면서 여러 차례 흉노(匈奴)를 격파한 전공이 있는 줄 아옵니다.」

그제서야 조왕은 안심한 듯 고개를 끄덕였다.

「왕형의 뜻에 따르겠소. 이목 장군을 급히 비성으로 떠나게 하시오.」

조왕 천은 이렇게 명령을 내리고는 몹시 피곤한 듯 용상에 몸을 깊숙이 뉘였다. 그의 마음은 오로지 이번 전투가 빨리 끝나 연회를 베풀며 하루하루를 즐겁게 지낼 수 있게 되기만 바랄 뿐이었다.

조회가 끝나자 조고는 서둘러 관부의 밀실로 들어가 서가에 꽂혀 있는 〈법경(法經)〉이라는 죽간을 꺼냈다. 죽간 안에는 둘둘 말은 백서 몇 개가 있었는데, 그 중 하나를 탁자에 펼친 조고는 붓을 들어 급히 밀서를 써내려갔다.

'신 조고는 삼가 공경스러운 마음으로 대진국(大秦國) 번의 장군께 보고를 올립니다. 조왕은 어리석고 용렬하며 덕이 없어 백성들은 이미 그에게 등을 돌렸고, 조나라의 산하는 피폐 직전에 있습니다. 이럴 즈음 진의 의로운 군대가 일어서니 하늘이 이에 손뼉을 치고, 땅도 함께 기뻐합니다. 소신 비록 재주는 없지만 그간 줄곧 진나라를 공격했던 전력이 있습니다. 지금 한단성은 텅 비어 있으니 하루빨리 비성을 공략하고 이곳으로 오십시오. 장군의 대군이 밀어닥치면 안에서 호응을 하겠습니다. 아울러 비성의 병력 배치도를 첨부하오니 참고하시기 바랍니다.'

조고는 가장 믿는 측근에게 밀서를 건네며 말했다.
「이번 출정에서 반드시 이 밀서를 번의 장군의 군영으로 보내야 한다. 이 일이 무사히 치러지면 너의 후사가 보장될 것이다.」

한편 번의는 중군영(中軍營)에 돌아오자 곧바로 종희를 불렀다. 막사에 들어선 종희의 눈에 혼자 술을 마시고 있는 번의의 모습이 들어왔다.
「오, 종희인가?」

잔뜩 취기가 오른 번의가 반갑게 종희를 맞이하며 자리를 권했다. 종희는 주변을 두리번거리다가 구석에 놓여 있는 의자를 발견하고 그리로 가서 앉았다. 아무 말 없이 술을 벌컥벌컥 들이키던 번의가 잠시 후 입을 열었다.
「안륙현의 도(圖) 현승(縣丞)을 아는가?」

종희는 얼른 대답했다.
「바로 소인의 상관입니다. 하지만 임지에 온 지 얼마 되지 않아 친숙하지는 않습니다.」

「오, 그래? 그는 매우 충직하고 기개가 있는 사람이지. 자네와 나는 어쨌든 한 고향 사람이 아닌가. 옛말에 '친하든 그렇지 않든 한 고향 사람이 좋지 않은가'라는 말이 있지. 이번 전쟁이 끝나면 내 반드시 그대를 천거하려 하네.」

번의가 불그스레해진 얼굴을 탁자에 기대며 종희를 물끄러미 바라보았다. 종희는 이제껏 번의를 용맹한 장수라고 생각해 왔었다. 그런데 지금 눈 앞에 있는 그의 모습은 매우 비겁하고 용렬하며 무책임해 보였다.

종희의 비웃는 듯한 표정에도 아랑곳없이 번의는 혼잣말처럼 연신 중얼거렸다.

「자네가 나를 알게 된 건 아주 행운이지. 만일 왕료와 같은 인간을 따랐다면 틀림없이 헌신짝처럼 버림을 받을 거야. 잘 보라구, 이번에 한단성을 단숨에 무너뜨려서 그의 코를 납작하게 만들고 말 테니.」

종희는 왕료를 대단히 훌륭한 사람이라고 생각했다. 그런데 뜻밖에도 번의가 자기 앞에서 국위인 왕료를 비난하자 너무 기막혀 다시 한 번 그를 쳐다보았다. 술에 취한 번의는 탁자에 머리를 박은 채 계속 횡설수설했다.

이때 밖에서 병사가 큰소리로 보고를 했다.

「왕 도위(都尉)께서 오셨습니다!」

「응, 왕 도위라고? 어서 들라 하라.」

번의는 왕 도위라는 소리에 깜짝 놀라 의자에서 벌떡 일어났다.

도위 왕분(王賁)은 진나라 최고의 명장 왕전의 큰아들이었다. 그의 나이는 열여덟 살에 불과했지만 무예가 뛰어나고 전술에도 밝아 그간 많은 전공을 세운 바 있었다. 때문에 왕분의 명성은 하늘을 치솟았고, 번의 또한 일찍이 그의 능력을 인정하였다.

「우리 진나라에서 가장 훌륭한 장수는 왕전 대장군과 왕분, 그리고 이신이라오.」

언젠가 어느 주연에서 번의는 이렇게 말하며 왕분을 극구 칭찬하였다. 그 가운데 왕분과 이신은 젊은 나이로 두 사람 다 도위직에 올라 있었다.

갑옷으로 무장한 채 막사 안으로 들어오던 왕분이 시큼한 술 냄새에 고개를 돌리며 소리쳤다.

「주장(主將)께서 금주령을 어기시면 어떻게 합니까? 지금 조나라는 비성의 방어를 위해 대장군 이목을 보냈다고 합니다. 조나라가 우리보다 한 발 앞서 요지를 점거하고 있는데 장군께서는 어찌 술로 세월을 보내십니까? 빨리 대책을 강구하도록 하십시오.」

「이목? 하하하, 이목이라고? 왕 도위, 이목이 대체 어떻다는 말이오? 그러지 말고 도위도 와서 한 잔 하시오. 이는 주군께서 하사하신 어주(御酒)라오.」

번의는 이렇게 말하면서 술잔에 가득 술을 따라 왕분에게 건넸다. 마지못해 술잔을 받은 왕분이 그것을 탁자에 집어던지듯이 내려놓고는 번의를 노려보았다.

그런 왕분의 행동에 번의는 기분이 언짢아졌는지 다소 신경질적으로 말했다.

「왕 도위는 염려놓으시오. 조나라놈들쯤은 내 한 주먹에 날려보낼 수 있소.」

「장군, 교만한 병사는 반드시 패한다고 하였습니다. 더욱이 이목은 비록 적장이지만 교활하고 지혜로우며 경험이 풍부한 장수입니다. 일찍이 저는 이목이 적은 병사를 가지고 많은 적군을 물리쳤다는 소문을 여러 번 들은 바 있습니다. 그는 수천 명의 병력으로 흉노 10만 대군을 격파한 조나라 최고의 장수입니다. 동호(東胡)를 물리치고 임호(林胡)를 항복시킨 이목을 조나라 사람들은 염파 장군 다음으로 훌륭한 장수라고 손꼽고 있습니다. 제 생각으로는 우리는 마땅히……」

열변을 토하던 왕분이 문득 구석 자리에 앉은 종희를 발견하고는 그만 입을 다물었다. 처음 보는 하급 장교 앞에서 군사 기밀을 발설할 수가 없었기 때문이었다. 그런 모습에 번의가 웃으며 말했다.

「염려할 필요없소. 저 자는 후군의 군량관(軍糧官)으로 나와 같은 고향 사람이오. 안륙현에서 이번 전투에 참가했는데 이름은 종희라고 하오.」

번의의 설명에도 왕분이 의심스러운 눈초리를 거두지 않자 종희는 얼른 자리에서 일어나 인사를 하고 밖으로 나갔다.

그즈음 조나라 대장군 이목은 조왕의 명령을 받고 비성으로 달려갔다. 이목은 예상보다 빨리 사흘이나 먼저 비성에 도착하였는데, 그 사흘이라는 시간은 조나라에게 세 가지 커다란 이득을 안겨 주었다.

우선 조나라는 이목이 일찍 나타난 덕분에 비성의 유리한 지형을 선점하게 되었고, 둘째는 혼란스러웠던 방비 태세를 빠른 시간 안에 재정비할 수 있었다. 셋째로 군내에 있던 밀정을 체포하게 되었는데 이것이 가장 큰 이득이었다. 밀정을 잡은 이목은 조고가 번의에게 보내는 밀서의 내용을 거짓으로 다시 꾸민 다음 조나라 간자를 진군에게 보냈다. 간자의 밀서를 받은 번의는 곧 승리를 자신하고 여유만만하게 시간을 보냈다. 번의는 그 밀서를 조고가 보냈다고 굳게 믿고 전혀 의심조차 하지 않았다.

감쪽같이 번의를 속인 이목은 진군을 공격할 만반의 태세를 일사천리로 갖추기 시작했다. 이목은 어두운 밤을 이용해 삼경에 밥을 짓고 사경에 군막을 정리하도록 명령하고, 부장(副將) 사마상(司馬尙)에게는 정예병을 선발하여 왕분이 지휘하는 진의 전군(前軍)을 섬멸하도록 지시했다. 아울러 군 일부는 우회시켜 진군의 퇴로를 막게 하였다. 또한 그는 진의 전군이 무너지면 곧바로 대군을 이끌고 번의가 지휘하는 중군을 공격할 계획을 세웠는데 이런 의도는 진나라 군대를 전멸시킬 수 있는 대담한 책략이었다.

마침내 오경이 되자 조군은 세 방향으로 나뉘어 진군을 공격하기 시작했다. 진의 중군영은 매우 조용하였다. 수병(戍兵)들은 대부분이 졸고 있었다. 날은 칠흑처럼 어두웠고 하늘의 먹구름이 대지를 짓누르듯 깊게 깔려 적막감을 더했는데, 그 사이 안개 같은 가는비만이 바람에 흩날리며 을씨년스러운 소리를 냈다.

조군이 중군영을 급습하자 잠에서 덜 깬 진나라 병사들은 제대로 대항도 하지 못한 채 대나무 잘리듯 바닥에 엎어졌다. 여기저기에서 쏟아져 나오는 병사들의 붉은 피가 안개비에 섞여 삽시간에 사방을 피바다로 만들어 버렸다. 이렇게 조군은 너무나도 쉽게 진군의 중군을 격파하였다.

그러나 시간이 지남에 따라 극도의 혼란에 빠졌던 진군의 진영은 점점 안정을 되찾아 대항 태세를 갖추기 시작했다. 오, 십, 졸로 편성된 진나라 병사들은 그간의 엄격한 훈련과 자신의 역할에 맞춰 대오를 구성하고 반격을 시도하였다. 왕료가 계획하고 지도한 진군의 대오가 서서히 위력을 나타내자 이목은 초조함을 감추지 못하며 사마상의 정예병을 손꼽아 기다렸다.

왕분이 이끄는 진군은 야습하는 조군을 미리 발견하고 철저한 방어진을 구성하며 이들을 기다렸다. 조군이 아무리 사기 충천하다고 하지만 오랜 시간 상당한 훈련을 거친 왕분의 전군을 돌파하기에는 역부족이었다. 어느 정도 조군의 기습을 막아낸 왕분은 일부의 병력을 이끌고 급히 중군영으로 달려갔다.

이 시각 막사에서 잠을 자던 번의는 갑작스런 조군의 침입에 놀라 밖으로 뛰쳐나왔다. 군영은 온통 피비린내로 가득하였고 곳곳에서 칼을 휘두르고 있는 조군들이 시뻘겋게 타오르는 횃불 틈 사이로 보였다. 이미 진군의 중군영은 조군에 의해 대부분 점령당한 상태였는데 그런 고립된 상황에서도 진군은 조군의 공격을 막으면서 포위를 뚫기에 정신이 없었다.

번의는 그런 혼란한 틈을 타 재빨리 갑옷을 챙겨 입고 말에 올랐다. 그때 마침 번의의 모습을 발견한 조군이 벌떼처럼 몰려들기 시작했다. 번의는 호위병들의 보호를 받으며 포위를 뚫고 내달렸다.

「적의 간계에 속아 이렇게 당하다니!」

호위병들의 도움으로 겨우 포위망을 뚫은 번의는 남쪽으로 방향을 잡았다.

앞쪽에서 조군을 막아낸 왕분의 군이 중군영에 합류한 것은 이미 아침이 지나 오후가 되었을 무렵이었다. 대장군인 번의가 달아나자 중군영은 급속도로 무너져 내려가 사방에 진군의 주검이 널렸으며 막사로 사용되었던 천막과 깃발들이 바닥에 흩어져 있었다. 이미 2만의 진나라 병사와

7천의 조나라 병사들이 쓰러진 뒤였다. 그리고 대세는 조나라에게 기울어져 있는 상황이었다.

왕분은 분전하고 있는 백부장을 통해 번의가 달아났다는 사실을 알게 되었다. 이에 왕분은 전군(前軍)과 중군의 일부 병력을 이끌고 후군(後軍)의 진영으로 후퇴하였다.

후군의 상황도 거의 전멸 직전이었다. 주력군인 중군이 이미 무너진 상태에서 원군을 기다릴 수도 없는 형편이었기 때문에 후군의 병사들은 죽음을 다해 군영을 방어하며 밤이 되기만을 기다렸다. 이때 왕분의 지원군이 검은 깃발을 휘날리며 달려오는 것이 병사들의 눈에 들어왔다. 후군의 진영에서 처절하게 싸우고 있던 종희는 너무나 반가워 마구 소리쳤다.

「원군이 온다! 번표자가 달려온다!」

지원군의 출현에 후군의 병사들은 갑자기 사기가 치솟아 맹렬하게 조군을 공격하기 시작했다.

이목은 애초에 진의 후군 정도는 쉽게 섬멸할 수 있으리라 예상했었다. 그러나 뜻밖에도 후군의 저항은 끈질기고 강력했으며 게다가 중군과 전군의 병력이 후퇴하면서 이들과 합세를 하자 사태는 완전히 뒤바뀌었다. 이목은 어쩔 수 없이 병사들에게 후퇴를 명령했다.

이목의 명에 진의 전군을 추격하던 사마상이 어리둥절해 하며 소리쳤다.

「이런 추세대로라면 적을 섬멸할 수 있는데 어찌 멈추라 하십니까?」

그러자 이목이 씁쓸하게 웃으며 대답했다.

「전투는 계책을 중심으로 해야 한다. 번의의 군대를 모두 섬멸한다 해도 겨우 진나라 군대의 열에 하나 정도를 없앤 것뿐이지. 하지만 우리의 병력은 이미 열에 두서넛은 상실했어. 이렇게 전투를 계속하면 승리는 하겠지만 우리는 병력의 반을 잃을 걸세. 그러나 승리의 요체는 아군의 손실을 적게 하는 데 있는 것이 아닌가?」

조나라 군대는 번의의 병력에 엄청난 손실을 입히고 비성으로 재빨리 물러났다. 조나라가 승리했다는 소식은 빠르게 한단성에 전해졌고, 조왕 천은 비성으로 한걸음에 달려와 이목의 공을 칭찬하고 그를 무안군(武安君)에 봉하였다.

전투에서 패한 왕분은 서둘러 남은 병력을 수습한 뒤 함양성으로 돌아와 죄를 청하였다. 영정은 곧바로 왕분을 대전으로 불러들였다. 뜻밖에도 영정이 아주 편안한 얼굴을 하고 왕분에게 물었다.

「그대는 이번 전투의 패인이 어디에 있다고 생각하오?」

왕분은 차마 고개를 들지 못한 채 울먹이며 대답했다.

「대장군인 번의 장군은 적을 가볍게 여겼으며, 첩자의 말을 너무나 쉽게 믿었사옵니다. 더욱이 전투가 있던 날 밤 장군은 술에 취해 지휘조차 할 수 없는 상태였사옵니다. 그리고 전투가 벌어지자 번 장군은 조군의 포위를 뚫고 달아났사옵니다.」

영정은 묵묵히 왕분의 말을 끝까지 다 들었다. 곁에 앉은 대신들은 영정이 왕분의 보고를 들으면 틀림없이 진노하여 크게 벌을 내릴 것으로 생각했다. 하지만 영정은 한동안 깊은 생각에 잠기더니 조용히 중얼거렸다.

「죄는 번의에게 있고, 잘못은 과인에게 있소. 출전하던 날 그에게 주의를 주었어야 했는데 과인이 그저 용맹하다고 칭찬만 해주는 바람에 그렇게 된 것 같소.」

영정의 머리 속에 번의가 출전하던 날의 광경이 떠올랐다. 그날 영정은 친히 교외에 출행하여 주연을 베풀고 번의의 출전을 위로하였다. 영정으로부터 어주와 군포(軍袍)를 하사받은 번의는 단숨에 한단성으로 내달아 조왕의 목을 바치겠노라고 호언장담했다. 그러나 그 말이 떨어진 지 채 보름도 지나지 않아 10만의 진나라 정예 병력은 대부분 죽음을 당했고, 그렇게 말한 장본인은 어디론가 도망치고 말았다.

영정은 힐끗 국위 왕료의 표정을 살폈다. 왕료는 그저 평온한 표정으로 서 있을 뿐이었다. 이번 출전에 얽힌 숨겨진 뒷이야기는 영정과 왕료 두 사람만이 알고 있었다. 영정이 번의를 대장군으로 지목하면서 단숨에 조나라를 쳐서 멸망시키자고 한 데 반해, 왕료는 왕전을 추천하면서 우선 조나라의 변경을 압박하고 그 후에 외교적 노력으로 승리를 취하자고 주장하였다. 결과적으로 왕료의 판단이 옳았다. 영정이 내세운 번의는 제 용맹만을 믿고 설불리 나섰다가 무참하게 패배를 당하고 만 것이었다.

영정은 이런 전후 사정을 알고 있는 왕료가 과연 무슨 생각을 하고 있는지 무척 궁금했다. 왕료는 자신을 힐끗힐끗 바라보는 영정의 눈길을 의식하고 입을 열었다.

「대왕, 화(禍)는 복(福)에 의지하고 복은 화에 숨어 있사옵니다. 번의 장군이 아주 작은 패배를 당하였을 뿐인데 뭐 그리 걱정할 필요가 있겠사옵니까. 옛말에 곡식을 따낸 풀줄기도 쓰일 데가 있다고 하였사옵니다.」

「국위의 뜻은?」

영정이 물었다.

「척(尺)도 짧을 때가 있으며, 촌(寸)도 길 때가 있는 법이옵니다. 풀줄기는 풀줄기의 쓰임이 있는 법, 거기에는 단단한 나무줄기가 필요없사옵니다. 그래서 진목공께서는 백리해를 세 번이나 중용하셨던 것이옵니다. 만일 한두 번의 잘못으로 백리해를 버리셨다면 어떻게 그가 후에 진군(晉軍)을 격파할 수 있었겠사옵니까? 누구라도 한 번쯤은 실수할 때가 있는 것이옵니다.」

왕료의 말에 영정은 고개를 끄덕이며 왕분에게 물러가라고 지시했다.

당시의 엄격한 진율에 따르면 전쟁에 패한 번의는 참수형이었고, 그의 부장인 왕분 또한 대죄를 면할 수 없었다. 그러나 영정은 왕료의 말에 따라 패장을 모두 용서해 주었다. 이에 대신들은 어찌된 영문인지 몰라 어리둥절한 표정을 지우지 못했다. 다만 왕료만이 스스로에게 다짐을 주고 있었다.

'나는 임금의 총애를 받아 국위에 올라 삼공(三公)에 버금가는 지위를 차지했다. 더욱이 대왕께서는 나를 존중하여 위료(尉繚)라고 부르시니,

나 왕료는 마땅히 진나라를 위해 목숨 바쳐 일해야 한다.'

그 후로도 영정은 번의와 왕분의 죄를 더 이상 추궁하지 않았고, 또한 이들을 용서하는 데 결정적인 조언을 한 왕료를 한층 더 존경하였다. 영정은 이번 전투의 패배를 교훈삼아 일국의 군주가 갖춰야 할 소양을 쌓고 널리 현사를 모으는 일에 더 많은 노력을 기울였다. 그는 우선 이사를 재촉하여 한비를 진나라로 초청하는 일에 힘을 쏟았다.

진나라는 왕료가 국위에 오른 지 얼마 되지 않았지만 그동안 조정의 질서가 잡히고 산업이 부흥하여 지난날보다 더욱 강성해졌다. 안으로는 좌승상 창평군과 어사대부 풍거질, 태부 왕관, 중서자(中庶子;관원이 올린 범죄자의 죄상을 심리하는 벼슬) 몽의가 문무백관을 다스렸고, 군사와 외교 분야는 군주인 영정과 국위 왕료가 맡고 있었다.

객경 이사는 축객령이 거두어진 후 영정에게 계속 신임을 받고 있었지만 인재들이 많은 조정에서 별로 두각을 나타내지 못했다. 때문에 이사는 비록 심사가 불편했지만 적국의 대신을 매수하는 임무를 부여받고 왕료가 제창한 원교근공의 정책을 효과적으로 집행할 수 있는 방책을 연구하느라 온종일 고심하였다.

이사는 뙤약볕이 내리쬐는 한여름이나 세찬 북풍이 부는 엄동설한에도 쉬지 않고 각국을 돌아다니며 여러 가지 교섭을 했다. 특히 이사는 왕료를 천거한 바 있는 요가를 수행원으로 선발하여 함께 중국 대륙을 돌아다녔다. 한나라 출신인 요가는 이사의 언변과 열정에 반하여 그를 믿고 따라다녔는데, 이사 또한 처음에 좋지 않았던 감정을 버리고 그와 함께 적국의 맹장이나 충신을 매수하는 데 전력을 기울였다. 이 과정에서 이사는 사람을 부리는 기술이나 세력을 확장하는 방법을 하나씩 터득해 나갈 수 있었다. 그즈음에야 비로소 이사는 영정이 그렇게도 찾는 한비를 진나라로 데려와야겠다고 결심했다. 한비만이 왕료의 세력을 견제할 만한 인물이라고 생각했기 때문이었다.

영정은 왕료가 뿌려놓은 곡식이 점점 자라 열매를 맺는 광경을 직접 목격하며 매일같이 팔뚝만한 물고기를 낚아올리는 어부의 심정으로 밀실에 들어가 각국의 밀정들이 보내오는 선물과 밀서를 확인하였다. 이날 영정의 책상 앞에 놓인 함에는 제나라 조정의 고위직에 있는 밀정이 보낸 밀서와 위와 한나라의 밀정이 보낸 병력 배치도가 들어 있었다. 영정은 자신의 손 안에 각국의 사정이 한눈에 들어오자 매우 자신 있는 표정을 지었다. 이 때문에 군사상의 작은 실패나 변경에서 가끔씩 일어나는 백성의 저항 따위는 이제 그를 조금도 초조하거나 불안하게 만들지 못했다.

영정은 천하가 곧 자신의 품에 들어올 것임을 굳게 믿었다. 하지만 밀서를 읽으면 읽을수록 왠지 답답한 마음을 억누를 수가 없었다. 갑자기 그동안 무한한 매력으로 다가왔던 밀서들이 꼴도 보기 싫어졌다. 밀서가 들어 있는 함을 한쪽 구석으로 치운 영정은 자리에서 일어나 중얼거렸다.

「이사는 어찌하여 아직도 돌아오지 않는 걸까. 내가 조나라 한단성에 얼마나 관심이 있는지 뻔히 알고 있을 텐데. 무슨 사고를 당했나, 아니면 한비를 아직도 찾지 못한 것인가.」

영정은 그렇게 며칠 동안 심란한 마음을 다스리지 못하고 안절부절 못했다.

이날 밤도 영정은 밀서를 뒤적이다 말고 울적한 마음에 뜰로 나섰다. 이때 환관이 급히 달려오며 말했다.

「이 객경이 돌아왔습니다.」

이 말에 영정은 너무나도 기뻐 환관을 제쳐놓고 대전으로 달려갔다. 이사는 영정이 들어오자 예를 올린 후 말했다.

「조 승상 곽개의 말에 의하면 대부 조고는 우리 번 장군에게 밀서를 보낸 사실이 발각되어 옥에 갇혔다 하옵고, 이목은 이번 승전으로 무안군에 봉해졌사옵니다. 한편 조나라 백성들은 방탕한 조왕을 원망하면서 대왕께서 하루빨리 한단성에 오시기를 손꼽아 기다리고 있사옵니다.」

영정은 이사의 보고를 들으며 각국의 조정과 궁중에 밀정을 심어놓는 일이 얼마나 중요한 일인지 새삼 절감했다. 하지만 영정이 그보다 더 관심을 갖는 것은 적군을 섬멸하는 전략이나 나라를 다스리는 교훈들이었다.

마침내 이사가 영정이 가장 궁금해 하는 한비의 소식을 꺼냈다. 우선 그는 소매 안에서 두루마리를 꺼내 영정에게 올렸다. 그것을 받아 펼치던 영정은 두루마리 첫머리에 쓰여진 '세객난(說客難)'이라는 글자를 보고 깜짝 놀랐다. 영정은 정신없이 그 내용을 훑었다.

이때 태의가 급히 들어와 영정에게 보고했다.

「국위 왕료 대인께서 병으로 쓰러졌사옵니다.」

이 말에 영정은 두루마리를 거두고 어가를 대령케 하였다.

국위부(國尉府)는 왕궁에서 그리 멀지 않은 곳에 위치해 있었다. 영정은 조금도 지체하지 않고 황급히 왕료가 누워 있는 국위부로 달려갔다. 며칠 못 본 사이에 몰골이 초췌하게 변한 왕료는 두 눈만이 살아 움직이고 있는 듯 유난히 빛났다. 반짝거리는 눈빛 속에 영정에게 하고픈 말이 절절히 배어 있는 듯했다. 한참 동안 영정을 응시하던 왕료가 겨우 입을 열었다.

「소신은 원래 몸이 약했는데…… 며칠 전부터 갑자기 병세가 악화되어…… 도저히…… 도저히 회생할 가망성이 없사옵니다…… 대왕마마의 은혜를 모두 갚아야 하는데…… 먼저 가게 되어 죄스럽기 그지없사옵니다.」

영정은 왕료의 말에 그만 목이 메어 얼른 장작깨비 같은 그의 손을 잡았다.

「경은 그렇게 나약한 말을 하지 마오. 과인은 그저 하루빨리 회복하기만 기다리고 있겠소.」

그러자 왕료는 처연하게 미소지으며 고개를 가볍게 저었다.

「신은 가난하고 모자란 선비인데도…… 대왕마마의 커다란 은혜를 입어 직위가 삼공에 버금가고…… 이름이 후세에 남게 되었사옵니다…… 하지만 평생 소원이었던 한 가지 일을 하지 못하고…… 그만 눈을 감게 되었으니……」

「경의 뜻을 알았으니 그만 말하시오. 천하통일의 위업은 내가 꼭 이루겠소.」

왕료는 영정이 자신의 말을 잘못 알아듣자 고개를 가로저으며 다시
말했다.

「그것이 아니옵고…… 소신은 개인적으로 한 가지 일을 꼭 이루려고 했
사옵니다…… 그건 다름아닌 한비를 대왕마마께 천거하는 일이었사옵니
다.」

「그 일이라면 걱정할 필요가 없소. 내 이미 한비 선생의 소재지를 알
아냈다오. 보시오, 이게 바로 그의 새로운 저작인 '세객난'이오.」

영정은 손에 들고 있던 두루마리를 왕료에게 건넸다.

「이것이 한비 선생의 작품이옵니까?」

영정이 고개를 끄덕였다.

「소신이 병이 들어 감히…… 예의를 표하지 못하고 한비 선생의 저작을
보니…… 죄송스럽기 짝이 없습니다.」

왕료는 자리에 누운 채 천천히 두루마리를 펼쳐보았다. 글을 읽는 그
의 눈이 점점 더 빛을 발하였다.

「한비 선생은 정말로…… 천하의 기재(奇才) 중의 기재이옵니다!」

왕료의 메마른 입술에 경탄의 미소가 흘렀다.

「선생은 정말 대단한 인물이옵니다…… 저 따위는 결코 선생의 발에도
미치지 못합니다.」

겨우 말을 마친 왕료가 심하게 기침을 하기 시작했다. 그의 입에서 검
은 피가 쏟아져 나왔다.

「과인도 그가 훌륭하다고 생각하오. 그와 더불어 국사를 논하는 게 소
원이라오.」

그러나 왕료는 영정의 말에 아무 움직임도 보이지 않았다. 그러자 곁
에 있던 태의가 얼른 왕료의 맥을 짚었다.

「대왕마마, 국위 대인은 이미 숨을 거두었사옵니다.」

영정은 왕료의 손에 쥐어져 있는 한비의 '세객난'을 물끄러미 바라보
며 한숨을 토했다.

「왕 선생마저 내 곁을 떠나니 이제는 한비 선생을 진나라로 불러들여야 하리.」

영정은 왕료의 장례를 융숭하게 지내라고 지시한 후, 이사를 데리고 궁으로 돌아왔다. 돌아오는 길에서도 영정의 머리 속에는 온통 한비 생각뿐이었다. 더욱이 왕료가 뜻을 다 이루지 못하고 죽자 그의 공백을 메우기 위해서라도 한비는 더욱 필요했다.

하지만 이사는 왕료가 그렇게 사라지자 다시 생각이 바뀌었다. 처음에는 왕료를 견제하기 위해 한비를 진나라로 끌어들일 계획이었지만 이제는 그럴 필요가 없어진 것이다. 왕료가 없어진 진나라에서 영정에게 필요한 사람은 오로지 이사 자신뿐이었다. 이때부터 이사는 한비를 진나라로 들이지 않기 위해 온갖 수단을 동원하였다.

그러나 이런 이사의 속셈을 알 길 없는 영정은 한비를 진나라로 불러들일 방법에 대해 의견을 구했다.

「어떻게 하면 한비 선생을 불러들일 수가 있겠소?」

그러자 이사가 주저하지 않고 대답했다.

「4년 전에 초나라의 공자였던 황헐(黃歇)이 이원(李園)에게 피살당하자 은사이신 순황 선생은 초나라를 떠나 사방을 주유하시다가 세상을 떠나셨사옵니다. 그런 일이 있자 한비 사형은 순황 선생님의 3년 상을 지낸 뒤 지난해 고국으로 돌아갔사옵니다.」

「그렇다면 양적(陽翟;한나라의 수도)으로 돌아갔단 말이오?」

「양적으로 돌아갔을 뿐만 아니라 한나라의 상경직을 맡고 있사옵니다.」

「아까운 보배가 진흙 속에 있구나. 어떻게 하면 한비 선생을 함양성으로 모셔올 수 있겠소?」

영정이 다급하게 물었다.

「한 가지 방법이 있긴 하지만 너무나 어려운 일이옵니다.」

「이 객경, 선생을 진나라로 모셔올 수만 있다면 내 그대를 정위(廷尉)로 삼겠소.」

영정은 오직 한비를 데려오고 싶은 생각뿐이었다.

그 말에 이사의 마음이 순간적으로 움직였다. 정위는 법을 담당하는 최고 직책으로 구경(九卿) 중에서도 실권이 가장 높았다. 이사가 생각해 두었던 계책을 영정에게 설명했다.

「한왕은 매우 유약하고 겁이 많으므로 대군을 이끌고 국경을 압박하면서 한비를 요구하옵소서. 틀림없이 한왕은 한비 사형을 진나라에 보낼 것이옵니다.」

영정은 이사의 계책에 박수를 치며 동의했다.

한나라 안왕(安王)이 왕위에 오를 즈음 이미 한나라는 더 이상 나라의 부흥을 기대할 수 없을 정도로 피폐한 상태였다. 게다가 왕위에 오른 지 6년이나 된 한안왕은 국세를 떨치고자 하는 큰뜻이 애당초 없었기 때문에 그동안 한나라는 국토가 더욱 좁아지고 국력이 약해져만 갔다. 게다가 이 해에는 심한 가뭄으로 흉년이 들어 나라의 살림이 엉망이 되었고, 백성의 곤궁함 또한 이루 말할 수 없을 정도가 되었다. 나라가 이 지경에 이르자 국사에 전혀 관심이 없던 한안왕은 왕실 종친이기도 한 당대의 대학자 한비를 도성인 양적으로 초빙하여 그에게 정사 일체를 맡겼다.

한비가 한안왕의 명을 받고 한나라의 조정에 들어온 지 얼마 되지 않아 진나라 대군이 쉬임없이 국경을 압박하기 시작했고, 이에 따라 양적의 민심은 흉흉해져만 갔다.

「진나라가 공격하는 이유는 영정이 한비를 만나보고 싶어서 그런데.」

양적에는 한비에 관한 갖가지 소문이 나돌았다. 그러자 한안왕은 어쩔 수 없이 한비에게 이 일을 알아서 수습하라는 명을 내렸고 한비도 고국을 사랑하는 마음에서 승낙을 하였다. 한비는 한나라의 조정에 출사한 지 얼마 되지 않아 자기 세력이 거의 없었고, 더욱이 진나라의 압박이 워낙 드세어 사신으로 나설 수밖에 없었다. 그는 자기 한 몸 던져 고국을 위기에서 건지겠다는 생각뿐이었다.

영정 14년(BC 233년), 마침내 한비가 한나라 사신의 명분으로 진나라

에 도착하였다. 영정의 명을 받은 이사는 한비를 영접하기 위해 함양성
에서 30여 리 떨어진 곳에까지 나와 그를 기다리고 있었다. 진나라 국경
을 넘어 함양성으로 들어가던 한비는 진나라의 거리 곳곳마다 펼쳐진
모습에 커다란 충격을 받았다. 그 어느 나라에서도 볼 수 없던 넓고 기
름진 평야에서 진의 백성들은 열심히 일하고 있었다. 이따금씩 수레에서
내려 이들과 이야기를 나누어 본 한비는 백성들의 마음이 무척 소박하
고 희망에 가득차 있음을 알게 되었다. 그리고 완전무장한 병사들이 국
경과 성 안팎을 철저히 지키는 모습 또한 무척 인상적이었다.

　함양성 가까이에 이르렀을 즈음 한비는 뜻밖에도 사제(師弟)인 이사를
만나자 너무 기쁜 나머지 눈물을 흘렸다. 오랫동안 만나지 못했던 이사
를 다시 보게 되니 그동안의 우울했던 마음이 조금 사라지는 듯했다. 한
비는 이사가 예를 다하여 자신을 영접하는 모습에 깊이 감동하였다. 한
비는 높은 벼슬에 오른 이사를 보며 그가 진나라에서 뜻을 이루었다고
생각하고 수레에서 내려 반갑게 이사의 손을 잡았다.

　「이, 이, 이 사제, 난능의 학궁(學宮)을 아직도 기억하고 있소? 서, 서,
서로 손을 흔들며 헤어지던 때를 잊지 않았소? 사, 사, 사제가 떠나면서
'형, 형제의 정(情)이란 손과 발처럼 몸에서 떠날 수 없는 것이다'라고
했는데, 그, 그 말이 아직도 귀에 생생하오.」

　이사는 한비가 먼 길을 여행한 피곤함도 잊고 순황 아래에서 함께 수
학했던 시절을 이야기하자 갑자기 마음이 흔들렸다. 이사 또한 한비의
말에 감동하여 뜨거운 목소리로 대답했다.

　「아침 저녁으로 책을 읽고 토론하던 그때의 즐거움을 어찌 잊고 있겠
습니까?」

　「사, 사제는 정말로 훌륭하게 되었구료. 은, 은사께서는 늘 사제를 생각
하셨는데, 사, 사제가 결국 뜻을 이루었구려.」

　한비는 이사의 옷차림에서 그가 자신이 생각했던 벼슬보다 훨씬 높은
지위에 있음을 알아차렸다. 그는 이사의 일을 마치 자신의 일처럼 생각
하며 아주 기쁜 표정을 지었다.

「이, 이번에 내가 진나라로 들어온 이유는, 바로 사, 사제의 곁에서 은, 은사의 학술을 널리 알리고 싶었기 때문이오.」

한비의 말에 이사의 마음이 다시 냉랭해졌다.

'흥, 착한 사람은 오지 않고, 온 사람은 착하지 않다는 말이 생각나는군.'

이사는 끓어오르는 질투심을 억누르며 한비에게 말했다.

「사형께서는 먼 길에 피곤하실 테니 오늘은 일찍 쉬시고, 내일 대왕을 만나도록 하십시다.」

한비와 함께 함양성에 도착한 이사는 그를 국빈관(國賓館)에 들게 한 후 밤늦게까지 술잔을 기울이며 담소를 나누었다. 지난 시절을 추억하며 즐겁게 이야기하던 이사가 갑자기 정색을 하면서 한비에게 속삭였다.

「사형, 진법(秦法)은 아주 가혹합니다. 제가 비록 집법(執法)의 책임자이기는 하지만 결코 사사로이 용서해 줄 수 없을 정도이지요. 사형께서 조정에 나아가 뜻을 펼칠 생각이시라면 먼저 뛰어난 공을 세우셔야 할 것입니다.」

「사, 사제는 내 뜻을 오해하였소. 나, 나는 무엇을 바라고 진나라에 온 것이 아니오. 그저 인연에 따라 일을 하게 되면, 바, 반드시 은사의 이상(理想)을 실현하리라는 생각뿐이오.」

「그렇게 생각하신다니 너무나 훌륭합니다.」

이사는 한비의 뜻에 감탄하는 표정을 지으면서 속으로 웃었다. 한편 이사의 음흉한 속셈을 알 리 없는 한비는 그가 자신의 뜻을 이해하자 마음이 매우 편해졌다.

잠시 후 이사가 한비의 눈치를 살피며 다시 입을 열었다.

「사형의 재능은 진나라의 승상이 되어도 충분합니다. 다만 내일 대왕을 만나시는 자리에서 귀신(鬼神)을 섬기지 마시라고 강력하게 권하십시오. 만일 대왕께서 귀신 섬기는 일을 중단하신다면 사형은 나라에 커다란 공을 세우시게 되며 백성들도 모두 기뻐할 겁니다.」

「하, 하지만 그건, 사, 사안이 너무 미묘해서……」

한비가 난처한 얼굴을 하자 이사가 급히 말을 이었다.

「사형은 진나라에 처음 오셔서 모르시겠지만 대왕께서 지나치게 귀신을 믿는 바람에 많은 일을 그르치고 계십니다. 이에 그동안 많은 신하들이 간언을 했으나 효과가 없었는데, 만일 사형께서 논리적으로 설득하면 반드시 성공하실 수 있을 것입니다.」

「아, 알았소.」

한비는 그때까지 진왕이 현명하여 인재를 널리 초청하고 있다고 생각해 왔었다. 그러나 조금 전 이사의 말을 들으니 자신이 잘못 생각한 것이 아닌지 의심스러웠다. 밤늦게 잠자리에 들은 한비는 도무지 잠을 이룰 수 없었다. 어느덧 인시가 끝나가 새벽 여명이 문틈을 파고들고 있었지만 그때까지 한비는 한잠도 자지 못했다. 그는 밤새워 다음날 진왕을 만난 자리에서 할 말을 생각했다. 생각이 생각에 꼬리를 물고 일어나는 바람에 한비는 이따금씩 몸을 뒤척이며 날이 새기만을 기다렸다.

「이, 이사의 모습이 너무 훌륭해 보이지 않는가. 내, 내일 반드시 진왕에게 귀신을 섬기는 일을 중단시켜 공을 세우고 말겠노라.」

한비는 이렇게 중얼거리며 무거워진 눈꺼풀을 내려뜨렸다.

조금 시간이 지나자 뿌연 안개 속을 헤치며 이사가 한비를 영접하러 왔다. 이사가 길을 재촉하자 네 필의 준마가 이끄는 수레는 힘차게 국빈관을 떠났다. 함양성의 거리는 매우 번화하였다. 이른 아침부터 사람들이 몰려나와 바쁘게 움직이는 모습이 한비의 눈에 들어왔다. 전날은 날이 어두워 제대로 함양성의 모습을 볼 수 없었는데 태양빛에 훤히 드러난 성의 거리는 소박하면서도 복잡했고 활기에 가득 넘쳐 있었다. 한비가 탄 수레는 쏜살같이 거리를 지나더니 어느덧 함양궁에 이르렀다.

너른 궁중에는 온갖 꽃이 만발하고 커다란 수목이 울창하게 자라고 있었다.

'하늘나라의 궁전도 이처럼 아름답고 신비하지는 않으리라.'

진한 풀꽃 향기를 맡으며 한비는 경이로운 눈빛으로 사방을 둘러보며 감탄했다.

마침내 한비의 눈 앞에 웅장하고 화려한 건물이 들어왔다. 진왕이 정사를 집행하는 대전이었다. 이사가 얼떨떨하게 서 있는 한비를 이끌고 대전 안으로 들어갔다.

「대왕마마께 인사를 올리십시오.」

이사는 한비에게 이렇게 이르면서 먼저 무릎을 꿇었다. 하지만 한비는 너무 긴장한 나머지 무릎을 꿇으려 해도 무릎이 굽혀지지가 않았다.

이런 한비의 모습에 진왕이 버럭 화를 내며 소리쳤다.

「무엄하도다! 일개 백성이 감히 왕에게 예를 표하지 않다니, 이는 군왕을 능멸하는 처사로 엄하게 죄를 묻겠도다!」

진왕의 호통이 멈추자 갑자기 사나운 짐승의 울부짖음이 대전에 울려 퍼졌다. 곧이어 검은 구름이 밀려오고 칼날같이 매서운 바람이 기둥을 세차게 후려쳤다. 마치 '호랑이가 산에서 포효하니 계곡에서 바람이 일고, 용이 못에서 요동을 치니 구름이 피어난다'는 말을 그대로 보여주기라도 하듯 대전이 부르르 진저리를 치며 울어대기 시작했다.

한비는 너무도 두려워 몸을 돌려 달아나려고 했지만 웬일인지 아무리 해도 몸을 뺄 수가 없었다. 그는 함께 온 이사에게 구원을 청했다. 그러나 이사는 진왕 곁에서 그런 한비를 물끄러미 바라보고만 있을 뿐이었다.

「이, 이 사제, 나, 나를 구해주오!」

한비의 애원에 이사가 차갑게 웃으며 대답했다.

「'족함을 알면 욕되지 아니하고, 그침을 알면 위태롭지 않는 법(知足不辱知止不殆)'입니다. 그런데 사형은 족함과 그침을 알지 못하니 어찌 오래 살기를 바랄 수 있겠습니까?」

이사의 말에 한비는 그가 음모를 꾸미고 있음을 깨닫고 절망적으로 소리쳤다.

「이 사제, 무, 무엇 때문에 나를 벼랑으로 몰아넣는 거요? 지난날 맹, 맹세한 말은 모두 잊었소?」

그러나 한비의 애끓는 절규에도 이사는 전혀 아랑곳하지 않고 차가운 미소만 띨 뿐이었다. 그러자 한비가 계속 소리쳤다.

「형, 형제의 정은 손과 발같이 몸에서 떼, 떼어낼 수 없다는 그 말을 벌써 잊었단 말, 말이오?」

이때 한비를 맞이하기 위해 이른 아침 국빈관에 당도한 이사는 한비의 방문 앞에서 그의 잠꼬대를 들으며 속으로 흠칫 놀랐다.

소리를 지르며 안간힘을 쓰던 한비 또한 문밖에서 나는 발자국 소리에 눈을 번쩍 떴다. 잠 못 이루던 지난밤 끄트머리에서 짧은 순간 꿈을 꾸었던 것이다.

이사는 방문을 두드리며 인기척을 내더니 안으로 들어왔다. 그를 본 한비가 이마의 땀을 씻으며 얼른 자리에서 일어났다.

「사형, 안녕히 주무셨습니까?」

이사의 다정한 말에 한비는 고개를 끄덕이며 길게 숨을 내쉬었다.

「방, 방금 전에 악몽을 꾸었소. 나, 나갈 채비를 하겠으니 잠, 잠시만 기다려 주시오.」

한편 영정은 한비가 함양성에 당도하였다는 보고에 설레임과 기대로 뜬눈으로 밤을 지새웠다. 이날 아침 일찍 조회를 마친 영정은 귀빈을 맞이하는 구빈대의(九賓大儀)라는 예식을 준비하도록 지시하였다. 마침내 한비를 만난 영정은 그에게서 한나라의 국서를 받는 즉시 주변의 대신들을 모두 물리쳤다. 한비와 둘만의 대화를 하고 싶었기 때문이었다. 오래 전부터 한비를 존경해 왔던 영정은 그와 국사를 논하고 마음에 들면 지난날 국위였던 왕료와 같은 대우를 하리라 마음먹고 있었다. 그동안 영정은 한비의 저서를 거의 빼놓지 않고 읽으면서 그 속에 담겨 있는 예리한 필치와 뛰어난 논리에 탄복하였다. '글은 그 사람의 품격을 나타낸다(文如其人)'는 말처럼 영정은 그런 글을 쓴 한비가 늠름하고 기개가 넘치며 뛰어난 언변을 지녀 많은 사람들을 굴복시킬 만한 인물일 것으로 생각했었다. 그러나 한비에 대해 한없이 부풀었던 영정의 기대는 그를 만나는 순간부터 깨지기 시작했다.

한비는 영정이 꿈꾸어 왔던 기백이 철철 흘러넘치는 사내 대장부가 아니었다. 그는 마치 수줍은 환관처럼 입술이 붉고 피부는 백설같이 고왔으며 얼굴선이 무척 부드러웠다. 게다가 화려하고 섬세한 옷을 입은 까닭에 그는 생긴 것보다 더 유약하고 곱상해 보였다. 한비는 지나치게 부끄러움을 탔으며 말 또한 듣기 거북할 정도로 어눌했다.

그런 한비와 마주한 영정의 모습은 여러모로 그와 대비되었다. 영정은 어려서부터 많은 어려움을 이겨내며 강인하게 성장한 탓에 사람들을 압도하는 기개가 넘쳐흘렀으며 굳게 다문 입과 듬직한 몸에서는 일국의 군주다운 기상이 뿜어나왔다.

전혀 예상치 못한 한비의 모습에 영정은 무척 당혹감을 느꼈다.

'저렇게 나약해 보이는 한비와 더불어 어떻게 천하통일을 이루겠나. 남들이 보면 웃겠다.'

영정은 극도의 실망감에 빠져들었다.

그러나 한비는 영정과 전혀 다른 개성을 지닌 인물이었다. 겉으로는 여자같이 나약하고 다소 모자란 듯이 보였지만 마음 속에 예리한 칼을 품고 있었으며 그의 뛰어난 지혜는 타의 추종을 불허할 정도였다. 단지 그런 것들이 외모나 말투로 인해 겉으로 드러나지 않았을 뿐이었다. 한비는 자신의 판단이나 의견이 필요할 때에는 언제든지 부끄러움이나 유약함을 벗어던지고 그만의 빛을 뿜어대었다. 아름다운 공작이 평소에는 꼬리를 감추고 있다가 시간이 되면 활짝 펴서 그 화려함을 뽐내듯이, 한비의 지혜도 그것을 식별할 수 있는 사람 앞에서야 비로소 빛이 났던 것이다.

그런데 영정은 한비의 저술을 읽고 지레 그의 모습을 예상하였고, 또 막상 그를 만나 자신의 기대에 어긋나자 쉽게 실망을 하였다. 영정은 한비의 가슴 밑바닥에 숨어 있는 지혜와 야망을 끝내 발견하지 못했다. 하지만 한비는 역시 총명했다. 더욱이 그는 비범한 통찰력을 가지고 있었다. 한비는 짧은 시간이었지만 자신을 처음 봤을 때의 영정과 조금 뒤에 일어난 그의 반응에 영정의 인물됨을 즉시 판단하였다.

'진왕은 아주 변화가 심한 사람이군. 이런 사람에게는 강하게 설득할

필요가 있다.'

이렇게 생각한 한비는 얼른 화제를 바꿔 이사가 일러준 대로 영정에게 귀신을 섬기는 잘못을 주청하였다. 그의 말에 영정은 더욱 놀랐다. 그동안 읽어 왔던 한비의 저작은 주로 법치나 군왕의 통치술, 권력의 이용 등을 논하고 있었다. 그런데 뜻밖에도 그를 만난 자리에서 한비는 수백 년간 조상을 섬기고 각종 제사를 모시는 진나라의 전통을 강력하게 비판하고 나서는 것이었다.

'우리 진나라는 이미 천명을 받아 구정(九鼎)을 낙양에서 함양으로 옮겼는데 그런 천명을 부정하다니.'

어렵게 말을 마친 한비는 비오듯 흐르는 땀을 씻어내었다. 그렇지만 힘들게 자신의 의견을 설명한 한비보다 심경이 더 복잡한 사람은 바로 영정이었다. 영정은 한비의 말이 끝나자마자 얼른 자리에서 일어났다.

「어서 한비 선생을 객관으로 모셔다 드리도록 하거라.」

한비가 국빈관에 도착했을 때 이사는 이미 그곳에서 그를 기다리고 있었다. 이사는 한비가 매우 침통한 표정으로 돌아오자 자신의 계책이 맞아떨어졌음을 확신하였다. 한비에게서 대전에서 벌어진 영정과의 대화 내용을 모두 들은 이사는 영정이 한비에게 실망하여 내쫓았음을 알아차렸다.

한편 한비는 궁에서 나오면서부터 줄곧 자신이 진왕에게 주청한 이야기를 곰곰이 생각해 보았다. 아무리 생각해도 처음 만난 자리에서 귀신 이야기부터 한 것은 지나친 처사였다. 한비는 이사를 보낸 뒤 며칠 동안 방에 틀어박혀 영정과의 관계를 개선하기 위한 실마리를 모색했다.

이사는 매일같이 국빈관에 들러 한비의 동정을 살폈다. 이사가 걱정하는 바는 한비가 전후 사태를 파악하고 귀신 이야기를 꺼내도록 한 자신의 의도를 알아채는 것이었다. 만일 그렇게 된다면 자신은 방연(龐涓)과 같은 말로를 당할지도 모른다는 불안감이 밀려들었다. 위나라의 군사(軍師)였던 방연은 사형인 손빈을 시기하여 그를 모함하였다가 뒷날 마릉(馬陵)의 싸움에서 사형인 손빈에게 죽음을 당하였던 것이다.

'그럴 수야 없지.'

이사는 주먹을 불끈 쥐고 또 다른 계획을 추진하였다.

이사는 한동안 자신을 따라다니며 여러 나라를 유세하였던 상경 요가가 일찍이 한비의 문중에 있을 때 잘못을 저지르고 탈출하였다는 사실을 알고 있었다. 이렇게 한비와 요가, 그들 두 사람 사이에 껄끄러운 과거가 있음을 생각해 낸 이사는 그것을 이용하여 한비를 모함하는 계책을 꾸몄다.

어느 이른 아침 한비의 처소에 나타난 이사가 그에게 말했다.

「사형, 진왕께서는 사형을 흠모하여 수천 리를 멀다 않고 초청하셨는데 어찌하여 사태가 그렇게 갑자기 변하였습니까?」

그때까지 자신이 진나라에 들어온 목적과 언행을 천천히 되씹고 있던 한비는 이사의 예리한 눈빛을 피하며 조용히 입을 열었다.

「사제, 나, 나라는 사람의 위인됨을 알고 있지 않소? 이제껏 남과 심하게 다, 다툰 적이 없는데, 함양성에 오자마자 그, 그런 일이 벌어질 줄이야.」

한비가 난감해 하며 이렇게 말하자 이사는 그 몰래 빙그레 미소를 지었다.

'사형은 바보 같은 글쟁이야, 그러면 글 속에 빠져 죽고 말지.'

이사는 얼른 얼굴에서 웃음을 거두어 내고 딱하다는 듯 한비를 보면서 말했다.

「설마 요가, 이 자가 꾸민 일은 아닐까요?」

「요, 요가?」

「사형, 요가를 아십니까?」

「그, 그는 우리 문하에서 문객으로 있었소. 요, 요가가 일찍이 내 방에 들어와 물품을 훔치다 발각되어, 많은 사, 사람들이 말리지 않았다면, 가법(家法)에 따라 죽음을 면, 면치 못했을 것이오. 그런데 그, 그 자가 어디에 있소?」

이사의 입에서 요가라는 이름이 튀어나오자 한비는 놀란 표정을 지으며 지난날을 회상하였다.

「그걸 두고 모진 인연이라고 하는가 봅니다. 사형께서 말씀하시는 요가가 확실한지는 모르지만 그는 지금 진나라의 상경이라는 직책에 있습니다. 식읍만 무려 천 호가 넘지요. 대왕께서는 그의 말을 대단히 존중하고 계십니다.」

「그, 그렇다면 요가가 나의 일을 그르쳤단 말이오?」

한비가 놀라 소리쳤다.

「그런 것 같습니다.」

이사는 단정하듯 대답했다.

「'군자의 복수는 십 년이라도 그치지 않는다'고 했으며, '소인은 남의 액운을 보고 다행으로 여긴다'는 말도 있습니다. 사형께서 그때 그렇게 혹독하게 요가를 혼냈으니 어찌 그가 잊을 리 있겠습니까?」

「아, 그렇다면, 아니, 나, 나도 어쩔 수가 없지만, 그, 그래도……」

한비는 매우 당황하여 제대로 말을 잇지 못했다.

이사는 자신의 계책이 손쉽게 먹혀들어가자 속으로 쾌재를 불렀다. 상대가 화를 낼수록 다스리기 쉽다는 말이 있다. 이사는 한비를 위로하는 척 하면서 동시에 다른 쪽에서는 화를 돋구는 이중 작전을 폈다. 이사의 음모에 말려든 한비는 치솟는 분노를 삭이며 겉으로는 태연한 표정을 지으려고 애를 썼다.

「사, 사제, 나에게 다시 진왕을 알현할 수 있는 기, 기회를 만들어 주시오.」

한비의 애원에 이사는 짐짓 안쓰러운 표정을 지으며 대답했다.

「염려놓으십시오. 다른 건 우둔한 이 사제가 도와드리지 못하지만 대왕을 만나시는 일은 얼마든지 가능합니다. 다만 걱정이라면 사형께서 또 다시 요가의 함정에 빠지지나 않을까 하는 겁니다.」

이사의 말에 한비는 그만 감동하여 그의 손을 잡으며 고마움을 표시했다. 이사는 한비가 자신이 만들어 놓은 함정에 걸려들어 더 이상 헤어나지 못할 때 비로소 안심할 수가 있었다.

92

　며칠 후 이사는 궁중에서 나오자마자 국빈관에 들러 한비에게 그날 저녁에 진왕이 면담을 허락하였다는 사실을 알려주었다. 저녁이 되자 이사는 국빈관에 들러 한비와 함께 궁으로 들어갔다. 같은 시각 요가는 요가대로 이사의 음모에 따라 먼저 궁으로 들어가 한비를 음해할 만반의 준비를 갖추고 있었다.

　이날 저녁 대전에서 영정을 대좌한 한비는 그에게 요가의 죄상을 낱낱이 고하고 여러 경전을 인용하여 용인(用人)의 도리를 설명하였다. 하지만 영정에게 신하의 과거가 이러저러했다는 한비의 말은 아무런 관심도 일으키지 못했다. 실상 영정은 곁에 있는 신하가 지난날 이웃집 닭을 훔친 좀도둑이든, 가난하여 남의 곡식을 가로챈 벼슬아치든간에 출신과 과거사를 막론하고 재능 있고 유용한 인물이라고 생각되면 누구든지 중용을 했다. 영정의 용인술 가운데 가장 첫번째가 '큰 강물은 온갖 오물을 받아들이고, 태산은 먼지를 마다하지 않는다'는 말이었다. 그에게 필요한 인물은 자신의 목표를 달성하는 데 도움을 줄 사람이지, 고결한 성인은 아니었기 때문이었다.

　영정은 이번 만남에서도 한비에게 실망을 느끼고 그를 물리쳤다.

　그 다음날 영정은 요가를 불러 지난날의 잘못을 추궁했다. 그러자 요가는 이사에게 언질을 받은 대로 미리 준비한 답변을 털어놓았다.

　「소신은 한 공자의 문하에서 말할 수 없는 학대를 받아 어쩔 수 없이 그런 짓을 했사옵니다. 이미 지난 일이라 더 이상 거론하지 않고 조용히 살고 싶었사온대 이렇게 대왕마마께 누를 끼치게 되오니 송구스럽사옵니다.」

　솔직한 요가의 대답에 함께 조회에 참석했던 대신들이 모두들 나서서 요가를 변호하고 한비를 질책하기 시작했다. 한비의 명성을 익히 알고 있던 그들은 한비의 출현에 위협을 느꼈고, 따라서 그가 진나라 조정에서 높은 대우를 받는 일을 막아야 한다고 생각하던 터였다.

　「대왕마마, 한비 공자는 한나라의 종실로 결코 우리를 위해 일할 인물이 아니옵니다. 또한 상경 대인은 젊었을 때 그의 문하에서 학대를 받은 연유로 분을 참지 못하고 벌인 일이니 이제 와서 잘못을 추궁할 수가 없는 줄 아옵니다.」

영정은 대신들이 이구동성으로 한비를 비난하고 나서자 그의 사제인 이사를 불러 의견을 물었다.

대전에 나타난 이사는 매우 걱정스럽고 안타까운 표정으로 대답했다.

「옛날에 기해(祁亥)는 원수를 조정에 천거하여 많은 공을 세우게 하였사옵니다. 신은 오래 전부터 사형인 한비 선생을 사모하여 대왕마마께 천거한 바가 있사옵니다. 그런데 그가 나타나 이렇게 대왕마마의 마음을 어지럽히고 조정의 기강을 흔들어 놓으니 이에 소신도 벌을 받아야 마땅할 것이옵니다. 사형의 재능을 아까워 한 것은 소신의 사적인 감정이었사옵니다. 하지만 나라에 도움이 되지 못한다면 사적인 감정은 떨쳐버릴 수밖에 없사옵니다. 옛말에도 '미친 말은 수레를 깨뜨리고, 악독한 부인은 집안을 망친다'고 하였사옵니다. 감히 간언하오니, 대왕마마께서 한비 공자를 중용하지 않으신다면 후환을 생각하시어 감옥에 가두시거나 엄하게 처벌하시는 게 좋을 듯하옵니다.」

영정은 울부짖는 듯한 이사의 말에 고개를 끄덕이고 한비를 운양궁(雲陽宮)에 가두라고 지시했다. 그러자 이사는 심복들에게 명을 내려 한비에게 심한 고문을 가하여 간첩이라는 허위 자백을 받아내게 하였다. 그로부터 얼마 후 한비는 이사가 보낸 독약에 살해되고 말았다.

16

궁형(宮刑)을 당하는 조고

한단의 대북성에 있는 두강노점(杜康老店)은 먼 이국 땅에까지 이름이 널리 알려진 객점으로, 조경후(趙敬侯)가 한단성을 조나라의 국도로 삼았던 때보다 훨씬 오랜 역사를 자랑하고 있었다. 아마도 그 개점 시기를 거슬러 올라가면 대략 조환자(趙桓子) 2년(BC 423년)까지 이르지 않나 싶다. 두강노점은 한단성의 번화만큼이나 발전을 거듭하였지만 어느 시점부턴가 점차 쇠락의 길을 걷기 시작하였다.

퇴락의 증거인 양 부채꼴 모양으로 만들어진 두강노점 대문의 주칠은 군데군데 떨어져 나가 볼품이 없어졌고 처마 밑에 비스듬하게 꽂힌 '두강노점'이라는 글씨가 박힌 낡은 헝겊 조각이 바람에 흉하게 떨고 있었다.

주방에서 일하는 요리사 또한 한물간 객점의 주방장에 어울리는, 다소 불안하고 짜증스러운 표정으로 야채를 썰고 지지고 볶아댔다. 명성을 잃은 객점에서 일하고 있는 자신의 처량한 신세를 생각하던 그는 갑자기 시퍼런 칼을 번쩍 들더니 신경질적으로 도마를 힘껏 내리쳤다.

「어서 옵쇼!」

손님이 든 모양이었다. 점원은 객점 문 앞에 기대 선 채 간간이 손님이 들어올 때마다 습관처럼 '어서 옵쇼'를 외쳐댔다.

객점 안의 풍경은 바깥보다 더욱 을씨년스러웠다. 바닥의 벽돌은 울퉁 불퉁 지면이 고르지 못했고, 출입구에서 객점 안을 가로질러 깔린 꽃무 늬 융단은 여기저기 구멍이 나 있어 바닥이 훤하게 드러나 보였다. 왼쪽 벽 구석에는 거미줄이 위 아래로 서너 개가 주렁주렁 걸려 있었는데, 그 거미줄에는 거미가 잡아먹고 버린 곤충의 뼈가 덩그러니 매달린 채 창 문 틈으로 불어오는 바람에 이따금씩 흔들거렸다. 또한 객점 안은 이웃 해 있는 약방, 신발점, 포목점, 염색방(染色坊)과 양조장에서 흘러들어온 냄새들이 음식내와 한데 어우러져 비릿하고 퀴퀴한 냄새를 발산하고 있 었다. 이 모든 것이 3류 객점임을 말해주고 있었지만, 그런 속에서도 빛 바랜 금색 탁자와 벽에 걸린 몇 점의 그림들이 그 옛날 객점의 영화를 말해주듯 그윽한 멋을 풍겼다.

그 주변에 있는 다른 객점들이 번성하는 모습은 이곳 두강노점의 쇠락 과는 좋은 대조를 이루었다. 한단성에서 가장 번화한 곳에 자리한 주점 들은 저잣거리가 활기찰수록 그에 따라 함께 번화했지만, 그럼에도 불구 하고 같은 위치에 있는 두강노점은 쇠락했던 것이다. 그렇게 된 원인은 두강노점의 주인에게 있었는데 그는 옛날의 방식을 고집한 채 시류의 변화에 적응하려 들지 않았다. 두강노점은 애초부터 일반 백성이나 상인 에게는 금지된 구역으로 귀족들만 받아들였는데, 이런 원칙을 귀족들이 몰락한 그 시대에까지 고수하였기 때문에 객점의 퇴락은 당연한 일인지 도 몰랐다.

어느 날 황혼이 질 무렵이었다. 두강노점에 선비 두 명이 들어섰다. 노 인과 청년이었는데 모두 품위 있는 복장에 패옥(佩玉)을 달았고 행동이 매우 단정하였다.

「왕 어르신께서는 어찌하여 이곳을 찾으셨습니까?」

청년 선비가 동행한 노인에게 물었다.

「이 객점은 매우 유명한 곳이라네. 나도 한동안 이곳에 오지 못했지만 말이야.」

　반백에 가까운 노인은 지난날을 회상하는 듯 눈을 지그시 감았다. 이때 두 사람을 알아본 객점 주인이 뛰어다오더니 오랜만에 두강노점을 찾은 이들을 반기며 친절하게 안쪽으로 안내했다.

　「손님의 말씀이 맞습니다. 우리 객점은 일찍이 왕후장상(王侯將相)만이 출입하여 자리를 메웠고, 천하의 명사들이 이 자리에서 시를 읊으며 술을 마셨습니다. 조혜왕(趙惠王) 때 상경을 지낸 난상여(蘭相如) 대인도 저희 집 단골이었습니다. 그뿐 아니라 마복군(馬服君) 조사(趙奢), 4공자(四公子) 가운데 한 분이신 평원군(平原君), 신릉군도 이곳에 자주 오셔서 저희 명성을 올려주셨지요. 또한 진나라 승상이셨던 여불위 대인과 연 태자 단도 우리 객점에 들르신 적이 있었습니다. 하지만 이제는 천하의 명사들이 모두 음란한 가락과 기운에 젖어 이런 그윽한 정취를 풍기는 객점은 외면하고 있습니다.」

　「주인장, ‘어느 날 문득 깨어보니 영화는 간 데 없고, 이마에 주름살만 남았다’는 이야기를 들어보셨소? 이곳에는 아직도 지난날의 아름다움이 남아 있으니 그마나 다행이 아니겠소?」

　왕이란 성을 가진 그 노인은 미소를 지으며 이렇게 말한 뒤 함께 온 청년을 바라보며 다시 입을 열었다.

　「조군은 곧 먼 길을 갈 사람이니 이곳처럼 분위기가 아늑한 곳에서 쉬는 것이 좋을 거야. 그래서 내가 여기를 찾은 거라네.」

　잠시 후 식탁은 갖가지 맛깔스러운 음식으로 가득 채워졌다. 두 사람은 사슴구이 꼬치, 쇠고기 지짐, 예쁘게 빚은 물만두를 안주삼아 고량주를 마시기 시작했다.

　「왕 태의 어르신같이 고명하고 의술에 정통하신 분이 어찌하여 저와 동행하지 않으십니까. 일찍이 어른께서는 진왕(秦王) 모자(母子)를 치료하신 적도 있지 않으십니까.」

　청년이 벌겋게 달아오른 얼굴을 매만지며 왕 태의에게 말했다.

　왕 태의, 이름은 왕충으로 그는 지난 시절 곽개를 따라 영정과 그의 어머니 주희를 진나라로 귀향시키는 데 동행한 적이 있었다. 그 후 조나라로 다시 돌아온 왕충은 조왕(趙王)의 태의부에서 태의령직을 맡아 십여 년 동안 오로지 의약과 침술을 연구한 끝에 천하에 그와 비견될 사람이 없을 정도로 널리 이름이 알려져 있었다.

이날 왕충은 상국 곽개의 명령을 받아 감옥에 갇혀 있던 조고를 탈출시켜 진나라로 보내는 길이었다. 지금 두강노점에서 은밀하게 벌어지고 있는 주연은 조나라를 빠져나가는 조고와의 이별식이라 할 수 있었다.

왕충은 조고의 말에 길게 탄식을 했다.

「그렇다네. 한단성은 날이 갈수록 싫어지기만 해. 솔직히 나도 함양으로 가고 싶은 마음이 굴뚝 같지만……」

「그러시다면 이번 기회를 놓치지 마십시오.」

곽개와 왕충의 도움으로 탈출에 성공한 조고는 진나라로 망명하기로 결심했다. 그러나 막상 진나라에 아는 사람이 없어 난감해 하던 참에 이렇게 왕충과 마주하자 조고는 그를 설득하여 함께 진나라로 가고 싶었다.

「그렇게 할 수가 없네.」

「어째서 안 된다는 말씀이십니까?」

조고는 실망한 눈빛으로 계속 왕충을 재촉했다. 하지만 왕충은 차마 가슴 속에 들어 있는 말을 내뱉지 못하고 그저 애원하는 조고의 얼굴을 물끄러미 바라볼 뿐이었다. 왕충의 표정을 살펴본 조고는 그제서야 왕충의 외동아들 왕단을 떠올렸다. 풍문에 의하면 왕 태의의 부인은 일찍 세상을 떠났으며, 왕단은 부친의 의업(醫業)을 따르지 않고 무예 수업에만 열중한다고 하였다. 스물여덟 살인 왕단은 무예가 뛰어나 그 이름이 한단성 안팎에 널리 알려져 있었지만 전투에는 한번도 참가하지 않았으며, 더욱이 관(官)에 나가 벼슬길에 오르려는 생각도 하지 않았다. 그는 천하를 주유하면서 잘못된 세상을 바로잡겠다는 뜻을 지닌 채 스스로를 협자(俠者)라고 여기며 이따금씩 세인의 주목을 받는 사건들을 일으키곤 하였다. 왕단이 저지른 사건들은 대부분이 불쌍한 백성들을 위한 것이었다. 조고는 왕 태의가 선뜻 조나라를 떠나지 않는 이유가 그의 아들 때문임을 짐작했다.

잠시 침묵을 지키던 두 사람은 화제를 돌려 어떻게 하면 진나라로 쉽게 들어갈 수 있는지에 대해 상의하기 시작했다. 이때 밖에서 일꾼 두 명이 들어오더니 왕충에게 인사를 하고 말했다.

「곽 대인께서 준비하신 예물을 모두 수레에 실었습니다. 한번 살펴보십시오.」

그들이 내민 예물 명세서를 훑어보던 조고는 놀라지 않을 수 없었다. 그런 모습에 왕충이 가볍게 웃으며 말했다.

「조군, 무얼 그리 놀라는가? 곽 대인을 그렇게 오랫동안 모셨으면서도 아직도 그분을 모르는가. 곽 대인께서는 자신이 신임하는 사람에게는 금은보화의 많고 적음을 생각하시는 분이 아니라네.」

왕충은 이렇게 말하며 품에서 조그만 보퉁이 하나를 꺼내 조고에게 건네주었다.

「조군이 먼 길을 떠나는데 동행하지 못해 미안하네. 이것은 나의 작은 성의이니 받아주게나.」

이 말에 조고는 그만 감격하며 보퉁이를 펴보았다. 뜻밖에 그 속에는 커다란 금덩어리 몇 개가 들어 있었다.

「아니, 왕 태의께서는 재물에 욕심이 없어 청빈하게 사신다는 소문이 자자한데 이 금덩어리는 어떻게 모으셨습니까?」

왕충이 담담하게 웃으며 대답했다.

「하하하, 옛날에 살던 집을 팔고 남은 돈으로 사두었던 거지. 요긴하게 쓸 데가 있겠지 하고 기다렸는데 이제야 그 기회를 맞았을 뿐이네. 염려 말고 넣어두게나.」

조고는 왕충의 뜨거운 정에 눈시울이 뜨거워졌다.

일찍이 곽개는 많은 뇌물을 받아 창고에 가득 쌓아두고 사람들을 재물로 유혹해 자기 심복으로 만들었다. 조고가 곽개 밑에서 충성을 다한 것도 따지고 보면 돈 때문이었다. 그런데 왕충은 조고와 그다지 교분이 있지 않은데도 그가 위기에 빠지자 위험을 무릅쓰고 탈출을 도왔으며

또 이렇게 오랫동안 고이 간직하고 있던 금덩어리를 아낌없이 내주는
것이었다. 조고는 왕충이야말로 진정한 협사라고 생각했다.

밖에서 이들을 기다리고 있던 조고의 부하가 들어오더니 갈 길을 재촉
했다.

「주인 어른, 빨리 떠나셔야 합니다. 옥에서 탈출한 사실이 발각되면 성
을 빠져나갈 수가 없습니다. 오늘 중으로 성을 나가야 합니다.」

그에게 알았다고 고개를 끄덕여 보인 조고는 급히 술잔에 술을 가득
부어 왕충에게 바치면서 무릎을 꿇었다.

「이 잔을 올리오니 만수무강하십시오. 어찌 이 은혜를 다 갚으오리까.
다음에 만날 기약을 하며 소생은 이만 떠나겠습니다.」

왕충은 미소로써 대답을 대신하며 서둘러 문을 나서는 조고의 뒷모습
을 바라보았다.

진왕 영정 14년(BC 233년) 가을, 마침내 조나라의 대부 조고는 한단성
을 빠져나와 업성으로 방향을 잡았다. 조고를 태운 수레는 세찬 바람에
덜거덕거리며 한단성 교외를 쏜살같이 내달렸다. 수레가 한단성에서 멀
어져 갈수록 조고의 가슴에는 까닭모를 처연한 감정이 치밀어 올랐다.
한단성은 조씨 가문의 사당이 있는 곳으로, 조고가 태어나 어린 시절 경
학(經學)을 공부하고 사서를 외우며 큰뜻을 품었던 고향이었다. 대부의
자리에 오르기까지 많은 사연과 정이 절절히 배어 있는 땅이었던 것이
다. 그러나 조고가 적과 내통한 사실이 밝혀지면서 모든 것이 걷잡을 수
없을 정도로 뒤바뀌어졌다. 조고가 감옥에 들어간 이후 그의 노모는 병
으로 세상을 떠났고, 신혼이었던 젊은 아내는 개가를 했으며, 누이동생은
다른 사람의 처첩으로 들어갔다가 곽개의 도움으로 가까스로 몸을 빼돌
릴 수 있었다. 멀어져 가는 한단성을 바라보는 조고의 마음 속에는 아련
한 추억과 시퍼런 원한의 감정이 동시에 떠올랐다.

조고는 고개를 돌려 희미하게 보이는 한단성을 바라보며 중얼거렸다.

「한단성! 나의 꿈과 희망을 빼앗아 간 곳, 우리 가문을 망가뜨린 곳,
잊지 않고 언젠가 다시 찾아오리라.」

　날은 점점 어두워만 갔다. 산과 들녘에서 불어오는 매서운 바람이 흉흉한 소리를 내며 나뭇가지를 휘어감았다. 진나라로 들어가는 이 길에는 수많은 도적떼와 굶주린 맹수들이 나타나 행인들의 발걸음을 어렵게 하였다. 그래서 사람들은 될 수 있는 한 밤길을 피해 여럿이서 함께 그 길을 지나곤 하였다. 어느덧 숲길은 완전히 어둠에 휩싸이게 되었다. 어디선가 어기신 늑대의 울부짖음이 처참하게 들려왔다. 조고는 더욱 급하게 수레를 몰았다. 한시라도 빨리 진나라 군대가 주둔하고 있는 국경선에 당도해야 안심할 수 있었다.

　조고의 따뜻한 품에는 곽개가 써준 밀서가 들어 있었다. 일찍이 진나라의 왕오 장군과 밀서를 통해 교분을 맺은 바 있는 곽개는 그에게 보내는 서신을 조고에게 건네주었다. 국위 왕료의 제자인 왕오는 조나라를 정벌하는 진군의 선봉장으로 지금 조고는 그의 군영으로 향하는 중이었다.

　어둡고 낯선 길을 헤매던 조고는 결국 왕오의 군영을 찾지 못하고 그만 몽무의 군영에 잘못 들어 졸지에 감옥에 갇히는 신세가 되고 말았다. 그 시간에 왕오는 함양성에 들어가 있었던 것이다. 그러나 조고는 감옥에 갇히기 바로 직전 함께 따라 온 총관을 몰래 빼돌려 한단성에 있는 곽개와 누이동생에게 구명을 호소하는 한편, 옥졸을 매수하여 왕오에게 보내는 밀서를 함양성의 왕오에게 전달하도록 하였다.

　진왕 영정은 비성 전투에서 조나라 장군 이목에게 당한 치욕을 씻기 위해 그 다음 조나라와의 전투에 몽무를 출전시켰다. 몽무는 우선 조나라의 의안(宜安)을 점령하고, 잠시 휴식을 취한 뒤 다시 한단성을 공격했지만 도중에 이목의 반격을 받아 대패하였다. 일단 후퇴하여 함양에서 250여 리 떨어진 운양성에 주둔한 채 패인을 분석하던 몽무는 조나라의 기습병이 어떻게 나타났는지 도무지 이해할 수 없었다. 지난번에 번의는 조고가 보낸 밀서를 믿고 공격했다가 대패하였다지만 이번에는 그런 밀서도 없었다. 그런데 이때 공교롭게도 몽무의 군영에 조고가 나타났던 것이다. 마침 패전의 소재를 찾던 몽무는 조고가 제 발로 걸어들어오자 곧바로 그를 감옥에 가두었다. 조고는 억울하다고 소리쳤지만 이미 몽무는 그를 첩자로 간주하고 진왕에게 이를 보고했다.

감옥에 들어간 조고는 너무나 괴로워 미칠 지경이었다. 비록 그가 얼마 전까지만 해도 조나라에서 일 년 동안 감옥 생활을 했다지만 조왕 천이 워낙 유약하여 무거운 벌을 내리지 않았고, 곽개가 옥졸에게 엄명을 내려 무례하게 대접하지 못하도록 한 까닭에 몸은 감옥에 있었지만 지내기는 그다지 어렵지 않았다. 그러나 진나라의 감옥은 인간 지옥 바로 그 현장이었다. 감옥 안에는 거의 빛이 들어오지 않아 낮인지 밤인지 구별을 할 수 없었고, 어둡고 습기가 많은 토방이라 벽에는 잔뜩 이끼가 끼었고 바닥은 축축하였다. 눅눅한데다 공기마저 잘 통하지 않으니 감옥 속은 썩은 냄새로 숨을 쉴 수 없을 정도였다. 조고는 감옥에 들어서는 순간 숨이 막혀 몇 차례나 구토를 한 뒤 젖지 않은 바닥에 몸을 세우고 천정을 바라보며 가까스로 숨을 내쉬었다. 흙바닥에는 엄청나게 많은 벌레들이 꿈틀거리고 있었는데, 맨발바닥에 전해지는 벌레들의 움직임 때문에 조고는 온몸이 느물느물 수축되며 구토가 끊이지 않고 목줄기를 타고 넘어왔다. 그러나 그렇게 며칠이 지나자 조고는 죽음과 같은 공포를 이겨내고 서서히 그런 환경에 적응하기 시작하였다. 그는 뿌옇게 들어오는 빛줄기를 따라 벽면을 샅샅이 조사하고 주변의 동정에 귀를 기울였다.

진나라의 감옥에는 세 가지 형태가 있었다. 첫째, 커다란 창고나 방을 개조하여 만든 감옥으로 이런 곳에는 가벼운 죄를 범한 농민이나 도망가다 잡힌 노예, 엄격한 진법을 어긴 사람들이 수감되었다. 죄수들 대부분이 죄가 무겁지 않기 때문에 모두들 사나흘이면 판결을 받고 법에 따라 각지의 축성(築城) 작업이나 귀신(鬼薪)이라고 불리는 농사일을 하는 데 보내졌다. 따라서 감옥 환경은 좋은 편이었다.

그 다음은 단칸방으로 이루어진 감옥인데 이곳은 왕명을 어긴 관리나 죄를 지은 왕실종친, 고관대작들이 갇혀 있었다. 그런 연유로 이런 감옥은 대체로 쾌적하고 주위 환경이 밝았다.

　마지막으로 나라에 해를 끼친 역적이나 적국의 간첩을 가두는 감옥으로 조고가 들어와 있는 데가 바로 그곳이었다. 조고는 진나라의 엄한 법률을 익히 알고 있었기 때문에 몽무가 자신을 간첩으로 몰아 이곳에 가두었음을 예측할 수 있었다.

　조고는 이를 부득부득 갈며 원한과 분노와 억울함을 삭였다.

　「기다려라. 언젠가 이곳을 벗어나면 반드시 복수하고야 말겠다.」

　조고는 견딜 수 없는 고통 속에서도 좌절하지 않고 나름대로 살아남는 방법을 강구하였다. 그는 하루 종일 몸을 움직여 굳어 있는 살을 풀어주었고 축축한 바닥을 말리는 데 온 힘을 기울였다. 그러던 어느 날 그는 바로 이웃한 감옥에서 흘러나오는 나직한 신음소리를 듣게 되었다. 호기심을 이기지 못한 조고는 손으로 벽에 구멍을 뚫기 시작했고 며칠이 지나 두터운 감옥 벽을 여는 데 성공하였다. 그 곳에는 한 사내가 바닥에 주저앉아 억울한 심사를 참지 못하고 피눈물을 쏟고 있었다.

　「선, 선을 행하는 자여, 그 몸이 깊은 물에 빠졌구나. 아, 깊, 깊은 강물이여. 선, 선을 일으키는 자여, 그 목숨이 깊은 계곡에 끊어졌구나. 아, 깊, 깊은 계곡이여!」

　그 사람은 극심한 고통을 참지 못하고 미친 듯이 계속 중얼거렸다.

　「입으로 선, 선을 베풀면서, 몸, 몸으로 악을 행하는 자는 나, 나라의 쓰레기로다. 이, 이사야, 이사야, 내가 손, 손빈이 되지 못함이 한스럽다. 간악한 네 죄를 다스리지 못하고 죽는다니, 너, 너무나도 억울하도다!」

　조고는 그 자의 입에서 이사라는 말이 튀어나오자 깜짝 놀랐다.

　「저 사람은 대체 누구길래 이사를 저렇게도 저주할까?」

　조고는 자신의 처지도 잊은 채 그의 기막힌 모습에 혀를 끌끌 차며 중얼거렸다.

　「이놈들이, 나, 나를!」

　갑자기 그가 숨을 헐떡거리며 소리를 지르더니 앞으로 푹 고꾸라졌다. 그런 모습에 깜짝 놀란 조고는 얼른 자기 방으로 되돌아왔다.

　다음날 조고는 옥졸에게 옆 감옥에 있는 사람이 누구인지 물었다.

「도대체 저 사람은 누군데 저렇게도 저주스러운 말을 하는 겁니까?」

「아, 누가 알았겠나? 갑자기 눈알을 뒤집히고 허연 거품을 물면서 쓰러져 죽었으니. 불쌍도 하지, 한나라의 공자가 이런 곳에서 죽다니……」

「누구요? 한나라의 공자? 아, 그렇다면 한비 선생!」

조고는 너무도 놀라 숨을 쉴 수조차 없었다. 천하에 이름을 드날리던 법가의 최고 이론가 한비가 자신의 옆방 감옥에서 죽어간 것이다.

「진왕이 가장 존경한다던 한비 선생이 어찌하여 햇빛조차 들지 않는 운양의 감옥에서 죽었다는 말인가. 하늘이시여, 진나라에서는 저러한 인재마저도 받아들이지 못한단 말입니까? 그렇다면 나는? 나는 겨우 대부에 불과하지 않은가?」

조고는 놀라움과 허탈감에 풀썩 바닥에 주저앉으며 중얼거렸다. 그는 법치가 존중되는 진나라를 동경하여 조나라를 탈출하였다. 그런데 이렇게도 법이 무시되고 짓밟히는 광경을 보자 너무나도 커다란 충격을 받아 자리에서 서 있을 수가 없었다. 온종일 그렇게 넋나간 사람처럼 우두커니 앉아 있던 조고는 저녁 무렵이 되어서야 겨우 마음을 가다듬고 한비가 세상을 떠난 감옥을 향해 눈물을 흘렸다.

「올바른 가르침이 행해지지 않고 있음은 예로부터 그러했다는 증거로다. 설사 이곳에서 살아난다 해도 이제 나는 어디로 가야 할 것인가. 조나라로 돌아가? 하지만 이제는 돌아갈 수도 없지 않은가. 그렇다고 진나라에 남아야 하는가? 한비 선생과 같은 고명한 학자도 이사를 저주하며 죽어간 이런 곳에서 내가 살아남을 수 있을까. 아, 함양성은 한단성보다 더 무서운 곳이야!」

자신의 갈 길에 대해 한탄하던 조고는 잠시 정신을 차리고 고개를 숙여 한비의 명복을 빌었다.

「한 공자의 원혼이여, 안녕히 떠나십시오! 더러운 세상에 남아 있지 마시고, 명부(冥府)에서 법치의 이상을 실현하십시오!」

한비가 옥중에서 억울하게 죽어가는 광경을 목격한 조고는 이 세상에서 가장 확실한 것은 권세이지 이상(理想)이 아님을 깨우쳤다. 그는 지난날 자신이 꿈꾸어 왔던 이상의 실현을 생각하며 미친 듯이 웃어댔다.

조고의 웃음소리에 옥졸이 재빨리 달려오더니 감옥 안을 살폈다.

「얼마 전에는 한 놈이 죽어가더니 이번에는 미친 놈이 하나 생겼군!」

그러나 조고는 옥졸의 말에는 아랑곳하지 않고 계속 웃음을 터뜨렸다.

한편 조고의 누이동생인 조희(趙姬)는 운양성에 갇혀 있는 조고의 소식을 듣고 한걸음에 곽개에게 달려가 눈물로 그의 구명을 호소했다. 곽개 또한 자신의 심복이었던 조고가 위험을 당하자 걱정이 태산 같았다. 만일 조고가 간첩죄로 벌을 받게 되면 이제껏 자신이 진나라와 비밀리에 쌓아왔던 노력이 수포로 돌아갈 수도 있었기 때문이었다. 곽개는 법의 집행을 맡고 있는 이사에게 밀서를 보내기로 결심하고 그 일을 조희에게 맡겼다.

조희는 비록 나이는 어렸지만 그동안 많은 어려움을 겪어 나이에 비해 모든 것이 성숙한 편이었다. 곽개의 밀서를 받은 조희는 그녀 나름대로 밀서를 통해 자신의 앞날을 개척할 계획을 세우며, 거기에 아름다운 자신의 몸을 이용하기로 작정하였다. 곽개는 조희에게 여러 가지 말로 당부를 하면서 이번 계획이 틀림없이 성공하리라 굳게 믿었다.

그로부터 보름이 지난 어느 날 이른 새벽, 아직 닭이 채 눈을 뜨지 않은 함양성에는 쌀쌀한 바람이 휘몰아치고 있었다. 그날따라 함양성의 북문이 일찍 열렸는데 새벽부터 수레 한 대가 힘차게 성문으로 달려왔기 때문이었다. 그 수레에 타고 있는 사람은 정위 이사에게 급히 보고하는 밀서를 지녔다며 서둘러 함양성으로 들어가려 하였다. 가뜩이나 잠이 모자란 성문지기들은 가까스로 떠지는 눈을 비비면서 수레 안을 들여다보았다. 그 안에는 잠이 달아날 만큼 아름다운 여인이 타고 있었고, 여인의 자태에 깜짝 놀란 시위들은 자세히 조사도 하지 않고 수레를 통과시켜 버렸다.

그즈음 이사는 그 어느 때보다 영정의 총애를 받고 있었다. 그러나 이사는 그럴수록 더욱 행동을 조심하여 연회를 줄이고 가능하면 사람들을 자주 만나지 않았다. 며칠 전 영정이 한비가 옥사하였다는 보고에 깜짝 놀라 그를 궁으로 불러들이자 이사는 만반의 대책을 강구하고 영정을 마주했다. 영정은 한비가 운양궁에서 어떤 연유로 감옥으로 들어가 죽게 되었는지 이사에게 그 까닭을 추궁하였다. 이에 이사는 자신의 죄가 탄로날까 두려워 요가에게 모든 책임을 전가했고, 그러자 영정은 요가의 관직을 박탈하고 저택에 감금시키는 처벌을 내렸다. 위기를 모면한 이사는 궁에서 물러나오는 즉시 자신의 저택에 한비의 빈소를 차리고 매우 슬픈 표정으로 그의 영혼을 추모하였지만 그것은 어디까지나 남의 시선을 의식한 것일 뿐, 마음 속에는 한비를 제거하였다는 기쁨으로 흘러넘쳤다. 이제 이사가 만만하게 볼 수 없는 상대는 오직 한 사람 구경(九卿)의 하나인 전객(典客) 왕오뿐이었다.

며칠 전 왕오는 조나라의 곽개가 보내 온 밀서를 영정에게 바친 바 있었다. 밀서에는 진나라에 몸을 의탁하러 떠난 조고의 현명함과 능력을 칭찬하는 내용으로 가득차 있었는데, 이를 본 영정은 이사에게 하루빨리 조고를 찾아 궁으로 데려오도록 지시하였다. 그런데 이런 일이 있은 지 며칠 안 되어 몽무가 영정에게 서신을 올렸는데, 조고는 조나라의 간첩으로 이번 전투의 패배는 그가 꾸민 것이라 감옥에 가두었다는 내용이었다. 이사는 몽무가 자신의 죄를 대신할 상대로 조고를 선택하였음을 알았다. 이사는 조고를 함양성으로 오지 못하게 막는 길은 오직 하나 몽무의 서신을 인정하는 길뿐이라고 생각했다. 이사의 간곡한 말에 영정은 그의 말을 믿고 조고에게 부형(腐刑)의 형벌을 내렸다. 부형이란 남자의 생식기를 제거하는 혹독하고 치욕적인 형벌이었다.

그러던 차에 이날 아침 이사는 곽개가 보낸 사신이 당도했다는 보고를 받은 것이다. 조나라는 영정에게 가장 걱정을 끼치는 나라로 특히 무안군 이목은 진나라의 공격을 여러 차례 격파하여 영정의 심사를 몹시 어지럽히고 있었다. 때문에 이사는 조나라를 무너뜨리기 위하여 반간계(反間計)를 앞서서 계획하고 추진하는 중이었다. 이런 시점에 조나라의 곽개가 보낸 사신이 당도했다는 소식을 들은 이사는 부지런히 대청으로 발걸음을 옮겼다. 잠시 후 곽개가 보낸 사람이 대청으로 들어왔다. 그런데 사신을 본 이사는 너무나 놀라 그만 벌린 입을 다물지 못했다. 사신은 뜻밖에도 너무나 아름다운 여인이었다.

이사는 술과 시를 좋아하며 상당히 풍류를 즐겼지만 이처럼 사람의 눈과 마음을 한번에 끌어당기는 여인은 처음이었다. 그녀는 동그란 눈을 똑바로 뜨고 사뿐사뿐 이사 앞으로 다가와 조용히 무릎을 꿇더니 곽개의 밀서를 바쳤다. 이사는 떨리는 가슴을 겨우 진정시키며 밀서를 읽어 내려갔다.

조희는 조희대로 밀서를 읽고 있는 이사를 힐끗 보며 의연하게 그의 반응을 기다렸다. 마음 속에서는 불안감이 밀려왔지만 겉으로는 태연을 가장하였다. 그녀는 이사의 흔들리는 눈빛을 보고 자신의 목적을 이룰 수 있다는 확신을 얻었다.

'사나이는 욕망을 이기지 못하여 자신을 망친다고 하였다. 나를 보는 저 사람의 눈길 또한 그런 범주를 벗어나지 못하고 있어.'

밀서를 읽는 이사의 머리 속에 여러 가지 생각이 한꺼번에 밀려왔다. 편지에서 곽개는 어떻게든 조고만 구할 수 있다면 이사와 협력할 용의가 있다고 제안했다. 하지만 조고는 이미 부형을 받은 뒤였다. 때문에 곽개의 협조를 얻으려면 일단 조고의 처벌에 대한 자신의 혐의를 벗어던져야 했다.

이사는 살짝 눈을 들어 조희를 훔쳐보았다. 그녀의 맑디 맑은 두 눈에 가득 수심이 어려 있는 모습이 너무나도 매력적이었다. 남몰래 내뱉는 조희의 가벼운 탄식에도 사람을 끌어들이는 힘이 넘쳐흘렀다. 그동안 이사는 수많은 미인을 보아왔지만 조희만큼 충격적으로 남자의 마음을 자극하는 여자는 없었다. 하지만 그녀의 아름다움은 아무나 탐할 수 있는 저급한 교태가 아니었다. 웬만한 강심장을 가진 사내가 아니면 감히 접근하기 어려운 품위와 엄격함이 조희에게는 있었다.

이사는 갸날픈 몸을 떨며 자신을 바라보고 있는 조희의 눈망울을 주시하였다.

'저토록 아름다운 여인을 도와주지 않으면 사내가 아니다.'

이사는 자신도 모르게 그녀를 도와야 한다고 생각했다. 그 까닭은 알수 없지만 그저 단 하나, 그녀의 요구를 거절할 수 없기 때문이라고 느꼈다. 조희의 매력은 바로 여기에 있었다.

이사는 순간적으로 조희를 놓고 저울질을 했다. 미색이냐, 권력이냐? 이사는 마음만 먹으면 당장이라도 그녀를 품에 안을 수 있었다. 그렇지만 이사에게 무엇보다 중요한 건 권력이었다.

나에게 모과를 주었으나 아름다운 구슬로 보답하나니
이는 보답이 아니라 영원히 가깝게 지내자는 뜻이오.
나에게 복숭아를 주었으나 아름다운 구슬로 보답하나니
이는 보답이 아니라 영원히 가깝게 지내자는 뜻이오.
나에게 오얏을 주었으나 아름다운 구슬로 보답하나니
이는 보답이 아니라 영원히 가깝게 지내자는 뜻이오.

이사는 〈시경〉의 '모과'라는 시를 웅얼거리며 마음 속으로 결정을 내렸다. 아름다운 여자는 얼마든지 취할 수 있다, 하지만 한 번 잃어버린 권력은 다시 찾을 수 없다.

'그래, 조고를 석방시켜 이 여자와 곽개의 환심을 사자. 그런 다음에 이 여자를 이용하여 내 뜻을 세우는 거야.'

이사는 마음 속으로 미소를 지으며 조희를 다시 보았다. 보면 볼수록 그녀에게는 남자를 끌어들이는 매력이 가득하였다. 옛말에 '사내에게 여우 같은 여자가 있으면 남을 움직이기가 쉽다(夫有尤物足以移人)'고 하였다. 역사를 돌아보아도 여자의 힘은 비록 나약하지만 그 여자가 남자를 움직이면 나라가 망하고 임금이 죽는 사태가 빚어졌다. 천하에 이름을 떨쳤던 유세가 장의(張儀)도 초회왕(楚懷王)이 총애하는 정수(鄭袖)라는 여인의 도움으로 권력을 잡았고, 여불위도 애첩을 바쳐 진나라의 승상이 되었다.

이사는 조희를 보는 순간 영정을 떠올렸다. 영정은 겉으로는 드러나지 않지만 사실은 여색을 밝혔다. 엄격한 진나라의 법률을 집행하는 영정은 백성들에게는 매우 엄격하고 공정한 군주로 비쳤지만 이따금 여인들 앞에서 나약한 면모를 보이기도 했던 것이다. 이사는 눈 앞에 앉아 있는 조희를 영정에게 바치리라 결심했다. 이렇게 결정하자 갑자기 마음이 급해진 이사는 조희를 가까이 오게 한 뒤 그녀의 요구를 들어주고 몇 가지 전략을 함께 상의하였다.

한편 영정은 그즈음 들어 정위 이사와 전객 왕오가 서로 치열하게 권력 다툼을 하고 있다는 것을 알았다. 그러나 영정은 암암리에 두 사람의 세력을 견제하고 조정하면서도 겉으로는 상관하지 않는 척 하였다. 어린 나이에 임금 자리에 오른 영정은 이러한 통치술을 경험으로 익히고 축적하였다. 이는 마치 닭으로 하여금 밤을 지키게 만들고, 고양이에게 쥐를 잡게 하는 계책과도 같았다. 영정은 한비의 저작에서 배운 지식으로 두 세력의 능력과 지혜를 이용하여 서로를 견제하는 수법을 사용하였던 것이다. 즉 한쪽의 장점을 극대로 이용하여 상대를 자극하고, 다른 쪽의 약점을 들춰내어 공격하게 만드는 고도의 심리전을 구사하였는데 영정은 이렇게 대신들의 욕망과 세력을 교묘하게 조절하면서 자신의 지위와 권력을 확대하여 나갔다. 그는 심지어 두 세력이 겉으로 드러내고 싸워도 묵인하거나 조장하기까지 하였다. 위기가 고조되어 폭발할 때가 되면 그제서야 간여하였던 것이다. 영정은 이제 이사와 왕오, 두 세력의 모순이 극에 달하여 곧 폭발하리라 예측하고 마침내 직접 조정에 나섰다.

이날 영정의 부름을 받은 왕오는 그간 심기가 몹시 불편하던 참이었다. 조나라의 곽개는 자신과 끈이 닿는 진나라의 밀정인데 그런 곽개가 보낸 조고를 이사 일당이 간첩으로 몰아 형벌을 내렸다. 만일 이런 사실이 각국에 알려진다면 자신을 믿고 망명할 사람은 없을 터였다. 신뢰가 땅에 떨어진 자신을 누가 믿겠는가.

왕오의 가문은 대대로 함양에서 벼슬을 지낸 진나라 명문세족이었다. 함양에 거주하는 구세력을 바탕으로 지리와 인화의 유리한 고지를 먼저 점령해 왔던 왕오는 곳곳에 사람을 풀어 이사의 약점을 잡아내는 데 온 힘을 기울였다. 왕오는 이날 아침에 입조(入朝;궁궐로 들어가 임금을 뵙는 일)하라는 명령을 받고 나름대로 대책을 준비하느라 여념이 없었다.

왕오와 함께 영정의 부름을 받은 이사는 조회를 이용하여 영정의 총애를 더 많이 받아낼 수 있다는 자신감에 힘차게 수레를 몰았다.

이사와 왕오, 두 사람은 조금도 지지 않으려고 앞뒤에서 으르렁거렸다. 두 사람은 구경의 하나인 정위와 전객을 각각 맡고 있었으며 따라서 업무의 중요도에서는 약간 차이가 있지만 사실 배분은 같다고 볼 수 있었다. 두 사람이 세력을 다투는 이유는 각기 맡은 임무 이외에 다른 관직을 더 많이 겸직하려는 욕심 때문이었다.

당시 구경의 하나인 중위의 예를 들어보면 본래의 업무인 치안 이외에 조선(造船)의 책임도 지고 있었고, 또한 제사를 관리하는 태상(太常)도 본래 업무 외에 의약을 관리하는 일까지 겸직하고 있었다.

마주친 두 사람이 이글거리는 눈빛으로 서로를 쏘아보는 모습에 영정은 절로 웃음이 나왔다. 영정에게 예를 올린 이사가 먼저 입을 열어 운양궁의 행차를 주청하였다.

「대왕마마, 조나라의 상국인 곽개 대인이 밀서를 올려 운양궁에 갇혀 있는 조고는 죄가 없다고 극구 주장하면서 선처를 요구하였사옵니다. 아울러 이목에게 여러 번 패하여 사기가 떨어진 진나라의 병사들을 위로하기 위해서라도 운양으로 행차하시는 것이 좋을 듯하옵니다.」

영정은 처음부터 조고의 간첩죄를 그다지 믿지 않았다. 더욱이 이목에게 패하여 사기가 땅에 떨어진 병사들을 위로하는 게 좋겠다는 이사의 제안은 영정도 생각해 왔던 바였다.

이사는 영정이 쉽게 허락을 하자 더욱 대담한 제의를 하였다.

「대왕께서 경치가 아름다운 운양에 행차하시면 병사들의 사기는 하늘을 치솟게 될 것이며 또한 사면을 받은 조고는 성은(聖恩)을 잊지 못하고 충성을 다할 것이옵니다. 더욱이 그곳에는 조고의 누이동생인 조희라는 여자가 있사온대 그녀의 아름다움은 가히 세상에서 견줄 여인이 없을 정도이옵니다.」

영정은 조희라는 미녀가 운양에 있다는 말을 듣자 더욱 흥미를 느꼈다.

「이 경의 말에 따르면 과인은 반드시 운양에 가야겠구료.」

「그렇사옵니다.」

이사가 신이 난 듯 계속 입을 열었다.

「어젯밤에 천상(天象)의 변화가 있었는데 나라에 커다란 기쁨이 나타날 징조라고 하옵니다.」

왕오가 곁에서 듣다가 냉소를 보내며 말했다.

「어젯밤 정위는 운양에 급히 다녀오던데 미리 일을 꾸민 게 아니시오?」

이사는 왕오가 자신의 계획을 방해하려들자 입술을 깨물며 소리쳤다.

「전객은 어찌하여 대왕마마의 행차를 막으려 하시오?」

「흥!」

왕오가 피식 웃으며 이사에게 말했다.

「어제 아침에 조희라는 여자가 이부(李府;이사의 저택)에 들렀다는데 사실이오?」

이사는 흠칫 놀라며 왕오를 바라보았다. 왕오는 빙그레 웃으며 결코 속일 생각은 말라는 눈치였다. 이사는 어쩔 수 없이 대답을 했다.

「그렇소. 어제 아침에 만났소.」

「어제 오후에 조희를 함양의 서문에서 배웅을 했는데 그것도 사실이오?」

「사실이오.」

「그렇다면 어째서 오늘 대왕마마께 운양에 행차하시라고 권하는 것이오?」

이 말에 이사는 그만 대답을 못하고 왕오를 똑바로 쳐다보았다.

「정위께서 애써 대왕마마를 운양으로 행차하시게 하는 뜻은 개인의 욕심을 채우려는 게 아니오?」

왕오는 이사에게 회심의 일격을 가하였다. 뜻밖에도 이사가 대답을 하지 못하고 우물쭈물거리자 왕오는 더욱 기세를 올렸다.

「그대는 법을 집행하는 정위에 있으면서 어찌 대왕을 적국의 중신과 만나게 하는 거요? 그러고도 이를 충이라 말할 수 있소? 사심을 가지고 있으면서 어질다고 말할 수 있소?」

이사는 여전히 아무 대답도 하지 못하고 왕오의 얼굴만 바라보았다. 왕오의 말을 들은 영정도 매우 화가 나는지 이사를 노려보면서 왕오에게 물었다.

「경의 말이 모두 사실이오?」

왕오는 이사를 힐끗 바라보며 당당하게 대답하였다.

「틀림없는 사실이옵니다. 정위 대인이 어제 오후에 조희를 보내는 광경을 목격한 위사가 있사옵니다.」

이사는 끓어오르는 분노를 겨우 삭이며 재빨리 대책을 모색하고 영정에게 말했다.

「조희는 초나라의 명문규수이며 곽개의 양녀이옵니다. 모습이 수려하고 아름다워 천하에 마땅한 배필이 없을 정도이옵니다. 그녀는 오라버니를 구하기 위하여 위험을 무릅쓰고 홀홀단신으로 진나라에 왔다갔는데 이러한 담력과 용기만 보아도 여걸 중의 여걸이 아닐 수 없사옵니다. 그러나 소신 이사는 덕과 능력이 없는 사람으로 그런 여자는 꿈에도 생각할 수 없었사옵니다. 그녀가 함양에 오게 된 것은 신도 처음에는 모르는 일이었사옵니다. 무슨 간계를 꾸미거나 사심을 위해서 대왕마마를 운양으로 행차하시라고 권한 것은 아니옵니다. 신을 믿어주옵소서.」

영정은 이사의 말을 듣고 보니 그의 말에도 일리가 있다고 생각했다. 영정은 이번 일을 두 사람이 서로 다투면서 헐뜯었던 그동안의 여러 사건 가운데 하나로 가볍게 여겼다. 다만 이사가 말하는 조희라는 여자를 보고픈 충동이 일어났을 뿐이었다.

영정이 빙긋이 웃으며 이사에게 물었다.

「이 경은 풍류를 즐긴다고 하던데 남녀의 일에도 정통하오?」

이사가 영정의 마음을 알아차리고 얼른 대답을 했다.

「정통하다는 말은 과장이옵니다. 약간 알고 있는 사실을 말씀드리자면, 사람의 뿌리는 복희(伏犧)와 여와(女蝸)로부터 나왔사옵니다. 건곤(乾坤)이 각각 배합되고 음양(陰陽)은 서로 조화되니, 남자가 크면 장가를 가고 여자가 크면 시집을 가게 되옵니다. 남녀가 만나면 서로 즐거우니 그 즐거움에는 세 가지가 있사옵니다.」

이사는 문득 말을 멈추고 영정의 눈치를 살폈다. 영정은 매우 관심 있는 눈초리로 이사를 뚫어지게 바라보았고, 왕오는 매우 곤혹스런 표정을 짓고 있었다. 이사는 얼굴에 미소를 띠며 일사천리로 말을 이었다.

「그 하나는 군자와 숙녀(淑女)의 만남이옵니다. 정이 발동하여 눈빛으로 서로 통하고 만나지 않으면 미칠 듯하여 들에서 강에서 만나 서로 하나가 되어 부부의 인연을 맺는 부류이옵니다. 〈시경〉에서 '사랑하면서 보지 않으면 미칠 듯 눈빛이 어지러워진다'고 하는 말은 이를 일컬음이옵니다.」

영정은 이사의 말에 고개를 끄덕였다.

「다른 하나는 친구와 같은 사랑이옵니다. 만나면 만날수록 정이 깊어지고 서로 존경하고 아끼면서 예우하는 부류이옵니다. 이러한 사랑은 죽음에 이르러도 결코 두 마음을 품지 않사옵니다. 이제 가장 아름다운 사랑을 말씀드리자면, 그건 서로 마음이 통하여 몸은 천리에 떨어져도 그걸 느끼지 못하고 가까이 있으면 틈새가 전혀 없는 사랑으로……」

「이 경과 추아의 사랑은 어느 부류에 속했소?」

영정이 갑자기 말을 끊더니 이렇게 물었다.

「그리 높지도 낮지도 않으니 두번째 부류이옵니다.」

이제까지 추아의 일을 까마득하게 잊고 있었던 이사는 영정이 갑자기 물어오자 당황한 표정을 지으며 대답했다.

「이 정위는 어찌하여 어지러운 말로 영명하신 대왕마마를 혼란케 하고 있소이까?」

이때 왕오가 불쑥 끼어들며 이사를 나무랐다. 이사의 말에 흥미를 느끼던 영정은 갑자기 왕오가 찬물을 끼얹자 매우 화난 표정으로 그를 노려보았다. 왕오는 영정의 매서운 눈빛을 느끼고 얼른 고개를 숙였다.

「그렇다면 이 경이 말한 조희라는 여자는 어떻소?」

이사는 본론으로 들어갈 때가 되었다고 판단하여 자신의 생각을 주저 없이 말했다.

「지금 대왕마마의 위엄이 사방에 떨치고 있사옵니다만 흡족한 배우자가 없어 아직 정실(正室)이 비어 있는 줄 아옵니다. 조희는 대왕마마의 명성을 흠모하여 천길을 멀다 않고 진나라로 들어왔사옵니다. 또한 그녀는 출신이 고결하고 아름다움이 뛰어나 대왕마마의 마음을 움직이기에 충분하옵니다. 감히 소신이 말씀드리거니와 조희는 확실히 대왕마마를 위하여 하늘이 보낸 여인인 것 같사옵니다. 이번에 이런 좋은 인연을 놓치신다면 후에 큰 후회를 하시리라 사료되옵니다.」

영정은 흡족한 표정을 지었다. 정실까지 운운하는 이사의 말을 듣고 보니 조희라는 여인이 어떻게 생겼는지 더욱 궁금하였다. 지금까지 그 곁에는 수많은 여인들이 있었지만 영정은 어느 누구도 사랑하지 않았다. 그녀들은 단지 욕망을 배출하는 도구였을 뿐, 그는 여인들을 경멸하였다.

그러나 이날 이사가 한 말은 확실히 영정의 구미를 자극했다. 함께 자리한 왕오는 이사를 눈이 빠지게 흘겨보았지만 아무런 말도 꺼내지 못했다. 자신을 노려보는 영정의 눈빛을 느꼈기 때문이었다. 영정의 눈은 남의 일을 방해하지 말라는 경고의 빛을 띠고 있었다. 이사는 영정이 자신이 세운 계책 속으로 말려들어오자 남몰래 회심의 미소를 지었다.

조고는 한비가 운양의 감옥에서 비참하게 세상을 떠나자 매우 침통한 표정으로 그의 명복을 빌어주고 미친 듯이 울부짖었다. 그러나 옥졸들은 조고를 미친 놈 취급하며 거들떠보지도 않았다.

그로부터 며칠이 지난 어느 날 사람들의 요란한 발자국 소리에 조고는 잠에서 깨어났다. 수많은 사람들이 조고의 감옥방 앞에 줄지어 섰다. 잠시 후 몽무의 아들인 몽염이 옥문으로 다가오더니 진왕의 성지를 낭독하였다.

「조나라의 조고는 간첩죄를 저질렀으니 진나라의 법률에 의거하여 부형에 처한다.」

이 말에 조고는 너무나도 놀라 자리에서 우뚝 선 채 몽염을 물끄러미 바라보았다. 조금 뒤 옥문이 열리며 건장한 옥졸들이 달려들더니 조고를 두꺼운 목판 위에 묶은 채 부형을 가했다. 너무도 갑작스러운 일이었다. 조고는 그들에게 몸을 맡긴 채 하반신에 거대한 통증을 느끼며 그만 기절하였다.

그렇게 얼마 동안 누워 있었는지 자신도 몰랐다. 조고는 목판 위에 그대로 누워 기나긴 잠을 잤다. 어느 순간 서서히 의식이 회복되기 시작하면서 조고는 제일 먼저 자신의 피부 위로 벌레들이 꿈틀거리며 기어다니고 있음을 느꼈다. '징그러운 벌레를 털어내야 하는데' 하는 생각은 있었지만 몸이 움직여 주지 않았다. 그렇게 하루가 지나자 정신이 맑아졌다.

조고는 팔과 다리를 움직이며 천천히 몸을 일으켰다. 숨을 쉬기는 하는데 뭔가 허전하고 답답했다.

「이것이 바로 궁형(宮刑)이란 말인가?」

그는 전에 남자의 생식기를 절단하는 형벌이 있다는 얘기를 들은 적이 있었다. 그러나 막상 그런 형벌이 자신에게 가해지자 독살을 당한 한비의 처지가 오히려 부러웠다.

「한비 공자는 비록 억울하게 죽었지만 부모님이 남겨준 신체는 손상당하지 않았어. 그런데 나는 뭐란 말인가?」

조고는 울다가 웃으며 미친 듯이 발광했다. 분노와 원한이 머리 끝까지 치솟았다.

「살아야 한다! 살아야 해!」

조고는 이렇게 외치며 마구 울부짖었다.

「하지만 살아서 무엇해? 남자 구실도 못하는 놈이.」

조고는 용기와 좌절, 혼란과 모순이 교차될 때마다 도저히 참아낼 수가 없어 벽에 얼굴을 부비고 흙바닥에 몸을 뒹굴면서 울고 웃었다. 그러나 시간이 지날수록 조고는 점차 안정을 찾기 시작하였다. 짐승처럼 울부짖다 보니 어느덧 분노와 좌절과 고통에서 벗어날 수 있었던 것이다. 조고는 자신을 이렇게 만든 원수의 얼굴을 떠올리며 자기가 당한 것보다 더욱더 잔인하게 복수를 하겠다고 결심하였다. 고통과 수치가 심할수록 복수의 일념은 더욱 강해졌다.

「이런 어두컴컴한 지하에서의 복수가 아니야. 수많은 사람들이 보고 있는 장소에서 통쾌하게 복수해 주마, 으으으으!」

옥졸들은 조고의 울부짖음을 귓전으로 흘려버리며 그저 미친 놈의 넋두리쯤으로 생각했다. 그러나 조고는 그럴수록 더욱 삶에 집념을 보이며 강인하고 끈질기게 하루하루를 버텨나갔다. 감옥 안의 악취와 탁한 공기, 수많은 벌레들은 조고가 살아가는 데 더 이상 제약이 되지 못했다. 조고는 이런 처참한 환경 속에서 분명한 목표를 잡은 뒤, 구체적이고 명확하며 실현 가능한 계책을 하나씩하나씩 세워나갔다. 그가 점차 삶의 활기를 찾아가고 있을 즈음 드디어 누이동생 조희가 그를 찾아왔다. 누이동생이 왔다는 소식에 조고는 떨리는 가슴을 보듬고 주먹을 힘껏 쥐며 미소를 지었다.

함양에서 목적을 이룬 조희는 이사의 계책에 따라 운양성으로 달려왔다. 그녀는 이사가 건네준 부명(符命;명령의 사실 여부를 확인할 수 있는 명패)으로 몽무에게서 감옥에 들어갈 수 있는 증명서를 받아냈다. 사실 감옥은 아무나 들어설 수 있는 곳이 아니었다. 더군다나 조고가 갇혀 있는 감옥은 어지간한 배짱이 아니고서는 발디딜 수 없을 정도였다. 그녀는 미지의 세계에 들어설 때와 같은 두려움으로 감옥 앞에서 깊은 숨을 들이켰다.

감옥 안은 어둠과 심한 악취, 습한 기운, 냉기가 한데 어우러져 마음을 몹시 불안하게 만들었다. 조희는 이런 곳에서 사람이 과연 살 수 있을까 의심스러웠다. 그녀는 오라버니 조고가 이런 처참한 곳에 갇혀 있다는 생각을 하자 북받치는 설움을 이기지 못하고 눈물을 쏟았다.

「오라버니는 법치가 존중되는 사회를 꿈꾸며 진나라에 왔는데 이게 무슨 날벼락인가. 진나라 군대의 승리를 위해 기밀을 누설하였다가 조국에서 고초를 겪었는데 진나라는 이를 원수로 갚는구나. 어찌 이럴 수가 있는가?」

조희는 터져나오는 분을 참지 못하고 이렇게 울먹이며 옥졸의 뒤를 따랐다. 조고는 마지막 감옥에 있었다. 옥졸이 감옥의 문을 열자 그녀는 눈물을 훔치고 감옥 안으로 들어가 주위를 살폈다. 감옥은 좌우로 두어 걸음 정도의 넓이에 사면은 갈대풀을 섞어 쌓은 토벽이었다. 바닥은 질퍽했고 썩은 냄새가 코를 진동하였다. 오른쪽 구석에 목판이 하나 놓였는데 그 위에 사람 하나가 누워 있었다.

「저 사람이 오라버니?」

조희는 놀란 눈을 비비며 그쪽으로 다가갔다.

「이 분이 나의 오라버니라니, 그토록 건장하고 총명하시던 오라버니의 모습이란 말인가?」

목판에 누워 있는 조고는 진나라로 오기 전의 모습과는 너무도 딴판이었지만 혈육에서 오는 느낌으로 조희는 그가 자신의 오빠임을 단박에 알아차렸다. 그녀는 조고의 품으로 뛰어들며 큰소리로 울부짖었다.

「오라버니? 오라버니가 맞죠?」

그러나 조고는 아무런 대답도 없이 그저 조희의 얼굴을 매만질 뿐이었다. 보통 사람들은 억울한 일을 당하거나 그리운 사람을 만났을 때 감정을 주체하지 못하고 울거나 소리치며 마음을 드러내기 십상이지만, 조고는 이미 그런 단계를 훨씬 지나 자신의 마음을 다스리고 억제할 수 있게 되었다.

조희는 조고의 눈빛에 흠칫 놀랐다. 얼굴은 창백하고 몸은 뼈만 남아 기막힐 정도였지만 눈빛만큼은 그 어느 때보다 강렬했다.

「오라버니, 설마 동생의 목소리를 잊은 건 아니시지요? 제 얼굴을 몰라보시는 건 아니시지요?」

그제서야 조고는 바닥에 고꾸라지며 울부짖었다.

「누이야, 우리 조씨 집안은 이제 대가 끊겼다! 대가 끊겼단 말이다!」

조희는 처참하게 소리지르며 오열하는 조고를 흔들었다.

「대가 끊기다니요? 대가 끊기다니요?」

조고를 다그치던 조희는 순간적으로 그 말의 뜻을 알아차렸다.

「오라버니, 어떻게 그런 일이! 아, 하늘도 무심하지, 어째서?」

조고는 조희의 등을 감싸안으며 굵은 눈물을 떨구었다. 조고를 부둥켜
안은 채 오열하던 조희는 잠시 후 눈물을 그치고 결연하게 소리쳤다.

「오라버니, 절대로 이 원한을 잊지 않겠어요! 반드시 복수하고 말겠어
요!」

그런 조희의 모습에 조고는 고개를 끄덕이며 입술을 깨물었다.

「장하다! 우리 조씨 집안의 여걸답구나.」

「오라버니를 이렇게 만든 자들이 누구누구에요?」

그러자 조고가 이를 갈며 대답했다.

「몽무와 몽염, 그리고……」

조희는 몽무와 몽염이라는 말에 얼른 부명을 건넬 때 보았던 그 두 사
람을 떠올렸다.

「또 없나요?」

「진왕 영정이지. 그가 명령을 내리지 않았다면 어떻게 몽씨 부자가 나
를 이렇게 만들 수 있었겠느냐.」

「그들뿐인가요?」

「아니야. 또 있어. 넌 알지 못할 거야.」

「그 자가 누구에요?」

「이사, 정위를 맡고 있는 이사!」

이사라는 말에 조희는 믿을 수 없다는 표정을 지었다.

「그가? 설마 그 사람이?」

조희는 며칠 전에 보았던 자상한 이사의 얼굴을 생각했다. 이사는 그
날 그녀에게 조고의 석방과 함께 그녀를 진왕의 정부인으로 만들어 주
겠다는 약속을 하였다.

「네가 그 자를 알고 있다는 말이냐?」

누이동생의 표정을 보던 조고가 물었다. 조희가 고개를 끄덕였다.

「이사는 그 위인됨이 매우 교활한 사람이야. 그 자는 자신의 사형마저 독살시킨 사람이란 말이다. 그렇게 흉악한 사람의 말을 어떻게 믿을 수가 있겠느냐. 무조건 그 자의 말을 믿어선 안 돼.」

「정말이에요? 오라버니가 한비 공자의 일을 어떻게 아시지요?」

조고가 냉정을 찾으며 조용히 입을 열었다.

「한비 공자는 바로 저 옆방에서 죽어가며 이사를 저주하였다. 쇠처럼 단단한 심장을 가진 사람이라도 그 슬픈 울부짖음은 잊지 못할 거야. 그의 억울함은 내가 반드시 밝혀내고 말 테야. 희야, 세상에 무슨 법치가 있고 도덕이 있다는 말이냐. 우리에게는 처절한 피의 복수만이 있다, 알겠느냐?」

갑자기 감정이 폭발한 조고는 이를 주체하지 못하고 마구 소리쳤다. 그런 조고의 모습에 조희도 이를 악물었다.

「그래요, 저도 제 몸을 더럽힌 놈들과 오라버니를 이렇게 만든 놈들을 결코 용서하지 않을 거예요.」

조고는 누이동생의 손을 힘껏 잡으며 말을 이었다.

「지금 우리 남매는 비록 힘이 없지만 반드시 다시 일어나 복수해야 한다. 함양성을 피로 물들이지 않고서는 도저히 분이 풀리지 않을 만큼!」

「예, 거리거리마다 시체가 가득 쌓이게 만들어요!」

조희도 눈빛을 반짝이며 조고의 말에 맞장구쳤다.

한편 영정은 조희를 생각하며 깊은 잠에 빠졌다가 악몽을 꾼 듯 소리를 지르며 자리에서 일어났다. 조금 뒤 정신을 차린 영정은 곰곰이 무언가를 생각하더니 혼자 중얼거렸다.

「나는 천하를 다스리는 군주인데 어찌하여 여자 하나 때문에 운양궁에 행차를 한다는 말인가. 옛날부터 여자와 소인은 상대하기 곤란하다고 하였어. 가까이 하면 달려들고 멀리하면 원망하는 게 그런 부류이지.」

영정은 운양궁으로 가는 길이 그리 탐탁스럽지 않게 되자 갑자기 등승을 불렀다. 부름을 받은 등승이 급히 후원으로 달려왔다. 후원의 연못은 그다지 크지 않았지만 갈 지(之) 자 모양으로 그 안에 연꽃을 심어놓아 멀리서 보면 매우 아름다웠다. 그리고 붉은 연꽃 사이로 이름 모를 물풀이 향기를 뿜으며 간간이 일고 있는 물결에 가녀린 몸을 떨고 있어 후원의 화려함을 더해 주었다.

연꽃이 물에 넘치니 월나라 미인의 수심을 끊고,
잎사귀, 바람에 춤을 추니 그 그림자, 진나라의 거울을 어지럽힌다.

영정이 연꽃의 아름다움에 빠져 시 한 구절을 중얼거렸다. 어젯밤 영정의 꿈 속에 조희가 이곳 연못에 나타났지만 그는 그녀의 손목 한 번 잡지 못하고 그저 바라만 보아야 했다. 안타까움에 화내고 얼르고 타이르기도 했지만 그녀는 단호하게 영정의 청을 거절했다.

영정은 지난밤 꿈을 생각하며 자신의 나약한 마음을 한탄하였다.

「대왕마마, 신 등승 대령했사옵니다.」

이때 등승이 나타나 영정의 심란스런 마음을 일깨웠다. 영정은 멀리 연꽃을 바라보며 등승에게 가볍게 말을 꺼냈다.

「등 내사, 과인이 그대의 공로를 생각하여 천하에 소문난 미녀를 그대와 짝지워 주려고 하는데 어떻소?」

영정은 등승이 어린 시절 함께 양을 치던 능매라는 누이동생을 잊지 못하고 있음을 알았지만 이렇게 넌지시 그의 마음을 떠보았다. 그러자 등승은 충직한 사람답게 자신의 심정을 거짓없이 털어놓았다.

「대왕, 이렇게 소신을 부르신 이유가 그것 때문이었사옵니까? 소신은 마마의 성은에 감사를 드리오나 그토록 아름다운 여자는 감히 받을 수 없사옵니다.」

「바보가 여기에도 있군그래.」

영정이 혀를 끌끌 찼다.

「받고 안 받고가 어디 있소? 과인이 그대를 아껴서 주려는 여자는 명문가의 출신으로 가무에 능하고 모습 또한 선녀와 같소. 수많은 공경대부들도 감히 얻을 수 없는 그런 여자란 말이오.」

이 말에 등승이 머리를 빳빳하게 들고 말했다.

「대왕, 감히 청하건대 그 여자는 그녀를 절절히 원하는 공경대부에게 주시옵소서. 억지로 소신에게 내리지는 마십시오. 그게 바로 소신을 아끼시는 일이옵니다.」

등승은 아무런 주저 없이 자신의 생각을 말했다. 영정은 그런 등승을 바라보며 고개를 절레절레 흔들었다.

「경은 어찌하여 과인을 따른 지가 벌써 스무 해가 되어가는데도 지금껏 홀몸으로 있다는 말이오?」

등승은 영정이 진심으로 자신의 혼인 문제에 관심을 보이자 그제서야 감동하여 울먹이면서 대답했다.

「신은 별다른 바람이 없사옵니다. 다만 한나라를 칠 때 소신에게 선봉을 맡겨 주신다면 그것으로 족할 뿐이옵니다. 그리하여 하루빨리 할아버지와 능매를 고통에서 구하고 싶을 따름이옵니다.」

「그 일이라면 다음에 다시 이야기하도록 하고, 경은 '내 마음은 바위와 같으니 움직이지 않는다'는 말처럼 어떤 경우라도 감정을 지킬 수 있다는 말이오?」

등승은 영정이 말하려는 뜻을 알아차리고 얼른 대답했다.

「소신과 능매는 비록 스무 해 동안 만나지 못했지만 항상 곁에 있는 듯한 느낌을 가지고 있사옵니다. 그녀는 한시도 소신의 마음에서 떠난 적이 없사옵니다.」

등승은 영정을 바라보면서 계속 말을 이었다.

「매일 밤 그녀는 소신의 꿈에 나타나 노래도 부르고 춤도 추옵니다. 소신과 함께 양도 몰고 젖도 짜면서 노래를 부르지요. 소신은 그저 한나라를 공격하는 날만 기다리고 있을 뿐이옵니다.」

영정은 그렇게 말하는 동안 등승의 눈동자가 너무도 맑게 빛나고 있는 것을 보고 내심 깜짝 놀랐다. 한 여인에게 보내는 등승의 일편단심은 그동안 등승을 우직한 인물이라고밖에 생각하지 않았던 영정의 마음을 바꿔놓았다. 이사의 말에 따른다면 등승은 가장 고결한 사랑을 간직한 사람이었다.

「두 사람의 뜻이 서로 통하니 마치 금(琴)을 타듯 어우러지고, 두 사람이 한 마음이 되니 수천만 금의 재물도 소용이 없더라. 도대체 정이란 게 무엇이길래 부귀영화와 권력도 마다 않는가?」

영정은 등승의 의연한 모습에 이렇게 중얼거렸다. 등승은 착잡한 영정의 심정을 이해하는 듯 움직이지 않고 조용히 그의 말에 귀기울였다.

「세상의 모든 것을 가져도 억지로 가지지 못하는 게 바로 사랑이라면, 과인에게는 바로 하나가 모자라구나.」

영정은 마음이 바뀌어 다시 운양궁에 가기로 결심했다. 이렇게 결정하자 영정은 서둘러 조서를 내리고 운양궁으로 갈 채비를 하도록 지시하였다.

영정에 앞서 운양에 도착한 이사는 조씨 남매를 영정과 만나게 하기 위해 먼저 조고를 감옥에서 석방토록 하였다. 운양궁의 한 처소에서 이사를 만난 조고는 그를 보자마자 주먹을 불끈 쥐고 그에게 달려들었다. 그런 조고의 모습에 이사는 흠칫 놀라며 뒤로 한걸음 물러났다. 조고는 두 눈을 부릅뜨면서 이사에게 소리쳤다.

「뱀이나 전갈보다 더욱 악독한 무리가 감히 찢어진 입이라고 충을 지껄이니 결코 용서할 수 없으리라! 법을 지켜야 할 사람이 오히려 사형을 모함하고 독살하다니 소인도 이보다는 못하리라!」

조고는 이사에게 한 차례 욕설을 퍼붓고 나서 자신을 다시 조나라로 보내달라고 하였다. 곁에서 조희가 불안하고 초조한 심정으로 조고를 바라보았다. 이사는 화가 치밀어 올랐지만 이를 억누르고 미소를 지으며 말했다.

「조 대부, 그렇게 화를 참지 못하고 함부로 말을 내뱉다가는 복이 화로 변한다는 사실을 아셔야지요. 지금 조나라로 돌아가면 그대가 발붙이고 살 수 있는 곳이 어디 있겠소?」

이 말에 조고는 자신이 화를 억누르지 못하고 실수했음을 깨달았다. 더욱이 조희는 아까부터 일을 그르치지 말라고 계속 눈짓을 보내던 참

이었다. 이사에게 자신의 잘못을 시인한 조고는 그의 말을 따르기로 하
였다.

17

영정, 조희를 사랑하다

마침내 운양궁에 도착한 영정은 이사가 조고와 조희를 부르러 간 틈을 이용해 침실 거울 앞에 서서 얼굴과 옷매무새를 다듬었다. 그는 거울에 비친 자신의 얼굴을 바라보면서 혼자 중얼거렸다.

「뾰족하고 넓은 이마는 역시 군왕의 상(相)이야. 하지만 약간 올라온 어깨는 별로 보기에 좋지 않군. 그러나 까무잡잡한 얼굴색은 수덕(水德)을 받은 징조가 틀림없어. 그렇지만 이런 얼굴을 그 여인이 좋아할까?」

영정은 갑자기 불안하고 초조해졌다. 갑자기 자신의 용모와 신체에 자신이 없어진 것이다. 영정은 이제까지 28년을 살면서 인생의 달고, 시고, 쓰고, 매운 맛은 모두 보았지만 오직 그리움이란 '정(情)'과 사랑이라는 '애(愛)'는 받아보지 못했다.

그러나 영정은 역시 이십 대의 피끓는 젊은이였다. 그는 어느덧 불안감을 지워버리고 거울 속의 자신을 보면서 무엇이 그리도 즐거운지 〈시경〉의 '물수리'란 노래를 흥얼거렸다.

꾸룩꾸룩 우는 물수리, 강가 숲에서 슬피 울고
아리따운 아가씨, 멋 있는 사내의 훌륭한 배필

올망졸망 마름풀, 이리저리 헤치며 찾아다니고
아리따운 아가씨, 자나깨나 님 생각뿐이라네
그리고 그리워도 얻지 못해, 자나깨나 생각뿐
가이없어라, 가이없어라, 이리 뒤척 저리 뒤척

올망졸망 마름풀, 이리저리 헤치며 따노라니
아리따운 아가씨, 다정한 금슬과 벗하고파라
올망졸망 마름풀, 이리저리 헤치며 고르나니
아리따운 아가씨, 시원한 풍악과 즐기고파라.

영정은 '물수리'란 노래에 가슴이 떨리는 듯 온몸을 한 번 뒤흔들었
다. 시원스레 휘감아도는 뚝섬의 버드나무 가지에 앉아 꾸룩꾸룩 우는
새를 생각하며 그는 아리따운 아가씨의 모습을 마음 속에 그렸다.
「조희는 어떻게 생겼을까.」
영정은 군왕의 위엄을 거두어들이고 가능하면 다정한 모습을 보이려
고 애썼다. 영정은 군왕이라는 직위가 가져다 주는 권위와 허위를 벗어
던지고 자신의 인간적인 면모를 그녀에게 보여주고 싶었다. 그는 몸 단
장이 끝나자 불안한 마음을 안고 천종실(千鍾室)로 발걸음을 옮겼다.
잠시 후 이사가 조고와 조희를 이끌고 천종실에 들어섰다. 그들이 들
어오자 영정은 재빨리 조희를 훑어보았다. 그녀가 등장하자 음침하고 싸
늘했던 천종실에 갑자기 따스하고 향기로운 생기가 흘러넘치는 것 같았
다. 조희는 화사한 달이었고 따사로운 해였다.
영정은 두근거리는 가슴을 진정시키고 다시 한 번 조희를 자세히 살
펴보았다. 맵시있게 틀어올린 머리는 윤기가 자르르 흘렀고 분을 바른
얼굴은 봄볕을 머금은 듯 빛났으며, 가느다란 몸매는 버드나무 가지처럼
유연하게 보였다. 가볍게 미소지으며 생긋거리는 두 눈동자에는 그윽한
갈망이 담겨 있었고, 입가에 스민 보일 듯 말 듯한 교태는 남자의 가슴

을 적시기에 충분했다. 그녀의 아름다움은 천상의 선녀도 감히 견줄 수
없을 정도였다.

한동안 조희를 뚫어지게 바라보며 침묵을 지키고 있던 영정이 큰숨을
들이쉬고는 조용히 입을 열었다.

「과인이 두 사람을 이곳에 부른 이유는 심심한 사의를 표명하기 위해
서요. 몽무 대인이 잠시 혼미하여 크나큰 죄를 범하였으니 이는 과인의
성명(聖明)을 흐리게 한 죄로써 엄히 다스리겠소. 조 대부는 능력 있는
사람인 줄 익히 알고 있으니 진나라를 위해 힘써 주시오. 과인은 그렇게
해주기를 바랄 뿐이오.」

영정은 교묘하게 사과도 하고 아울러 책임도 회피하면서 말을 이어갔
다.

「그대 남매는 한단성을 떠난 지 얼마 되지 않으니 조무령왕(趙武靈王)
이 세운 누대와 아름답기 그지없는 신궁(信宮)과 동궁(東宮)이 여전히
그대로 있는지 잘 알겠구려. 대북성의 저잣거리는 지금도 시끌벅적합니
까? 그리고 두강노점은 아직도 번화합니까?」

영정은 조고에게 미처 대답할 시간조차 주지 않고 계속 이것저것 질문
을 해댔다. 조고는 쏟아지는 그의 물음에 간단간단히 대답하면서도 속으
로는 영정을 욕했다.

'여우 같은 인간! 뱃속에다 서너 개의 칼쯤 품은 위인이야. 하지만 언
젠가는 이 조고가 네 목을 자르고 말겠다!'

영정은 이글거리는 조고의 눈빛에 고개를 돌려 조희에게로 시선을 옮
겼다.

「그대들은 이제 운양궁에 왔으니 편히들 쉬면서 달콤한 감천수를 마시
고 감천산(甘泉山)에 올라 주변의 경치를 감상하도록 하시오. 아마 한단
보다는 수백 배 아름답다고 느낄 것이오.」

영정은 온화한 얼굴빛에 가득 미소를 머금고 계속 떠들어댔다.

「이곳 운양궁은 과인의 증조부이신 소양왕께서 80여 년 전에 지으신
건물이오. 이곳은 황제(黃帝) 이래로 역대의 임금들이 동지(冬至)에 제

천(祭天)을 드리던 장소로, 소양왕께서는 수만 명의 백성들을 동원하여 마석령(磨石嶺)에서 돌을 옮겨다가 6년에 걸쳐 이 궁전을 세우셨소. 궁중에는 관(觀), 각(閣), 청(廳), 상(廂), 루(樓), 대(臺), 정(亭)이 하도 많아 수를 헤아릴 수 없을 정도라오. 과인도 이곳에 오면 너무나도 복잡하여 종종 길을 잃곤 하지요. 그런데 이 궁은 처음부터 천상(天象)의 이십팔수(二十八宿)를 본따서 만들었는데 그 사실을 알고 있소? 과인이 두 사람에게 질문 하나 하지요. 지금 우리가 들어 있는 이 내실의 이름이 무엇인지 아시오? 자세히 살펴보면 알 수 있을 것이오.」

영정의 말에 조고와 조희는 하는 수 없이 고개를 들어 사방을 훑어보았다. 내실에는 수많은 작은 종들이 천정과 벽에 걸려 있었고 연주에 쓰이는 편종(編鐘)도 여러 개가 보였다. 대들보에는 이보다 조금 더 큰 종이 십여 개나 걸려 있었는데 그 중앙에는 나팔꽃처럼 생긴 거대한 종이 철주(鐵柱)에 매달려 있었다.

영정은 조씨 남매의 놀라는 모습에 흡족한 미소를 지으며 계속 입을 열었다.

「어떻소? 이곳은 이름 그대로 천 개의 종이 있다는 천종실이오. 여기에 있는 편종들은 모두 30여 년 전에는 주천자(周天子)의 대전(大殿)에 있었던 것들이오. 그 가운데 특히 무사종(無射鐘)이라고 하는 종은 주경왕(周景王;BC 544-520년 재위) 시절에 만들어졌는데 그 소리가 맑고 은은하여 사람의 귀를 아주 즐겁게 한다오. 듣자 하니 위나라에는 아름다운 소리를 내는 가종(歌鐘)이라고 하는 게 있는 모양인데 과인은 하루 빨리 그 종을 무사종 곁에 달아놓고 싶은 마음이라오.」

영정은 이렇게 말하면서 목소리에 더욱 힘을 주었다.

「그리고 대들보에 매달려 있는 종들은 후종(侯鐘)이라고 하는데 주무왕, 성왕(成王)에서부터 주선왕(周宣王), 유왕(幽王)에 이르기까지 모든 왕들은 이런 편종을 만들었소. 종의 윗부분마다 각각 다른 도안(圖案)들이 새겨져 있는데, 그 중에서 서로 얽혀 있는 쌍용(雙龍)과 아름다운 소리를 낸다고 전하는 포뇌(蒲牢)라는 짐승이 가장 많이 새겨져 있소이다.

후종이 모두 울리면 소리가 서로 부딪치면서 더욱 아름다운 소리를 만들어내고 아주 먼 곳까지 그 음을 내보낸다오.」

잠시 이야기를 멈춘 영정이 조씨 남매의 표정을 살펴보더니 다시 말을 이었다.

「그리고 저기 철주에 매달려 있는 대후종(大侯鐘)은 상탕(商湯;은나라를 세운 임금)이 하걸을 물리치고 만들었다는 종이오. 종의 윗부분에는 상(商)나라와 하(夏)나라가 나라의 운명을 걸고 싸웠던 명조(鳴條) 전투를 그린 명조회전도(鳴條會戰圖)가 새겨져 있는데, 바닥에 무릎을 꿇고 있는 사람이 바로 하걸왕이오. 봉두난발(蓬頭難髮)에 맨발을 한 채 비참하게 항복하는 모습을 보시오. 혼군(昏君)의 말로가 바로 그것이 아니겠소?

저쪽 남쪽에 걸려 있는 종이 바로 우리 진나라에서 가장 유명한 소화종(昭和鐘)이라오. 그 종을 만들 때 정말로 많은 공이 들어갔소. 비록 소화종의 몸체는 좁고 작지만 소리는 어느 종보다 멀리 간다오. 음색이 깨끗하고 가느다란 명주실처럼 끊이지 않아 듣는 이의 귀에 오랫동안 여음을 남기지요. 이 종은 넓고[寬] 좁으며[窄], 두텁고[厚] 엷으며[薄], 길고[長] 짧은[短] 특색을 가려서 만들었소. 과인은 정치 또한 이처럼 특색을 가려서 할 생각이오.」

마침내 영정이 만족한 표정을 지으며 이야기를 마쳤다. 그러자 조고가 앞으로 한 걸음 나서며 입을 열었다.

「대왕마마의 고명하신 안목과 지혜에 그저 놀랄 따름이옵니다. 더욱이 소화종의 특색과 마찬가지로 정사를 돌보신다는 말씀에는 경탄해 마지않사옵니다. 정말로 훌륭하신 생각이옵니다.」

조고의 찬사에 영정은 매우 기분이 좋은 듯 크게 웃음을 터뜨렸다. 평소와는 달리 언행에 자제력을 잃고 들떠 있는 영정의 모습을 곁에서 지켜보던 이사가 마음 속으로 중얼거렸다.

'대왕께서 마치 의랑(議郞;임금의 자문역을 맡은 벼슬)처럼 저렇게 말을 많이 하는 것은 모두 조희 때문이겠지. 그렇다면 나도 끼어들지 않을

수 없지.'

이사는 온화한 미소를 띤 채 조고와 조희를 바라보며 입술을 떼었다.

「조 대부는 잘 알지 못하겠지만, 대왕마마께서는 천문과 지리에 훤하시고 제자백가의 학문에도 일가견이 있으시다오. 더욱이 농(農), 정(政), 병(兵), 상(商) 분야에도 정통하시지요. 조금 전 말씀하신 종(鐘)에 관한 학식은 아주 적은 부분에 불과하다오.」

영정은 이사의 칭찬에 아주 흡족해져 기분좋은 얼굴로 조희를 바라보았다.

'오늘 승부는 나의 승리야. 함양성 토박이 왕오도 이제는 한풀 꺾이겠지.'

영정이 자신의 계획대로 이끌려가자 이사는 자신만만한 표정이 되어 조고에게 말했다.

「조 대부, 감천산의 저녁 노을은 일생에 한 번 볼까말까한 절경(絶景)이라오. 오늘 마침 하늘이 그런 절경을 다시 내려보낸다고 하니 함께 가지 않겠소?」

이사의 말 속에서 그 의도를 알아차린 조고는 남모르게 이를 갈았다.

'음흉한 이사, 아직은 내가 참지. 그러나 두고 보자. 반드시 내가 받은 치욕을 갚아주겠다.'

조고는 속으로 이렇게 다짐을 한 뒤 영정에게 공손하게 허리를 굽히며 말했다.

「대왕마마, 이번 여행을 허락해 주옵소서.」

영정이 얼른 손을 들어 허락을 표시하자, 조고는 누이동생을 일으켜 세우며 영정에게 다시 말했다.

「허락해 주셔서 감사하옵니다. 이번 여행은 동생과 함께 가도록 하겠사옵니다.」

조고의 말에 영정은 난감한 표정이 되었다. 조고가 이사와 함께 감천산으로 떠나고 나면 영정은 조희와 단둘이 시간을 보내려 했었다. 그런데 그런 계획이 어긋나자 초조하고 안타까운 눈빛으로 이사에게 구원을 요청했다. 이사도 뜻밖의 사태에 어찌할 바를 모르고 그저 조고의 눈치만 보았다.

잠시 두 사람의 표정을 살피던 조고는 피식 웃으며 조희에게 말했다.

「희야, 너는 몸도 피곤하고 다리 힘도 없으니 감천산에 오르기는 힘들 거야. 그러니 이곳에서 쉬는 게 낫겠구나.」

조희는 오라버니 조고의 의도를 알아차리고 고개를 끄덕였다. 조금 뒤 이사는 감천산으로 떠나겠다며 조고와 함께 천종실을 빠져나갔다. 영정은 그제서야 안도의 숨을 길게 내쉬었다.

조희는 천종실에 들어선 이후 줄곧 영정의 눈빛을 관찰했다. 그녀는 영정이 자신을 간절하게 원하고 있음을 직감했다. 조희는 조고와 자신이 당한 치욕을 갚기 위해서는 영정을 처음 대면하는 이 순간이 가장 중요하다고 생각했다. 모든 일이 잘 되고 못 되고의 실마리는 바로 이날 이곳에서 판가름날 것이었다.

조고와 이사가 나간 순간부터 천종실은 갑자기 기괴한 기운이 흐르기 시작했다. 갸날프고 아름다운 한 마리 토끼를 잡아먹으려는 음흉한 늑대의 살기가 수많은 종들의 냉기와 함께 어우러져 실내를 휘감았다. 또한 그 속에는 음흉한 늑대를 품 안에 가두고 마음대로 조종하려는 여우의 은밀한 교태가 파고들고 있었다.

이때 조희가 자리에서 살며시 일어나 조용하고 부드러운 눈길로 영정을 바라보자, 영정 또한 무엇에 홀린 듯 조희의 온몸을 핥듯이 훑어보았다. 그렇게 잠시 시간이 흐른 뒤 붉은 입술 끝에 미소를 살짝 머금은 조희가 천천히 영정에게 다가왔다. 그런 그녀의 모습에 영정은 그만 심장이 멈추는 것 같은 느낌을 받으며 자리에서 벌떡 일어나 음흉한 눈초리로 조희를 뚫어지게 바라보았다. 조희가 그 뜨거운 시선을 이기지 못하겠다는 듯 살풋 고개를 숙이자 그녀의 회고 갸날픈 긴 목이 영정의 눈앞에 드러났다. 도저히 치밀어 오르는 욕망을 억제하기 어려워 영정은 그만 떨리는 손으로 그녀의 목을 감싸안으려 했다. 그 순간 조희는 영정의 손에서 살짝 빠져나가 한 걸음 뒤로 물러났다. 그런 조희의 모습을 보는 영정의 눈빛이 욕정으로 이글거리기 시작했다. 영정이 다시 앞으로 나아가 그녀의 허리를 껴안으려 하자 조희는 이번에도 그를 피했다. 안으려는 영정과 피하는 조희가 숨바꼭질을 하듯 계속 실랑이를 벌였다.

영정은 조희가 계속 자신을 피하자 어찌할 바를 몰랐다. 이제까지 그의 품 안을 벗어나려는 여자는 한 명도 없었다. 어느 여자도 감히 임금의 요구를 거절하지 못했는데, 조희라는 이 여인은 호락호락 영정에게 안기려 들지 않았다. 그러나 이리저리 피하는 조희의 행동이 영정의 욕념(欲念)을 더욱 자극했다. 잡힐 듯 잡힐 듯하면서도 손에서 벗어나는 숨바꼭질이 계속될수록 영정은 더욱 미친 듯이 그녀를 갈망했다. 조희를 바라보는 영정의 두 눈에서는 욕망의 빛이 쏟아졌다. 하지만 그러면 그럴수록 조희의 눈은 더욱 초롱초롱하고 맑았다. 백설 같은 눈 위에 피어 있는 매화처럼 순결하기 그지없었다. 그런 모습에 영정은 이성을 잃고 오로지 나비를 잡기 위해 풀밭을 헤매는 아이처럼 그녀를 쫓고 또 쫓았다. 조희는 잡힐 듯 말 듯한 몸짓과 표정으로 영정을 계속 농락했다.

한참 동안 천종실을 맴돌던 영정이 그만 지쳤는지 자리에서 멈춰서더니 버럭 소리를 질렀다.

「그대는 과인을 갖고 장난치려는 것이오?」

영정이 화를 내자 조희가 재빨리 대답했다.

「이런 무례를 범하는 것은 모두 신첩이 대왕마마를 존경하고 흠모하기 때문이옵니다. 아직 혼례를 치르지 않은 상태에서 감히 대왕마마의 은혜를 받는 불경을 저지르고 싶지는 않사옵니다. 성현의 말씀에 '욕망은 절도가 없는 데서 나오고, 그릇됨은 삼가지 않는 데서 나온다(欲生于無度邪生于無禁)'고 하였습니다. 그러므로 신첩은……」

「썩어빠진 유생들의 말일랑 그만두시오. 그리고 그대는 과인을 오늘 처음 보는데 무슨 흠모란 말이오! 진나라에 온 지 얼마나 되었다고 벌써 존경이란 말이오! 그대는 공손하게 과인의 명령을 따르도록 하오. 옛말에 '천자가 노하면 피가 강물을 이룬다'고 하였소. 이 말을 알고 있소?」

영정은 조희가 계속 자신을 피하자 자존심도 상하고 화도 났다. 조희는 영정이 옛말 운운하며 자신을 위협하는 의도를 간파했지만 기를 꺾지 않고 더욱 당당하게 말했다.

「신첩은 명문가의 출신으로 설사 목숨이 떨어진다 해도 결코 정조를 버리지는 않을 것이옵니다. 죽음도 두렵지 않은데 천자가 노한들 무슨 상관이 있겠사옵니까. 신첩이 천리가 멀다 않고 진나라에 온 이유는 오로지 대왕마마의 위엄과 명성을 흠모하였기 때문이옵니다.」

부드러우면서도 강한 조희의 언행은 영정의 마음을 뒤흔들었다. 그동안 영정이 대했던 여인들은 모두 그가 하는 대로 따라했다. 기라면 기었고 웃으라고 하면 웃으며 수많은 여인들이 한결같이 영정 앞에서 꼭두각시처럼 행세했다. 그런데 지금 그의 눈 앞에 있는 조희라는 여자는 '아니오'라고 말하는 것이었다.

조희의 굳건한 대답에 영정은 어떻게 해야 할 지 몰랐다. 그런 그녀에게 화를 낼 수도 없고 웃을 수도 없는 상황이었다. 영정은 하는 수 없이 목소리를 낮추고 조희에게 애원했다.

「과인이 그대의 깊은 마음을 알았으니 이제는 피하지 마시오.」

「무엇 때문에 그래야 하옵니까?」

조희가 방긋 웃으며 물었다.

「과인은 진심으로 그대를 아끼고, 또한 미인은……」

영정은 말을 잇지 못하고 우물쭈물거리면서 조희를 바라보았다.

「신첩은 감히 믿을 수가 없사옵니다.」

조희는 얼굴을 꼿꼿이 들면서 더욱 대담하게 자신의 뜻을 밝혔다.

「수많은 남자들이 여자 앞에서 철석 같은 약속을 하였지만 대부분이 변했사옵니다. 대왕마마께서도 지금 당장 저를 취하고픈 마음에 하고 싶지 않은 말씀을 하시는 것이옵니다.」

조희는 얼굴에 미소를 가득 담고 영정을 그윽하게 바라보았다. 영정은 초조하고 불안한 눈빛으로 그녀에게 말했다.

「과인은 일국의 군주인데 어찌 지킬 수 없는 약속을 하겠소?」

「그래도 신첩은 감히 믿을 수가 없사옵니다.」

「허허, 과인은 결코 식언(食言)을 하지 않소. 절대로 식언이 아니오.」

영정은 다급한 목소리로 조희를 설득했다.

「그렇다면 신첩이 대왕마마께 세 가지를 청하겠사옵니다.」

「빨리 말하시오. 세 가지 청이 무엇이오?」

영정은 오로지 조희를 당장 품 안에 넣고 싶다는 생각뿐이었다.

「첫째, 들에서 교합(交合)하고 작약(芍藥)을 내려주는 그런 비례(非禮)는 신첩이 원하는 바가 아니옵니다. 대왕께서는 신첩을 비(妃)로 삼고 반드시 비녀를 내려주신 다음에 맞아들이셔야 하옵니다.」

「좋소, 그것을 들어주겠소.」

영정은 그것이 그렇게 무리한 요구가 아니라고 생각하면서 고개를 끄덕였다.

「둘째, 대왕께서는 신첩이 낳은 아들을 반드시 태자로 삼아주셔야 하옵니다.」

「하하하, 사내아이를 낳으면 당연히 그렇게 해주겠소.」

영정에게는 그때 열일곱 명의 아들과 다섯 명의 공주가 있었다. 따라서 그렇게 쉽게 결정하고 대답할 문제가 아니었다. 하지만 영정은 눈앞의 욕심에 급급하여 그만 조희의 요구를 받아들이고 말았다.

「마지막으로 신첩은 저의 오라버니를 위해 청을 드리겠사옵니다.」

「그만, 과인은 이미 조 대부에게 높은 벼슬을 내릴 생각을 하고 있었소.」

사실 조고는 부형을 당해 남자 구실을 할 수 없는 몸이라 당연히 조정의 벼슬을 받을 수 없었다. 하지만 영정은 그녀의 세번째 요구도 아무런 주저 없이 허락했다.

「대왕마마, 오라버니는 강직하고 불의를 참지 못하는 성격이라 많은 사람들의 미움을 살 것이옵니다. 더욱이 죄인의 몸이라서……」

영정이 얼른 그녀의 말을 막았다.

「과인이 조회에서 그의 죄를 사면해 주겠소.」

영정의 명쾌한 응답에 조희는 감격하여 바닥에 무릎을 꿇고 거듭 감사를 표했다. 그런 조희의 모습에 영정은 기쁨을 감추지 못하고 그녀를 가슴에 안았다. 자신의 요구가 다 받아들여지자 조희는 더 이상 피하지 못하고 영정이 하는 대로 몸을 맡겼다.

연 태자 단이 진나라에 인질로 왔을 때 그의 나이는 서른다섯이었다. 단은 특히 영정의 중부였던 여불위와 아주 가깝게 지냈으며, 또한 그는 우아한 풍채와 절도 있는 행동으로 함양성에서 가장 이름을 날리는 명사(名士)가 되었다. 단은 평소 나들이할 때 호랑이 머리와 각종 짐승의 모습을 조각한 구슬을 허리에 주렁주렁 매달고 황금색 꽃을 수놓은 보라색 장포(長袍)를 걸쳤으며 푸른색 구슬로 장식한 가죽신발을 신고 다녔는데 이런 모습은 함양성의 권문세족과 귀족의 자제들에게 유행되어 행세한다는 멋쟁이들은 모두들 그의 복장과 행동을 따라할 정도였다. 단은 특히 예의가 바르고 시문에 능하며 인질로 있으면서도 비굴하지 않고 의젓해 많은 이의 흠모를 받았다.

연 태자 단은 언행과 몸가짐에 있어서 다른 인질들과는 확실히 구별이 되었다. 그는 사흘에 한 번씩 모임을 갖고 장안의 명사들과 세상 돌아가는 이야기를 나누었으며, 닷새에 한 번씩 연회를 베풀어 풍류를 즐겼다. 단은 비록 인질이었지만 여러 대신들과 교분을 맺으면서 진나라의 국정을 손바닥 보듯이 훤히 꿰뚫었고 정사에도 조금쯤은 간여하였다. 하지만 그런 것들이 단에게는 아무런 소용이 없었다. 무엇보다 중요한 일은 하루빨리 인질 생활에서 벗어나는 것이었다.

왕위에 오른 지 9년 만에 관례를 마친 영정은 아주 신속하고도 냉혹하게 노애의 반란을 평정하고 정적 여불위를 제거했다. 이에 따라 여불위에게 의지하며 그런대로 행복하고 편안한 생활을 보내던 단의 처지는 점점 어려워지기 시작했다. 조정의 권력을 완벽하게 장악한 영정은 곧이어 이웃 6국을 통일하려는 야망을 드러냈고 많은 진나라의 귀족들은 왕덕(王德)을 찬양하고 진의 부강을 미화했다. 통일을 꿈꾸는 진나라 조정은 함양성에 있는 각국의 인질들을 더욱 엄하게 감시하고 행동을 제약했다. 연 태자 단은 그런 분위기에서 더 이상 진나라 명사들과 교류를 할 수 없었고, 따라서 함양성에서의 생활이 극도로 싫어졌다. 엄밀히 따진다면 단의 실질적인 인질 생활은 그때부터 시작된 셈이었다.

이날 아침에도 단은 탁자 앞에 앉아 술을 마시며 울적함을 달랬다.

넓고 넓은 대지, 끝없이 펼쳐진 북국(北國)의 땅.
진나라의 병사들아, 언젠가 그대의 가슴을 밟고 지나가리라.
나에게 힘 있는 날개만 생긴다면
꿈에도 그리는 고향 북국으로 날아가련다.
생명을 이어준 조상님의 영광을 위하여
뜨거운 가슴, 벌판의 시체로 말라죽는다 해도.

잠시 노래를 멈춘 단은 술잔을 훌쩍 비우고는 다시 술을 따랐다.

「하하하, 인질의 몸으로 있으면서 다른 사람을 안주삼아 반진(反秦)의 술을 마시다니 대범하구려.」

갑작스런 목소리에 단은 순간적으로 몸을 움츠리고 문밖을 살펴보았다. 만일 조금 전 자신이 부른 노래를 듣고 이를 관청에 알린다면 그의 생명은 위태로울 수도 있었다.

「하하하, 나요.」

방안으로 들어온 사람은 단과 아주 친하게 지내는 창문군이었다. 그는 그제서야 안도의 숨을 내쉬었다. 창문군은 4년 전에 도위를 맡아 노애의 반란을 평정하는 데 공을 세웠으나 얼마 전 그의 형인 좌승상 창평군과 함께 영정에게 미움을 사 관직을 삭탈당하였다. 그렇게 해서 그들 형제는 집에 갇혀 지내는 신세가 되고 말았다.

단 앞에 털썩 주저앉은 창문군이 황갈색의 두 눈을 부릅뜨며 말했다.

「사실 나는 그대보다 더욱 솔직하고 강직했는데 지금 결과는 어떻소? 요즘 세상은 맑고 탁한 걸 구분하지 못한다오. 특히 그대와 같은 인질은 언행에 더욱 조심해야 할 것이오.」

「옳은 말씀이오. 명심하겠소이다.」

단이 가볍게 고개를 끄덕이며 대답했다.

「이 사람은 옛날부터 여 승상과 가깝게 지냈고 또한 인질의 몸이라 감시와 제약을 받는다 치더라도, 그대는 진왕이 어려움을 당하고 있을 때 커다란 공을 세웠지 않소? 그런데 어떻게 그리 낭패한 꼴을 당한다는 말이오?」

단의 한탄에 창문군은 한참 동안 대답을 하지 않고 고개만 숙였다. 숨을 크게 들이쉬는 것이 끓어오르는 분노를 참는 모습이었다. 단이 걱정스러운 눈빛으로 창문군을 바라보았다.

「도저히 분을 참지 못하겠소. 우리 이모님이 아니었다면 그가 어떻게 왕이 될 수가 있었겠소?」

단은 고개를 끄덕이며 창문군의 말에 동의하였다.

「그래도 진왕은 두 분 형제에게 승상과 도위라는 중책을 맡기지 않았소?」

그러자 창문군이 피식 웃었다.

「문신후가 죽고 나서 영정은 천하를 병탄하려는 야망에 휩싸여 있소. 지난해 초나라를 공격한다고 하여 우리 형제는 고향을 생각하는 마음에 그를 겨우 말렸지요. 가까스로 출병은 막았지만, 지난 봄에 이 정위의 저택에서 열린 연회에서 술김에 몇 마디 했는데 그게 영정의 귀에 들어간 모양이오. 그 직후 파직을 당하고 말았소.」

단은 그제서야 창문군 형제가 관직을 박탈당한 자세한 내막을 알게 되었다. 그는 창문군을 위로하는 뜻으로 입을 열었다.

「그래도 두 분은 나보다 훨씬 나은 편이오. 남들이 칼과 도마를 들고 있다면 우리 인질들은 그 도마 위에 올려진 물고기에 불과하다오. 이렇게 진나라에 있는 인질들은 항상 불안에 떠는 신세라오.」

창문군도 단의 입장을 이해한다는 듯 안타까운 얼굴로 고개를 끄덕였다.

「난 초왕(楚王)의 종실혈족이오. 그렇지만 영정의 눈에는 모두 인질로 보일 뿐이겠지.」

단은 창문군의 넋두리에 속으로 그를 비웃었다.

'강산은 변하지만 사람의 본성은 바뀌지 않는군.'

창문군은 말없이 웃고만 있는 단을 물끄러미 바라보았다. 조금 뒤 단이 입가의 웃음을 지워버리며 말했다.

「옳은 말씀이오. 이제는 어떻게 해야 좋겠소? 도마 위의 물고기가 되기를 기다릴 수야 없지 않겠소?」

「함양성에서 인질 상태를 벗어나기는 하늘에 오르는 것보다 어려운 일이오. 장신후와 문신후의 말로를 보지 않았소? 결코 영정의 손아귀를 벗어날 수 없을 것이오.」

창문군이 고개를 숙이고 비통한 어투로 말했다. 두 사람은 서로의 딱한 처지를 생각하며 그만 입을 다물었다. 이때 창밖으로 병사들이 부르는 군가(軍歌)가 힘차게 들려왔다.

북벌 가세, 북벌! 동정(東征) 가세, 동정!
건장하고 용감한 청년들아,
손에 손에 칼을 쥐고,
어깨 어깨에 활을 메고,
임금을 쫓아 여섯 나라를 무너뜨리세.
평화로운 세상을 세워 백성들을 즐겁게 하자.

노래를 듣는 창문군의 표정은 더욱 비통해졌다. 그는 두 손을 부르르 떨면서 참담하게 중얼거렸다.

「새는 고향으로 날아가고 여우는 죽을 때 태어난 언덕으로 고개를 누인다. 가자, 고국으로 돌아가자. 남쪽으로 돌아가자(鳥飛返故鄕兮弧死必首丘走回故鄕去回南方去).」

창문군은 초나라 시인 굴원(屈原)의 '애영(哀郢)'이라는 시를 읊었다. 연 태자 단은 창문군의 비감 어린 중얼거림에 아주 놀란 표정을 지었다.

특히 '가자, 돌아가자'는 말에는 더욱 비통한 느낌을 받았다. 고국으로 돌아가자는 말은 단이 한시도 잊지 않고 가슴에 품고 있던 생각이었다. 하지만 단은 조금 전 창문군이 들어오면서 자신을 일깨워 준 것을 생각하고 얼른 바깥을 가리키며 그에게 경고했다.

「고국으로 돌아가자는 뜻은 참으로 좋지만 '우리를 돌려보내지 않으니 걱정이 하염없어라'는 말처럼 늘 입을 조심해야지요. 벽에도 귀가 있다는 말을 벌써 잊었나요?」

창문군은 단의 충고에 고개를 끄덕이며 문밖을 둘러보았다. 주변에 아무런 인기척이 없자 그는 작은 목소리로 단에게 속삭였다.

「태자는 예전에 한단성에서 영정을 구해준 적이 있다고 들었는데 한번 도움을 청해 보는 게 어떻겠소?」

그 말에 단이 고개를 가로저으며 한숨을 쉬었다.

「창문군께서는 진정 영정의 성격을 모르신다는 말이오? 지난달에 영정을 만났을 때 고국으로 돌아가게 해 달라고 청했지요. 그런데 무어라고 말했는지 아시오? 세 가지 징조가 나타나면 그때 다시 청하라고 하더이다.」

「세 가지 징조라니, 그게 무슨 말이오?」

「글쎄, 새의 머리가 희어지고(鳥頭白), 말의 머리에 뿔이 나고(馬生角), 하늘에서 좁쌀비가 쏟아지면(天雨粟) 그때서야 귀국을 허락한다는 게 아니겠소? 세상에 말이나 되는 소리요?」

단이 흥분하여 소리를 버럭 질렀다. 그의 말을 조용히 듣고 있던 창문군이 갑자기 다급한 목소리로 말했다.

「태자는 어서 고국으로 도망가시오. 지금 위기가 코 앞에 와 있소」

그러자 단이 씁쓸하게 웃으며 대답했다.

「설마 인질로 온 사람을 죽이려고 하겠소?」

「그렇게 말씀하신다면 태자는 나보다 영정의 성격을 더 모르고 있는구려. 영정은 생모를 구금하고 중부를 핍박하여 자살하도록 만들었소. 또한 감라라는 천재도 폭사시켰고 한비 공자도 죽게 만들었소. 영정은 태자와

138

여 승상이 가까운 사이였음을 손바닥 보듯 알고 있을 테니 때가 되면 반드시 그대를 죽일 것이오. 그렇지 않다면 어째서 불가능한 세 가지 징조를 들먹이며 귀국을 막겠소?」

그제서야 단은 창문군의 말이 옳다고 생각했다. 하루빨리 귀국하여 연나라의 국정을 장악하고 힘을 키워야 한다는 생각이 머리를 스쳐지나갔다. 단은 창문군에게 구원을 요청했다.

「공자는 함양에 많은 친구들이 있으니 나의 귀국을 도와주시오.」

조급해진 단의 모습을 살피던 창문군이 음흉하게 물었다.

「무엇으로 보답하겠소?」

「아무리 훌륭한 그림도 배가 고프면 쓸모가 없는 법이 아니겠소? 귀국을 하게 되면 이곳에 있는 내 재산은 아무 소용이 없을 테니 모두 그대에게 드리겠소. 적어도 30만 금은 충분히 될 것이오.」

그러자 창문군이 빙그레 웃으며 말했다.

「그대의 보물을 남들이 알고 있으면 그 화(禍)가 나에게 돌아올 텐데 어찌 내가 그것을 요구하겠소. 만일 영정이 이를 안다면 내 목은 온전하지 못할 것이외다.」

「그 점에 대해서는 염려놓으시오. 이곳은 그대와 나를 제외하고는 여 승상, 도 총관, 번우기 세 사람만이 출입했을 뿐이오. 세 사람은 이미 세상에 없으니 그 점은 걱정하지 마시오.」

이 말에 안심이 된 창문군은 단의 손을 맞잡으며 몇 마디 속삭였다. 그의 말을 들은 단이 고개를 끄덕이며 활짝 웃었다.

이틀 후, 연 태자 단을 감시하는 관원이 진왕 영정에게 급보를 알려왔다.

「연나라의 인질이었던 태자 단이 객관의 개구멍을 통해 빠져나가 고국으로 도망쳤사옵니다.」

이때 영정의 곁에서 애교를 떨고 있던 조희가 이 소리를 듣고는 깔깔거리며 웃었다.

「연나라의 태자라는 양반이 개구멍으로 달아나다니, 그래도 그런 사람이 대장부인가요?」

영정은 단을 비웃는 조희의 말을 들으며 중얼거렸다.

「개구멍으로 달아날 만큼 그렇게 비겁한 인물이었던가? 모를 일이야.」

영정은 곧바로 등승을 불러 자세한 내막을 조사하라고 지시했다.

영정은 조희를 알게 된 이후 매일같이 즐거운 시간을 보냈다. 조희는 매우 총명하고 영리하면서도 풍류와 운치를 즐길 줄 알았다. 조희의 미모도 미모려니와 무엇보다 영정이 그녀에게 반한 이유는 그가 알고 있던 어느 여인보다 똑똑하고 눈치가 빨랐기 때문이었다. 조희는 영정의 마음을 미리 헤아려 그를 마음 편하게 해주었다. 영정은 조희를 받아들인 지 며칠이 지나지 않아 그녀를 정비(正妃)로 삼는다는 조서를 내렸다. 영정은 조희에게 빠져 하루라도 그녀를 보지 않으면 몸살이 날 지경이었다.

이날도 두 사람은 그윽한 후원에서 서로의 사랑을 확인하며 다정하게 이야기를 나누고 있었다. 영정과 조희, 두 사람은 앞서거니뒤서거니 하면서 서로 손을 잡고 어깨를 부비며 풀내 향기로운 후원을 천천히 거닐었다.

두 사람의 발길이 어느덧 연못가에 멈춰졌다. 조희가 연못에서 노니는 물고기를 바라보더니 조용히 입을 열었다.

「뜰에는 산색(山色)이 가득한데 안타깝게도 이 연못은 너무나도 작아요. 대왕마마의 기백과 어울리지 않는군요. '넓구나 한수야, 그 깊이를 헤아릴 수가 없도다'는 옛 시가 있는데 신첩은 꿈에서라도 대왕마마와 그런 곳에서 배를 띄우고 즐거움을 나누고 싶어요. 구름이 연못을 모두 가리지 못하고 바람이 연못 위를 날아도 한참 동안 끝에 달하지 못하는 그런 멋진 경관을 구경하고 싶사옵니다.」

청명한 하늘과도 같이 맑디 맑은 조희의 목소리를 듣고 있던 영정은 그녀에게 밝은 미소를 지어보이며 말했다.

「천하가 아무리 넓다한들 모두 과인의 흉중에 있지 않겠소? 넓고 넓은 황하도 모두 진나라에 속할 날이 올 것이오.」

그러자 조희가 얼굴 가득 슬픈 표정을 지었다.

「대왕마마, 해가 아무리 밝다한들 밤을 비추지 못하고 달이 아무리 밝다한들 낮을 비출 수가 없어요. 이와 마찬가지로 신첩의 청춘도 마냥 기다려 주지는 않아요. 기약할 수 없는 나날은 너무나 괴롭사옵니다.」

조희는 가볍게 한숨을 쉬면서 영정을 바라보았다. 그녀의 눈에 맺힌 눈물 방울을 보던 영정이 결심을 한 듯 공정총관(工程總管) 사록을 불렀다.

「이곳에 커다란 연못을 축조하겠으니 서둘러 준비토록 하시오.」

사록은 영정의 지시에 따라 곧바로 작업에 들어가 열흘 만에 설계도를 완성하여 영정에게 바쳤다.

「대왕마마, 함양성의 동쪽에 동서 2백 리, 남북 20리의 연못을 만들기 위해서는 위수를 끌어들여야 하옵니다. 그렇게 하려면 많은 장정의 힘이 필요하온대 성내에서는 징발할 사람이 없사옵니다. 이를 고려해 주시옵소서.」

사록의 보고에 영정은 조용히 서고에 앉아 고민하기 시작했다. 때마침 중거부령(中車府令)에 임명된 조고가 영정에게 계책 하나를 올렸다.

「대왕마마, 몽염 장군이 출정을 요청하고자 도성에 들어와 있으니 이들 병력을 이용하는 게 어떠시온지요. 조나라 이목의 병력은 몇 차례 승리로 기세가 충천하여 자칫 맞붙었다가는 진군이 또다시 당할 위험이 크옵니다. 그리고 곽개의 밀서가 아직 도착하지 않았으니 그렇게 하셔도 무방할 듯싶사옵니다.」

조고의 말에 영정은 그제서야 어려운 문제를 푼 듯 속이 후련해졌다. 영정은 곧바로 조서를 내려 몽무와 몽염의 군대를 호수 축조 공사에 동원하였다.

상무 정신이 투철한 진나라 병사들은 이에 노골적으로 불만을 터뜨렸지만 진왕의 명령에 따르지 않을 수 없었다. 몽무와 몽염은 전장에서 잔뼈가 굵은 장수들로, 자신들의 병력을 공사에 동원토록 꾸민 조고에게 격한 분노가 일어났다. 다행히 사록이 몽무와 몽염에게 전력을 다해 빠른 기간 내에 공사를 완성하겠다고 약속하여 정면 충돌은 피할 수 있었다. 가을이 지나고 겨울을 거쳐 이듬해 봄이 왔을 무렵 함양성 동쪽에는 커다란 인공 호수가 점차 그 모습을 드러내기 시작하였다.

진왕 영정 16년(BC 231년), 위수와 진령(秦嶺)에도 봄은 찾아왔다. 관도(官道)와 민가의 거리마다 푸릇푸릇한 새싹들이 다투어 키를 자랑하고 물가의 버드나무에도 새순이 돋아나고 있었다. 지난 겨울의 모진 추위를 이겨낸 복숭아꽃이 이른 봄인데도 벌써 꽃봉오리를 피웠으며 멀리 산허리에는 봄꽃이 울긋불긋 제 빛을 자랑하였다. 관중(關中) 지역의 경관은 가히 한 폭의 그림과도 같았다.

이날 조고는 호수의 공정을 살펴보라는 영정의 명령을 받고 난지(蘭池)로 발길을 옮겼다. 영정은 조희가 난초를 지독하게 좋아하자 아예 연못의 이름을 난지로 명명하였다. 조고의 신색(身色)은 진나라에 처음 들어왔을 때와는 비교할 수조차 없었다. 그의 관직은 별로 높지 않으나 영정의 남다른 총애를 받고 있어서 그 기세가 대단하였다. 또한 연 태자 단이 진나라를 빠져나가기 전에 많은 뇌물을 조고에게 바친 바 있어 그의 생활은 상당히 풍족하였다.

조고의 마음 속에는 오로지 강렬한 복수심만이 들끓었다. 원한과 독기 서린 그의 말투 때문에 궁중의 많은 대신들이 그를 싫어했지만 조고는 그런 것에 전혀 신경을 쓰지 않았다. 그는 누이동생이 영정의 총애를 받고 있다는 사실 하나만을 무기로 그 누구에게도 조금도 굽히거나 조심하지 않았다.

이날도 조고는 악독한 마음을 품고 난지로 달려갔다. 몽무는 왕사(王使;왕이 보낸 사신)가 도착한다는 급보에 공정총관 사록과 아들 몽염을 이끌고 영접을 준비하였다. 몽무는 뜻밖에도 왕사의 자격으로 조고가 당도하자 놀란 듯 혼자 중얼거렸다.

「원수는 외나무 다리에서 만난다더니 참으로 일이 꼬이는군.」

몽무는 떨리는 가슴을 진정시키고 조고에게 걸어가 반갑게 그를 맞이하였다. 조고는 조고대로 몽무가 자신을 맞이하기 위해 나타나자 주먹을 불끈 쥐며 이를 악물었다.

'여우 같은 놈, 이제 네가 나한테 당할 차례야.'

몽무와 마주친 조고는 고개를 들고 얼굴을 활짝 펴며 말을 건넸다.

「오랜만입니다, 몽 장군. 보잘것없던 조고가 공사를 감독하러 왔습니다. 이 몸이 사적인 원한으로 인해 공무(公務)를 그릇되게 보지 않도록 자세하게 설명을 해주시면 고맙겠습니다.」

말을 마친 조고는 몽무를 앞질러 성큼성큼 난지각(蘭池閣)으로 올라갔다. 난지각은 호수 가에 세워진 아름다운 누각으로 반은 수중에, 반은 둑에 걸쳐 있었다. 누각의 처마에는 난초를 새긴 조각이 빙 둘러 세워져 있어 아름다움을 더하였다. 조희의 청대로 난지의 물결은 하늘과 연결되어 끝이 보이지 않았다. 궁중에 있는 연못과는 크기나 그 화려함에 있어 비교조차 되지 못했다.

연못의 주변에는 2장 거리로 소나무를 심었고 그 사이에 난초와 백지(白芷) 꽃밭이 있었으며, 누각의 왼켠으로는 학들이 무리를 지어 먹이를 다투었고 오른켠으로는 커다란 돌에 조각한 고래석상이 물 속에 배를 담근 채 거대한 위용을 자랑하고 있었다.

난지의 여기저기를 둘러보며 시비걸 꼬투리를 잡으려던 조고의 눈길이 꽃밭에서 멈춰졌다.

「난지는 난초가 많아야 제격인데 너무 부족하군요. 게다가 봄이 되었는데도 아직 꽃조차 피지 않다니……」

조고가 시비를 걸어오자 몽무는 슬그머니 화가 솟구쳐 퉁명스레 대답했다.

「심은 지 얼마나 되었다고 벌써 꽃을 피우겠소?」

조고는 몽무의 대꾸에 고개를 돌려 그를 노려보았다. 시비를 걸기는 했지만 조고는 사실 속으로 매우 놀라고 있던 참이었다. 연못의 수축 공사는 아주 질서 있게 일사천리로 진행되고 있었다. 수십 리에 걸쳐 막사가 정연하게 자리잡고 있었는데 감독관들은 소가죽으로 만든 막사에서 거주하고 일반 병사들이나 백성들은 대나무와 풀로 엮은 막사에서 지내고 있었다. 또한 병사와 백성들은 서로 확연하게 구분이 되어 작업을 하였으며 모든 인원은 군대식으로 분류되어 제각기 깃발로 구역을 표시하였다. 공사에 쓰이는 자재들도 요소요소에 제대로 배치되어 있었다.

조고는 내심 몽씨 부자의 노력과 능력에 탄복하지 않을 수 없었다. 하지만 그는 겉으로 내색을 하지 않은 채 다시 입을 비쭉이며 말했다.

「장군께서 정말로 이번 공사에 고심한 흔적이 역력합니다.」

조고는 '고심'이라는 말에 힘을 주며 몽무를 비웃었다. 몽무는 조고의 말에 억지로 웃음을 지었다.

'우리 집안은 역대로 진나라의 장군을 배출해 왔다. 수많은 전장에서 군공을 세운 이 몸이 환갑을 가까이 둔 나이에 난지를 만들고 누각을 세우는 일에 정력을 쏟다니 참으로 원통하구나. 이 모든 게 요사스런 무리들이 들끓어서 그런 것 아니겠는가?'

조고는 깊은 생각에 빠진 몽무를 바라보았다. 뜻밖에도 노장수 몽무의 눈에서는 분노의 빛이 쏟아지고 있었다. 그런 그의 모습에 조고는 흠칫 놀라며 뒤로 한 걸음 물러났다. 몽염은 두 사람과는 좀 멀리 떨어져 있었지만 부친의 안색을 보고 얼른 헛기침을 하면서 주의를 일깨워 주었다. 그제서야 몽무는 정신을 차리고 눈빛을 거두었다.

조고는 통쾌함을 느끼며 카랑카랑한 목소리로 다시 말을 이었다.

「몽 장군, 소신이 이곳을 좀더 자세히 살펴보아도 되겠습니까?」

「그렇게 하시오.」

몽무는 가까스로 이렇게 대답하고 고개를 옆으로 획 돌렸다.

조고는 아주 기분좋은 얼굴이 되어 고래석상이 있는 쪽으로 발걸음을 옮겼다. 조고가 매우 신기한 듯 고래석상을 바라보며 물었다.

「이 고래석상의 크기는 얼마입니까?」

「이백 장이오.」

뒤따르던 몽무가 내뱉듯 대답했다.

「작습니다, 너무나도 작습니다. 장군께서는 북방에 사는 고래를 보지 못했습니까? 아마 크기가 수천 리는 될 것입니다. 그런데 겨우 이백 장이라니요?」

조고는 울그락붉으락하는 몽무의 얼굴을 빤히 바라보며 계속 입을 열었다.

「그리고 저기 고래석상이 내뿜는 물은 무엇입니까? 별로 특별하게 보이지도 않는군요. 대왕께서는 저것보다 더욱 신기한 모양을 구경하고 싶어하십니다.」

이때 곁에서 조고의 말을 듣던 사록이 끼어들었다.

「조 대인께서는 박학다식하지만 고래석상이 스스로 물을 빨아들이고 뿜어내는 이치는 모르시고 계시는군요.」

「그렇게 말씀하시다가 정작 대왕께서 오셨는데 작동하지 않으면 누가 책임을 지겠소?」

조고가 버럭 화를 내며 소리쳤다. 이때 갑자기 고래석상의 몸이 좌우로 흔들거리더니 힘차게 내뿜던 물기둥이 점점 약해져 갔다. 조고는 그제서야 사록의 기술에 탄복하였다.

「하하하, 정말 훌륭한 기술이오. 이번 공사는 몽 장군이 전쟁에서 패배한 치욕을 씻기에 충분합니다. 」

몽무는 조고의 비난 어린 말투에 온몸을 부들부들 떨었다. 멀리서 이를 지켜보던 몽염은 자신의 아버지가 조고에게 계속 업신여김을 받자 분을 이기지 못했다.

「저 자가 건방지게 감히 진나라의 대장군을 모욕하다니 용서하지 않겠다.」

몽염은 두 눈을 부릅뜨고 허리에서 검을 뽑았다. 기세를 보아서는 조고를 단칼에 베어버리려는 심사였다. 이를 본 몽무가 급히 앞으로 나서며 몽염에게 물러나라고 소리치자 몽염은 어쩔 수 없이 검을 거두고 그 자리에서 사라졌다. 얼굴이 시뻘개진 몽무가 얼른 조고에게 사죄를 하였다.

「아들 녀석이 워낙 성격이 거칠어 무례를 범했으니 부디 못본 척 넘어가 주시오.」

조고는 씩씩거리며 멀어져 가는 몽염의 뒷모습을 한참 동안 바라보더니 몽무를 노려보며 말했다.

「장군께서 그렇게 말씀하시니 없었던 일로 하겠습니다. 다만 장군께서는 국법을 잘 아실 테니 저의 충고를 귀담아 들어주시기 바랍니다. 자칫 잘못하다가 멸족의 화를 당하는 그런 일은 피하셔야 하지 않겠습니까?」

조고는 이렇게 말하며 음흉하게 웃었다.

이날 오후 난지를 떠나 함양궁으로 돌아오던 조고는 몽무 부자를 곤경에 빠뜨린 일이 즐거워 연신 웃음을 잃지 않았다.

조고는 이날 이후 다른 사람을 공격하여 얻어지는 쾌락에 점점 빠져들었다. 곧 이러한 조고의 방자한 언행에 조정의 대신들이 비난하기 시작하였다. 특히 조정의 원로들을 중심으로 조고의 비행을 찾아내고 공격하는 일이 은밀하게 꾸며졌다. 몽무와 몽염은 물론이고 태부 왕관, 어사대부 풍거질, 장군 장한(章邯)이 한통속이 되어 '진나라를 어지럽히는 괴수'로 조고를 지목하면서 그를 공격하였다. 더욱이 이사 또한 자신의 앞길에 조고가 방해가 된다고 판단했는지 그를 공격할 기회를 엿보고 있었다. 그러던 중 연 태자 단의 도주를 조사하고 있던 등승이 그와 관련된 조고의 비행을 찾아내었다. 조정 대신들은 조회에서 이구동성으로 영정에게 이 사실을 고발하였다.

「대왕마마, 조고는 조정의 예의(禮儀)를 담당하는 중거부령에 있으면서 사사로이 연 태자 단의 뇌물을 받았으며 그 자의 도주를 방관하였사옵니다. 마땅히 중죄로 다스려야 국법이 바르게 설 수 있을 것이옵니다.」

영정은 그러한 대신들의 주청을 거부할 수가 없었다. 그는 할 수 없이 조고에게 호통을 쳤다.

「그대는 이 나라의 중거부령에 있으면서 어찌하여 자중자애하지 않고 방자하게 욕심을 내었는가? 〈순자〉에 이르기를 '공이 없으면 상을 주지 말고(無功不賞), 죄가 없으면 벌하지 말라(無罪不罰)'고 하였다. 그런데 그대는 커다란 죄를 범하였으니 국법에 따라 그 죄를 묻지 않을 수 없도다.」

　영정은 그 자리에서 중서자 몽의에게 조고의 죄상을 심리토록 지시하였다.

　이로부터 며칠이 지난 어느 날 황혼이 내릴 무렵 황문령이 급히 후원으로 달려와 영정에게 보고를 올렸다.

　「조비마마께서 어젯밤에 대왕마마께서 보내신 약을 드시고 상태가 더욱 나빠지셨사옵니다.」

　영정은 그 소리에 깜짝 놀라 급히 후궁(後宮)으로 발길을 돌렸다. 영정은 대신들 앞에서는 매우 위엄 있고 추상 같은 모습을 보였지만 조희 앞에서는 순한 양처럼 행동하였다. 그는 조희가 누워 있는 침실로 성큼성큼 걸어들어갔다. 조희는 창백한 얼굴로 침상에 비스듬히 누운 채 온몸을 떨면서 심하게 기침을 하고 있었다. 영정은 아주 걱정스런 눈빛으로 그녀 앞으로 달려갔다. 영정을 본 조희가 겨우 입을 열었다.

　「마마, 신첩이 몸을 움직일 수 없어 영접을 하지 못했어요. 용서하세요.」

　영정은 고개를 가로저으며 그녀의 손을 감싸쥐었다.

　「사랑하는 그대가 빨리 몸을 회복하기만 기다릴 뿐이오. 너무 걱정하지 말고 편히 쉬시오. 내가 그대를 위해 아름다운 금관을 준비하였으니 얼른 몸이 나아야 쓸 수 있지 않겠소.」

　조희는 탁자에 놓여진 금관을 바라보며 감격의 눈물을 흘렸다. 둥그런 금관이 빛에 반사되어 번쩍거렸다. 용과 봉황으로 조각한 열두 개의 산봉우리 금제 장식이 금관의 품위와 아름다움을 더하였다.

　금관을 바라보던 조희가 가만히 중얼거렸다.

가늘고 가는 갈나무가 너른 들판에 가득하구나
뛰어난 기술자가 그걸 얻어 갈포모시를 만드네
뛰어난 기술자가 그걸 못 얻으면 들에 말라 죽네.

　영정은 조용히 그녀의 노래를 들었다. 잠시 숨을 몰아쉰 조희가 영정에게 그 뜻을 해석해 주었다.

「신, 신첩은 다행히도 대왕마마의 총애를 받는 몸이 되었사옵니다. 갈나무가 뛰, 뛰어난 기술자를 만났다는 의미는 이를 두고 하는 말이옵니다. 이제 신, 신첩은 죽어도 여한이 없사옵니다.」

조희는 심하게 기침을 하면서 겨우 말을 마쳤다. 그녀는 이레 전에 영정과 함께 난지에 나들이를 나갔다가 풍한(風寒)에 들어 자리에 눕고 말았다. 영정은 지난밤 너무나 걱정이 되어 자신이 늘 복용하던 지해환(止咳丸;기침을 멈추게 하는 약)을 그녀에게 보냈다. 그런데 뜻밖에도 병이 호전되기는커녕 더욱 심해졌다.

조희의 처참한 얼굴에 영정은 가슴이 미어졌다. 그는 눈을 부라리며 밖에다 대고 소리쳤다.

「무엇하느냐? 하무차를 빨리 들라고 일러라!」

잠시 후 태의 하무차가 약낭(藥囊)을 들고 급히 후궁의 내전으로 달려와 영정 앞에 무릎을 꿇었다.

실내는 여섯 개의 등잔이 벽에 걸려 있어 매우 밝았다. 등잔에는 각각 세 개의 향촉이 지글지글 타고 있었으며 바닥에는 짐승가죽이 깔려 있었다. 방 가운데에 아담한 침상이 놓였고 그 위에 조희가 옆으로 누운 채 기침을 해댔다. 그런데 조희와는 대조적으로 침상의 뒷벽에는 우람한 체격의 신상(神像)이 그려져 있었다.

하무차는 영정이 무엇 때문에 그렇게 화가 나서 자신을 불렀는지 걱정이 앞섰다.

「그대가 이 환약을 지었는가?」

영정이 예닐곱 개의 환약을 바닥에 내던지며 말했다. 하무차는 바닥에 구르고 있는 환약을 보면서 대답했다.

「소신이 만들었사옵니다.」

「그렇다면 어째서 기침이 멈추지 않느냐? 네 간을 꺼내 얼마나 부어 있는지 알아봐야겠다!」

영정의 위협에 하무차는 혼비백산하여 온몸을 떨었다. 바로 이 순간이 그에게는 삶과 죽음의 갈림길이었다.

「소신이 어찌 가벼이 약을 지었겠사옵니까? 소신이 직접 약초를 따다 맛을 보고 환약을 만들었으니 조금도 약효가 어긋나지 않을 것이옵니다.」

「누구 앞에서 감히 헛소리를 지껄이느냐! 아직도 기침을 하지 않느냐!」

「조금만 기다려 보시옵소서.」

하무차는 비오듯 땀을 흘리며 가까스로 이렇게 대답했다.

「너는 왕비가 이틀 동안 기침을 하는 걸 보지 못해서 그러는가 본데, 얼마나 병이 심해졌는지 아느냐?」

하무차가 두 손으로 땀을 훔치며 다시 말했다.

「대왕마마, 음과 양이 조화를 잃고 정(正)이 사(邪)를 이기지 못하면 누구나 병을 얻기 마련이옵니다. 지난번 대왕마마께서 폐약다습(肺弱多濕)으로 고생하실 때 소신은 계피(桂皮), 관동(款冬)을 섞고 문동(門冬), 우황(牛黃), 국영(菊英)과 같은 약초를 벌꿀에 이겨서 환약을 만들었사옵니다. 그때 마마께서는 신기하게 병이 다 나으셨사옵니다. 하지만 왕비마마께서는 병명을 정확히 모르는 가운데 이 환약을 드셨으니 효험을 보지 못하고 있는 것이옵니다.」

그제서야 영정은 하무차의 말을 믿고 안색을 폈다.

「그렇다면 빨리 왕비를 진맥하여 병을 치료하라. 잘 되면 상을 내리고 그렇지 않으면 죽음을 면치 못할 것이로다.」

하무차는 연신 고개를 조아렸다. 그는 침상 가까이 다가가 왕비의 맥을 짚고 기색을 살핀 다음 호흡이 고르기를 기다렸다. 진맥이 끝나자 하무차는 제자리로 돌아와 영정에게 자신있는 말투로 말했다.

「왕비마마께서는 풍한이 들어 기가 역류하여 위로 치솟고 있사옵니다. 환약은 뜨거운 기운을 상징하는 약초를 위주로 만들어서 한기(寒氣)와 사기(邪氣)를 물리쳐야 할 것이옵니다. 소신이 계피, 강(姜), 화초(花椒)와 같이 위로 치솟는 기운을 내려주는 약을 만든 게 있사오니 그걸 이틀 정도 복용하시면 반드시 효험을 볼 것이옵니다.」

그의 진단에 영정은 걱정스런 눈빛으로 고개를 끄덕였다. 하무차가 물러나자 조희가 영정에게 물었다.

「마마, 신첩의 오라버니를 처벌하실 생각이세요?」

영정은 그 물음에 대답을 하지 못하고 멍하니 천정을 바라보았다. 조희는 영정이 대신들의 간청을 이기지 못하고 있음을 알아채고 더욱 애처롭게 입을 열었다.

「천종실에서의 약속을 잊으셨나요? 신첩의 숨이 아직 붙어 있는데 어찌 약속을 저버리십니까?」

영정은 조희의 목소리가 갑자기 갸날퍼지자 깜짝 놀라 그녀를 위로했다.

「그대같이 아름다운 여인이 어찌하여 그런 괴로움을 자초한단 말이오. 이 일은 과인이 알아서 처리하겠으니 걱정을 마오.」

「어떻게 알아서 처리하시겠어요? 신첩의 오라버니는 위인됨이 충직하고 성격이 불 같아 종종 남들한테 오해를 많이 받습니다. 몇몇 대신들에게 죄를 지었다고 그것을 신첩의 오라버니에게 뒤집어씌우는 건 너무하옵니다. 신첩은 마마를 흠모하여 이곳 진나라에 왔지만 의지할 곳이라고는 오라버니 한 분뿐입니다. 오라버니는 일찍이 너무나 많은 고생을 겪으셨는데 또다시 그런 일을 겪는다면……」

조희는 비처럼 눈물을 쏟으며 마구 흐느꼈다. 영정은 그녀의 말에 가슴이 미어지는 아픔을 느꼈다.

영정은 문득 유난히도 대신들이 조고 한 명을 몰아세우는 듯한 느낌이 들었다. 그러자 틀림없이 거기에는 나름대로 숨겨진 까닭이 있으리라는 생각이 스쳐지나갔다.

「그대는 너무 걱정하지 마오. 과인이 곧바로 조 중거부령을 풀어주도록 명령을 내리겠소.」

그러나 조희는 여전히 걱정 어린 눈빛을 영정에게 보냈다.

「누가 신첩의 오라버니에게 죄를 주어야 한다고 주청하였나요?」

영정은 그녀의 말에 불쾌한 표정을 지었다.

「그대는 그런 데까지 신경쓸 필요가 없소. 중거부령은 스스로 죄를 자초하였소. 그는 연 태자 단에게 사사로이 뇌물을 받았단 말이오.」

「마마, 옛말에 '소인을 가벼이 보지 마라. 소인이 나라를 망친다'고 하였어요. 등 내사가 몽씨 부자와 이 일을 꾸몄지요? 그들은 서로들 친하게 지낸다고 들었어요.」

이 말에 영정이 고개를 가로저으며 말했다.

「그만두시오. 아무튼 세 가지 약속은 지키겠으니 다시는 말하지 마오.」

조희는 영정의 말에 안심이 되는지 비로소 고개를 끄덕였다.

한편 조고의 죄상을 심리한 뒤 사형을 선언하고 돌아오던 몽의는 입추(立秋)날에 그의 참형(斬刑)을 거행키로 결정하였다. 조고는 감옥에 있으면서 자신의 지나친 방종을 후회하였다. 하지만 누이동생 조희가 반드시 자신을 구원해 주리라는 믿음은 버리지 않았다. 이 일은 그에게 커다란 교훈을 주었다. '깃털이 적은 새는 결코 높이 날지 못한다'는 말처럼 조고는 이번 일을 통해 힘을 키울 때까지 자중해야 한다는 배움을 얻었다.

사형이 결정되고 나서 이틀 후, 진왕의 특명에 의해서 조고는 석방이 되었다. 조고는 함양성으로 돌아오면서 자신의 석방을 겸손하게 받아들이고 스스로를 경계하며 반드시 힘을 키우겠다는 결심을 하였다.

하늘의 보살핌이 있어 엎어졌다 되살아났구나
화는 덕의 뿌리가 되고, 걱정은 복의 집이 된다
남을 위협하는 자는 멸하고, 따르는 자는 흥한다.

이 일이 있고 난 뒤 조고는 철저하게 변신하였다. 그는 사람을 만나면 늘 웃음으로 대했고 달콤한 말로 상대의 귀를 즐겁게 하였다. 조고는 가슴에 칼을 숨기고는 완벽하게 부드럽고 자상한 태도를 취했다. 그러자 그를 미워하던 사람들 또한 점차 조고를 친절하게 대하기 시작했다.

이사는 조고가 출감한 후 두 달 동안 수차례 입궁하여 오랫동안 보지 못했던 조희를 다시 만나게 되었다. 그러나 왕후가 된 조희를 만날 때마다 이사는 처음에 그녀를 보았을 적에 느꼈던 감정이 되살아났다. 조희 또한 어찌된 일인지 이사를 만나면 정이 그윽한 눈길로 그를 바라보곤 하였다. 이사는 주체하기 어려운 자신의 감정을 애써 억제해 보려고 노력했으나 쉽게 잠재울 수 없었다.

며칠 전 영정이 함양궁의 누대에서 야연(夜宴;밤에 베푼 연회)을 베풀었는데 한참 연회가 무르익을 무렵 갑자기 세찬 바람이 불어와 누대의 촛불을 모두 꺼버리는 일이 발생하였다. 그런 혼란스런 와중에 어떤 여인의 손길이 이사의 오른손에 와닿았다. 여인의 손길에 이사의 온몸이 떨려왔다. 그리고 이전에 느껴보지 못한 새로운 욕망이 그의 몸을 휘감아 돌았다. 그의 손을 꼬옥 쥔 여인의 손은 매우 부드럽고 따스했다.

얼마 후 촛불이 다시 켜지자 이사는 자신의 오른손을 잡은 여인이 누구인지 살펴보기 시작했다. 그는 우아한 미소를 짓고 있는 왕비 조희에게 의심의 눈길을 돌렸다. 자신 곁에 가장 가까이 앉아 있던 여자는 바로 조희였기 때문이었다.

조희는 자신을 바라보는 이사의 눈길을 의식했는지 더욱 요염하고 그윽한 눈망울로 그를 바라보았다. 그 눈빛은 무언가 애틋한 암시를 풍기는 듯하였다. 이사는 폭풍우를 만난 바다같이 쿵쿵 뛰는 심장의 고동을 이기지 못하여 자리에서 그만 일어나고 말았다.

다음날 오후 이사는 진왕에게 주청할 일이 있어 내궁으로 들어갔다가 조희와 단둘만의 시간을 갖게 되었다. 공교롭게도 그 시각에 진왕은 측간에 가고 조희 홀로 자리를 지키고 있었던 것이다. 이사는 조희와 아주 짧은 순간에 두 사람만의 시간을 가졌지만 그 의미는 참으로 크게 다가왔다. 이사와 마주한 그녀는 아무런 말 없이 오른손을 가볍게 들며 미소를 지었다. 지난밤 연회에서 그의 오른손을 잡은 여인이 바로 자신임을 암시하는 눈치였다. 곧 진왕이 나타나자 조희는 자리를 뜨면서 이사에게 방긋 웃어 보였다. 조희의 나긋나긋한 교태와 미소는 이사의 마음을 한

순간에 사로잡았다. 이사는 일을 마치고 내궁을 떠나면서 황홀하고 아련한 상상에 온몸을 떨었다.

그런데 이날 아침, 이사는 조희가 보낸 궁녀로부터 금빛 비녀를 하나 선물받은 것이었다. 조희는 궁녀의 입을 빌려 앞으로 오라버니인 조고를 잘 보살펴 주면 고맙겠다는 뜻을 전달하였다.

이사는 비녀를 받으며 중얼거렸다.

「그냥 선물로 준 단순한 비녀란 말인가?」

이사는 비녀를 자세히 살폈다. 비녀의 머리 부분에 조그마한 작약 한 송이가 양각되어 있었다. 이를 본 이사는 순간적으로 〈시경〉의 '진유(溱洧)' 라는 시가 떠올라 나직이 읊기 시작했다.

진수와 유수는 바야흐로 넘실거리네
사내와 아가씨는 난초를 들고 있구나
아가씨가 볼까요 하니, 사내의 대답은 보았는 걸
그래도 유수가로 구경가요, 정말로 즐거울 텐데
사내와 아가씨는 서로 히히덕거리고 장난치면서
작약을 꺾어주며 헤어지네.

시를 읊은 이사는 멍하니 앉아서 조희의 마음 속을 헤아려 보았다. 한 편으로는 행복했지만 다른 한편으로는 두려운 마음이 들었다. 이사는 자신이 세상에서 가장 아름답고 귀한 여자의 사랑과 예물을 받았다는 사실 자체가 너무나 황홀했다. 하지만 그에 따른 걱정 또한 기쁨 못지않게 컸다. 조희는 진왕이 아끼고 사랑하는 여인이었다. 만일 두 사람이 그렇고 그런 사이라는 게 밝혀진다면 결코 용서받을 수 없을 것은 뻔한 이치였다.

'어쩐다, 이 비녀를 다시 돌려주어야 하나, 아니면 감추어야 하나?'

이사가 망설이고 있자 궁녀가 그를 재촉하였다.

「정위 대인, 얼른 회답을 주십시오. 늦게 돌아가면 신첩은 벌을 받습니다.」

이사는 회답을 달라는 궁녀의 말에 퍼뜩 〈시경〉의 다른 구절을 생각해
내고 곧바로 비단에 글을 써서 궁녀에게 주었다.

'싱싱한 복숭아나무, 화려하게 꽃이 피었네(桃之夭夭灼灼其華).'

이사는 전서체(篆書體)로 쓰여진 여덟 글자를 바라보며 흐뭇한 표정을
지었다. 〈시경〉의 '국풍(國風)'에 나오는 '도요(桃夭)'라는 이 시는 아름
다운 아가씨의 결혼을 축하하는 의미가 담겨져 있었다. 심부름을 온 궁
녀가 비단을 받으며 감탄어린 목소리로 말했다.
「정위 대인의 전서는 너무나도 멋이 있습니다.」

궁녀가 떠나가자 이사는 터져나오는 흥분을 감출 수가 없었다. 그는
떨리는 가슴을 진정시키지 못하고 흥얼흥얼 또 다른 노래를 부르기 시
작하였다.

동문 밖 언덕에 꼭두서니 자라는데
집은 가까이 있지만, 그이는 먼 듯하네
동문 밖 밤나무에 집들이 늘어섰는데
어찌 그립지 않으리, 그대 내게 와주지 않는가.

이사는 〈시경〉의 '정풍'에 나오는 '동문 밖 언덕'이라는 노래를 아주
즐거운 표정으로 읊으면서 달콤한 꿈에 부풀었다.

이때 조나라의 상국 곽개가 보낸 사자가 도착하였다는 전갈이 왔다.
사자는 이사에게 곽개의 밀서와 옥대를 바쳤다. 밀서에는 곽개가 전객
왕오와의 관계를 끊겠다는 내용이 들어 있었는데 이는 오랫동안 이사가
바라고 있던 일이었다.

이사는 눈길을 옥대로 옮기며 투덜거렸다.
「인색하기 짝이 없는 사람 같으니라고. 내가 사신편으로 보낸 금은보

화가 적어도 수만 금은 넘는데 겨우 옥대 하나만 선물로 보내다니.」

이사가 곽개의 선물에 푸념을 하고 있을 시각, 조희는 오라버니 조고
의 손에 이사가 보내온 비단을 건네주며 웃음을 짓고 있었다.

「호호호, 오라버니, 이 비단 좀 보세요.」

비단에 쓰여진 여덟 글자를 보던 조고가 입술을 비죽이며 이사를 비
웃었다.

「다른 사람의 마음을 읽어내다니 대단하오, 왕후.」

「어때요, 오라버니, 제 솜씨가. 이걸 남겨두면 언젠가는 유용할 때가 있
을 거에요.」

두 사람은 마주보며 시원하게 웃어댔다.

18

천하통일의 첫 장이 열리고

진왕 영정 17년(BC 230년) 봄, 영정이 관례를 치르고 친정을 시작한 지 7년째 되던 날이었다. 영정은 이날을 기념하기 위해 조정의 대신들을 초청하여 연회를 베풀기로 하였는데 오후가 되어서 느닷없이 다시 조서를 내려 연회를 취소한다고 발표하였다. 대신들은 서로 얼굴을 맞대고 왕이 변덕을 부리는 의도가 무엇인지 수군거렸다. 어떤 이들은 지난 겨울에 왕비가 난산으로 죽고 난 뒤부터 영정이 국정에 관심이 없어져서 그렇다고 하였고, 또 어떤 이들은 따스한 봄바람에 연회를 베풀기로 잠시 마음이 움직였다가 다시 정신을 차려 이를 취소한 거라고 주장하였다. 하지만 영정의 심사를 제대로 알고 있는 사람은 대신들 가운데 오로지 두 사람뿐이었다. 그 하나가 이사였다.

영정은 그토록 아끼고 사랑하던 조희를 잃고 나서 모든 것에 흥미를 잃어버렸다. 그만큼 영정에게 조희는 매력 있고 의미 있는 여자였다. 이사 외에 영정의 마음을 알고 있는 또 한 사람은 조희의 오라버니인 조고였다. 그는 지난밤에 영정이 누이동생 조희의 이름을 부르며 통곡하는 장면을 목격하였다.

영정은 지난밤 꿈에서 조희를 만났다. 두 사람은 그윽한 눈길로 서로를 바라보며 말없이 눈물만 흘렸다. 그들에게는 아무런 말이 필요없었다. 그러던 조희가 영정에게 애틋한 눈길을 보내며 연기처럼 사라져 갔다. 다급해진 영정은 꿈 속에서 그녀의 이름을 하염없이 부르며 조희가 사라진 곳으로 뛰어갔다.

홀로 방안에 틀어박혀 있던 영정은 작년 바로 이날을 기억해 냈다. 일년 전 영정은 조희와 함께 난지를 거닐며 즐거운 시간을 보냈었다. 두 사람은 배에 올라타 거울처럼 맑은 호수를 감상하며 행복에 젖어들었는데, 그때 조희가 흥에 겨워 그 아름다운 목소리로 노래를 부르기 시작했다.

동문 밖 연못, 삼 담그기 좋은 곳
아름답고 멋진 아가씨, 짝지어 놀고 싶네

동문 밖 연못, 모시 담그기 좋은 곳
아름답고 멋진 아가씨, 짝지어 얘기하고 싶네

동문 밖 연못, 왕골 담그기 좋은 곳
아름답고 멋진 아가씨, 짝지어 말하고 싶네.

영정은 조희의 노래에 박수를 치며 소리쳤다.
「정말 훌륭하오. 〈시경〉에 나오는 '동문 밖 연못'이 아니오? 마치 과인의 심정을 노래하는 듯하구려.」

영정은 그 순간에도 조희의 총명함과 재주에 감탄하였다. 아마도 세상에 이처럼 예쁘고 슬기로우며 매력적인 여자는 없으리라 그는 생각했다.

그런데 꿈에서 깨어나니 영정의 곁에는 조희가 없었다. 영정은 고독감을 이기지 못하고 눈물을 떨구며 그녀의 이름을 불렀다. 지난 겨울 조희가 세상을 떠나자 영정은 거의 자포자기한 상태에 빠져들었다. 주변의 나라들이 진의 공격에 맥을 못추고 있는데도 그는 정사에 관심을 기울이지 않았다. 그에게는 오로지 조희라는 여인만이 필요했다.

이런 영정에게 대신들은 위로의 말과 함께 충고를 전하였다. 영정은 자신의 심정을 알아주지 않는 조정 대신들이 싫어졌다. 그들만 보면 괜히 짜증이 났다. 이날 아침에도 영정은 현실을 직시하고 자신의 관례를 치른 날을 기념하고자 했지만 다시 오후가 되자 생각이 바뀌었다. 영정은 이날 오후에 침전으로 돌아온 이후 아무도 만나지 않았다. 침상에 가만히 누워 있던 영정은 갑자기 화가 나 밖에다 대고 큰소리를 질렀다.

「아무도 없느냐? 당장에 들어오라!」

누군가 이 소리를 들었는지 방문을 열고 들어왔다. 그런데 영정 앞에 나타난 사람은 뜻밖에도 조고였다. 조고를 본 순간 영정은 조희의 오라버니인 그가 자신만큼 마음이 아플 것이라 생각하고 그만 화를 거두었다. 영정은 측은한 심정으로 조고를 바라보며 눈물을 흘렸다. 조고 또한 눈물을 흘리며 영정에게 두루마리 한 폭을 바쳤다. 그것을 펼쳐보던 영정이 깜짝 놀라 눈을 둥그렇게 떴다.

「아니, 이럴 수가?」

두루마리를 보는 영정의 눈에 놀라움과 안타까움이 교차되더니 시간이 흐르자 그 눈은 점점 부드럽고 온화한 빛으로 바뀌어졌다. 두루마리에는 조희의 모습이 그려져 있었다. 그림 속의 그녀는 거의 살아 있는 것 같았다. 영정은 침상 머리맡에 그것을 걸어놓고 다시 그림을 천천히 바라보았다.

영정은 문득 조희가 자신에게 불러주었던 노래를 생각하며 나지막하게 시를 읊기 시작하였다.

가늘고 가는 갈나무가 너른 들판에 가득하구나
뛰어난 기술자가 그걸 얻어 갈포모시를 만드네
뛰어난 기술자가 그걸 못 얻으면 들에 말라죽네.

그림 속의 조희는 당장이라도 살아서 뛰쳐나올 듯한 모습이었다. 영정은 노래가 끝나자 한숨을 쉬면서 중얼거렸다.

「그대는 하늘의 선녀였소. 내가 그대와 만나 연분을 맺으니 나에게는 너무나 소중한 행복이었소. 하늘에서 내려다본다면 내 마음을 알아주시오.」

조고는 바닥에 무릎을 꿇은 채 하늘을 보고 한탄하는 영정의 마음을 헤아려 보았다. 한동안 그림에서 눈을 떼지 않던 영정이 잠시 조고에게 눈길을 돌렸다.

「중거부령도 누이를 잃고 얼마나 가슴이 아프겠소.」

이때 멀리서 아기 울음소리가 들려왔다. 지난해 겨울 조희가 난산 끝에 낳은 아들이었다.

「허허허, 호해(胡亥) 놈이구나.」

궁녀가 아기를 데려오자 영정은 우울한 마음을 떨쳐버리고 밝게 웃었다. 아기는 이마가 반듯하고 눈매가 서글서글한 것이 아주 또렷하게 생겼다. 영정은 궁녀의 품에서 아기를 받아들더니 조희의 그림 앞으로 다가갔다.

「이놈아, 너의 어머니란다.」

그러자 호해는 그 말을 알아듣기라도 한 듯 방긋 웃었다. 조고는 영정의 열여덟번째 아들인 호해가 지극한 총애를 받자 속으로 비장한 각오를 하였다.

'저 아이는 나의 외조카이다. 반드시 왕으로 앉혀 나의 뜻을 이루리라.'

조고가 마음 속으로 이렇게 다짐을 하고 있는데 영정이 고개를 돌리며 그에게 물었다.

「이 그림 말고 다른 일은 없소?」

「전객 왕오 대인이 주청할 일이 있다고 하옵니다.」

조고의 말에 영정이 고개를 끄덕였다. 잠시 후 왕오가 들어왔다.

「대왕마마, 기뻐하옵소서. 한나라와 위나라에서 온 사신들이 자국의 영토를 진에게 바쳤사옵니다. 친정 7년 만의 경사이옵니다.」

왕오의 보고에 영정은 비로소 밝은 표정을 지었다.

「땅과 백성은 나라의 근본이오. 과인은 왠지 올해에는 좋은 일이 많이 일어날 것 같소」

왕오가 조고를 힐끗 쳐다보더니 영정을 따라 웃기 시작했다.

함양 내사 등승은 한나라 왕이 남양군에 있는 성들을 진에 바쳤다는 소식을 듣고 설레는 가슴을 억제하기 어려웠다. 남양은 등승의 할아버지와 능매가 살고 있는 땅이었다. 이날 저녁 등승은 너무도 기분이 좋아 평소 친하게 지내던 왕전, 이사, 몽염, 몽의를 내사부(內史府)에 초대하여 연회를 베풀었다. 그들은 등승에게 고향으로 갈 수 있어 좋겠다는 축하말을 하면서 즐겁게 술을 마시고 놀았다. 늦은 시각이 되어 사람들이 모두들 떠나고 내사부에 혼자 남은 등승은 뜰에 서서 달을 바라보며 옛날 일을 회상하였다.

등승의 고향은 태행산 지구였다. 겨울이 되면 태행산의 울창한 산록에는 큰눈이 석 자 이상이나 내려 인적이 끊어지곤 하였다. 일찍이 시인들은 이를 두고 '흩날리는 눈이 하늘을 덮는다(飛雪滿空來)'고 노래한 바 있었다.

등승이 여덟 살 때였다. 그해 겨울에도 태행산 지구에는 어김없이 큰눈이 내렸다. 등승은 찢어진 삼옷을 걸치고 지팡이에 몸을 의지한 채 힘겹게 태행산을 넘고 있었다. 그해 봄 그의 어머니는 기근을 이기지 못해 그만 세상을 떠났고, 혼자 남아 살아갈 길이 막막해진 등승은 집을 떠나 여러 고장을 떠돌아다니다가 그 겨울에 고향으로 오는 중이었다.

깊은 계곡을 지나온 세찬 바람은 쏟아지는 눈발을 사방으로 흩날리게 만들었다. 그해의 추위는 그때까지 등승이 경험했던 어떤 겨울보다 훨씬 더 심했다. 모진 북풍은 살을 저미는 듯, 뼈를 깎는 듯, 눈썹을 뽑아버릴 듯 세차고 매섭게 불어왔다.

「어머니가 살아계셨다면 아랫목에 누워 재미있는 이야기를 해주실 텐데.」

어린 등승은 추위에 온몸을 부들부들 떨며 계곡을 힘겹게 넘어갔다.

그의 아버지는 등승이 어머니의 뱃속에 있을 때 군대에 끌려간 뒤 돌아오지 않았다. 등승은 얼굴조차 모르는 아버지를 생각하다가 갑자기 이상한 인기척을 느끼고 사방을 둘러보았다.

「늑대다!」

회색빛 그림자가 멀리 숲속에서 어른거렸다. 등승은 두 눈을 부릅뜬 채 늑대를 만났을 때 부르면 두려움을 이길 수 있다고 전해지는 노래 하나를 흥얼거렸다.

북풍이 불고 눈꽃이 흩날린다
늑대들이 배고파 울부짖는다
두 눈을 부릅뜨고 노려보자
네 눈이 크면 네가 이긴다
내 눈이 크면 내가 이긴다
지지 말고 두 주먹을 불끈 쥐자
늑대야, 늑대야 내 눈이 크단다.

등승은 노래를 부르면서 가능한 한 몸을 낮춘 자세로 지팡이를 굳게 잡았다. 그는 사방을 둘러보며 큰 나무를 찾아보았다. 나무에 오르면 살 수 있기 때문이었다. 그렇지만 주변에는 올라갈 만한 큰 나무가 없었다.

다행히도 늑대는 한 마리뿐이었다. 등승은 더 이상 피할 수 없다고 판단하고 지팡이를 들어 늑대를 쫓기 시작했다.

「우우, 우우우……」

굶주림에 지친 늑대가 섬뜩하게 울부짖었다.

등승은 죽기 아니면 살기로 늑대의 공격에 대비하였다. 등승의 주위를 천천히 돌며 기회를 엿보던 늑대가 몸을 낮추더니 갑자기 그에게 달려들었다. 깜짝 놀란 등승이 늑대를 피하며 지팡이를 마구 휘둘렀지만 며칠을 굶은 탓인지 얼마 지나지 않아 힘이 다 빠져버렸다. 등승이 지팡이를 아래로 떨어뜨린 채 땅바닥에 쓰러지자 늑대가 쏜살같이 달려와 그

의 가슴을 올라타고 팔이며 다리를 마구 물어뜯기 시작했다. 순식간에
붉은 피가 등승의 옷을 흠뻑 적셨다. 가까스로 몸을 일으킨 등승이 뒷걸
음질을 치면서 지팡이를 흔들어댔지만 너무 힘이 없는 탓에 늑대에게는
조금도 위협이 되지 못했다. 두려움과 고통으로 등승의 몸이 덜덜 떨렸
다.

눈발은 더욱 심해졌다. 등승은 도저히 그대로 버틸 수가 없었다. 굶주
림과 추위, 공포가 뒤엉켜 등승을 절망으로 몰아넣었다. 늑대의 번쩍거리
는 푸른 눈이 눈 앞에서 어른거리자 그는 이를 악물고 다시 지팡이를 힘
차게 휘둘렀다. 그러자 늑대는 등승의 반항에 주춤하면서 허연 이를 드
러내며 으르렁거렸다. 마침내 등승은 더 이상 버티지 못하고 바닥에 털
썩 주저앉았다. 이제는 서 있을 힘조차 없었다. 늑대가 앞발을 들며 매섭
게 달려들었지만 등승은 삶을 포기하는 마음으로 그만 눈을 감았다.

얼마나 시간이 흘렀을까. 오랜 시간 어둠 속에서 헤매던 등승은 갑자
기 온몸이 따스해짐을 느끼며 서서히 눈을 떴다. 그의 눈에 옷가지가 걸
린 누런 벽이 희미하게 들어왔다. 등승은 눈을 번쩍 뜨고 주위를 두리번
거렸다. 낡고 협소했지만 바람과 눈발 정도는 능히 피할 수 있는 아늑한
방에 자신이 누워 있었다.

「이곳이 어디지?」

등승은 다시 한 번 방안을 둘러보았다. 그곳은 태행산의 민가에서 흔
히 볼 수 있는 토옥(土屋)으로, 땅을 깊게 파서 돌을 깐 다음 진흙으로
바닥을 매끄럽게 바른 후 땅 위에 사람 허리만큼의 높이로 흙벽돌을 쌓
아 만든 집이었다. 천정은 나뭇가지를 엮어 틀을 잡고 그 위에 풀을 얹
어 바람과 비를 피할 수 있게끔 하였다.

토방은 매우 누추했지만 약향(藥香)이 은은하게 배어 있었다. 등승의
눈에 방 한구석에서 노인 하나가 흙으로 구워 만든 화로에 약탕기를 올
려 놓고 약초를 달이는 모습이 들어왔다.

「할아버지, 깨어났어요!」

갑자기 등승의 뒤쪽에서 맑고 귀여운 목소리가 들려왔다. 돌아보니 아

주 귀여운 여자아이가 방긋 웃으며 등승을 바라보고 있었다. 그 아이는 손에 피리를 들었으며 머리에는 매화를 꽂고 있었다.

노인이 여자아이의 복소리에 고개를 돌리며 중얼거렸다.

「불쌍한 아이로구나. 다행히 늑대 한 마리만 만났기에 망정이지 늑대 떼를 만났으면 나도 어쩌지를 못했을 거다.」

노인은 등승을 바라보며 손으로 방 구석 쪽을 가리켰다. 심장에 화살이 꽂힌 늑대 한 마리가 방바닥에 쓰러져 있었다. 등승은 그제서야 이 노인이 자신을 구해준 사람임을 알았다. 등승은 노인에게 고맙다는 인사를 하려고 입술을 움직였지만 허기와 갈증 때문에 말이 나오지 않았다. 이런 모습을 본 노인이 얼른 바가지에 물을 따라 등승이 마실 수 있도록 곁에서 도와주었고, 잠시 후 등승은 조금쯤 생기를 되찾을 수 있었다. 노인이 이름과 출신을 묻자 등승은 울먹이면서 노인에게 자신의 처량한 신세를 모두 이야기했다. 그의 애기를 들은 노인이 안쓰러운 얼굴로 여자아이를 가만히 품에 안으며 말했다.

「이 아이는 내 손녀란다. 옛날에는 상당에 살았는데 이 아이의 애비, 에미가 모두 세상을 떠나는 바람에 여기저기 떠돌아다니고 있지. 이곳 태행산에는 작년에 왔는데 이렇게 조그만 토방 한 칸을 짓고 산단다. 이 아이는 능매라고, 너처럼 불쌍한 아이야. 내, 너를 버리지 않을 테니 이곳에서 우리와 함께 살지 않겠니?」

「아이, 좋아라. 그래요, 오빠, 이곳에서 같이 살아요.」

여자아이가 기뻐하며 손뼉을 쳤다. 그러자 등승은 눈물을 흘리며 노인에게 감사의 절을 올렸다.

지난날 자신을 구해준 이대퇴와 능매를 생각하던 등승은 다시 한 번 마음 깊숙이 다짐을 했다.

「이번 한나라 정벌에는 반드시 내가 가야 한다. 그래야 할아버지와 능매를 만날 수 있어.」

이렇게 마음을 다잡은 등승은 잠시도 그대로 앉아 있을 수가 없어 밤 늦은 시각이었지만 궁으로 들어갔다.

이날 밤, 영정은 복직한 지 얼마 되지 않은 승상 왕관과 정위 이사를 위시한 조정 대신들을 모두 함양궁으로 불러 한나라 정벌 작전을 짜고 있었다.

탁자에 지여도(地輿圖)를 펼쳐놓은 영정이 대신들에게 말했다.

「우리 진과 한은 국경이 맞붙어 있기 때문에 다른 나라에 앞서 반드시 먼저 멸망시켜야만 하오. 이것이 과인이 한의 정벌을 서두르는 첫번째 이유라면, 두번째 이유는 한나라의 지정학적 위치가 매우 중요하기 때문이오. 한나라는 북쪽으로는 연나라와 조나라에 붙어 있고, 남쪽으로는 형(荊)과 초나라에 이어졌으며, 동쪽으로는 제나라와 위나라에 연결되어 있으므로 한을 우리 손에 넣는 일이 천하통일의 열쇠가 될 것이오. 셋째, 한나라는 물산이 풍부한 땅이오. 경들도 잘 알겠지만 특히 완(宛), 등(鄧), 두 성은 천하가 알아주는 병기(兵器) 생산 도시지요. 이곳을 반드시 접수해야 하오. 마지막으로 한왕 안은 무능하고 겁이 많은 위인이라 일찍이 2년 전에 우리에게 신하국임을 자청하였소. 이로 볼 때 천하를 통일하기 위해서는 먼저 한나라를 치는 게 최선이오. 이 점에서 대해서는 대신들 또한 이견이 없으리라 보고 남은 문제는 누구를 대장군으로 파견하느냐, 이것 하나만 남았소. 경들이 과인에게 추천을 해주시오.」

평소 왕전을 존경하고 있던 이사는 천하통일의 업적은 반드시 왕전에게 돌아가야 한다고 생각해 왔었다. 한편 왕관은 몽무 장군과 친분이 있어 그에게 기대를 걸었다. 특히 몽무 집안은 3조(三朝;앞선 세 명의 왕) 이래로 장군을 배출한 명문가로 최고의 자격을 갖추었다고 생각하였다. 대신들 대부분이 이사와 왕관의 의견을 지지하는 쪽으로 갈라졌으며, 일부만이 양단화(楊端和)를 보내야 한다고 주장하였다.

그러나 영정은 세 사람 모두에게 마음이 없었다. 왕전은 군문에서 잔뼈가 굵은 장군으로 위관(尉官)에서부터 졸병에 이르기까지 존경을 한몸에 받는 인물이었다. 만일 그를 대장군으로 임명해 천하통일의 업적을 이루게 한다면 어쩌면 군왕인 자신보다 백성의 신망을 더 받을 가능성이 있었다. 그런 한편 몽무는 용감무쌍했지만 가끔씩 큰 실수를 벌이는 약점이 있었다. 특히 조고를 간첩으로 몰아세운 일은 영정에게 신임을 잃는 결정적인 계기가 되었다. 또한 양씨 형제는 몽무 집안처럼 장군 가문이었지만 그렇다고 그에게 천하통일의 공을 돌아가게 할 수는 없었다.

영정이 생각한 인물은 함양 내사 등승이었다. 등승은 충직하고 믿음직스러우며 절대로 다른 마음을 품지 않았다. 더욱이 사당(私黨)이 없다는 게 영정의 마음을 편하게 하였다. 문제는 그에게 다른 장군들과 같은 학식이 부족하다는 것이었다. 대신들은 영정의 숨은 뜻도 모르고 왕전이다, 아니다, 몽무를 보내야 한다고 떠들어댔다. 잠시 후 대신들의 의견을 모두 들은 영정이 자신은 등승을 추천하겠노라고 선언하였다. 그러자 이사가 제일 먼저 반대를 하고 나섰다.

「등 내사는 무예가 출중하여 그런 면에서는 소신도 그를 흠모하고 있사옵니다. 하지만 그는 금궁위사와 내사와 같은 궁내의 직책만 맡았을 뿐 야전 경험이 거의 없사옵니다. 그를 대장군으로 임명하는 것은 너무도 커다란 모험이옵니다.」

왕관도 고개를 가로저으며 이사의 의견에 찬동했다.

「대왕, 행군과 포진은 양치는 일과는 다르옵니다. 천문, 지리에 밝아야하거늘 등 내사는 이런 점을 하나도 갖추지 못했으니 다시 한 번 생각해 주옵소서.」

대신들이 이구동성으로 자신의 의견에 반대하고 나섰지만 영정은 조금도 화를 내지 않은 채 다시 입을 열었다.

「일찍이 과인은 등 내사가 한나라를 멸망시키는 일에 많은 연구를 해왔다는 이야기를 들었소.」

영정의 말이 끝나기가 무섭게 등승이 입궁했다는 보고가 들어왔다. 곧이어 등승이 대전에 들어서더니 무릎을 꿇자마자 소리쳤다.

「신 등승은 한왕이 남양의 여러 성을 바쳤다는 소식을 듣고 마침내 한나라를 멸망시킬 기회가 왔다고 생각하였사옵니다. 대왕, 절대로 이번기회를 놓치시면 아니 되옵니다. '과실이 익으면 따기 쉽고 꽃이 지면향기가 나지 않는다(瓜熟易爛花殘不香)'고 하였사옵니다. 반드시 한나라를 정벌해야 하옵니다.」

영정은 등승에게 자리를 권하며 전후 사정을 이야기하였다.

「과인은 이미 마음의 결정을 내렸소. 다만 이번 전투에 나설 대장군을 뽑아야 하는데 등 내사가 과인에게 한 사람을 추천해 보시오.」

「그러하시다면 소신이 마마를 위하며 견마지로(犬馬之勞)를 다하겠사옵니다.」

등승이 아무 주저 없이 이렇게 대답했다.

「하하하……」

영정은 20여 년이 지난 지금까지도 등승의 충직한 심성이 전혀 변하지 않았다는 사실에 더욱 흐뭇해져 큰소리로 웃었다.

「그대는 자기 자신을 추천한 바 있던 모수(毛遂) 같구려. 당시 모수는 평원군과 함께 초나라로 달려가 조나라와 연합하여 우리 진나라를 공격해야 한다고 주장했지요.」

「마마, 모수가 자천을 했는지, 제가 그와 같다는지 하는 일은 중요한 일이 아니옵니다. 지금 중요한 것은 오로지 하나, 한나라를 하루빨리 멸망시키는 일이옵니다.」

등승이 아주 당당한 목소리로 말했다.

「하하하, 대단한 기백이오. 마치 한나라의 운명이 등 내사의 손아귀에 있는 듯하구려. 그렇다면 과인이 묻겠소. 어떻게 한나라를 무너뜨리겠소?」

「마마께서 소신에게 늘 말씀하셨듯이 6국을 통일하기 위해서는 진(晉)을 삼분한 한, 위, 조의 삼진(三晉) 지역이 가장 중요하옵니다. 특히 삼진 지역 중에서도 한나라가 가장 중요하지요. 신이 생각하는 바로는, 나라를 세운 지 150여 년이 되어가는 한나라를 일거에 멸망시키기란 쉽지 않을 것이옵니다. 게다가 다른 나라의 지원이 있으면 더욱 어려울 테지요. '빠르게 하려다가는 오히려 도달하지 못한다(欲速不達)'는 말이 바로 이런 경우일 것이옵니다.」

등승은 잠시 말을 멈추더니 자신을 쏘아보고 있는 대신들을 한 차례 훑어본 뒤 다시 말을 이었다.

「소신의 견해를 말씀드리오면, 한나라를 멸망시키는 데에는 두 단계의 길이 있사옵니다. 먼저 남양에 군치(郡治)를 두고 힘을 키워야 하옵니다. 이곳은 서쪽으로는 관중으로 통하는 관문인 무관(武關)과 연결되었고, 동쪽으로는 강회(江淮;양자강과 회수)에 근접하여 초나라를 공략하는 거점이 되며, 남쪽으로는 한수를 따라 장강(長江)에 이르러 주걱 모양으로 남(南), 무(巫), 검(黔), 세 군과 연결할 수 있사옵니다. 그러므로 이곳을 기반으로 한나라를 멸망시킬 병력과 양식을 준비해야 하옵니다. 두번째 단계는 한왕과 신하, 조정과 백성의 사이가 갈라졌을 때 공격해야 한다는 것이옵니다. 〈손자병법〉에 이르기를 '매번 승리하는 부대는 먼저 승기를 조성하고 그 후에 전투를 치른다(勝兵先勝而後求戰)'고 하였는데 바로 이를 두고 하는 말이옵니다. 또한 '방비가 없는 틈을 공격하되 의외의 기습이어야 한다(攻其無備出其不意)'고도 하였사옵니다. 적이 생각하지 못한 틈을 이용하여 단숨에 양적을 쳐 함락시켜야 할 것이옵니다.」

「하하하, 등 내사는 병법에 통달했구려. 언제 뱃속에 그런 지식을 숨기고 다녔소? 언사도 흐르는 물처럼 거침이 없고, 대임을 맡겨도 안심이 되겠소」

영정의 태도에서 이사는 영정이 이미 등승을 대장군으로 보낼 결심을 굳혔다는 것을 알았다.

「등 내사, 마마께서 추천하신 타당한 이유가 있었군요」

눈치 빠른 이사가 얼른 등승을 칭찬하고 나섰다.

왕관은 등승의 유창한 말에 넋을 놓고 말았다. 그는 원래부터 등승과 교분이 없었으며, 항상 마음 속으로 등승을 무식장이라고 비웃고 있었다. 왕관은 등승이야말로 영정을 우직하게 따르는 강아지라고 생각했다. 하지만 이날 등승의 의견을 듣고 보니 그동안 생각했던 모습과는 전혀 딴판이었다.

등승의 유창한 언사, 논리정연한 주장, 강한 신념은 대신들을 단박에 사로잡았다. 더욱이 등승은 개인의 공명을 탐하지 않고 오히려 남양에 군(郡)을 설치하고 난 뒤 힘을 축적하여 출병해야 한다는 훌륭한 계획까지 마련해 놓고 있었다.

한참 동안 경이로운 눈으로 등승을 바라보던 왕관이 마침내 입을 열었다.

「등 내사의 고견은 정말로 훌륭하오.」

등승은 이사와 왕관에게 잇달아 찬사를 듣자 얼굴이 빨개져 몸둘 바를 몰라 했다.

「소신을 그렇게 보아주시니 한나라를 멸망시키는 일에 온몸을 다 바치겠습니다. 많은 도움을 주십시오.」

이런 광경에 영정은 크게 기뻐하며 등승에게 경하주를 하사하였다.

「등 내사는 너무나도 겸손하오. 과인은 등 내사의 청에 따라 남양군을 다시 세우고 그대를 그곳의 군수로 임명하겠소. 때를 보아서 한나라를 빨리 멸망시켜 주시오. 이것이 과인이 가장 바라는 바요.」

등승은 무릎을 꿇고 영정의 성지를 받았다. 이때 곁에 있던 이사가 다시 끼어들었다.

「등 내사, 한나라는 우리 진나라의 가슴을 겨냥하는 곳에 있어 항상 불안했소. 이 기회에 반드시 한나라를 멸망시켜 대왕마마의 한을 풀어주시오. 이전처럼 몇 개의 성만 빼앗는 전투는 이제 소용없지 않겠소? 이 몸은 천하통일의 대업을 등 내사가 제일 먼저 닦아주시기를 간절히 바랄 뿐이오.」

그러자 왕관도 이사에게 질세라 등승을 격려했다.

「진나라의 통일 대업은 등 내사의 한 몸에 달려 있소. 부디 위업의 첫 걸음을 잘 닦아주시오.」

이들의 당부에 등승은 연신 고개를 끄덕이며 영정이 하사한 경하주를 연거푸 들이켰다. 영정은 매우 기분이 좋은 듯 황문령에게 황금색 비단을 가져오라 명하고 등승에게 말했다.

「과인이 남양군의 군수에게 물건을 하나 주려하는데 무엇인지 알아맞

쳐 보시오.」

 등승은 황문령이 가져온 비단 속에 무엇이 들어 있는지 도저히 맞출 수가 없었다. 등승이 난감한 표정을 짓자 영정이 앞으로 나서며 비단을 걷었다. 그 속에는 비단주머니가 하나 놓여 있었는데 이를 본 등승이 깜짝 놀라며 영정을 바라보았다. 그 비단주머니는 영정이 항상 허리에 차고 다니던 물건이었다. 영정이 빙그레 웃으며 말했다.

 「그대에 대한 과인의 기대와 믿음을 표현한 것이니 잘 간직해 주시오.」

 등승이 군수로 부임하는 남양군은 진나라 소양왕 33년(BC 273년)에 설치된 군으로 전쟁이 빈번하게 벌어지는 지역이라 그동안 군(郡)의 편제가 제대로 이루어지지 못했다. 부임 초 등승은 영정의 지지를 받으며 군을 재건하는 데 온 힘을 쏟았다. 등승이 다시 설치한 남양군은 점차 그 지역이 확대되어 서북쪽으로는 복우산맥(伏牛山脈)에 걸쳤고, 중남부로는 물산이 풍부한 남양평원(南陽平原)을 아우를 수 있게 되었다. 또한 한나라와 위나라로부터 신속받은 숭산 남부의 광대한 토지를 군의 행정에 편입시켰고, 진혜문왕(秦惠文王) 5년(BC 320년)에 점령한 초나라의 상용(上庸) 지역도 군에 포함시켰다. 그에 따라 등승은 군치소(郡治所)를 남양군의 속현(屬縣)인 완현(宛縣)에 두었다.

 등승은 널리 인재를 선발하고 상벌을 엄격하게 집행하였으며 논밭을 개간하여 이주민에게 나누어 주었다. 그가 부임한 지 두 달이 채 지나지 않아 남양군은 이미 안정을 찾아가기 시작했다.

 등승이 해결해야 할 가장 큰 문제는 한나라 군이 설치한 험준한 동백산(桐栢山) 지역에 있는 여러 개의 관문과 두 개의 현성(縣城)을 탈취하고 그곳에 주둔하고 있는 한나라의 정예 부대를 섬멸하는 일이었다. 그동안 등승은 여러 차례 그곳을 공격하였지만 관문을 탈취하는 데 실패했다. 시간이 흐를수록 등승은 초조하고 다급해졌다.

 이날 아침, 전방에 나가 있던 도위가 등승에게 보고를 올렸다.

 「한나라에서 넘어온 예농(隸農;노예와 같은 처지의 농부)들이 종군(從

軍)을 허락해 달라고 왔습니다.」

당시 6국의 농민들은 부강한 진나라를 찾아 무수히 월경(越境)을 하곤 하였는데, 특히 예농들은 죽음을 무릅쓰고 경전(耕戰;평시에는 밭을 갈고, 전시에는 전투에 참가하는 정책)에 주력하는 진나라로 건너왔다. 이들은 대부분 접경 지대인 관중에 거주하며 이 지역의 생산력을 높이는 데 크게 기여하고 있었다.

등승은 수많은 예농들이 집단으로 군대에 들어오겠다는 보고를 듣자 직접 그들을 만나보고 싶었다. 조금 뒤 예닐곱 명의 건장한 청년들이 군수가 머무는 군치소의 대청으로 들어왔다. 이 대청은 군치소의 내전으로 사용하고 있었는데 과거에는 조상에게 제사를 지내던 신묘(神廟)였다. 한때는 주나라 신국(申國)의 조상묘였으며, 훗날 신나라가 초나라에 합병되자 이곳 신묘는 초나라의 완읍(宛邑)을 다스리는 관청으로 사용되었다. 그 뒤 진나라가 완읍을 점령하면서 이 신묘는 곧바로 폐쇄되었는데, 얼마 전 남양군의 군수로 부임한 등승이 다시 이곳을 남양군수부(南陽郡守府)로 개조하여 쓰고 있었다.

이곳 신묘는 군치소의 내전으로는 매우 깨끗하고 넓었다. 시위 무사들이 문 앞에 두 줄로 나란히 서 있는 모습이 아주 위용 있어 보였다. 한나라에서 도망온 예농들은 대청에 들어서자마자 벽에 걸린 커다란 흑룡 깃발의 장중함에 그만 압도되어 고개를 들지 못했다. 깃발 아래에는 묵직한 탁자가 자리하였고 그 위에 공무와 관련된 죽간들이 가득 쌓여 있었다. 대청 한가운데에서 위풍당당한 진나라의 대장군이 갑옷을 걸치고 팔짱을 낀 채 이들을 굽어보고 있었다. 그 모습에 예농들은 기가 질려 바닥에 털썩 무릎을 꿇었다. 등승은 이들을 찬찬히 훑어보았다. 그들은 한결같이 검게 탄 피부색에 손발이 우람하고 거칠었다.

「그대들은 모두 남양 사람들이오?」

등승의 질문에 예농들은 황급히 고개를 조아리며 그렇다고 대답했다. 등승의 낭랑하고 온화한 목소리가 계속 이어졌다.

「모두들 일어나시오. 이 사람이 그대들에게 가르침을 구할 게 있소이다.」

　등승의 말에 예농들은 서로 얼굴을 바라보며 영문을 모르겠다는 표정을 지었다. 이들을 일으켜 세운 등승은 그들의 얼굴을 하나씩 살펴보았다. 그러던 중 뒷줄에 서 있는 한 사내에게 눈길이 닿자 등승의 가슴이 쿵쾅거리기 시작했다. 그 예농은 등승이 어릴 때부터 허리춤에 차고 다녔던 대나무 피리를 지니고 있었다. 사내는 대장군이 자신의 허리춤에 있는 피리를 알아보자 속으로 중얼거렸다.

　'저 사람이 어떻게 이 피리를 보고 놀라지? 혹시 능매가 말하던 등 오라버니란 사람이 아닐까?'

　등승은 놀란 가슴을 진정시키고 얼른 제 정신을 차렸다.

　「다른 사람들은 모두 물러가도록 하고 피리를 가지고 있는 그대는 이리 가까이 와 보시오.」

　피리를 지닌 사내가 두렵고도 기대 어린 표정으로 등승에게 다가갔다.

　「그대는 이름이 무엇이오? 집은 어디이고, 그 피리는 누구에게 얻었소?」

　대장군의 떨리는 목소리에 사내는 눈 앞에 있는 이 사람이 틀림없이 능매의 오라버니일 것이라고 생각했다. 그는 얼른 허리춤에서 피리를 끌러 등승에게 건네주었다. 대나무 피리를 받아든 등승은 요모조모 살펴보았다. 그 피리는 분명 자신이 능매에게 정표로 준 바로 그 피리였다.

　「틀림없군. 여기 화살촉 그림이 새겨져 있는 걸 보니 그 피리야.」

　등승은 감격을 이기지 못한 채 피리를 입에 대고 불어보았다. 그러자 사내도 가만히 있지 못하고 그 피리소리에 맞추어 노래를 부르기 시작했다.

　　아빠는 우리에게 사냥을 나가래요
　　활을 메고 산으로 올라가요
　　제후들은 정벌에 나선대요
　　짐승떼도 무서워 도망가요

엄마는 우리에게 밭을 갈래요
가래를 메고 도랑을 지나요
제후들은 정벌에 나선대요
말발굽에 새싹들이 죽어요

밭에는 싹이 죽고 잡초만 무성해요
횃불은 끊이지 않고 남정네는 죽어가요
정벌은 어느 해나 끝을 맺을까요?
우리 백성은 언제 따사로운 햇볕을 쬘까요?

　등승은 피리를 불며 예농이 부르는 노래를 들었다. 그러자 더욱더 감
정이 격해지면서 태행산의 관도에서 헤어지던 그때의 광경이 눈 앞에
어른거렸다. 피리를 받으며 눈물을 흘리던 능매와 꼬리를 흔들면서 주인
과 헤어지기 싫다고 짖어대는 검둥이가 생각났다.
　등승은 입에서 피리를 떼고 예농에게 다시 물었다.
　「그대의 이름은 무엇이고 그 노래는 누구에게 배웠는가?」
　「장군, 초민(草民；백성이 자신을 낮추어 부르는 말)은 만량이라 하옵
고, 노래는 능매 아가씨에게 배웠습니다.」
　만량이 매우 조심스럽고 공손한 태도로 대답했다.
　등승은 실로 20여 년 만에 다른 사람의 입을 통해 능매라는 이름을 들
었다. 그는 떨리는 가슴을 진정시키지 못하고 한동안 눈을 감고 생각에
잠겼다. 눈 앞에 있는 만량이라는 사람이 능매의 소식을 알고 있다고 생
각하니 격동하는 마음을 진정시킬 수 없었다. 잠시 마음을 가라앉힌 등
승이 앞으로 걸어나가 만량의 어깨를 감싸 안으며 다시 물어보았다.
　「할아버지와 능매 아가씨는 어디에 살고 있소?」
　만량은 어깨를 짓누르고 있는 등승의 손에 통증을 느끼며 힘겹게 대답
했다.

「장군, 손의 힘을 풀어주십시오. 천천히 말씀드리겠습니다.」

만량의 말에 등승은 자신이 너무 흥분했음을 깨닫고 얼른 그의 어깨에서 손을 떼었다.

「초민이 사는 마을은 동백산의 주봉(主峰)에서 약 4리 떨어진 와호구(臥虎溝)라는 곳입니다. 마을에는 열세 가구가 살고 있는데 모두 장씨의 장원에 속해 있지요. 저희는 그다지 고달픈 삶을 살아가고 있지는 않습니다. 평소에는 밭을 갈고 부역을 나가며 일 년 내내 바삐 살고 있지요. 초민은 호적에 오르지 않은 객호(客戶;떠돌이 백성)로 몇 년 전에 한나라에 들어왔다가 이 할아버지와 능매 아가씨의 도움으로 그곳에서 살게 되었습니다.」

「그러면 할아버지와 능매도 예농이란 말이오?」

등승은 그때까지 이대퇴가 세상을 떠돌아다니는 몸이지만 예농이 아닌 평민 신분으로 알고 있던 참이었다.

「예농이 아닙니다. 어르신께서는 장씨를 대신하여 남양의 명산인 국화를 길러 관에 바치는 일을 하고 계셨습니다. 또한 양을 치기 위해 와호구로 옮겨 그곳에서 두 분이 함께 살고 계셨지요. 아까 그 노래도 능매 아가씨가 가르쳐 주어 그곳에 사는 사람들은 모두 부를 줄 안답니다.」

만량의 말에 등승은 능매가 양을 치는 모습을 떠올리며 눈물을 떨구었다. 만량은 등승이 이대퇴와 능매를 잊지 못하는 모습에 감동하였다.

「이 대나무 피리는 능매 아가씨가 그대에게 준 것이오?」

「그렇습니다.」

만량이 시원스럽게 대답했다.

「얼마 전 관부에서 곧 전쟁이 일어날 것이니 동백산 지구의 백성과 예농들은 주인을 따라 안쪽으로 옮기라는 명령이 내려졌고, 열다섯에서 예순 살까지의 사내는 남아 군대에 편입되었습니다. 하지만 한왕의 명령을 받고 싶지 않은 사람은 어르신의 뜻에 따라 진나라로 도망왔습니다. 이때 능매 아가씨는 이 피리를 저에게 주면서 절대로 모르는 사람에게는 주지 말라고 신신당부하셨습니다.」

「그렇다면 이곳에서 살고 있겠구나. 만량, 이리 좀 오시오.」

등승은 떨리는 목소리로 만량을 부른 뒤 탁자 앞으로 그를 끌었다. 탁자에는 커다란 지도가 펼쳐져 있었다. 등승이 지도를 가리키며 물었다.

「와호구는 어디쯤 되오?」

한참 동안 지도를 살펴보던 만량은 잠시 후 지도가 눈에 익자 얼른 한 지점을 손가락으로 가리키며 대답했다.

「응비애(鷹飛崖)가 이곳이니 바로 이 아래가 와호구입니다.」

그러자 등승은 눈썹을 찌푸린 채 무언가 골똘히 생각했다. 이를 지켜보던 만량이 입을 열었다.

「장군, 이곳에 있는 사람들은 조만간 한나라 군대에 이끌려 떠나게 될 것입니다. 빨리 가지 않으면 찾으시는 분들을 영원히 찾지 못할 수도 있습니다.」

만량이 등승보다 더 다급하게 말했다. 사실 만량에게는 맹상(孟湘)이라는 연인이 있었는데 그녀 또한 와호구에 있었다. 만일 이번에 헤어지면 어느 때 다시 만나게 될지 아무 기약도 할 수 없는 노릇이었다.

등승은 등승대로 병력 동원을 생각하며 곰곰이 작전 계획을 세웠다.

「완현에서 응비애까지는 거리가 얼마요?」

등승이 고개를 들고 만량에게 물었다.

「그곳으로 가는 좁은 산길이 하나 있습니다. 매우 험한 길인데 그 위에서 한나라 병사들이 지키고 있지요. 한나라 군의 가장 무서운 무기는 노(弩)라고 하는 활입니다.」

「거래(距來)라고 불리는 궁노(弓弩)를 말하는 거요?」

「그렇습니다. 그 궁노는 남산에서 나는 대나무로, 화살촉은 쇠로 만들어서 아주 예리합니다. 땅바닥에 받친 채 쏘는 궁노는 서너 명이 잡아끌어 화살을 고정시키는데 사정 거리가 무려 6백 보입니다. 한나라 사람들은 적군을 막을 수 있는 무기라고 해서 거래라고 부르지요.」

만량의 설명은 한나라의 전력을 알아보는 데 많은 도움을 주었다.

「거래가 비록 무서운 무기라고 하지만 기병(奇兵)을 활용하여 우회하면 그 문제는 해결될 것이니 걱정하지 않아도 되오.」

등승이 이렇게 만량을 안심시키더니 고개를 돌려 밖에다 대고 소리쳤다.

「이 도위를 불러오라!」

잠시 후 건장한 청년 무사 한 명이 대청으로 들어왔다. 그는 키가 아주 크고 몸집이 우람했으며 두 눈에서 강렬한 빛이 쏟아지고 있었다. 굳게 다문 입술은 그의 용맹성과 과감성을 말해주는 듯했다. 그는 진나라의 청년 장교 가운데 가장 유명한 이신이었다.

등승이 이신에게 자리를 권한 뒤 지도를 가리키며 말했다.

「이 도위, 그대는 지금 당장 전군(前軍)을 이끌고 오늘밤 삼경에 일어나 식사를 마치고 오경에 여기 만량이라는 청년을 따라 응비애를 점령하시오. 반드시 적의 퇴로를 끊어야 하오.」

이신이 곁에 서 있는 만량을 힐끗 보더니 우렁찬 목소리로 대답했다.

「알겠습니다. 일체의 착오가 없도록 하겠습니다!」

만량은 일찍이 이렇게 시원스럽고 기개가 넘치는 청년 장군을 보지 못했다. 그는 믿음직스러운 이신의 뒤를 따라 대청을 빠져나갔다.

19

등승과 능매의 혼례

함양 내사이자 남양군 군수인 등승은 마침내 진왕 영정 17년(BC 230 년) 봄에 한나라를 정복하기 위한 전쟁을 시작했다. 그해 봄, 와호구는 여느 해의 봄날처럼 산과 들에 푸른 들풀과 들꽃이 가득가득 피어 있었 다. 산골짜기마다 지천으로 핀 진달래, 개나리, 금앵자화(金櫻子花), 복숭 아꽃이 보는 사람의 마음을 황홀하게 만들었고, 우순초(牛脣草), 무울자 (蕪蔚子), 용력초(龍力草)와 같은 들풀도 바위와 나무 밑 틈새에서 싹을 틔우며 힘찬 생명력을 발산하고 있었다.

매일 아침마다 옹비애 바로 아래 계곡에 자리한 오두막에서는 가느다 란 연기가 솟아오르곤 했는데 금방이라도 쓰러질 것 같은 누추한 나무 집에서 이대퇴와 능매가 오손도손 살고 있었다. 이날 아침에도 평소 때 와 마찬가지로 이대퇴가 밥을 짓는 동안 능매는 양을 몰고 계곡으로 나 갔다. 능매는 와호구의 아름다운 계곡물을 바라보며 노래를 부르기 시작 했다.

오라버니는 싸우러 나갔어요
산을 넘고 언덕을 넘어갔어요

오라버니는 언제야 오시나요?
저녁이 되면 양들도 돌아와요
오라버니는 어디서 싸우고 있을까요?
찢어지는 이 가슴은 어찌해야 하나요?

능매의 노래는 절절이 슬픈 가락이었다. 그러나 양들은 그녀의 노래에는 아랑곳없이 한가롭게 물을 마시고 풀을 뜯었다.

「능매야, 돌아오너라!」

멀리서 이대퇴의 목소리가 들려왔다. 이대퇴는 뜨끈뜨끈한 야채죽을 준비한 채 능매를 기다리고 있었다. 능매가 들어와 앉자 그는 그녀의 눈가에 맺힌 눈물을 발견하고는 위로의 말을 건넸다.

「또 등와를 생각했구나. 너무 성급하게 생각하지 말거라.」

이대퇴의 말은 조용하고 따스했지만 능매의 가슴을 다독거려 주지는 못했다.

「자, 어서 먹자꾸나, 기운을 내야지. 이제 양떼를 장씨에게 건네주고 이곳을 떠나자. 조만간 한나라와 진나라가 이곳 와호구를 사이에 두고 싸움을 벌인다고 하더구나. 아, 이제는 어디로 가야 하나!」

죽을 먹던 능매가 이대퇴의 쓸쓸하고 안타까운 표정에 눈물을 흘렸다.

「자, 능매야, 울지 말고 얼른 우리도 짐을 챙겨야지.」

아침 식사를 끝내고 밖으로 나간 능매는 깜짝 놀랐다. 와호구에 사는 사람들이 벌써 짐을 다 꾸리고 떠날 채비를 하고 있었다.

「어르신, 빨리 떠납시다!」

「아가씨, 어서 짐을 꾸려요!」

멀리서 맹상이 능매에게 손짓을 했다. 그러자 능매가 두 손을 나팔처럼 모으고 힘껏 소리쳤다.

「맹상, 먼저 떠나! 뒤따라갈게!」

능매는 얼른 방문을 닫고 이대퇴에게 말했다.

「할아버지, 맹상인데요, 모두 떠난대요.」

그 말에 이대퇴는 한숨을 쉬고 방문을 열면서 중얼거렸다.

「이제는 우리도 이곳을 떠나야 하는가 보구나.」

능매는 이대퇴의 모습에 다시 울먹였다.

「할아버지, 우리는 떠나지 말아요. 등 오라버니가 틀림없이 찾아올 거에요.」

「누구한테 소식을 들었느냐?」

이대퇴가 눈을 크게 뜨고 물었다.

「아니에요. 어젯밤 꿈에서 오라버니를 만났어요. 마치 바로 옆에 와 있는 느낌이었어요.」

이 말에 이대퇴는 두 눈을 꼭 감았다.

「우리는 이렇게 등와를 생각하고 있는데 그 아이는 어떤지 모르겠다. 아직까지 소식이 없는 걸 보면 우리를 잊은지도 모르겠어. 능매야, 이곳은 곧 전쟁이 일어날 지역이니 빨리 피해야 한다.」

두 사람은 하는 수 없이 대충 짐을 꾸리고 방을 나섰다. 두 사람이 계곡을 빠져나갈 무렵 호각소리가 요란하게 들리더니 멀리서 수많은 깃발이 춤을 추듯 나타났다. 두 사람은 더 이상 앞으로 나가지 못하고 계곡 근처에 있는 동굴로 몸을 피하였다.

얼마 후 병사들이 와호구로 내려왔다. 그들은 계곡 주변을 살피며 이대퇴와 능매가 있는 쪽으로 다가왔다.

「장군, 이곳이 바로 와호구입니다.」

「와호구라, 좋다, 나는 이곳에 진을 치겠다. 그리고 좀전에 두 명의 그림자를 본 것 같은데 진나라의 척후병인지도 모르니 수색해서 잡아오너라.」

「예, 알겠습니다.」

병사들의 발자국 소리가 동굴 입구에 이르렀을 때 또 다른 소리가 들려왔다.

「장군, 진나라의 선봉 부대가 응비애에 도착했다고 합니다.」

「제기랄, 이렇게 빨리 오다니!」

한나라 장군은 매우 다급하면서도 신경질적으로 명령을 내렸다.

「이곳 계곡은 방어하기가 좋으니 병력을 둘로 나누어 진을 치도록 하라!」

이대퇴와 능매가 숨어 있던 동굴은 쉽게 발견되었다. 한나라 병사들은 두 사람을 묶어 동굴 밖으로 끌고 나갔다.

병력을 곳곳에 배치한 한군 대장은 부하들이 금세 굴 속에서 이대퇴와 능매를 찾아 체포해 오자 병사들을 칭찬하며 아주 기분좋은 웃음을 터뜨렸다.

「하하하, 수고했다. 너희들의 공을 기억하고 있겠다.」

대장이 눈길을 이대퇴에게 돌리며 엄하게 소리쳤다.

「노인, 누가 그대를 이곳에 파견하였는가? 목적은 무엇이지? 목숨이 아깝거든 빨리 말하거라!」

이대퇴를 위협하던 한군 대장은 그 곁에서 두려움에 부들부들 떨고 있는 능매를 음흉하게 쳐다보았다.

「저희들을 조사하면 사실이 곧 드러날 겁니다. 저희는 그저 하루하루 힘겹게 살아가는 한나라의 백성일 뿐입니다. 저쪽 계곡에 가면 우리가 살던 집이 있습죠.」

이대퇴는 계곡 쪽으로 손가락을 가리키며 한 손으로는 떨고 있는 능매의 손을 잡았다.

「이 아이는 제 손녀인데 함께 장 전주(田主;장원의 주인)를 대신하여 양을 치고 있습니다. 믿지 못하신다면 조사해 보십시오.」

「그렇다면 내 노인장에게 몇 가지 물어보겠소. 이곳 와호구에는 언덕이나 산길이 얼마나 있으며 또한 응비애까지는 거리가 어느 정도 떨어져 있지?」

「와호구에는 모두 열두 개의 언덕이 있으며, 산 좌우로 오른쪽에 일곱 개, 왼쪽에는 다섯 개 길이 나 있습니다. 그리고 골짜기 끝에서 시작해서 응비애까지는 산길로 대략 사오 리쯤 되지요.」

한나라 대장의 질문에 이대퇴는 조금도 거침 없이 명쾌하고 당당하게 대답했다. 이대퇴의 답에 한군 대장은 그가 적군의 첩자가 아님을 알고 입가에 음험한 미소를 지었다.

「됐다. 이제 노인은 가도 좋고, 아가씨만 이곳에 남도록 한다.」

「할아버지!」

대장의 말에 능매가 깜짝 놀라 크게 소리쳤다. 그러자 병사들 몇 명이 뛰어오더니 능매에게 달려들어 팔 다리를 붙잡고 공중으로 번쩍 끌어안아 올렸다. 그녀는 죽을 힘을 다하여 끌려가지 않으려고 발버둥을 쳤다. 그런 광경에 이대퇴는 미친 듯이 병사들에게 달려들어 능매를 구해내려고 안간힘을 썼다.

「이 늙은이가 감히 군법을 어기려 하다니!」

이대퇴가 병사들을 헤치고 들어가자 병사 한 명이 이대퇴의 앞길을 막으며 버럭 소리를 질렀다. 이대퇴는 비록 늙은 몸이었지만 아직 장정 일이십 명 정도는 밀치고 들어갈 만한 힘이 있었다. 하지만 수십 명이 일제히 자신에게 달려드는 바람에 이대퇴는 더 이상 어쩌지를 못하고 일방적으로 두들겨 맞았다. 그러던 중 갑자기 목덜미에 커다란 타격을 받은 이대퇴는 그만 실신을 해 언덕 밑으로 굴러떨어졌다.

한편 등승은 한나라를 공격하기에 앞서 도위 이신을 선발 부대로 보낸 뒤, 자신은 중군을 이끌고 신속하게 한나라 군영으로 돌진했다. 등승은 남다른 흥분과 기대를 가슴에 품고 힘차게 말을 몰았다. 그의 마음은 이미 와호구로 날아가 있었다. 그런데 중군이 와호구 근처에 이르렀을 무렵 미리 보냈던 척후병이 급히 돌아와 보고를 올렸다.

「대장! 와호구는 이미 한나라 군대가 점령했습니다.」

이에 등승은 곧바로 진격을 멈추고 진형을 공격 대형으로 바꾸라고 지시했다. 이때 선발 부대가 이미 웅비애를 점령했음을 알려왔다. 그러자 등승은 와호구에 있는 한나라 군대를 공격하라는 명령을 전군(全軍)에 내렸다. 곧 와호구의 계곡을 사이에 두고 한군과 진군이 첨예하게 대치하였다.

강력한 진군의 기세에 놀란 한나라 장군이 병사들에게 소리쳤다.

「이번 전투에서 승리하면 본 장군은 그대들에게 연도(沿道)에 있는 아가씨들을 상으로 내리겠노라.」

그의 말투는 음흉하기 짝이 없었다.

그러나 한나라 병사들은 이미 전의를 상실한 뒤였고, 더욱이 갑자기 뒤쪽에서 북소리가 요란스레 울려퍼지면서 수많은 깃발들이 바람에 날리는 구름떼처럼 모여들자 더욱 두려움에 떨며 달아날 눈치만 보았다. 이미 응비애를 점령한 선발 부대장 이신은 병력을 나누어 와호구의 요충지를 점거한 다음 등승을 도와 한군의 배후를 공략하기 위해 진형을 갖추었다.

최상의 공격 시점이 되었다고 판단한 등승은 전군에 공격 명령을 내렸다. 그러자 한군과 정면으로 대치하고 있던 진군의 정예 병력이 일시에 공격을 시작하였다. 앞뒤로 진의 병력과 맞닥뜨린 한군은 거래라는 궁노를 사용했지만 적과의 거리가 너무 가까워 그다지 효력을 보지 못했다. 우왕좌왕하며 어쩔 바 모르던 한군은 금세 전열이 흐트러졌고 막강한 힘을 자랑하는 진군의 공격을 도저히 막아낼 수가 없었다. 진군에 의해 동백산 방어선이 순식간에 뚫리는 것을 본 한군 대장은 후퇴하라는 명령도 제대로 내리지 못한 채 능매를 말에 태우고 달아나기 시작했다. 그러자 이를 본 부장들과 병사들도 너나 할 것 없이 모두 뒤꽁무니를 뺐다. 대장과 부장들이 도망친 한군은 일시에 혼란 속으로 빠져들었다.

그런 속에서 실신해 있던 이대퇴가 서서히 정신을 차렸다. 그 주변에는 한나라 병사들의 주검이 너덧 구 널부러져 있었다. 불현듯 능매 생각이 난 이대퇴는 그대로 누워 있을 수가 없어 간신히 몸을 일으켜 사방을 훑어보았다. 일어나 보니 계곡 여기저기에는 한나라 병사들의 시체가 가득했다. 그때 멀리서 수십 명의 병사들의 호위를 받으며 진나라 대장군이 이대퇴가 서 있는 곳으로 다가오고 있었다.

그를 뚫어지게 바라보던 이대퇴가 자신도 모르게 중얼거렸다.

「아, 등와다. 걷는 모습이 틀림없이 등와야.」

이렇게 확신한 이대퇴가 혼신의 힘을 다하여 그를 불렀다.

「등! 와!」

병사들과 함께 한군을 추격하면서 사방을 둘러보던 등승은 자신의 어린 적 이름이 들려오자 깜짝 놀라 눈을 크게 뜨고 계곡을 살펴보았다. 이대퇴는 이대퇴대로 등승이 점점 자기가 앉아 있는 곳 가까이로 다가오자 더욱 힘을 쓰며 그의 이름을 불렀다. 드디어 등승은 바위 틈에서 피투성이가 된 채 자신의 이름을 외치고 있는 그를 발견하였다.

「할아버지!」

이대퇴를 발견한 등승은 얼른 말에서 내려 그를 덥썩 끌어안았다. 등승의 눈에서는 하염없이 눈물이 흘러내렸다. 목이 메여 등승을 바라보던 이대퇴가 그의 손을 꼭 쥐었다.

「나보다도 먼저 능매를 구해야 한다. 한군 대장이 그 애를 끌고 갔어. 그 자는 검은 말을 타고 있단다.」

등승은 능매를 구하기 위해 무예가 가장 뛰어난 장수 몇 명과 함께 한군 대장의 뒤를 쫓기 시작했다. 와호구는 이미 진나라 병사들이 대부분 점령하였고 후퇴하는 한군을 무차별 공격하는 중이었다.

한군 대장의 품에 안겨 어디론가 끌려가던 능매는 정신을 차리고 자신이 처한 상황을 생각해 보았다. 전후 사정을 보아서는 틀림없이 진군의 추격이 가까이 다가오고 있는 게 틀림없었다. 이렇게 판단한 능매는 모험을 하기로 결심하였다. 어차피 한군 대장에게 끌려가서 능욕을 당할 바에는 탈출을 하다가 죽는 게 차라리 낫다고 생각했던 것이다. 능매는 손목이 밧줄로 꽁꽁 묶여 손을 사용할 수 없었지만 있는 힘을 다해 몸부림치며 한군 대장을 밀쳐내고는 땅바닥으로 굴러떨어졌다. 한 손으로 말고삐를 잡고 다른 한 손으로 능매를 감싸 안았던 한군 대장은 능매가 갑자기 온몸을 뒤흔들어대자 그녀를 안았던 손을 풀고 말았다. 달리는 말에서 떨어진 능매는 짐짝처럼 길 한가운데에서 나뒹굴렀다. 한군 대장은 너무나도 급작스런 상황에 함께 달아나던 부하들에게 소리쳤다.

「진군이 우리 뒤를 바로 쫓고 있다. 볼 것 없이 처단하라!」

그는 이렇게 소리치더니 뒤도 돌아보지 않고 바람처럼 앞으로 내달았다. 곧이어 한나라 병사 한 명이 말에서 내려 능매에게 다가섰다. 그녀는 있는 힘을 다해 자리에서 일어나 왔던 길로 힘껏 달려가기 시작했다.

「아!」

정신없이 뛰어가던 능매가 그만 돌부리에 걸려 넘어지자 뒤쫓던 한군 병사가 엎어져 있던 그녀의 심장에 칼을 겨누었다. 그가 하늘 높이 칼을 치켜들자 능매는 질끈 눈을 감았다. 순간 그녀의 머리 속에는 등승의 얼굴이 떠올랐다.

「픽!」

「으윽!」

갑자기 비명소리가 나더니 누군가 그녀 곁으로 쓰러지는 소리가 들렸다. 능매는 얼른 눈을 떴다. 자신에게 칼을 겨누던 한군 병사가 피를 흘리며 쓰러져 있었다. 능매는 깜짝 놀라 두리번거리며 주위를 바라보았다. 진나라 병사들이 말을 탄 채 그녀를 내려다보고 있었다. 그들을 죽 둘러보던 능매의 눈이 한 사람을 보는 순간 번쩍하고 빛을 발하였다. 대장군인 듯한 차림을 한 그 사람을 뚫어지게 쳐다보던 능매는 온몸에 전율을 느끼며 그를 다시금 바라보았다.

「아, 등 오라버니! 그렇죠?」

능매의 말에 등승 또한 뛰는 가슴을 진정하지 못하고 말에서 뛰어내려 그녀를 가슴에 안으며 소리쳤다.

「능매, 그래 나다! 바로 나다!」

능매는 등승의 품에 안겨 기쁨의 눈물을 흘렸다. 등승이 웃음 가득한 얼굴로 그녀를 바라보며 말했다.

「능매, 이제는 다시 헤어지지 말자. 자, 먼저 상처를 치료하고 쉬도록 해라. 나는 적군을 추격해야 하니 먼저 돌아가 있어.」

등승은 측근 시위에게 능매를 안전하게 후방으로 인도하라고 지시한 후 곧바로 말에 올라 앞으로 달렸다. 능매는 등승의 늠름한 모습을 보면서 감격의 눈물을 떨구었다.

이날 밤이 늦어서야 등승은 중군의 막사로 돌아왔다. 이번 공격으로 진군은 시력(時力)과 거래로 무장한 한군의 동백산 방어망을 무너뜨리며 한나라의 주력군을 괴멸시켰다. 특히 이신은 한군 대장과 부장들을 참살하는 전과를 올렸다. 이날의 전투는 진나라가 천하를 통일하는 대업의 첫걸음을 장식하는 중요한 싸움이었다.

중군의 막사에는 이대퇴, 능매, 만량, 맹상이 등승을 기다리고 있었다. 그 중에서도 능매는 꿈만 같은 등승과의 재회에 아직 정신을 차리지 못한 상태였다. 막사로 들어온 등승은 먼저 이대퇴의 상태부터 살펴보았다. 이대퇴는 등승의 우람한 체격과 씩씩한 기개를 보며 지난날 자신이 조나라 교위로 있던 시절을 떠올렸다.

「늠름하구나, 등와야! 듣자 하니 진나라에서는 사람의 머리를 얼마나 베었느냐에 따라 등급이 올라간다고 하던데 너는 몇 사람의 목을 베었느냐?」

등승은 이 말에 할아버지 이대퇴의 성품이 여전하다는 것을 느꼈다.

「우리는 일반 백성은 건드리지 않습니다. 아까 흑마를 타고 도망다니던 그런 자들을 모두 잡아들여 씨를 말릴 뿐입니다.」

이때 진나라 병사들이 욱금향(郁金香)과 작약뿌리를 바구니에 담아가지고 들어오자 등승이 이를 받아 이대퇴에게 건네며 말했다.

「할아버지, 이 약초를 달여 드시면 상처가 빨리 아물 거에요.」

「그래, 아직도 이런 걸 잊지 않고 있다니……」

등승은 얼굴을 붉히며 이번에는 능매에게 들꽃을 한묶음 건넸다.

「능매는 꽃을 좋아했지. 네가 좋아하는 금계화(金桂花)와 작약은 아직 피지 않는 계절이라 이 꽃으로 대신했어.」

능매는 등승의 말에 부끄러운 듯 고개를 숙였다. 보통 금계화나 작약은 연인에게 사랑을 고백할 때 주는 꽃이었다. 능매는 등승에게 그런 말을 듣자 너무나도 기쁘고 부끄러워 고개를 들 수 없었다.

능매는 가느다란 목소리로 겨우 입을 열었다.

「등 오라버니, 아름다운 꽃을 주셔서 고마워요. 그 마음, 영원히 간직하겠어요.」

이대퇴가 흐뭇한 표정으로 등승과 능매를 번갈아보았다. 그때 밖에서 병사가 들어오며 등승에게 두루마리 하나를 전했다.

「대왕마마의 성지가 도착하였습니다.」

이 말에 등승은 북쪽으로 몸을 향해 절을 하고는 공손한 태도로 두루마리를 받았다. 그는 봉니(封泥;문서를 함부로 뜯지 못하게 진흙으로 봉인한 것)를 뜯은 다음, 두루마리를 펼치고 조용히 그 내용을 읽었다.

'남양군 군수의 이번 승리에 과인은 심히 기쁘오. 이번에 빼앗은 지역의 백성들은 모두 관부(官府)에 적을 올리고 생업에 종사토록 힘써 주기 바라오. 과인은 하루빨리 한추(韓酋;한나라 임금을 낮추어 부르는 말)를 붙잡고 그 백성을 진나라의 호적에 올리고 싶을 뿐이오. 군수는 마땅히 왕실의 덕망을 잃지 않도록 정사에 힘써 주시기 바라오.'

진왕 영정의 성지를 읽은 등승은 이대퇴와 능매를 바라보며 맹세했다.

「신 등승은 결코 마마의 보살핌에 어긋나지 않도록 최선을 다하겠사옵니다.」

잠시 후 이대퇴가 등승에게 물었다.

「대왕이 바로 그때 태행산에서 보았던 그 왕손이더냐?」

「그렇습니다.」

「무척이나 영명해 보이시더니만 역시 명군(明君)이로구나. 이제 우리는 안심해도 좋겠다.」

그러자 능매가 맹상의 손을 살며시 잡으며 말했다.

「만량은 등 오라버니를 따라 종군하고 싶어 하는데 그대로 놓아줄 거야?」

「떠난 화살은 다시 오지 않는다고 했어요. 언니의 경우를 보더라도 저는 결코 그렇게 하지 않을 거예요.」

이렇게 말하며 맹상은 만량을 노려보았다.

다음날 이른 아침, 이대퇴와 만량, 능매, 맹상은 병사들의 호위를 받으며 와호구를 떠나 함양으로 거처를 옮겼다. 그 시각 등승의 대군은 한나라를 다시 공격하기 시작했다.

한나라의 멸망은 시간 문제였다. 진왕 영정 17년(BC 230년) 늦봄, 마침내 한나라는 등승이 이끄는 진군에 의해 멸망을 당하였다. 한경후(韓景侯)가 주(周)의 위열왕(威烈王)으로부터 제후로 책봉을 받은 때부터 시작해서 173년 만에 한안왕은 양적에서 등승에게 항복을 하고 말았다.

등승은 한안왕을 영성(郢城)에 감금하고, 이미 각지로 달아난 한나라의 왕족, 대신, 귀족들을 추적하였다. 며칠 지나지 않아 그 사람들 대부분이 모두 잡혀서 진나라의 함양으로 이송되었는데, 아직 체포하지 못한 이들 가운데에는 당시 세상에 이름을 널리 떨치고 있던 장량(張良)과 그의 동생이 섞여 있었다. 등승은 각 관문과 나루터에 군사를 파견하여 그들을 잡는 데 주력했다.

장량의 집안은 역대로 한나라의 승상을 지낸 바 있는데, 특히 그의 조부인 장개(張開)는 한소후(韓昭侯), 선혜왕(宣惠王), 양애왕(襄哀王) 3대에 걸쳐 승상을 지냈으며 부친인 장평(張平)은 한소왕(韓昭王), 도혜왕(悼惠王) 때에 승상을 지냈었다.

장량은 동백의 두 현이 진군에게 함락되었다는 소식에 한숨을 길게 내쉬며 탄식했다.

「진나라에서 우리 집안을 가만히 놔두겠는가. 잠시 몸을 숨긴 후 다시 때를 기다릴 수밖에.」

장량은 곧바로 동생과 함께 양적을 떠나기로 결심하였다. 그러나 진나라의 진격은 의외로 빨랐다. 그들은 하는 수 없이 경기(京畿;서울 근교) 지역을 벗어나지 못하고 양적에서 70여 리 떨어진 조그마한 산골 초가에 몸을 숨겼다. 이곳 초가집은 상수(商水)에서 가까운 거리에 위치한 곳으로 장량은 기회가 오면 상수에서 배를 타고 초나라의 수춘으로 몸을 피할 생각이었다. 두 사람은 일단 이렇게 마음을 굳히자 편하게 휴식을 취하였다.

장량은 어려서부터 한왕의 총애를 받으며 자랐다. 그는 자신의 봉읍에서 거두는 쌀만 일 년에 만 석이 되었으며 집안에 하인이 3백 명이 넘었고 창고에는 곡식과 재물이 가득하여 호사스런 생활을 즐겼다. 하지만 그는 그 며칠 동안 도망다니느라 제대로 음식을 먹지 못했다. 장량은 촌노(村老)에게 음식을 부탁하고 약을 구하기 위해 마을로 나갔다. 얼마 가지 않으니 조그마한 촌락이 나타났다. 마을로 들어가는 길은 그리 넓지 않았으나 돌을 깔아 평평하였고 길 양쪽으로 스무 채 가량의 점포가 자리하였다. 약포(藥鋪;약초를 파는 가게)는 가장 끄트머리에 있었다.

장량은 재빨리 약포로 들어갔다. 어두침침한 가게 안에서 꾸벅꾸벅 졸고 있던 주인은 장량이 들어서자 자리에서 벌떡 일어나며 그를 맞이했다. 장량은 한눈에 약장을 훑어보았다. 하지만 지혈에 필요한 지황(地黃), 황정(黃精)과 같은 약초는 눈에 띄지 않았다. 그는 할 수 없이 한기(寒氣)를 이겨내는 주사(朱沙), 생강(生姜), 시체(柿蔕)만 약간 샀다. 장량이 약포를 빠져나와 몇 발짝 가고 있는데 멀리서 말발굽 소리가 요란하게 들려왔다. 그 소리에 장량은 황급히 약포로 되돌아와서 얼른 문을 닫았다. 창문으로 보니 진나라 병사들이 말을 타고 쏜살같이 촌락을 지나가고 있었다. 그런 장량의 모습에 약포 주인이 빙그레 웃으며 말했다.

「무엇을 그리 놀라십니까?」

새파랗게 질린 장량이 두려운 눈으로 약포 주인을 바라보았다.

「이곳에 무슨 일이 일어났습니까?」

「하하하, 거리에 방(榜)이 붙어 있는 걸 보지 못하셨습니까? 백성들은 편안히 생업에 종사하되, 두 장씨 공자를 잡는 데 협조하면 상금으로 5백 금을 내린다고 하였습니다.」

「아!」

장량은 약포 주인 몰래 한숨을 내쉬었다. 그런 장량의 모습에 범상치 않음을 느낀 약포 주인이 새삼 그의 얼굴을 천천히 훑어보았다

「손님은 아주 맑고 깨끗한 용모를 지녔기에 다른 사람의 눈에 띄기 쉽겠습니다. 게다가 옷에 달린 옥패(玉佩)와 가죽신은 손님의 신분을 그대

로 말해주고 있습니다. 그런 걸 모두 이곳에 내려놓고 옷을 갈아입으시지요.」

약포 주인의 말에 장량은 그제서야 자신의 행색을 살펴보았다. 과연 여느 백성의 차림새가 아니었다. 장량은 그에게 감사의 말을 전하고 옥패와 가죽신을 벗어 그에게 건넸다. 그러자 약포 주인은 안으로 들어가 일반 백성이 입는 옷과 삼으로 엮은 신발을 가지고 나왔다. 장량은 그에게 사례금을 내어주고 천천히 약포를 빠져나왔다. 돌아오는 길에서 장량은 조금은 편안한 마음으로 백성들이 수근거리는 소리를 들을 수 았었다.

「진나라의 법률은 너무도 가혹하대.」

「그래도 백성들을 편하게 먹고 살 수 있도록 해주니 좋지 않아?」

「맞아, 사치와 향락으로 우리의 피땀을 빼앗는 나라보다는 낫지.」

장량은 민심의 향배를 읽으며 산길로 접어들었다. 이때 그들이 머물고 있던 초가 주인 노인이 숲속에서 뛰어나오며 장량의 앞을 가로막았다.

「누군가의 밀고로 동생분이 잡혀갔습니다. 어서 빨리 몸을 피하십시오!」

그 말에 장량은 깜짝 놀라 가슴을 내리쳤다.

「어린 동생을 잡혀가게 하다니 부모님의 영전을 어떻게 대한단 말인가?」

노인이 허탈한 표정으로 서 있는 장량에게 다시 말했다.

「군자의 복수는 십 년도 늦지 않는다고 하였습니다. 망국의 한을 풀기 위해서는 살아남는 게 우선입니다. 그러니 어서 이곳을 떠나시는 게 좋겠습니다.」

이날 밤 장량은 노인의 도움으로 상수를 무사히 건너 초나라의 수춘으로 발길을 향하였다.

이대퇴와 능매는 함양성의 내사부에서 등승이 승전 장군이 되어 하루 빨리 돌아오기만을 손꼽아 기다렸다. 두 사람이 함양성에 머문 지 사흘째 되던 날 이대퇴는 무료함을 이기지 못해 내사부를 빠져나와 거리로

188

나갔다. 들판에서 자유롭게 살아오던 그에게 궁궐 속의 생활은 비록 사흘밖에 되지 않았지만 견딜 수 없을 만큼 따분했다. 이대퇴는 후원을 거쳐 궁을 나와 홀로 함양성을 구경하기로 작정하였다.

한나라가 진군에 의해 멸망했다는 소식이 전해지자 함양성은 축제 분위기로 더욱 시끌벅적했다. 이를 경축하기 위해 온갖 꽃과 오색천이 온 거리를 수놓았다. 화려하고 생기 넘친 거리의 풍경에 넋을 놓고 길을 걷던 이대퇴의 눈에 커다란 도자기 공방(工房)의 간판이 들어왔다. 그 공방에는 도로(陶爐;도자기 굽는 가마)가 모두 여섯 개 있었는데 크기도 엄청났지만 시설도 아주 뛰어났다.

「백 번 듣느니보다 한 번 보는 게 낫다는 말이 실감나는구나. 한단성에는 이렇게 큰 도자기 공방이 없지.」

이대퇴는 혀를 내두르며 다시 거리를 걷기 시작했다. 거리의 양쪽에 줄지어 선 소나무, 잣나무, 동백나무, 홰나무, 느티나무 가지마다 전승(戰勝)을 기념하는 꽃과 오색천이 주렁주렁 매달려 있었다.

「저렇게 많은 옷감을 쓸데없이 낭비하다니……」

아침이 조금 지나자 거리에는 사람들이 더 많아졌다. 이대퇴는 젊은 시절 각지의 도성과 도시들을 구경했지만 함양성처럼 복잡하고 번화하고 활기 가득찬 도성은 처음이었다. 그는 서쪽으로 발길을 옮겼다. 서쪽에 자리한 시장은 잡화점, 산약초포(山藥草鋪)가 줄지어 늘어섰고, 그 뒤를 이어 비단점, 갈포점(葛布店), 신발 가게, 모자 가게, 옷 가게, 보석점이 들어서 있었다. 거기서 다시 더 나아가면 육축(六畜;소, 돼지, 말, 개, 닭, 양) 고기를 파는 정육점과 도(刀;외날 칼), 모(矛;칼 창), 순(盾;방패), 검(劍;양날 칼)을 파는 가게가 연이어 자리하고 있었다. 또한 그 맞은편에는 가죽, 문방구, 소금 파는 가게와 밤, 대추, 배, 복숭아 따위를 파는 과일 가게가 문전성시를 이루었다. 서쪽 시장의 끄트머리에 다다른 이대퇴는 노비를 매매하는 장을 보고 커다란 충격을 받았다.

「진왕이 어째서 이런 시장을 금하지 않을까. 등와가 오면 물어보아야겠다.」

이대퇴는 이렇게 중얼거리며 다시 걸음을 옮겨 시장을 둘러보았다. 서쪽 시장은 고정된 점포 이외에도 천막이나 나뭇가지로 지붕을 엮어 만든 임시 시장이 여기저기에서 열리고 있었다. 떠들고 다투고 거래하는 모습이 번화하는 함양성을 그대로 드러내 보이는 듯했다. 서쪽 시장 한 곳에서만 서너 시간 이상을 돌아다닌 이대퇴는 그만 다리도 아프고 눈도 희미해져 왔다.

「정말 크긴 크구나. 천하의 모든 물건이 이곳 함양성에 모이는 것 같아.」

이대퇴는 피곤한 몸을 이끌고 앞에 보이는 주막으로 들어가 자리를 잡고 앉았다. 주머니에서 반량(半兩)을 꺼낸 그는 고량주 한 단지와 야채 두 접시를 시켰다. 주인은 입담이 센 노인이었다. 그는 이대퇴의 생경한 말투와 관리들이 입는 옷가지를 보더니 호기심이 발동해 그 곁에 바싹 다가앉아 함양성의 풍물과 민속에 대해 구구절절 이야기를 풀어나가기 시작했다. 두 사람이 한창 즐겁게 이야기를 나누고 있는데 손님 한 명이 안으로 들어오며 소리쳤다.

「주인, 술 한 단지와 야채 한 접시 갖다주시오!」

그의 얼굴을 본 주인이 가볍게 미소를 지으며 말했다.

「오늘은 늦으셨습니다.」

이대퇴는 방금 들어온 손님의 말투에 귀를 쫑긋 세우며 고개를 돌렸다. 어디선가 귀에 익은 듯한 목소리였다. 그에게 다가간 이대퇴는 오랜 세월이 흘렀지만 그가 누군지 한눈에 알아볼 수 있었다. 그 또한 이대퇴를 알아보고 벌떡 자리에서 일어났다.

「하하하, 무슨 바람이 불어서 함양까지 들어오셨소?」

이대퇴가 그를 덥석 끌어안고 반갑게 소리쳤다.

「아이구, 형님은 전보다 더 힘이 좋아진 듯합니다.」

두 사람이 손을 맞잡고 주거니받거니 말을 하고 있는 사이에 주인이 술과 안주를 내왔다.

「어찌된 연유로 이곳까지 왔소?」

「진나라 왕태후마마의 병세가 위중하여 특별히 조나라에서 왔습니다. 다행히 병세가 호전되는 듯해서 겸사겸사 함양성을 구경하는 중입니다.」

오랫만에 해후한 이대퇴와 왕충은 호쾌하게 서너 단지의 술을 모두 비우고 서로의 어깨를 부둥켜 안은 채 밖으로 나갔다. 왕충은 그동안 십여 년에 걸쳐 자주 함양성에 들락거렸던 참이었다. 그래서 그곳 지리는 손바닥 보듯 훤하게 알고 있었다. 두 사람이 주점을 나섰을 때는 이미 일중(日中;정오를 일컫는 말)에 이르러 저잣거리에는 사람들이 더욱 많이 늘어났다. 게다가 그즈음 진왕이 위수 남쪽에 두 개의 거리를 조성한다고 발표하자 사람들이 더욱 함양으로 몰려들었다.

「하루라도 전쟁이 그칠 날이 없는데 이 많은 물건들은 어디에서 오는 건가?」

이대퇴가 어리둥절한 표정을 지으며 왕충에게 물었다.

「하하하, 형님, 〈좌전〉의 환공 2년에 일어난 기록을 보면 그 십 년 동안 열한 번의 전쟁이 있어 백성들이 견디기가 어려웠다고 하였습니다. 그에 비한다면 함양성은 아무것도 아니지요. 진효공 12년(BC 350년)부터 지금까지 거의 120년 동안 이곳에는 전쟁이 일어나지 않았습니다.」

이렇게 말하며 왕충이 주위를 한번 둘러보더니 다시 입을 열었다.

「지난번 장신후 노애의 반란은 함양성 밖에서 잠시 소란을 부린 정도에 불과했지 않습니까. 더욱이 진나라는 농상(農桑;농사와 길쌈)을 장려하고 세금을 많이 내는 사람은 군역이나 부역을 면제해 주고 있으니 모두들 열심히 살려고 노력합니다. 자신들이 땀흘린 만큼 대가를 받기 때문에 백성들 모두가 부지런히 일하지요. 여기 있는 물건들은 대부분이 위수평원(渭水平原), 구민산(九岷山), 차아산(嵯峨山) 일대의 농민들이 생산한 것입니다. 이곳은 대상인들이 관리하고 있는데도 진왕은 이들에게서 세금을 거두지 않습니다.」

왕충의 설명에 이대퇴는 연신 고개를 끄덕이면서도 궁금한 것이 남아 있는지 또다시 질문을 던졌다.

「듣자 하니 진왕은 열다섯 살에서 육십에 이르는 남자들은 모두 관

(官)에 적(籍)을 올리고 병역에 나서라는 조서를 내렸다고 하는데, 면노 (免老;육십이 넘은 노인은 병역을 면제해 주는 제도)된 사람들만 가지고 무슨 농상이 이루어지겠는가?」

「형님, 진나라 사람들에게는 관에 적을 올리는 일이 생활의 한 부분이고 전쟁에 나서는 일도 삶의 과정일 뿐이지요. 일반 백성이 전쟁에 나서려면 많은 훈련이 필요하고, 또 누구나 전투에 나서는 것은 아닙니다. 열심히 일을 하다가 때가 되면 그때서야 기회가 주어지지요. 진나라 법률은 남자가 병역에 나서면 부세(賦稅;부역과 조세)를 면제해 주기 때문에 용감한 사내들은 벼슬에 나서기 위해 기를 쓰고 그 기회를 얻으려고 합니다.」

「진나라가 연전연승(連戰連勝)하는 이유가 바로 거기에 있었군.」

그제서야 이대퇴는 이해가 되는지 머리를 끄덕였다.

「그렇습니다. 진나라는 병사를 3정(三亭)으로 나누고, 한 개의 정이 출전하면 두 개의 정은 쉬는 방법으로 돌아가면서 싸운다고 합니다. 그러니 질 리가 없지요.」

이대퇴는 왕충이 지나치게 진나라를 칭찬하자 은근히 비위가 상했다.

「왕 태의는 조나라 사람이면서도 어찌 진나라를 그렇게 두둔하오. 이 일이 누설되면 한단에 가서 욕을 당하지 않겠소?」

그러나 왕충은 아무렇지도 않은 듯 태평하게 대답했다.

「혼란 뒤에 반드시 평화가 온다고 하였습니다. 지금 이 시대의 혼란은 빨리 정리가 되어야 하지요. 천하의 백성들이 모두 그렇게 되기를 손꼽아 기다리고 있습니다.」

그 말에 이대퇴는 입을 다물며 계속 길을 걷다가 커다란 석조준마(石雕駿馬;돌로 만든 말)가 눈에 들어오자 걸음을 멈추고 다시 물었다.

「저렇게 커다란 돌조각 마상(馬像)을 세워놓은 이유가 무엇이오?」

왕충은 이대퇴의 끊이지 않는 호기심에 미소를 지으며 대답해 주었다.

「진나라 사람들은 말을 무척이나 좋아한답니다. 이런 말을 들어보신 적이 있으신지 모르겠군요. '구역마다 거리마다 말상을 세운다.'」

왕충의 설명에 이대퇴는 알았다는 듯이 그를 마주보며 웃음을 흘렸다.

석조준마상은 구역을 표시하는 기물이었다. 함양성의 동북쪽 지역은 궁전 구역(宮殿區域)이며 동쪽 지역은 시장 구역으로 동, 서로 두 개의 시장이 세워져 있었다. 그리고 서남쪽 지역은 공방 구역(工坊區域)으로 여러 가지 물건을 만드는 공방들이 있었다.

「돌조각에 새겨진 글자는 함양성에서만 쓰는 특이한 문자이지요. 아마 한단성에서는 보지 못하셨을 겁니다.」

이대퇴는 고개를 끄덕이며 새삼 마상을 눈여겨보았다. 두 사람은 함양성 거리를 화제삼아 다시 이야기를 계속하였다.

「정말 커다란 방직 공방이로군. 공장(工匠;공방 기술자)들도 꽤 많이 있을 거야.」

길가에 세워진 방직 공방 앞에서 걸음을 멈춘 이대퇴가 안쪽을 기웃거리며 중얼거렸다.

「이 정도라면 적어도 백여 명의 공장들이 있을 텐데.」

이대퇴의 말에 왕충도 멈춰 서서 공방 대문 앞에 걸린 간판을 읽어보았다.

「이곳은 염색 공방입니다. 왕실이나 귀족, 고관대작들의 옷감은 모두 이곳에서 염색을 하지요.」

염색 공방에 이어져 나타난 곳은 쇳소리가 요란하게 흘러나오는 병방(兵坊;무기 만드는 공방)이었다. 사람 키 두 배 정도 높이의 담이 두 사람의 시야를 가렸다. 그곳이 병방이라는 왕충의 말에 이대퇴는 호기심이 발동하여 담을 돌아 안쪽으로 발걸음을 옮겼다.

「형님, 이곳은 아무나 들어갈 수 없습니다!」

왕충이 황급히 이대퇴의 발길을 막았다.

「슬쩍 보자구. 그래서 견식(見識) 좀 넓히면 좋지 않겠소」

이대퇴는 왕충의 손을 뿌리치고 병방의 대문으로 달려갔다. 문 앞에 이르자 두 명의 병졸이 그 앞을 가로막았다. 병졸들은 뒤따라 온 왕충의 허리춤에 달려 있는 궁전 부패를 발견하고 공손히 두 사람에게 말했다.

「이곳은 병방으로 가까이 오면 벌을 받습니다. 두 분은 어서 빨리 돌아가십시오.」

왕충은 이대퇴의 손을 잡고 급히 길거리로 발길을 옮겼다. 이대퇴도 하는 수 없이 그를 따랐다.

「함양성의 병방은 승상이 직접 감독하고 공 대인(工大人)이 제조를 맡고 있습니다. 왕궁 다음으로 일반 백성들의 발길을 금하고 있는 곳이지요. 오늘은 다행히 이 부패 때문에 화를 면할 수 있었습니다.」

왕충은 이렇게 말하면서 자신의 허리춤에 있는 부패를 손으로 툭툭 쳐 보였다.

「잘못했으면 교외에 있는 대묘(大廟)에서 3년 동안 뗄감을 대는 벌에 처해질 뻔했습니다.」

「진나라의 법은 너무나 가혹해.」

이대퇴가 질렸다는 듯이 고개를 설레설레 흔들었다. 함양성을 둘러본 이대퇴는 진왕 영정을 태평성대의 요순 임금처럼 생각했지만, 막상 엄격한 진법을 대하고 보니 그가 무척 가혹한 인물로 여겨졌다.

그들은 도자기, 가죽, 술을 만드는 공방을 차례로 돌아본 뒤 옥과 금을 만드는 공방 앞에서 다리도 쉴 겸 해서 한참 동안 안에서 벌어지는 광경을 구경했다. 잠시 후 그곳을 벗어나니 이번에는 콩으로 장을 담그는 공방이 나타났다. 하루 종일 거리를 헤맨 두 사람은 다리가 아프고 눈도 아른거려와 더 이상 구경을 할 수가 없었다. 이대퇴와 왕충은 가까이 보이는 주점을 찾아 술과 안주를 시켰다. 술잔을 주고받으면서 왕충이 공방에 대해 더욱 자세히 설명해 주었다.

「앞쪽 공방은 대부분이 관영(官營)이며 뒤쪽은 민영(民營)이지요. 이곳은 진나라의 뛰어난 기술과 문화가 가장 잘 드러나 있는 지역입니다.」

술잔을 기울이던 이대퇴는 그의 말에 다시 머리를 끄덕이며 감탄사를 연발했다.

「대단한 곳이야. 이렇게 크고 훌륭한 곳은 내 아직 보지 못했소. 공방 지역이 동, 서쪽 두 개의 시장보다 결코 작지 않더군. 아마도 우리 두 사람이 십여 리는 걷지 않았을까 싶소.」

「그렇습니다. 함양성은 동서 길이가 무려 삼십 리입니다. 공방 구역 말고도 거민(居民;백성 거주지) 구역이 십 리에 달하고 곳곳에 기국(碁局)과 주루(酒樓)는 물론, 도박장, 홍등가, 축국장(蹴鞠場;공놀이 하는 곳), 창을 하는 곳이 널려 있습니다. 서문 밖 교외는 묘역(墓域)인데 그곳에는 소양왕, 장양왕의 능묘가 있지요. 오늘 하루만으로는 전부 볼 수 없습니다.」

「하하하, 알겠네. 다음에 다시 구경하기로 하고 이제는 돌아가세.」

이대퇴는 능매가 하루 종일 보이지 않는 자신을 찾지 않을까 걱정스러웠다. 이미 때는 황혼이 물드는 저녁 무렵이었다. 이대퇴는 왔던 길로 되돌아가지 않고 왕충을 따라 위수 강변의 경치를 구경하면서 내사부로 발길을 향했다. 위수의 남쪽에 늘어선 저택군(邸宅群)을 바라보던 이대퇴가 소리를 내질렀다.

「정말 아름답구나! 큰 파도를 보지 않고는 바다의 크기를 알 수 없다고 하더니 함양성은 과연 대단하군!」

「왕성(王城)의 기개가 물씬 풍기는 도성이지요. 이곳은 유시(柳市), 직시(直市), 동시(東市), 서시(西市), 남시(南市), 북시(北市)의 여섯 개 시장 구역과 열두 거리(街), 108개의 골목이 빽빽이 들어선 커다란 도시군입니다. 아침해가 뜨자마자 거리에 넘치는 활기와 생명력은 죽음의 도시와 같은 한단성과는 비교가 되지 않지요.」

두 사람이 천천히 대화를 나누며 길을 걷고 있는데 갑자기 수레 한 대가 급히 그들 앞에 멈춰 섰다. 수레에서 내사부의 친위병이 내리더니 이대퇴에게 버럭 역정을 냈다.

「어르신, 얼마나 찾았는지 모릅니다. 밖으로 나들이를 가신다면 말씀을 해주셔야지요.」

친위병은 이대퇴의 변명도 듣지 않고 다짜고짜 두 사람을 수레에 태우고 급히 함양성으로 달려들어갔다. 이대퇴는 수레에 오르자 그제서야 왕충에게 손자 등와를 만나 함양성에 오게 된 내력을 이야기할 수 있었다. 그의 말을 듣는 왕충의 머리 속에 한단성에 남아 있는 아들 왕단이 떠올랐다.

함양성의 내사이며 남양군 군수를 겸임하고 있는 등승은 한나라를 멸망시키고 그곳에 영천군(穎川郡)을 설치하였다. 진왕 영정 17년(BC 230년) 여름이 끝나갈 무렵, 남양군에 신임 군수가 부임하자 등승은 군사를 이끌고 함양성으로 개선하였다. 거리마다 백성들이 쏟아져 나와 한나라를 정벌한 등승과 병사들을 환호 속에 맞이하였다. 진나라의 병사들은 엄격한 군율 아래 질서정연한 모습으로 사기 충천하여 당당하게 입성하였다. 등승은 전장에서 노획한 수많은 보물과 진귀한 물품을 함양궁 동쪽 광장에 사흘 동안 진열하도록 지시하였다. 그는 이때부터 함양성에서 가장 유명한 인물이 되었다.

진왕 영정은 등승의 보고를 받는 자리에서 병부를 회수하고 파격적으로 조묘(祖廟)에 나가 성대한 경축식을 행하였다. 영정은 경축식장에서 등승이 득의만만한 언행을 보이지 않은 채 단지 겸양의 미덕으로 자신을 낮추는 모습에 더욱 흡족한 마음이 되었다.

「하하하, 과인이 이번에 대장군을 제대로 선발했어.」

영정은 그 자리에서 등승에게 후한 상금을 내리고 능매라는 아가씨와 하루빨리 혼례를 올리라고 특별히 명령을 하였다. 그러자 등승은 얼굴을 붉히며 어쩔 줄 몰라 했다.

경축식이 끝나자 이사가 등승에게 다가와 귓속말을 속삭였다.

「등 내사는 아직 혼례를 올리지 않은 몸이니 존부인이 될 아가씨를 집에 둘 수는 없지 않겠소. 이 몸과 어르신과는 동성(同姓)이니 한 집안이나 다름없소. 그러하니 며칠 우리 이부(李府)에 머무시게 하는 게 어떻겠소?」

「이 정위께서 그렇게 편리를 보아주신다니 고맙기 이를 데 없지요.」

이사는 등승의 말에 가볍게 미소를 흘리며 고개를 끄덕였다.

사실 등승은 함양성으로 돌아오면서 이 문제를 가지고 많은 고민을 하였다. 내사부의 서쪽 방을 임시로 개조해서 할아버지와 능매를 머물게

했지만 며칠 있으면 신임 내사가 부임하므로 자리를 비워주어야 했다. 이날 아침 영정이 새 저택을 마련해 주었지만 혼례를 올리고 신부를 받아들이기에는 아직 정리가 되지 않은 상태였다. 그런데 다행히도 이사가 자신의 마음을 헤아리고 문제를 해결해 주자 등승은 매우 감격하여 이사에게 연신 고마움을 표시했다. 등승은 내사부에 돌아오자 곧바로 만량을 남양으로 보내 맹상과 그의 어머니를 함양성으로 오도록 지시했다. 혼례 때 능매를 도와줄 사람이 필요했기 때문이었다.

이대퇴는 진왕의 명령으로 등승과 능매의 혼례가 결정되었다는 소식에 왠지 기쁨보다는 걱정이 앞섰다. 시골의 혼례는 두 집안이 서로 혼인을 약속하고 납채례(納彩禮;비단 같은 옷감을 서로 교환하는 의식)를 마치면 날을 정해 잔치를 벌이고 신랑 신부가 합방을 하면서 예식이 마무리되었다. 그러나 진나라의 귀족이나 대신들의 혼례는 뜻밖에도 너무나 복잡했고 비용 또한 엄청나게 들었다. 현재 능매는 이사의 언약에 따라 정위부로 거처를 옮겨 신부 수업을 받고 있었다. 관부에서 나온 예교(禮校;예의를 가르치는 사람)는 〈예기(禮記)〉에 나오는 예의에 따라 계단을 오를 때의 방향, 앉았을 때의 자세, 걷는 속도와 보폭, 인사를 하는 법에 이르기까지 아주 세밀하고 철저하게 능매를 훈련시켰다. 이대퇴는 그렇게 번잡하고 까다로운 절차에 혀를 내두르며 골머리를 앓았다.

능매는 자신을 애처롭게 바라보는 할아버지를 위로하며 말했다.

「저도 이런 모든 것이 번거롭다고 생각해요. 하지만 그 마을에 들어가면 그 마을의 풍속을 따르라는 말이 있잖아요. 여기 사는 귀족이나 장군들이 이런 예의를 따른다면 등 오라버니라도 어쩔 수 없을 거에요.」

진나라에는 영친대례(迎親大禮;당일 날의 혼례식)에 앞서서 다섯 가지 예식이 있었다. 그 예식은 순서에 따라서 납채(納彩), 문명환첩(問名換牒;상대의 가문과 족보를 묻고 그것을 적은 문서를 교환하는 예식), 납길(納吉;길일을 받는 예식), 납폐(納幣;예물을 교환하는 예식), 청기(請期;혼례 날짜를 정하는 예식)를 행하였다. 등승은 이런 예식이 번거롭고 짜증났지만 그 또한 봉록이 2천 석이 되는 진나라 군수 자리에 있는 몸이라 모든 것을 힘겹게 참으며 혼례날만을 기다렸다.

그러나 이대퇴는 납채례를 받는 자리에서 결국 짜증을 이겨내지 못하고 혼잣말로 투덜거렸다.

「이렇게 복잡하고 화려한 예식을 치르려면 얼마나 많은 백성들의 땀을 쥐어짜야 하는지 모르겠군.」

하지만 능매의 초조하고 기대에 찬 얼굴에 이대퇴는 더 이상 불만을 터뜨리지 못하고 입을 다물고 말았다. 등승 역시 혼례 날짜가 가까워질수록 흥분과 기대를 감추지 못했다.

드디어 혼례날 새벽녘, 전날 밤늦게 잠이 든 등승은 수많은 모기떼들이 자신의 몸에서 피를 빠는 악몽을 꾸고 소스라치게 놀라 자리에서 벌떡 일어났다. 식은땀을 흘리던 등승은 밖에서 친병이 떠날 시간이 되었다고 보고하자 이마를 훔치며 문을 나섰다. 그 시각 정위부에서 혼례를 기다리던 능매 또한 간밤에 꾼 흉흉한 꿈에 근심이 되어 가만히 앉아 있기가 어려웠다. 지난밤에 능매는 푸른 가면의 귀신이 나타나 자신을 납치하는 꿈을 꾸었다. 등승이 꿈에 나타나 귀신과 피튀기는 싸움을 시작하는 것을 본 그녀는 너무나 놀라 소리를 지르며 잠에서 깨어났다. 두근거리는 가슴을 진정시키던 능매의 눈에 어느덧 아침 햇살이 희미하게 들어왔다.

마침내 영친대례의 날이 밝아왔다. 등부(騰府;등승이 거처하는 저택) 사람들은 이날을 맞아 인시부터 바쁘게 움직였다. 내실 앞에는 동쪽에서 북쪽으로 나란히 세 개의 청동대정(靑銅大鼎;구리로 만든 세 발 달린 솥)이 놓여 있었는데 한 솥에는 돼지구이가 맛난 냄새를 풍겼고, 다른 솥에는 짝을 이룬 열네 마리의 이름 모를 건어물이 준비되어 있었다. 또 다른 솥에는 짐승의 간, 폐, 내장과 같은 음식이 담겨져 있었다. 또한 중당의 계단에는 손을 씻는 커다란 대야와 여섯 개의 두(豆;음식을 담는 발이 긴 그릇)가 자리를 잡았는데, 두 안에는 두부, 젓갈과 같은 음식이 담겨졌고 그릇 겉에는 길(吉) 자가 새겨진 수건이 덮여져 있었다.

등부의 주방에서는 갖가지 요리를 장만하느라 정신이 없었다. 중당의 동쪽에 놓인 구리로 만든 그릇에는 향기 높은 술이 가득했고 남쪽에는 커다란 광주리에 술잔이 그득했으며 중당의 안쪽에는 네 개의 잔이 있었다. 그리고 그 옆에는 신랑과 신부가 마실 합환주가 들어 있었다.

등승은 흉칙한 꿈에서 깨어나자마자 영친 준비에 정신이 없있다. 날이 밝기 전에 신부가 있는 집으로 떠나려면 서둘러 복장을 갖추어야 했다. 등승은 미리 준비한 신랑복을 입고 거울 앞에서 자신의 모습을 바라보았다. 어색한 기분이 떨치지 못한 채 등승은 속으로 빙긋이 웃으며 앞뒤로 발걸음을 옮기며 자세를 바로잡았다. 등부의 친위병과 하인들은 등승에게 어서 떠날 채비를 마치라고 재촉하면서도 그의 모습이 재미있는지 키득키득 웃었다. 그런 하인들을 모른 체 하며 등승은 세면대 앞에서 얼굴을 씻으면서 거울에 비친 자신의 모습이 신기한 듯 꼬집어도 보고 비틀어 보기도 하였다.

얼굴을 씻은 등승은 머리에 화관(花冠)을 쓰고 출발 준비를 끝냈다. 그가 입고 있는 예복과 화관은 진왕 영정이 특별히 하사한 것으로 제후들이 혼례를 올릴 때 입는 복장과 등급이 같았다.

「쯧쯧쯧, 할아버지와 능매가 우스꽝스러운 내 모습을 보면 웃겠다.」

등승이 중얼거리고 있을 때 만량이 나타나더니 다시 그를 재촉했다.

「장군, 시간이 얼마 남지 않았습니다. 빨리 떠나십시오.」

그 말에 등승은 얼굴을 붉히며 천천히 밖으로 걸어나갔다.

날이 밝아오고 있었다. 등승은 영친 대열의 제일 앞에 서 있는 화려하게 치장된 수레에 올라탔다. 그 앞에는 길을 밝히는 열두 명의 하인들이 횃불을 들고 서 있었다.

「출발하라!」

만량이 소리치자 영친의 행렬이 서서히 움직이기 시작했다.

정위부도 바쁘기는 등부와 다를 바 없었다. 이대퇴와 능매가 머물고 있는 정위부의 정원은 갖가지 꽃과 오색천으로 장식되어 아주 화려하고 생기 넘치는 분위기였다. 이날 새벽부터 정위부에서는 영친 행렬을 맞기 위해 곳곳에 촛불을 밝히고 밥을 짓고 음식을 준비했다. 드디어 신랑의 행렬이 도착할 시간이 되자 정위부는 개미 새끼 한 마리 다니지 않을 정도로 갑자기 고요해졌다. 영친의 예법에 따라 이대퇴와 이사는 대문 앞에서 신랑의 행렬를 기다렸다. 능매는 대문 앞에서 직접 등승을 맞이하고 싶었지만 예의 때문에 내실에서 초조하게 그를 기다렸다.

신부의 들러리 격으로 뽑힌 맹상은 흰색 예복을 입고 있었다. 신부와 마찬가지로 곱게 꾸민 그녀는 매우 아름다웠다. 능매만큼 맹상의 가슴도 무척 들뜬 상태였다. 문밖의 동정을 살피던 맹상이 고개를 돌려 능매에게 말했다.

「왔어요. 형부 일행이 왔어요!」

그러자 능매가 맹상의 손을 잡으며 말했다.

「형부, 형부 하지 마. 부끄러워 죽겠네. 너는 만량이나 생각해.」

능매의 말에 맹상은 얼굴을 붉히며 살짝 눈을 흘겼다.

「오늘은 언니의 혼례날이니까 다른 사람의 이름은 꺼내지 마.」

두 사람이 가만가만 속닥이고 있는데 갑자기 밖에서 요란한 음악과 말 울음소리가 들려왔다. 능매는 등승이 도착했다는 기쁨에 가슴이 쿵쿵거렸다.

「등 오라버니가 왔어!」

등승은 만량의 뒤를 따라 정위부 대문 앞으로 천천히 걸어갔다. 안으로 들어가니 이대퇴가 검은색 예복을 입고 머리에는 관을 쓴 채 대문 계단의 서쪽에서 등승을 기다리고 있었다. 그의 모습은 누가 봐도 우스꽝스러웠다. 원체가 번거로운 절차를 싫어하는 이대퇴로서는 예복을 입고 있다는 사실 하나만으로도 온몸이 불편하기 짝이 없었다. 등승이 다가와 인사를 올리자 이대퇴는 어떻게 예를 받아야 할지 모르는 사람처럼 우물쭈물댔다.

그런 할아버지의 모습에 등승은 속으로 생각했다.

'이를 두고 예의가 아니면 움직이지 말라고 공자가 말씀하시지 않았던가. 할아버지는 너무나도 오랫동안 예의를 차리는 일과는 거리가 있었어. 하지만 어쩌랴. 나라에는 국법이 있고 집안에는 가법이 있으니. 그래서 옛말에도 '나아가고 물러감에 예의가 없으면 정치와 법령이 행해지지 않는다(進退無禮政令不行)'라고 했는가보다.'

진왕 영정은 혼례가 있기 전에 등승에게 작은 예의라도 소홀히하지 말라고 당부한 바 있었다. 예의에 어긋나면 많은 진나라 귀족들이 등승을 비웃고 비방하기 때문이었다. 등승은 이를 알고 예의에 각별한 신경을 썼지만 이대퇴는 아직도 어색한 태도가 역력했다.

그 시각 능매는 내당 앞의 남쪽에 나아가 등승이 오는 모습을 보았다. 그녀는 이사와 이대퇴의 도움을 받으며 어렵게 세 차례 읍(揖;손을 올리고 고개를 숙이는 절)을 하였다. 내당 앞에 마련된 탁자에는 다리를 실로 묶은 기러기가 꾸룩꾸룩 울면서 몸을 비틀었다. 그 바람에 그릇이 엎어지고 탁자가 흔들렸지만 예식은 계속 이어졌다. 등승은 기러기 앞에서 능매와 견면례(見面禮)를 하고 이대퇴에게 기러기를 안아바치는 전안례(奠雁禮)를 행하였다. 그제서야 등승은 길게 숨을 내쉬었다.

신부의 집에서 거행하는 예식은 정오가 되어서야 겨우 끝이 났다. 수레가 정위부를 떠날 때 등승은 예의에 따라 신부를 수레에 오르도록 권하고 신부가 탄 수레의 주위를 세 바퀴 돌았다. 신부가 수레에 오르자 등승은 제일 앞에 서서 정위부를 떠났고 그 뒤를 신랑의 수행원들이 따랐다. 그러자 주렴에 길(吉) 자가 수놓아진 수레에 몸을 실은 신부가 그 뒤를 이었고 신부의 수행원이 다시 이를 따랐다.

등승은 등부에 도착하자 재빨리 수레에서 내려 능매, 맹상, 이대퇴, 이사를 맞이하고 안으로 안내했다. 이대퇴는 장인의 몸이었기 때문에 예법에 따르면 사위 집에 올 수 없었지만 상황이 특별하여 찬례관(贊禮官)도 묵인하였다. 신부는 수레에서 내리자 예의에 따라 문 앞에 나아가 하늘과 땅에 고두례(叩頭禮;첫번째 무릎 꿇을 때 세 번 머리를 조아리고, 두번째 무릎 꿇을 때 세 번 머리를 조아리는 예법)를 올렸다. 잠시 후 징과 꽹과리가 요란하게 울리기 시작하자 등승은 능매와 그 일행을 이끌고 등부의 중당으로 나아갔다. 그곳에서 등승과 능매는 등씨의 조상에게 고두례를 올렸다. 사람들이 자리를 잡고 앉자 등승은 남쪽에 준비된

대야에 손을 씻고 능매는 북쪽에 있는 대야에 손을 씻었다. 두 사람이 손을 씻자 찬례관이 술단지 앞에 나아가 길 자가 수놓아진 천을 거두고 하인에게 깨끗한 대야 하나를 가져오라고 명령했다.

등부의 하인들이 이 틈을 타 재빨리 아침에 준비한 세 발 달린 솥 안의 음식물을 탁자 위로 날랐다. 이어서 각종 장(醬)이 담긴 여섯 개의 두와 맛난 고기를 담은 일곱 개의 조(俎;구리로 만든 그릇)도 탁자로 옮겨졌다. 찬례관이 모든 음식물을 동서남북, 사방에 차례대로 배열하도록 지시했다.

등승은 탕자 앞에 서서 찬례관의 입 모양을 주시하면서 힐끗 능매를 쳐다보았다. 그녀는 붉은 화관을 쓴 채 망사로 얼굴을 가려서 그 안까지는 볼 수가 없었지만 몸 전체에서 풍기는 아름다움과 빼어난 자태는 숨길 수 없었다. 월궁의 항아(嫦娥)도 그녀만큼 아름답지는 않을 것이라고 등승은 생각했다. 자신을 훑어보는 등승의 눈길을 의식했는지 능매는 부끄러움으로 더욱 고개를 숙였다.

찬례관이 바삐 음식을 배치하고 신랑에게 찬필례(饌畢禮;음식을 순서에 맞게 배치하는 의식)를 외쳤다. 능매의 자태에 잠시 넋을 놓은 등승은 찬례관의 고함소리에 깜짝 놀라 주위를 두리번거렸다. 그러자 찬례관이 다음 예식을 지시했다.

「합근례(合巹禮)!」

등승은 신부에게 자리를 권하고 계속해서 서(黍;기장), 직(稷), 물고기, 육장(肉醬)을 바치는 예식을 거행했다. 이어서 찬례관이 신랑과 신부에게 세 발 달린 솥에 있는 음식을 조금씩 맛보도록 지시하자 두 사람은 순서에 따라 각 음식을 세 번씩 입에 넣었다. 찬례관이 손을 씻고 잔과 바가지에 술을 가득 부어 신랑에게 건넨 후 이어서 신부에게도 술잔과 술바가지가 돌아왔다. 두 사람이 두 잔의 술과 한 바가지의 술을 모두 마시자 찬례관이 합근례가 끝났음을 선포했다.

합근례 다음에 이어진 예식은 신랑과 신부가 방에 들어가 관을 벗는 순서였다. 그 예식이 끝나면 신부가 다시 방에서 나와 시부모에게 절을

하고 다시 신랑이 있는 방으로 들어가게 되며 이때 신랑은 신부의 영
(纓)을 벗겨준 후 다시 밖으로 나온다. 그때가 되어야 축하객들은 신랑
과 신부에게 혼례가 성사되었음을 축하할 수 있었다. 신랑과 신부는 하
객들에게 술을 한 잔씩 따라 감사의 표시를 하고 이 순서가 끝나면 신
부는 다시 방으로 들어가 신랑을 기다린다. 신랑이 손님을 모두 접대한
다음 방에서 기다리고 있는 신부의 방으로 들어가면 그제서야 모든 예
식이 끝나는 것이었다.

등승은 신부의 영을 벗겨주기 위해 다시 방으로 들어갔다. 사람들은
모두들 문밖에서 숨을 죽이고 신기한 구경거리인 듯 방안을 염탐했다.
영이란 여자가 허리에 차고 다니는 향낭(香囊)을 가리키는데 그 향낭
안에는 난(蘭)이나 혜(蕙)와 같이 향기나는 훈초(薰草;말린 풀)를 가득
넣어 독특한 향내가 풍기도록 만들었다. 이렇게 신부의 영을 풀어주는
혼속은 오랫동안 끊이지 않고 내려오는 전통이었다.

등승은 능매의 허리춤에 매여 있는 향낭을 풀기 시작하였다. 보통 새
신랑들은 긴장한 탓에 향낭의 끈을 제대로 풀지 못하곤 하였다. 능매는
이를 미리 예상하고 향낭 매듭을 느슨하게 만들어 등승을 도와주었다.
그러나 등승은 좀처럼 매듭을 풀지 못한 채 땀만 뻘뻘 흘렸다.

「하하하, 등 장군께서 향낭의 향기에 취했나 봅니다. 제대로 매듭을 풀
지 못하는 모양을 보면......」

밖에서 문틈으로 이를 지켜보던 한 사람이 큰소리로 등승을 놀렸다.

등승이 겨우 향낭의 매듭을 풀고 뒤로 물러날 때 갑자기 밖에서 와자
지껄한 소리와 함께 커다란 외침이 들려왔다.

「대왕마마의 행차입니다!」

이 소리에 사람들이 너도나도 할 것 없이 모두들 제자리에서 무릎을
꿇었다. 영정은 사람들이 자신에게 한없는 존경과 경외심을 표하자 만족
스러운 표정을 지으며 입을 열었다.

「모두들 일어나시오. 오늘은 등 경의 혼례날이니 번거롭게 군신의 예
는 따지지 말기로 합시다. 찬례관, 어서 계속해서 진행하오.」

영정의 말에 사람들은 졸이던 마음을 풀고 다시 시끌법석 떠들기 시작했다. 찬례관은 탈영례(脫纓禮)가, 끝나자 연회의 시작을 알렸다.

이때 중거부령 조고가 영정의 곁에서 귀엣말로 무어라 속닥였다. 그러자 영정이 고개를 끄덕이며 자리에서 일어나 중당으로 걸음을 옮겼다.

뒤에 남은 조고가 영정이 등승의 혼례를 축하하기 위해 가져온 예물을 늘어놓았다.

「비단 열 두루마리, 염료 한 합, 사슴 가죽 두 피, 황백(黃帛) 두 필……」

사람들은 영정에게 총애를 받는 등승을 부러워 하며 엄청난 예물의 양에 입을 다물지 못했다.

영정을 따라 중당으로 발걸음을 옮기던 이사가 아차 싶은 마음에 제 이마를 쳤다.

「큰일이로다!」

중당 안에는 등승과 능매, 그리고 능매를 도와주는 맹상이 자리하고 있었다. 맹상을 보는 순간 이사는 그녀가 조회와 매우 닮았다는 생각이 들었다. 여색을 밝히는 영정이 중당 안에서 맹상을 발견한다면 사태가 묘하게 꼬일 위험이 있었다. 그러나 다행인지 불행인지 영정은 중당을 죽 훑어보더니 아무 말도 꺼내지 않고 등부를 빠져나갔다. 이사는 그제서야 안도의 숨을 내쉬었다.

20

조고의 활약

　등승의 혼례식에서 돌아온 영정은 줄곧 기분이 좋지 않았다. 이사가 예측한 대로 영정은 정란(情亂)에 빠져들게 되었다. 그러나 사실 이 모든 일은 영정의 심성 때문이라기보다는 사전에 조고가 치밀하게 짠 각본에 의한 것이었다. 조고는 중거부령으로 있으면서 궁에서는 황문령을 맡았다. 두 개의 직책 모두 그리 높은 지위는 아니었다. 중거부령은 군왕의 언행을 곁에서 보살피는 벼슬이었고, 황문령은 환관들을 관리하는 직책에 불과하였다.

　진왕 영정은 군왕의 위엄을 자주 드러내고 엄격하였으며 생각이 깊었지만 행동 하나하나가 도무지 예측할 수 없는 사람이었다. 따라서 영정을 자주 대하지 못하는 대신들은 군왕의 변화막측한 희노애락의 감정과 행동을 제대로 파악하기 어려웠다. 하지만 군왕 곁에서 늘 수발을 드는 환관들은 대신들보다 영정의 언행을 관찰할 기회가 더 많아 그의 마음을 잘 헤아릴 수 있었다. 조고는 중거부령으로 있으면서 조정의 사무를 한눈에 파악하였고, 또한 황문령이기 때문에 쉽게 영정의 변화무쌍한 행동과 감정의 변화를 알아낼 수 있었다. 그러나 조고는 결코 방종하거나 자만하지 않고 때가 아닌 다음에는 굳게 침묵을 지키며 온화하고 편안한 자세를 잃지 않았다. 그런 조고의 존재는 어느덧 조정이나 궁중에서 있는 듯하면서도 없고, 없는 듯하면서도 있는 무서운 인물로 등장하게 되었다. 조고는 가슴 깊숙이 숨겨놓은 복수와 원한으로 끓어오르는 활화산이면서도 지표면 아래로 숨어 들어가서는 잠시 휴식을 취하는, 하지만 언제 폭발할지 모르는 휴화산(休火山) 같은 존재였다. 조용히 자신의 자리만을 지키는 조고를 조정 대신들은 점점 잊어갔지만 영정은 자신도 모르는 사이에 조고와 더욱 가까워졌다.

영정은 예전부터 한비의 법, 술(術), 권(權)의 이론을 무척 선호하였다. 하지만 조희가 죽고 나서는 모든 세상사가 허무하게 느껴졌다. 이런 영정의 마음을 안 조고는 방사와 선인, 술사(術士)들과 결탁하여 각종 부서(符書)를 만들어 영정에게 올리게끔 하였다. 그러자 영정은 법치에 근거한 통치술보다는 신비한 법술을 믿는 쪽으로 점차 마음이 기울어져 갔다. 영정은 이따금씩 미복(微服;임금이 평복을 입는 것)을 하고 궁중을 빠져나가곤 하였는데 이런 모든 일을 조고에게 일임하였다.

영정이 이토록 조고에게 마음이 기운 건 무엇보다 그가 사내 구실을 할 수 없는 환관이기 때문이었다. 남자도 아니고, 그렇다고 여자도 아닌 환관은 아무리 능력이 뛰어나도 군주의 위용을 갖출 수 없다는 게 영정의 생각이었다. 영정의 이러한 마음을 영리한 조고가 모를 리 없었다. 그는 영정이 자신을 천하고 바보 같은 놈으로 업신여기고 있다는 사실을 잘 알고 있었다. 그러나 조고는 이런 영정의 안이한 심리를 이용하여 철저히 자신을 보호하는 수단으로 삼았다. 그는 시간이 흐를수록 자신의 진면목을 숨긴 채 영정의 힘과 행동으로 자신의 목적을 모두 이루려는 결심을 더욱 굳혔다.

오랫동안 영정 곁에서 그의 언행을 관찰하던 조고는 마침내 한 가지 결론을 얻어냈다. 조고는 영정이 겉으로는 위엄과 도덕과 관용이 넘치는 제왕이었지만 그 안에는 음흉하고 잔인하며 변덕스러운 성격이 있다는 사실을 읽어냈다. 이렇게 영정을 파악한 조고는 천천히 영정의 주변에 커다랗고 완벽한 그물을 준비하여 그를 그 안에 가두기 시작하였다. 그

리고 영정은 자신도 모르게 조고의 생각을 따르는 꼭두각시로 변하고
있었다.

그러던 어느 날 등승이 한을 멸망시키고 개선 장군이 되어 함양으로
입성하게 되었다. 이 일을 시발점으로 하여 조고는 등승과 영정을 이간
질시킬 음모를 세웠다. 영정은 남달리 등승을 총애하였고 두 사람의 관
계 또한 군신을 넘어서서 어느 때는 죽마고우와도 같이 친밀했다. 조고
는 등승을 해칠 계획을 세우기는 했지만 워낙 등승이 청렴결백하고 강
직한 성품이라 쉽사리 마땅한 방법이 생각나지 않았다. 등승이 개선하던
날 영정이 그를 맞이한 후 혼례를 지시하고 나서야 조고는 퍼뜩 한 가
지 계책을 생각해 냈다. 들리는 소문에 의하면 등승의 아내가 될 여인은
매우 빼어난 미모의 소유자라고 하였다. 조고는 여색을 무척이나 밝히는
영정에게 등승이 혼례를 올리는 날 미복을 하고 그곳으로 축하를 하러
가도록 부추겼다. 영정이 등승의 신부인 능매에게 반하도록 만드는 게
조고의 목적이었다. 사실 영정이 조고의 제의에 동의한 것은 그 또한 자
신이 총애하는 등승이 20여 년에 걸쳐 사모한 여인이 과연 어떻게 생겼
을까 궁금했기 때문이었다. 그저 단순한 호기심의 발동이었을 따름이었
다.

조고는 영정이 등부에 도착하는 시간을 교묘하게 조절하였다. 혼례의
순서에 따르면 하객이 신부의 얼굴을 볼 수 있는 때는 신부가 신랑에
의해 영을 풀고 나서였다. 영정은 그 시각에 정확히 맞춰 등부에 나타났
다. 처음 능매의 얼굴을 본 영정은 그녀가 그다지 출중한 미인이 아니라
고 느꼈다. 그러나 시간이 흐르자 능매의 온유하면서도 그윽한 분위기와
활달하면서 건강하고 화평한 아름다움이 영정의 눈에 들어왔고 궁에 있
는 3천이 넘는 후궁에게서 느껴보지 못한 기품을 감지할 수 있었다.

영정이 놀란 것은 신부인 능매가 아니라 그녀의 들러리 격인 맹상 때
문이었다. 맹상을 본 영정은 중당에 더 이상 머무를 수가 없어 등승에게
간단한 축하의 말을 건네고 금세 궁으로 돌아왔다.

그런 영정의 행동에 조고는 속으로 음흉한 미소를 지었다.

'역시 고양이는 생선 가게를 그냥 지나치지 못하는 법이군'

침전으로 돌아온 영정은 제대로 잠을 이룰 수 없었다. 그의 눈 앞에는 금비녀에 비단옷을 걸치고 건강한 아름다움을 물씬 풍기는 능매와 흰옷을 입은 맹상의 아름다운 얼굴이 어른거렸다. 영정은 속으로 등승을 한없이 부러워 하며 두 여인의 미를 비교해 보았다. 능매가 현숙(賢淑)하고 온유하면서도 화평한 아름다움을 지닌데 반해 맹상은 타오르는 불꽃같이 도발적이며 언제 터질지 모르는 꽃망울처럼 충만한 아름다움이 있었다. 능매가 매화나 수선화, 진달래와 같은 느낌이라면 맹상은 난초나 개나리, 국화처럼 아름다웠다. 영정은 궁중에 있는 후궁들과 그 두 여자들을 비교하였지만 도저히 상대가 되지 않았다. 그는 우울함을 떨쳐버리지 못하고 천정에 대고 소리를 쳤다.

「천하에 그렇게 많은 여자들 중에서 하필 그 두 여인만을 과인이 모른다는 말이냐! 이것도 운명인가?」

생각하면 할수록 영정은 가슴이 답답해졌다. 그를 더욱 괴롭힌 것은 맹상의 모습이었다. 자세히 보지 못해 정확하게 닮았는지 어떤지 확실치는 않았지만 전체적인 윤곽과 분위기가 조희와 무척 흡사했다. 영정은 또다시 능매의 향낭을 떠올렸다. 그녀의 향낭은 일반 아녀자들이 차고 다니는 그것과 별반 다름이 없었지만 순간적으로 느낀 그 향기는 사람의 마음을 미혹하게 만들었다. 궁중에는 난사향에서 학정향에 이르기까지 세상의 향료란 향료는 없는 것이 없었지만 능매에게서 느낀 향기는 이제까지 전혀 맡아보지 못한 것이었다.

「그 향기가 무엇이길래 사람을 이다지도 취하게 만든단 말인가. 담담하면서 우아하고 은은하면서 자극적인 그 향기는 과연 무엇일까?」

영정은 아까 전 맡았던 능매의 향기를 기억하며 계속 중얼거렸다.

「그 향기는 혹시 신부의 몸에서 나는 향기가 아니었을까.」

영정은 답답한 마음을 이기지 못하고 조고를 급히 불렀다. 문밖에서 조고가 마치 영정의 부름을 기다리고 있었다는 듯 금방 침전으로 달려왔다.

조고는 영정의 은밀한 질문에 천천히 고개를 들며 대답했다.

「소신이 감히 당돌한 말씀을 올리겠사오니 널리 굽어살펴 주옵소서.」

「이곳은 밀실로 아무도 듣는 이가 없으니 조금도 주저 말고 답하도록 하시오.」

영정이 조급한 마음이 되어 조고의 답을 재촉했다.

「마마, 소신이 생각하기에 그것은 향굴(香窟)에서 나오는 향기옵니다.」

「향굴이란 게 무엇이오?」

「향굴은 정녀(靜女)의 단관(丹管)이옵니다.」

「그런 거짓말이 어디 있소. 과인은 수많은 여자들을 대해 보았지만 그런 향굴이 있다는 얘기는 처음 들어보오.」

영정은 조고가 자신을 놀리는 듯싶어 화를 벌컥 내었다. 그러나 조고는 조금도 두려워 하지 않고 태연한 얼굴로 말을 이었다.

「마마, 〈시경〉의 '얌전한 아가씨[靜女]'라는 시를 보면 그런 이야기가 나옵니다.」

조고는 영정의 얼굴을 바라보며 천천히 시를 읊기 시작했다.

아리따운 그 얌전한 아가씨, 성 모퉁이에서 기다리기로 하였는데
사랑하면서 만나지 못하니 머리를 긁적이면서 서성거리네

예쁘장한 그 얌전한 아가씨, 내게 붉은 피리를 선사했는데
붉은 피리가 고운 건, 아가씨 아름다움을 좋아하기 때문이야

들판의 띠풀을 갖다 바치니, 정말로 예쁘고도 특별한데
띠풀이 예쁘기보다는, 고운 님의 선물이라 그런 거지.

영정은 조고가 읊은 '얌전한 아가씨'라는 시에서 별다른 암시를 받지 못한 채 물끄러미 조고를 바라보았다.

「대왕마마, 여기서 말하는 붉은 피리가 바로 향굴을 가리키옵니다. 전

하는 말에 의하면 수천만 명의 여자 가운데 얌전한 아가씨의 향굴을 찾아내는 건 매우 어려운 일이라 하옵니다.」

영정은 그동안 〈시경〉의 '얌전한 아가씨'를 수차례 읊어 보았지만 붉은 피리를 '향기가 배어 나오는 샘'이라는 뜻의 향굴로 해석하는 것은 이날 조고로부터 처음 들었다. 영정은 조고를 다시 한 번 바라보았다. 비록 지금 조고는 사내 구실을 하지 못하는 환관이지만 들리는 소문에 의하면 젊었을 때 그는 천하를 주유하면서 풍류를 즐긴 호쾌한 남자였다고 하였다. 영정은 그래도 미심쩍은 부분이 있어 조고에게 다시 물었다.

「그렇다면 등 경의 신부가 〈시경〉에서 말하는 '얌전한 아가씨'란 말이오? 그녀에게 '향기가 배어 나오는 샘'이 있다는 말이오?」

영정은 이렇게 말하면서 능매에게서 맡았던 향기를 다시 기억해 보았다. 영정이 조고가 채 대답하기도 전에 다시 질문을 던졌다.

「혹시 등 경이 그동안 여자를 멀리한 건 그녀의 향굴 때문이라 말할 수 있겠소?」

조고는 자신의 계책에 넘어가는 영정을 바라보며 속으로 쾌재를 불렀다. 그는 은근한 눈빛으로 영정에게 나지막하게 물어보았다.

「마마, 밤마다 그리워 하는 아가씨가 누구이옵니까?」

영정은 조고의 직설적인 물음에 찔끔하며 얼른 흐트러졌던 표정을 바꾸었다.

「경이 보기에 오늘 신부의 들러리였던 그 아가씨가 조비와 닮은 것 같지 않소?」

영정은 아무리 마음 속으로 능매와 맹상, 두 여자를 생각하고 있다 해도 능매의 이름을 거론할 수가 없었다. 어떻든 그녀는 자신이 가장 아끼는 등승의 신부였기 때문이었다.

「그렇사옵니다. 그녀는 정말 제 누이동생과 많이 닮았사옵니다. 그 자리에서 소신은 하마터면 동생으로 착각하여 소리를 지를 뻔하였사옵니다.」

「그녀의 이름이 무엇인지 경은 아오? 그녀는 어떻게 등부에 있게 되었소?」

「소신이 알아본 바로는 그녀의 이름은 맹상(孟湘)이라 하오며, 신부의 의자매라고 하옵니다.」

「맹상이라, 정말 좋은 이름이오.」

영정은 착잡한 듯 숨을 크게 내쉬며 그녀의 이름을 연신 불러보았다.

「마마, 일반 백성의 여인네는 국왕께서 마음만 잡수시면 언제든지 쉽게 얻을 수 있사옵니다.」

조고의 말에 영정이 짐짓 화난 표정을 지으며 소리쳤다.

「그대는 어찌 과인을 무도(無道)한 군주로 만들려고 하는 게요?」

「마마, 소신이 어떻게 감히 그런 생각을 할 수 있겠사옵니까?」

조고는 다시 표정을 엄숙하게 바꾸었다. 그는 속으로 '고양이는 늙어 죽지 않는 한 결코 발톱을 숨기지 않는다'는 경전의 구절을 생각하며 다시 조용히 입을 열었다.

「옛날 황제께서는 낙신(洛神:낙수를 관장하는 여신)과 사사로이 정을 통하였고, 우왕(禹王)은 도녀(涂女)의 깊은 정을 듬뿍 받았으며, 범리는 서시를 얻어 천고(千古)에 남는 아름다운 이야기를 만들었사옵니다. 예로부터, 이름난 성군(聖君)들은 모두들 이렇게 풍류를 아끼지 않았지요. 또한〈시경〉에도 '가슴 속에 감추어 두면 어느 날에 그것을 잊으리오'라는 구절이 있지 않사옵니까? 대왕마마께서는 일대의 성군으로 마땅히……」

조고는 하던 말을 잠시 멈추고 영정의 표정을 살폈다. 영정은 조고의 말에 대단히 기쁜 표정을 지으며 마침내 입술을 떼었다.

「중거부령은 과인의 심복이 되기에 전혀 부끄러움이 없소. 경은 곧바로 과인의 조서를 등 경에게 보내 하루빨리 남양군으로 돌아가라 이르시오.」

「마마, 그때가 되면 소신이 마마께 얌전한 아가씨를 구해드리겠사옵니다.」

조고가 음흉한 미소를 지으며 대답했다.

「어서 조서를 내리시오!」

영정이 꾸물거리는 조고를 다그쳤다. 그러자 조고는 웬일인지 앉은 자리에서 안절부절못하며 난처한 표정을 지었다.

「빨리 가서 조서를 내리지 않고 어찌 머뭇거리고 있소?」

「마마, 소신은 중거부령으로 감히 옥새를 건드릴 수가 없사옵니다.」

그제서야 영정은 조고의 마음을 헤아리고 다시 명을 내렸다.

「그대를 옥새령(玉璽令)으로 임명하니 빨리 조치하도록 하시오.」

영정은 이렇게 말하며 옥새를 조고에게 건네주었다. 옥새를 받아든 조고는 황급히 침전을 빠져나갔다.

혼례를 올린 등승과 능매는 꿈 같은 나날을 보내고 있었다. 두 사람은 너무나 오랫동안 떨어져 있다 만난 사이라 그 어느 부부보다도 달콤한 신혼을 만끽하였다. 그런데 뜻밖에도 혼례한 지 사흘째 되던 날 등승에게 남양군으로 부임하라는 영정의 조서가 내려졌다. '신혼의 하루는 짧고 이별의 하룻밤은 길다' 는 말이 있다. 두 사람이 보낸 사흘의 신혼 기간은 너무나도 짧고 빨리 지나갔다.

눈물을 흘리는 능매를 위로하며 등승이 그녀에게 굳은 언약을 하였다.

「남양의 형세가 안정되면 대왕께 주청하여 당신과 할아버지를 모셔가겠소.」

또다시 이별의 아픔을 맛보아야 하는 능매는 가슴이 찢어질 듯 괴로웠지만 어쩔 수 없이 입술을 깨물며 고개를 끄덕였다. 만량과 맹상은 등승을 따라 고향인 남양으로 돌아가기로 결정하였다. 두 사람은 정들었던 능매와 헤어지는 게 가슴이 아파 연신 눈물을 흘리며 아쉬워 했다.

초가을 무렵 등승 일행은 모두들 남양으로 떠났다. 등승은 아픈 마음을 간신히 억누르며 위수의 푸른 물결을 바라보았다. 그를 호위하는 친위병들도 아무 말 없이 뒤를 따랐으며, 떠나는 사람들 모두가 침통한 표정이었다. 그러나 만량만큼은 하늘을 날 듯 기분이 좋았다. 사랑하는 맹상과 함께 고향으로 돌아간다는 게 마치 꿈만 같았다. 만량은 그곳에서 등승의 허락을 받아 혼례를 올릴 생각에 마냥 가슴이 부풀어올랐다.

어느덧 등승 일행이 무관에 이르렀을 즈음 갑자기 하늘에서 가는비가 솔솔 내리기 시작했다. 무관은 험한 언덕으로 이루어진 관문으로 그곳에서부터 적어도 험난한 고갯길이 세 개나 나 있었다. 가뜩이나 험난한 지역인데 비까지 부슬부슬 내리자 친위병들은 빨리 고개를 넘어가는 게 좋겠다고 등승을 부추겼다. 등승 또한 고개를 끄덕이며 일행에게 길을 재촉했다.

이들 일행이 첫번째 고개를 반쯤 올랐을 무렵 갑자기 숲에서 괴한 두 명이 나타나 맹상이 탄 수레를 호위하던 친위병 세 명의 목을 순식간에 베고는 그녀를 끌어내렸다. 마차를 몰던 만량이 이를 보고는 재빨리 칼을 뽑아들고 두 사람에게 달려들었다. 괴한 한 명과 만량이 맞붙어 싸움을 하는 사이 다른 괴한은 서둘러 맹상을 자루에 싸더니 산 위로 달아나기 시작했다.

「저놈을 잡아라!」

괴한 하나가 맹상을 안고 사라져 버리자 만량이 미친 듯이 소리를 질렀다. 그러자 등승의 친위병들이 고함소리에 급히 달려왔고 만량에게 대들던 괴한 또한 재빨리 산 위로 도망가기 시작했다. 친위병 한 명이 재빨리 화살을 날려 그 괴한을 쓰러뜨렸다.

「모두들 흩어져 다른 한 놈을 잡아라!」

등승이 친위병들에게 소리쳤다. 등승은 갑작스런 사태에 상당히 놀란 표정이었다.

「누가 감히 나의 수레를 공격한단 말인가? 원한을 가진 인물? 그렇다면 나를 공격할 것이지 하필이면 맹상 아가씨를 납치하는가. 아니지, 혹시 맹상 아가씨를 능매로 착각해서……」

등승은 온갖 상상을 하며 혼자 중얼거렸다. 잠시 후 친위병들이 맨손으로 돌아왔다.

「괴한 한 놈은 어디로 도망갔는지 종적을 찾을 수가 없습니다.」

등승은 화살에 맞아 산허리에 쓰러져 있는 다른 한 명의 괴한을 조사하라고 부하들에게 지시했다. 그러나 그 자의 몸에서는 칼 외에는 신분을 확인할 만한 다른 게 하나도 없었다. 만량은 너무나도 어처구니없는 사건이 발생하자 거의 넋을 잃은 모습이었다.

등승이 그런 만량의 어깨를 두드리며 위로하였다.

「내가 이 정위에게 친서를 써줄 테니 그걸 가지고 함양으로 돌아가서 진상을 조사하도록 하시오.」

만량은 등승이 내어준 친위병 두 명과 함께 이사에게 보내는 서신을 받아가지고 급히 함양으로 돌아왔다. 이사는 자신을 찾아온 만량을 한눈에 알아보았다.

「그대는 초나라의 상채에서 보았던 바로 그 농부로군.」

뜻밖에 과거 은인이었던 이사를 만난 만량은 연신 머리를 조아리며 다시금 감사를 표했다.

영정은 등승이 함양성을 떠나기만을 학수고대하고 있었다. 그러는 사이 엉뚱하게도 조정의 여러 신하들이 영정의 죽 끓는 듯한 변덕에 상당히 고통을 당했는데, 영정은 아무것도 아닌 일에도 툭하면 화를 내어 신하들에게 벌을 내리곤 하였다. 오로지 조고 한 사람만이 그런 영정의 속마음을 알고 신바람을 내며 대전을 들락거렸다.

이날 아침, 조고는 수하로부터 맹상을 무관에서 납치하는 데 성공했다는 보고를 받았다. 조고는 이 소식에 뛸 듯이 기뻤다. 이때 궁중에서 환관이 급히 달려와 영정이 옥새령을 찾는다고 전했다. 조고는 얼른 옷매무새를 고치고 느긋한 표정으로 천천히 영정의 처소로 들어갔다. 조고가 침전에 도착할 즈음, 영정은 조희의 화상을 보면서 깊은 슬픔에 빠져 있었다. 조희는 지난날 쓸쓸하고 사랑을 몰랐던 영정에게 친구이고 누이였으며, 어머니이고 연인이었다. 비록 그녀는 연기처럼 이 세상에서 사라졌지만 때가 되면 언제라도 영정의 마음에서 푸릇푸릇한 들풀의 새싹처럼 살아나곤 하였다. 이날 아침에도 침상 머리맡에 걸린 조희의 화상을 물끄러미 바라보던 영정은 가슴 한쪽에서 또다시 깊은 우울감이 살아나는 것을 느꼈다.

어느덧 눈시울이 뜨거워진 영정은 얼른 눈을 감았다. 그런데 조희의 화상이 눈 앞에 어른어른하더니 문득 맹상의 모습이 떠오르며 조희의 얼굴과 겹쳐 하나가 되었다. 영정은 더 이상 참을 수가 없어 급히 조고를 불렀다. 조금 뒤 영정은 조고의 재빠른 발자국 소리를 들으며 머리를 들었다.

「어찌하여 이렇게 늦었소?」

영정이 눈을 꿈벅이며 낮은 목소리로 나무랐다. 그러나 조고는 조금도 당황하지 않고 얼굴에 미소를 가득 담은 채 천천히 입을 열었다.

「마마, 소신이 어젯밤에 별자리를 관찰해 보니 자미궁(紫微宮;천상의 별자리를 세 구역으로 나누었을 때 그 한 구역)에서 빛이 났으며 금성이 유독 밝았사옵니다. 이는 대왕마마께 길조라 사료되옵니다.」

「감언이설로 과인을 농락하려는 건 아니오?」

「마마, 천명은 어길 수 없는 법이옵니다.」

「또다시 과인을 속이려는가? 허탕을 쳐놓고 무슨 길조 운운하는가!」

영정이 차가운 음성으로 조고에게 쏘아붙였다. 그러자 조고가 입가에 은근한 미소를 떠올리며 말했다.

「소신이 말씀드리는 건 이번에는 하늘이 굽어살피시어……」

「그렇다면?」

영정은 금세 기대가 가득한 표정이 되었다.

「대왕마마께는 더할 나위 없는 홍복(洪福;아주 좋은 복)이옵니다. 드디어 그림 속의 여인을 구하였사옵니다.」

이 말에 영정이 조고에게 가까이 다가오라고 손짓하였다.

「경은 뛰어난 수완을 가졌소. 그래, 그림 속의 여인은 지금 어디에 있소?」

조고 또한 영정과 같이 낮은 목소리로 대답했다. .

「은밀한 곳에서 마마를 기다리고 있사옵니다.」

「훌륭하오. 하지만 경은 한 가지 미처 생각 못한 게 있소. 만일 이 일이 누설되면 큰일이오. 진정 그대가 마련한 곳이 과인이 마음대로 드나들 수 있으면서도 은밀한 곳이란 말이오?」

「그렇사옵니다, 마마.」

조고가 자신만만하게 대답했다. 그의 그런 태도는 영정의 불안한 마음을 다소 편안하게 해주었다.

「난지궁의 호반에 조그마한 정원이 있는데 그곳은 조용하고 은밀하여 마마께서 출입하시기에 편한 곳이옵니다.」

그제서야 영정은 고개를 끄덕이며 조고의 주도면밀함을 칭찬하였다.

「그렇다면 안심이오. 하지만 조금이라도 소홀함이 없도록 준비하시오. 이 모든 일을 경에게 맡기겠소. 천의무봉(天衣無縫)이라는 말처럼 빈틈없이 매사를 처리하시오.」

조고가 힘차게 머리를 아래 위로 끄덕이며 영정의 명을 받들었다. 그러나 잠시 입을 다물고 있던 영정이 무엇이 걱정스러운지 다시 조고에게 말했다.

「경은 음양과 천문에도 밝으니 과인의 점괘를 한번 보아주오.」

「대왕마마, 이미 점괘를 보았사옵니다. 청룡이 나타나니 기러기가 번창하는 길상이옵니다.」

「기러기가 번창한다? 그렇다면 남녀의 일이 잘 된다는 이야기인가?」

영정의 얼굴이 밝아졌다.

「그렇사옵니다. 음양이 화합하니 만물이 조화로운 기세이옵니다.」

조고는 이렇게 대답하면서 영정의 눈치를 살폈다. 그는 영정이 이번 일에 틀림없이 상을 내릴 것으로 기대하고 있었다. 그러나 웬일인지 영정은 맹상을 납치한 공로에 대해서는 아무런 언급이 없이 이것저것 걱정만 하였다.

조고에게 명을 내린 영정은 무슨 생각을 하는지 조용히 침묵을 지키고 있었다. 조고는 그런 영정의 심사를 헤아릴 수 없어 갑자기 난감해졌다. 조금 뒤 영정이 얼굴 가득 수심 어린 표정을 짓더니 조고를 그윽이 바라보며 말했다.

「경이 이렇게 과인을 위해 충성을 다 바치는데 또다시 어려운 일을 맡겨야 하니 어쩌면 좋겠소. 이 일은 너무나도 중요하여 그대가 아니면 그 누구도 맡을 수가 없다오.」

이 말에 조고는 귀가 솔깃해졌다. 조고는 맹상의 일을 너무 빨리 처리해 영정에게 알렸다고 생각하며 후회하던 참이었다. 그런데 영정이 아주 중요한 일을 맡긴다고 하자 새로운 기대가 생겼다.

「조나라의 무안군 이목은 여러 차례 우리 진군의 공격을 막아냈기 때문에 그를 제거하지 않으면 한단성을 무너뜨리기 어렵소. 그런데 한단성 정벌의 책임을 맡은 전객 왕오는 지혜가 그리 뛰어난 것 같지 않아 과인이 그에게 이 일을 일임시키기가 불안하다오. 그래서 하는 말인데, 경이 그를 도와야만 대업을 이룰 수 있을 듯하오. 과인은 왕오 대인과 그대를 한단성으로 잠입시켜 이목을 제거하려는 계책을 세웠소.」

영정의 말에 조고는 두 손을 부르르 떨었다.

'한단성은 나의 사지(死地)이다. 그런데 그런 곳으로 나를 보내려 하다니, 마치 토끼 사냥이 끝나자마자 날쌘 사냥개를 구워 먹는다는 격이로구나. 남의 칼을 빌려 내 목을 치려는 고도의 수법이야.'

조고는 마음 속에서 분노가 지글거렸으나 겉으로는 태연한 모습으로 영정의 명을 흔쾌히 받아들였다.

'사내 대장부가 한번 뜻을 품었으면 기회가 올 때까지 모든 걸 참아야 한다. 지금 내가 군왕의 비위를 거슬려 좋을 게 무엇인가. 게다가 영정은 자신의 비밀을 많이 알고 있는 나를 그냥 두지는 않을 것이다. 차라리 잠시 이곳을 피하는 게 나을 수도 있어.'

조고는 입술을 지그시 깨물며 대답했다.

「마마, 소신을 그토록 믿어주시니 최선을 다하여 임무를 완수하겠사옵니다.」

영정은 조고가 자신의 계책에 말려드는 것 같자 흐뭇한 표정을 지었다.

「경이 대업을 마치고 돌아오는 날 과인이 그대에게 후한 상을 내리리다.」

조고는 머리를 조아리며 거듭 감사를 표했지만 속으로는 영정을 저주했다.

'흥, 청룡이 나타나니 기러기가 번창하는 점괘라? 웃기는 소리지. 노자점(老子占)을 보면 남녀가 재앙을 입는 괘에 불과하느니라.'

조고가 절을 하고 물러가자 영정은 다시 한 번 조회의 화상을 보며 크게 웃었다.

진왕 영정 18년(BC 229년) 봄, 진군은 조나라를 공격하여 한단성을 포위했지만 이목에게 참담한 패배를 당하고 말았다. 이 일로 인해 영정은 더욱 이목을 눈엣가시처럼 여기게 되었다. 영정은 병력으로는 이목을 당할 수 없다는 판단이 들자 그를 음해할 계획을 세우고 전객 왕오와 중거부령 조고를 한단성에 몰래 잠입시켰다.

한단성으로 가는 산길은 봄이 한창이었다. 온갖 꽃들이 만발하였는가 하면 산새들의 노랫소리와 졸졸졸 흐르는 시냇물이 사람의 가슴을 맑고 시원하게 해주었다. 멀리서 뿌연 먼지를 날리며 사람들 몇몇이 말을 타고 그 길을 달려오고 있었다. 이들은 한단성이 한눈에 내려다보이는 산마루에 이르러 한동안 말없이 주변을 둘러보았다. 그 일행의 제일 앞에 서 있는 사람이 조고였다. 그는 눈을 부릅뜬 채 이를 갈며 한단성을 노려보았다. 조고의 바로 뒤에서 산 아래를 내려다보고 있는 이는 전객 왕오였다. 그는 조고보다 직급이 높았지만 함양성 출신이라 조나라 도성인 한단성의 지형은 잘 알지 못했다.

왕오가 걱정스런 눈빛으로 조고에게 물었다.

「중거부령은 한단성을 잘 알고 있겠지요?」

「이곳에서 자랐습니다. 왕 대인이 함양성을 잘 아시듯이 저도 한단성의 구석구석을 제 손바닥 보듯 훤히 알고 있습니다.」

「중거부령이 한단성을 떠난 지 얼마나 되었는데 아직도 그렇게 세세히 기억할 수 있다는 말이오?」

왕오는 일찍이 한단성을 그린 지여도(地輿圖)를 본 적이 있었는데 너무나도 복잡하여 혀를 내둘렀었다. 그만큼 한단성은 뒤엉킨 실타래처럼 길을 찾기가 매우 어려웠다. 조고는 왕오가 자신을 믿지 못하겠다는 표정을 짓자 얼른 입을 열었다.

「왕 대인, 한단성은 남북 십 리, 동서 팔 리입니다. 소성(小城)은 대성 (大城)의 서남쪽 구석에 있는데 조왕의 궁전, 종묘(宗廟), 관청과 공경대 부의 저택은 모두 이곳에 자리하고 있지요. 이 때문에 소성을 왕성(王 城)이라고도 부릅니다. 이 구역은 그 둘레가 십 리에 달합니다. 이곳은 다시 동, 서, 북의 소성으로 나뉘며 그 가운데 서성(西城)의 궁전이 가장 아름다운데 조왕은 거기에서 주로 정사를 보고 있습니다. 또한 왕성 이 외의 지역은 시장 구역인데 여기는 유흥가로써 임치 다음가는 대단한 곳이지요. 자, 왕 대인께서는 왕성으로 가시겠습니까, 아니면 시장 구역 으로 가시겠습니까?」

조고가 자신이 한단성의 지리에 대해 얼마나 잘 알고 있는지 설명하 자 왕오는 고개를 끄덕이며 그의 기억력을 인정했다.

「대단하오. 그렇지만 내가 받은 한단성의 지여도는 하나도 틀린 데가 없소이다. 이렇게 지여도가 있으니 중거부령을 굳이 딸려보내지 않았도 되었을 텐데.」

왕오는 '함양 사나이'라는 별명답게 함양성의 지리에 대해서는 그 누 구보다도 자신이 있었다. 그런데 그런 자신처럼 조고 역시 한단성 출신 으로 이곳 지리를 훤하게 꿰뚫고 있자 그를 업신여길 수가 없었다. 왕오 는 지여도를 들먹이며 조금이라도 조고의 역할을 줄여 보고자 했다.

그런 왕오의 속셈을 알아챈 조고가 말했다.

「왕 대인, 제가 두 마음을 가졌을까 싶어 걱정이 되옵니까?」

「아, 아니오. 다만 중거부령은 조나라 사람으로 진나라에 들어왔다가 치욕을 당해 혹시 그 일로 인해 원한이 있지는 않은가 해서 물어보았 소.」

이 말에 조고는 무서운 눈으로 한단성을 노려보며 중얼거렸다.

「지금의 천하는 새로운 통일 국가를 바라고 있습니다. 그리고 그런 역 할을 할 수 있는 나라는 강대한 진나라밖에는 없지요. 저는 진나라의 법 치를 흠모하여 고향을 버리고 갔던 것입니다. 치욕을 당한 건 잠시의 순

간일 뿐입니다. 다행히 대왕마마께서 소신을 총애하시어 이렇게 대임을
맡겨 주시니 감읍할 따름이지요. 그런데 이런 마음을 가지고 있는 저에
게 왕 대인께서 두 마음을 품었다고 오해하시면 가슴이 아픕니다.」

왕오는 조고가 격앙된 목소리로 말하자 측은한 표정으로 그의 옆모습
을 바라보았다. 조고는 왕오의 표정을 살피며 계속 말을 이었다.

「한단성은 비록 소신을 낳고 길러준 부모의 나라이지만 또한 소신을
망치고 조상의 사당을 훼손시킨 비정한 땅이기도 합니다. 저에게 이곳은
칼과 창으로 점령하여 거리를 온통 피로 물들여도 시원치 않을 장소입
니다.」

조고가 두 눈을 시퍼렇게 뜨며 저주의 말을 퍼부어대자 마음이 약해진
왕오는 그의 어깨를 다독이며 위로의 말을 전했다.

「됐소. 본관이 그저 우스갯소리를 한 것이니 너무 마음에 두지 마시
오.」

이 말에 조고는 겨우 마음을 가라앉히고 고개를 돌려 멀리 한단성을
내려다보았다.

그로부터 한 시간이 지난 후 조고 일행은 조나라 승상 곽개의 하인으
로 변장한 채 한단성의 북문을 통과했으며, 왕오 일행도 짐승 가죽을 파
는 장사꾼으로 위장하여 다른 길로 북문을 무사히 지날 수 있었다. 한단
성에 들어선 조고는 미리 언약한 대로 두강노점으로 급히 발걸음을 옮
겼다. 대북문의 망루에 서자 두강노점이 한눈에 들어왔다. 한단성 거리는
예나 지금이나 별로 변함이 없었지만 두강노점은 상당히 달라져 있었다.
누더기와 같던 깃발이 새 것으로 바뀌었고 깃대도 단목(檀木)으로 다시
세워졌다. 붉게 칠한 단청이 군데군데 떨어져 나가 볼품 없었던 월홍문
(月虹門)도 새롭게 단장을 하였고, 매일 문 앞에서 꾸벅꾸벅 졸아 두강
노점의 쇠락을 상징하는 듯했던 노인도 더 이상 보이지 않았다.

이런 광경에 조고는 갑자기 조급한 마음이 들어 두강노점으로 달려갔
다. 주렴을 걷고 안으로 들어가니 아름다운 시비들이 손님들을 접대하고
있었다.

조고는 그 자리에 우뚝 선 채 한단성을 떠날 때를 생각하면서 감개무량한 표정을 지었다.

'이곳이 다시 번창한 이유가 바로 저기에 있었군. 옛날부터 식(食)과 색(色)은 인간의 성품이라고 하더니만 하나도 틀린 데가 없어. 술과 여자는 장사하는 데 없어서는 안 될 것들이지.'

조고가 이런 생각을 하며 잠시 문 앞에서 머뭇거리는데 아주 아리따운 아가씨 하나가 다가와 그에게 자리를 권하였다.

「손님, 자리에 앉으셔요. 술과 안주를 대령하겠습니다.」

조고가 진한 분가루 향을 풍기고 있는 그녀를 힐끗 바라보며 중얼거렸다.

「술과 여자가 질박하고 고풍스러웠던 두강노점을 완전히 변하게 했군. 아니, 한단성 전체를 바꾸었어. 이젠 이 나라의 운명도 바람 앞의 불이야. 하하하, 나라를 무너뜨리는 건 갸날픈 여자의 웃음이라고 누가 말했던가?」

조고에게 자리를 권하던 아가씨는 그의 말에 깜짝 놀랐는지 두 눈을 동그랗게 뜬 채 얼어붙은 듯 움직이지 않았다. 한숨을 내쉬며 자리에 털썩 주저앉은 조고는 천천히 주위를 둘러보다 맞은편 자리에서 홀로 술을 마시고 있는 왕충을 발견하였다. 우연치고는 기막힌 우연이었다. 조고는 떨리는 가슴을 진정시키며 자리에서 일어나 왕충에게 다가가 인사를 하였다.

왕충은 함양성에서 이대퇴와 헤어진 후 곧바로 한단성으로 돌아와 무료한 나날을 보내고 있었다. 이날도 그는 하릴없이 혼자 술을 마시고 있던 참이었다. 전혀 생각지도 않은 자리에서 만난 두 사람은 서로 술을 권하며 시간가는 줄 모르고 이야기를 나누었다.

조나라 한단성에서 진나라에 대항하는 대표적인 인물은 풍운아 희단이었다. 명문가의 아들이었던 희단은 벼슬길 또한 순조로워 반백(半百; 나이 오십)의 나이었는데도 이미 조나라의 대부장(大夫長)에 이르고 있었다.

그런데 조고와 왕충이 우연히 만난 이 자리에 희단이 나타난 것이었다. 희단은 이날 연 태자 단이 보낸 밀사를 만나기 위해 측근 몇 명과 함께 두강노점에 들어왔다. 그가 이곳에 들어설 그 시각에 마침 조고는 곽개에게 보낼 선물을 왕충에게 건네고 있었다. 조고로부터 예물을 받던 왕충은 문득 안으로 들어오는 희단의 모습을 보았고, 그는 희단과 대면하고 싶지 않았지만 자칫 오해를 살까 두려워 먼저 자리에서 일어나 그에게 다가갔다. 기세등등하게 주점으로 들어오던 희단은 인사를 건네는 왕충을 발견하고 의혹 넘친 눈초리로 그를 자세히 훑어보았다.

「하하하, 왕 태의시구려. 왕단이 국법을 어기고 달아났는데 아직도 자수를 시키지 않으니 대단한 심장을 가지셨나 봅니다. 혹여 진나라로 도망갈 생각은 하지 마십시오. 조나라의 수많은 이목들이 왕 태의를 지켜보고 있으니 말이오!」

희단은 왕충에게 한바탕 위협을 가한 뒤 아가씨의 안내를 받아 자리를 잡았다. 그동안 왕충은 부리나케 그곳을 빠져나갔다. 왕충의 의도를 알아차린 조고는 희단에게 들키지 않도록 얼른 고개를 다른 곳으로 돌리고 술잔을 기울였다. 자리에 앉은 희단은 여우 눈처럼 눈썹을 내리깔고 잽싸게 사방을 둘러보았다. 몇 번을 훑어보아도 의심스러운 점을 발견하지 못한 희단은 일행에게 마음껏 즐기라고 소리쳤다. 그러자 희단 일행은 주점 한가운데 있는 탁자 세 개를 모두 차지하고 큰소리로 술과 음식을 시키며 시끄럽게 떠들어대기 시작했다. 희단이 들어오자 주인은 얼른 주점에서 가장 요염하고 나긋나긋한 아가씨 둘을 내보내 그의 시중을 들게끔 하였다. 희단은 연나라에서 온 사신에게 음식을 권하며 호탕하게 웃음을 터뜨렸다.

「이 고기 좀 보시오. 기름이 잘잘 흐르고 빛이 나지 않소. 고기를 볶을 때 벌꿀을 넣었기 때문이라오. 그렇지 않으면 이렇게 맛난 색깔이 나올 수 없소. 우리 조나라는 계속되는 전쟁으로 인하여 모든 물건들이 귀하다오. 오늘 그대를 위하여 특별히 이 음식을 준비하였으니 마음껏 드시구려.」

「한단성에 온 이래로 희 대인께서 너무나도 많은 은혜를 베풀어 주셨습니다. 소신이 계성(薊城)으로 돌아가면 태자마마께 반드시 이 사실을 말씀드리겠습니다. 태자마마께선 반드시 보답을 하실 것입니다.」

연나라 사신이 공손한 태도로 말했다.

「하하하, 아니오. 당연히 할 일을 했을 뿐이니 너무 부담은 갖지 마시오.」

희단이 아주 예의바르게 대꾸했다.

「이 사람이 태자께 받은 선물을 따진다면 이 정도의 대접은 아무것도 아니오. 더욱이 지난번 태자께서 보내주신 묵견(墨犬;검은 윤기가 나는 세퍼드 종류의 개)을 보고 우리 조나라 가 공자께서 얼마나 고마워 하시는지 말도 못하오.」

「가 공자께서 좋아하신다니 정말 다행입니다. 태자마마께서는 늘 가 공자와 희 대부장이야말로 조나라의 대들보라고 말씀하신답니다. 그리고 막상 제가 와서 이렇게 뵈니 그 말씀이 틀림없는 것 같습니다.」

「과찬이오. 하지만 사실 우리 두 사람이 아니었다면 한단성은 벌써 진나라의 일개 군(郡)이 되었을 것이오.」

연나라 사신의 칭찬에 희단은 자만심에 가득차 이렇게 대답했다. 한참 동안 술잔을 주거니받거니 하던 두 사람은 어느덧 술에 취해 주변 사람을 거의 의식하지 않게 되었다.

「소신은 내일 계성으로 돌아가는데 혹시 가 공자께서 분부하신 말씀은 없었습니까?」

「하하하, 예물은 이미 객관에 보냈고, 가 공자께서 내린 서신은 내가 가지고 있소. 그대가 친히 연 태자께 전해야 할 것이오.」

희단이 서신을 내밀자 연나라 사신이 공손하게 그것을 받았다. 서신을 건네준 희단은 기분이 좋은 듯 호쾌하게 술잔을 들었다.

주점 한구석에서 조용히 술을 마시던 조고는 한 쪽 귀를 바짝 세우고 희단과 연나라 사신의 대화를 엿들었다. 두 사람의 이야기를 훔쳐 듣던 조고는 속으로 미소를 지었다.

'흐흐흐, 낮말은 새가 듣고 밤말은 쥐가 듣는 법이야. 이제 이 자리를 빠져나가야겠군.'

조고는 슬그머니 자리에서 일어나 주인에게 포폐 몇 장을 건네주고 얼른 문을 밀치고 밖으로 나갔다. 서둘러 주점을 빠져나가는 조고의 뒷모습이 술잔을 기울이던 희단의 눈에 들어왔다. 희단은 조금 전 나간 그의 모습이 어디선가 눈에 익은 듯한 느낌을 받았다. 희단은 곰곰이 기억을 더듬어 보았다. 희단에게 술잔을 건네려던 연나라 사신이 그의 심각한 표정에 멈칫하며 술잔을 내려놓았다.

「아, 그 자다! 틀림없이 그 자야!」

희단이 탁자를 쾅 치며 자리에서 벌떡 일어났다. 그는 다른 탁자에서 술을 마시고 있던 심복들을 불러 조고의 뒤를 따르도록 지시하고 자신은 서둘러 연나라 사신과 작별의 인사를 나누었다.

「사신께서는 먼저 돌아가시오. 적국의 간자를 발견했으니 반드시 잡아야 하오. 내일 떠나실 때 이 사람이 선생의 장도(長途;먼 길)를 축원하는 예식을 올리려 하니 그때 다시 만납시다. 그리고 주인장, 오늘 계산은 내일 치르겠으니 그리 아시오.」

그러자 주인이 대문 밖까지 뛰어나오며 멀어지는 희단의 등 뒤에 대고 소리쳤다.

「염려마십시오. 두강노점은 그저 대부장 어른께서 왕림하시는 것 자체가 영광입니다요.」

희단 일행이 일시에 사라지자 연나라 사신은 홀로 남아 술을 마시다가 품 속에 서신이 제대로 들어있는지를 확인하고 자리에서 일어났다. 술에 취한 그는 제대로 몸을 가누지 못한 채 비틀거리며 처소인 객관으로 발걸음을 옮겼다. 이때 정찰 중인 야경꾼 두 명이 그의 앞을 가로막고 나섰다. 신분증을 요구하는 이들에게 연나라 사신은 부패를 내밀었고 이를 본 야경꾼들은 그에게 공손히 인사를 하였다.

「가 공자께서 발급하신 통행증이군요. 한단성은 밤늦은 시각에는 통행을 금지하니 빨리 객관으로 돌아가십시오.」

이들의 말에 연나라 사신은 고개를 끄덕이며 다시 걸음을 옮겼지만 얼마 가지 못해 땅바닥에 고꾸라지고 말았다. 그는 사신의 체모를 잃은 채 인사불성이 되었다.

한편 두강노점을 나선 조고는 밤고양이처럼 이 골목 저 골목을 누비며 미행하는 희단의 부하들을 따돌린 후 마침내 왕성 부근에서 왕오 일행과 만났다. 조고는 왕오에게 두강노점에서 자신이 들었던 이야기를 전하며 어서 빨리 연나라 사신을 잡아야 한다고 재촉했다.

당시 조나라 조정은 국론이 양분되어 치열하게 다투고 있었다. 진나라에 적극적으로 대항하자는 강경파는 이목의 승전을 예로 들면서 다른 나라와 합종하여 진을 쳐야 한다고 주장했으며, 진나라와 강화를 하자는 강화파는 진과 휴전 협정을 맺어 왕실을 보호하고 나라의 안전을 보장받아야 한다고 피력하였다. 우유부단한 조나라 천왕은 두 갈래로 나뉘어진 주장에 대해 어떠한 판단도 내리지 못하고 있었다. 그는 진나라와 강화를 맺자는 쪽으로 다소 마음이 기울어 있는 상태였지만 강경파인 가 공자와 연 태자 단이 사통(私通)한 증거를 잡지 않는 한 곽개가 주장하는 강화를 받아들일 수가 없었다.

이런 조나라의 사정을 잘 알고 있던 왕오는 조고의 보고를 듣자 무척 초조해 했다. 조고는 속으로 그런 왕오를 비웃으며 다시 입을 열었다.

「왕 대인, 저는 혼자의 몸이라 연나라 사신을 잡지 못했습니다. 그러니 대인께서 사람을 보내 그 자를 잡는 게 좋겠습니다.」

이 말에 왕오는 조고의 음흉하고 치밀한 속셈을 알아채고 그만 혀를 내둘렀다. 왕오는 한단성의 지리를 제대로 알지 못할 뿐만 아니라, 마침 늦은밤이라 연나라 사신을 찾는 것은 보통 어려운 일이 아니었다. 결국 이 일의 성공 여부는 조고의 손에 달려 있었다. 섣불리 왕오가 나섰다가 만일 연나라 사신을 잡는 데 실패한다면 그 모든 죄는 자신에게 쏟아질 게 뻔한 이치였다. 그렇다고 조고에게 머리 숙여 부탁할 수도 없는 일이었다. 그러기에는 왕오의 자존심이 허락하지 않았다.

왕오가 어찌해야 좋을지 몰라 망설이고 있자 조고가 능글맞은 웃음을 지으며 그에게 말했다.

「왕 대인, 나라에 유익한 일인데 다함께 힘을 합하는 게 좋지 않겠습니까. 죽어도 함께 죽읍시다.」

왕오는 하는 수 없이 머리를 끄덕이며 조고와 손을 잡았다. 조금 뒤 왕오는 일행을 둘로 나누어 두강노점으로 향하는 두 갈래 길로 급히 달려갔다.

어둔 하늘의 별은 그 어느 날보다 총총히 빛났다. 그믐달이 구름에 가렸다 드러났다 하면서 대지를 어둡게도 하고 밝게도 하였다. 두강노점에 다다른 조고는 객관으로 향하는 십삼가(十三街)로 급히 발걸음을 옮겼다. 멀리서 야경꾼이 다가오는 것이 보이자 조고 일행은 얼른 몸을 돌려 다른 길로 객관에 이르렀다. 하지만 연나라 사신은 아직 돌아오지 않은 것 같았다. 객관 앞 길목에 서서 사신을 기다리던 조고는 좀처럼 그가 나타나지 않자 틀림없이 술에 취해 길가에 쓰러져 있거나 아니면 다른 곳에서 술을 마실 것으로 생각했다. 다음날 고국으로 떠나는 사신으로서는 타국에서의 마지막 날 밤에 실컷 술을 마시고 싶은 심정일 것이었다. 조고 일행은 객관에서 두강노점으로 향하는 십삼가를 거슬러올라가면서 주점과 담장 아래를 샅샅이 뒤졌다.

두강노점 근처까지 왔을 무렵 일행 중 한 사람이 소리쳤다.

「여기 한 사람이 쓰러져 있습니다!」

조고가 달려가 보니 오후에 보았던 바로 그 연나라 사신이었다. 그는 완전히 취하여 길바닥 한구석에 쓰러져 잠들어 있었다. 조고는 전혀 힘들이지 않고 사신의 품 속에서 가 공자가 연 태자 단에게 보내는 서신을 빼냈다.

이 시각, 희단은 자기 처소로 돌아와 조고를 체포했다는 소식을 눈이 빠지게 기다리고 있었다. 거의 자시에 이르렀을 때 조고를 뒤따라나갔던 측근들이 되돌아왔다. 이들로부터 조고를 놓쳤다는 보고를 받자 희단은 벼락같이 화를 내며 부하들을 이끌고 직접 두강노점으로 달려갔다. 초조한 얼굴로 십삼가를 뒤지던 희단은 조고의 발자취를 찾아냈고 곧이어

길의 중간쯤에서 땅바닥에 쓰러져 인사불성이 되어 있는 연나라 사신을 발견하였다.

그 모습을 본 희단은 깜짝 놀라 급히 사신의 품 속을 뒤졌다.

「이런, 큰일났구나. 멍청이 같은 놈 때문에 큰일을 그르치고 말았어!」

희단이 분노와 불안감이 뒤범벅된 심정으로 조고를 찾아 한단성을 샅샅이 뒤지고 있을 무렵, 승상부에서 곽개는 진나라의 밀사를 만나고 있었다.

곽개는 상당히 늙었지만 그 나이가 무색하리 만큼 기운이 철철 넘쳐 흘렀다. 천하의 대세를 관망하던 그는 결국 진나라가 천하 통일의 위업을 달성하리라 판단하고, 자신의 앞날을 위해 오래 전부터 진나라와 은밀하게 교류를 하기 시작했다. 이런 곽개를 가리켜 공자 가는 조정에서나 사석에서 매국노라고 질책했으며 그를 가장 큰 적으로 간주하였다. 그러나 곽개는 그의 비난에 아무런 대응도 하지 않고 웃음으로써 모든 것을 대신하였다. 예리한 칼날도 자주 쓰면 무디어지고, 매서운 북풍도 계절이 지나면 더운 바람으로 변하는 이치를 생각하며 곽개는 젊은 가의 빗발치는 질책을 무대응으로 맞섰다. 그렇지만 무대응이란 말은 단지 겉으로 그렇다는 것뿐이었다. 사실 곽개는 공자 가와 그 일당을 한꺼번에 거꾸러뜨릴 기회를 엿보고 있던 참이었다.

이날 밤늦게 느닷없이 조고가 찾아오자 곽개는 그를 이끌고 급히 밀실로 들어갔다. 곽개에게 인사를 올린 조고는 가 공자가 연 태자 단에게 보내는 밀서를 건네주었다.

「승상 대인, 이번 일이 잘 되면 진왕께서 봉후를 내리겠다고 약속하셨습니다. 경하드립니다.」

곽개는 조고의 말에 기쁨을 감추지 못하고 그의 두 손을 움켜쥐며 고마움을 표하였다.

21

조나라의 멸망

전날 밤 초저녁에 잠깐 눈을 붙인 조나라 왕 천은 삼경에 잠이 깬 이후로 도무지 잠을 이룰 수 없었다. 그는 처소인 진양궁의 침소에서 일어나 이리저리 서성거리기도 하고 이부자리에 누워 뒤척이기도 하면서 끊임없이 떠오르는 상념에 괴로워 했다. 천은 매사에 자신이 없고 판단력이 부족한 군주였다. 진나라의 위협에 지금 조나라 조정의 대신들은 두 파로 갈라져 다투었고, 그럴수록 진은 더욱 국경을 압박해 왔다. 그런 와중에서 조왕 천을 이렇게 밤새도록 잠 못 들게 만든 일은 지난밤에 있었던 이목과 사마상의 병력 증원 요청과, 공자 가가 보고한 조고의 잠입이었다. 특히 진나라로 망명한 조고가 한단성에 잠입했다는 사실은 그 진정한 목적이 무엇인지 아직 파악하지는 못했지만 그의 심사를 몹시 불안하게 만들었다. 밤을 꼬박 새운 천은 날이 밝기도 전에 급히 상국 곽개를 궁으로 불러들였다.

간밤에 조고의 방문을 받은 곽개는 자리에서 일어나 입궁할 채비를 갖추고 있다가 조왕의 부름을 받자 득의만만한 표정을 지으며 중얼거렸다.

「순풍에 돛을 단 격이로군. 일이 제대로 풀리겠어.」

곽개는 다시 한 번 가슴 속에 묻어넣은 밀서를 갈무리하고 승상부를 떠났다.

　곽개가 입궁을 한 시각은 사경이 아직 끝나지 않은 깜깜한 밤중이었다. 조왕 천 앞에 대령한 곽개는 그가 아주 수심 어린 얼굴로 자신을 맞자 모든 일이 예상대로 되어갔음을 알았다.

　「선궁(仙宮)에 거처하시는 대왕마마께서 무슨 근심이 있으시길래 소신을 사경의 시각에 부르셨사옵니까? 」

　진양궁은 구리를 녹여 기둥을 세우고 옥석으로 계단을 만든 대단히 화려한 궁전이었다. 규모도 상당히 크려니와 궁을 둘러싼 너른 정원에는 온갖 꽃과 수목이 무성하고 이름 모를 갖가지 새들이 둥지를 틀고 있었다. 이렇게 진양궁은 건물 자체로도 아름다웠고 주변 풍경 또한 더할 나위 없이 장관이라 사람들은 이곳을 선궁이라고 불렀다.

　곽개의 여유있는 모습에 조왕 천은 답답하고 불안한 마음이 조금은 풀어져 잔뜩 찌푸렸던 얼굴을 펴고 미소를 지어보였다.

　「이런 깊은 밤에 상국을 부른 까닭은 신선의 즐거움을 과인과 함께하자는 게 아니오. 경도 아시다시피 지금 진나라 군대는 우리의 국경을 압박하고 있으며, 이목 장군은 병력 증원을 요청하고 있소. 너무나 어려운 일들이 산적해 있어 상국인 경과 상의하고자 불렀소.」

　곽개는 천이 예전과는 달리 정사에 깊은 관심을 보이자 섣불리 말을 꺼냈다가는 큰일을 당하리라 생각하고 경계를 늦추지 않으며 자신의 의견을 말했다.

　「대왕, 무안군의 병력은 이미 20만이고 장군 사마상은 10여만 명이 넘사옵니다. 이 두 사람은 이미 조나라 전체 병력의 반을 차지하고 있사옵니다. 만일 한단성에 있는 10만 금위군을 그들에게 보내셨다가 혹 좋지 않은 일이라도 발생하면 그때는 정말 걷잡을 수 없을 것이옵니다.」

　그러자 조왕 천은 매우 걱정스러운 표정으로 자신의 속마음을 털어놓기 시작했다.

　「과인은 누구의 주장이 옳은지 잘 모르겠소. 얼마 전 진나라로 도망간 조고가 한단성에 잠입했다고 들었는데 무슨 목적으로 왔는지는 몰라도 만일 그 자가 진나라 군대와 연대하여 무슨 일이라도 벌인다면 큰일 아니겠소. 과인은 계란으로 바위치는 일은 결코 하고 싶지 않소. 지난번 공자 가가 말하기를 상국이 진나라 대신들과 교분이 두텁다고 하더이다. 그래서 하는 말인데, 과인은 진나라에게 패망하기 전에 상국을 함양성에 보내 땅을 내어주고 강화를 요청할 생각이오. 우리 조가(趙家)의 봉지와 제사를 지켜준다는 언약만 있으면 진나라에게 나라를 넘겨주고 싶소.」

그의 말을 들은 곽개는 너무나도 기뻤다. 이제는 매국노라는 소리를 들으며 굳이 강화를 주장할 필요가 없어졌기 때문이었다. 그러나 아무리 군주가 자청하여 항복하겠다고 해도 신하된 도리로서 그 자리에서 찬동을 할 수는 없었다.

「대왕, 조나라는 입국한 지 백여 년이 넘는 나라이옵니다. 어찌 이런 땅을 송두리째 진나라에 넘겨줄 수 있겠사옵니까? 소신이 생각하기에 국난은 진에 있는 게 아니고 우리 내부에 있다고 사료되옵니다.」

「지금 우리 조나라는 매우 위급한 상황이오. 상국은 우리 내부에 그런 징조가 있다고 하는데 과인은 아직 그런 일을 알지 못하오. 무슨 근거로 그런 말을 하시는 거요?」

조왕 천은 곽개의 말을 믿지 못하겠다는 표정으로 고개를 가로저었다. 그러자 곽개는 잠시 숨을 몰아쉰 다음 천천히 입을 열었다.

「대왕, 소신은 선왕이신 효성왕, 도양왕에 이어 대왕마마에 이르기까지 삼조(三朝)를 모신 몸이옵니다. 그런 제가 어찌 거짓을 아뢰겠사옵니까?」

곽개는 짐짓 눈물까지 보이며 비통한 목소리로 말을 이어갔다.

「소신은 나라를 좀먹는 소인배들과 다투고 싶지 않지만 국가의 사직이 이렇게 위기에 처해 있으니 부득불 나서지 않을 수가 없사옵니다. 대왕, 옛말에 올바른 소리는 귀에 거슬리나 행동에 도움이 되고, 쓴 약은 입에 맞지 않지만 병에는 좋다고 하였사옵니다. 대왕마마께서 앞으로 말씀드릴 소신의 말을 거짓으로 생각하신다면 소신은 상국의 직책에서 물러나 조용히 시골로 돌아가 밭이나 갈며 여생을 보내겠사옵니다.」

곽개는 천의 유약한 성격을 이용하여 이렇게 강공책을 내밀었다. 그는 천의 다음 결정에 대비해 나름대로 복안을 가지고 있었다. 만일 조왕 천이 가 공자의 말을 좇아 조나라의 사직을 받아들인다면 그는 진나라로 망명할 것이며, 그렇지 않다면 이 기회에 정적을 일거에 제거할 생각이었다.

곽개의 예상대로 조왕 천은 다급한 표정을 지으며 그의 말을 제지하였다.

「상국, 그렇게 말씀하지 마시오. 상국은 조정의 원로가 아니오? 지금 조나라의 조정은 너무도 어려운 국면에 처해 있는데 상국께서 마땅히 계셔주셔야지요.」

천은 반은 애원조로 그리고 반은 위로조로 노신 곽개의 마음을 달랬다. 곽개는 모든 일이 자신의 뜻대로 돌아가자 갑자기 힘 있고 격렬한 목소리로 조왕에게 주청을 하였다.

「나라를 걱정하는 지사(志士)는 계곡에 뼈를 묻어도 결코 두려워 하지 않는다고 하였사옵니다. 소신은 비록 늙은 몸이지만 남은 여생을 나라에 바치겠다는 결심에는 변함이 없사옵니다. 지금 진나라 장수 왕왕(王枉)이 우리 국경을 공격한 지 두 달이 넘었지만 이목 장군이 험지에 의거한 지리를 이용하여 잘 막아내고 있기 때문에 따로 증원군을 보낼 필요가 없다고 소신은 생각하옵니다. 그보다는 이목과 왕왕의 교분이 두텁다는 소문이 들리니 소신은 오히려 이것이 더 큰 걱정이옵니다.」

곽개는 조왕 앞에서 이목을 집요하게 공격하였다. 그가 이목에게 유난히 원한을 갖고 있는 이유는 순전히 재물 때문이었다. 당시 이목은 군시(軍市;군대가 집결한 곳에서 여는 시장)에서 거두어들이는 세금을 모두 주둔군의 복리(福利)에 쓰고 조정에는 일체 상납을 하지 않았다. 심지어 곽개가 파견한 가신의 군시에서 거두어들인 세금까지도 모두 군용(軍用)으로 납부시켰다. 그러나 이목의 군대에 비하여 그 수가 훨씬 적은 조총의 경우는 군시에서 거둔 상당량의 세금을 은밀하게 곽개에게 상납하고 있었다.

판단력이 흐린 조왕은 곽개의 주장을 그대로 믿었다.

「과인도 이 장군이 왕왕과 교분이 있다는 말을 들은 바 있소.」

그러자 곽개가 곧바로 조왕 천의 말을 이었다.

「대왕, 사마상은 이목 장군의 심복으로 가 공자와 이목 장군의 말만 듣고 상국인 저의 말은 들은 체도 하지 않으니 국정을 제대로 수행하기가 어렵사옵니다. 그리고 저들의 요청대로 10만 병력을 증원했다가 그들이 손을 잡고 반기를 든다면 이를 어찌 막을 수 있겠사옵니까? 훗날을 생각하시더라도 증원군을 보내시면 아니 되옵니다.」

「그렇다면 상국은 어떻게 하면 좋으시겠소?」

곽개는 비분강개하여 더욱 목소리에 힘을 주었다.

「먼저 이목 장군은 간사한 심계를 숨기고 충신인 척 하고 있으니 그가 가 공자나 사마상과 연락을 하지 못하도록 막아야 하옵니다. 진나라에서 들려오는 소문에 의하면 이목 장군, 가 공자, 사마상이 진왕과 결탁하여 우리 조나라를 무너뜨리기로 약속하고 봉후를 보장받았다고 하옵니다. 대왕, 바로 이들이 내부의 혼란을 조성하는 간신배들이 아니고 무엇이겠사옵니까!」

조왕 천은 곽개의 말에 혼란스런 심사를 감추지 못했다. 곽개가 이렇게 이목을 비난하지 않더라도 그는 직언을 서슴지 않는 이목이 두렵던 터였다. 천은 한숨을 푹 내리쉬고 안타까운 눈으로 곽개를 바라보았다.

「이목 장군이 과인의 총애를 믿고 음흉한 계책을 꾸미고 있으니 어찌하면 좋겠소?」

곽개는 조왕이 자신을 믿고 애원하자 한마디로 딱 잘라 말했다.

「대왕, 이 시기를 놓치면 나중에 커다란 화근이 될 것이옵니다. 곰발바닥이 익어가기를 기다리다가는 남이 먼저 채가기 십상이옵니다.」

「그렇지만 때가 너무 이르지 않소?」

「그렇지가 않사옵니다. 옛말에도 오늘 이를 악물지 않으면 내일 크게 후회한다고 하였사옵니다.」

곽개는 드디어 때가 되었다고 판단하고 품에서 밀서를 꺼냈다.

「대왕, 가 공자는 일개 공자의 몸으로 다른 나라의 태자와 사사로이 밀서를 주고받으며 국난을 꾸몄사옵니다. 이 서신이 증거이오니 살펴보시옵소서.」

천은 곽개가 건네는 밀서를 받아 재빨리 읽어내려갔다.

'공자 가가 태자 단에게 보냅니다. 태자께서 논한 천하의 정세는 너무나도 정확하여 두렵기까지 하였습니다. 본인은 불민(不敏)한 탓에 천하 통일의 야망에 불타는 진나라의 행보가 무척 걱정이 됩니다. 때문에 여러 나라가 합종하여 진나라에 대항하는 길이 서로가 살 길이라고 생각합니다. 그러나 이곳 한단성에는 간신의 무리가 들끓어 군사들의 사기를 떨어뜨리고 정도(正道)를 훼손시키고 있습니다. 이런 까닭에 지사들은 지금의 상황을 매우 걱정하고 있습니다. 간신의 무리들은 겉으로는 충성을 다하는 것 같지만 사실은 아첨과 부패에 눈이 멀었고, 진실되게 보이지만 의심과 거짓이 입술에서 떨어질 날이 없습니다. 본인은 이에……'

서신을 읽던 조왕 천은 가 공자의 말이 구구절절 옳다고 생각했지만 겉으로는 아무 내색도 하지 못한 채 묵묵히 곽개를 쳐다보았다. 이미 서신의 내용을 파악하고 있던 곽개는 그런 조왕 앞에서 그 문장들을 교묘하게 왜곡하기 시작했다.

「대왕, 서신의 글귀에 속아서는 아니 되옵니다. 간신의 무리가 들끓다는 건 노신을 비난하는 게 아니라 바로 대왕을 욕하는 것이며, 진나라에 대항하는 지사들은 이목, 사마상의 무리를 가리키고 있사옵니다. 이들 간신배들이 충성을 외친다고 그대로 믿으시면 어찌하옵니까?」

「그럼 경의 말에 따른다면……」

조왕이 마음의 갈피를 잡지 못하자 곽개는 조금도 틈을 주지 않고 계속 자신의 의견을 주장하였다.

「이들 아첨과 부패에 눈이 먼 작자들은 입만 떨어지면 소신을 비난하는 듯 떠들어대지만 자세히 살펴보면 그것은 바로 대왕을 지칭하는 말투이옵니다. 가 공자는 지난 시절부터 대왕께서 적출이 아닌 서출이라며 공공연히 비난하고 다녔사옵니다. 어찌 이런 말을 듣고 그냥 지나칠 수가 있겠사옵니까?」

곽개가 조왕의 아픈 구석을 예리하게 찔렀다. 천은 자신이 적출이 아니라는 소리를 제일 듣기 싫어했다. 본래 적출인 공자 가가 왕위를 계승하는 것이 순리였지만 폐위가 되는 바람에 조왕 천이 왕위에 오르게 되었던 것이다. 곽개의 서출이라는 말은 조왕을 몹시 분노케 만들었다.

「요망한 무리들이 감히 임금을 비웃다니! 상국, 도저히 용서할 수 없는 일이오.」

곽개는 모든 것이 자신의 뜻대로 진행되자 속으로 미소를 지었다.

「대왕, 너무 걱정하지 마시옵소서. 먼저 이목과 사마상의 병권을 회수하시고 이들을 한단성으로 압송한 뒤, 공자 가를 잡아 가두면 모든 것이 안정될 것이옵니다. 국경은 도성을 지키는 조총 장군과 제나라의 명장인 안취(顏聚)에게 맡기면 문제가 없사옵니다.」

조왕 천은 고개를 끄덕이며 곽개에게 모든 것을 일임했다.

이날 오경이 되자 천은 곽개가 이른 대로 이목과 사마상의 병권을 회수하는 조서를 내렸다. 곽개는 진양궁을 나서는 이들 사신의 행렬을 지켜보다 급히 승상부로 발길을 돌렸다. 그는 자신의 계획이 순조롭게 이루어지자 너무도 기뻤다. 이목과 공자 가가 제거되었으니 조나라에서는 더 이상 자신을 막을 사람이 없었다. 더욱이 진왕 영정은 자신을 봉후로 책봉하겠다는 언약을 한 터였다.

느긋하게 수레 의자에 기대 이런저런 달콤한 상상에 잠겨 있던 곽개는 갑자기 수레가 무엇에 부딪친 듯 덜커덩거리자 깜짝 놀라 자리에서 벌떡 일어났다. 창문에 걸린 주렴을 걷고 밖을 내다보던 그에게 느닷없이 검은 물체 하나가 달려들었다. 곽개는 재빨리 머리를 숙여 그를 피했다.

「누가 감히 승상의 수레를 공격하느냐? 죽고 싶지 않으면 당장 물러가렷다!」

그러나 곽개의 수레는 커다란 통나무에 걸려 움직일 수가 없었다. 곽개의 가신들이 우왕좌왕하는 사이 검은 복면을 쓴 괴한이 잽싸게 수레에 올라탔다.

「여직껏 내 손에서 벗어나 목숨을 부지한 걸 다행인 줄 알아라. 오늘은 네가 죽든지 내가 죽든지 사생결단을 내겠다!」

괴한의 위협에 곽개는 부들부들 떨면서 허리춤에서 금덩이를 꺼냈다.

「도, 돈 때문이라면 어, 얼마든지 주겠다.」

곽개의 말에 괴한이 피식 웃었다.

「흥, 네 놈의 더러운 목숨은 금덩이보다도 못하다.」

「나, 나는 이제껏 청렴하게 살아왔는데 무, 무슨 목적으로 목숨을 노리느냐?」

곽개는 겨우 이렇게 대꾸하면서 사방을 두리번거렸다. 가신 몇 명이 괴한을 둘러싸고 있었지만 곽개를 붙들고 있는 그를 섣불리 공격하지 못하고 기회만 엿보고 있었다.

「더러운 놈, 너는 네 자신이 가장 잘 알 것이다!」

그 사이 마음을 다소 가라앉힌 곽개는 괴한의 목소리를 되새겨 보다가 마침내 그가 누구인지 알아냈다. 그는 바로 태의 왕충의 아들로 한단성에서 협객으로 유명한 왕단이었다. 검은 복면의 주인공을 알게 된 곽개는 돈으로는 그를 매수할 수 없다는 판단을 내렸다. 왕단은 재물의 유혹에 절대로 굽히지 않는 협객으로 소문이 자자했기 때문이었다. 곽개는 다만 그 자신이 왕단의 아버지인 왕충과 다소 친분이 있다는 사실에 조금 안심을 하였다. 왕단은 곽개가 아무 말 없이 자신을 쏘아보자 버럭 소리를 질렀다.

「나는 무고한 사람은 절대로 죽이지 않는다! 하지만 너는 죄가 너무 많아. 첫째로 너는 늙은 나이에 민가의 여자를 강제로 욕보인 죄가 있다!」

이 말에 곽개는 왕단이 자신을 해치려는 이유가 얼마 전 새로 얻은 첩 때문이라고 생각하고 다소 마음을 놓았다. 그 정도의 일로 사람을 죽이는 일은 없었다.

그러나 왕단은 거기에서 그치지 않고 다시 소리쳤다.

「두번째로 너는 충신을 해치려 하고 있다. 무안군은 이 나라의 대들보이시다. 만일 네가 그 분에게 해를 끼친다면 결코 용서치 않으리라. 오늘은 경고로 그치니 그리 알라!」

곽개의 목에 칼을 겨누며 위협하던 왕단은 말을 마치자 쏜살같이 달아났다. 곽개가 풀려나자 가신들이 그를 쫓으려 했지만 곽개는 이를 제지했다. 그는 왕단이 사라진 길을 바라보며 훗날 반드시 이 모욕을 되갚으리라 맹서하며 입술을 깨물었다.

진왕 영정 18년(BC 299년)의 여름이 끝나갈 무렵, 조나라 대장군 이목은 왕명에 의해 병권을 회수당하였다. 그리고 도성으로 돌아오라는 조왕 천의 명에 따라 이목은 자신의 부하들에게 후임 대장군 조총을 정성껏 모시라는 당부의 말을 전하고 한단성으로 발걸음을 돌렸다. 이들 일행이 걸음을 옮긴 지 반나절이 지나자 국경 지대를 거의 벗어나게 되었는데 이목을 도성까지 인도하는 일을 맡은 왕사(王使)는 국경을 지나 한단성에 가까워질수록 더욱 교만하고 방자해졌다. 이목은 그런 모습에 비위가 상했지만 왕의 뜻을 거스르고 싶지 않아 침묵을 지킨 채 모든 것을 참았다.

어느덧 날이 저물기 시작했다. 해가 서산으로 기울면서 붉은빛을 사방으로 쏘아대자 온 천지가 붉은 물이 들은 듯 시뻘개졌다. 낙조를 바라보는 사람들의 얼굴이나 복장도 모두 불그스레했다. 이목은 왠지 불길한 느낌이 들었다.

'무슨 징조일까. 혹 패전(敗戰)을 예고하는 건 아닌지.'

시간이 흐르자 하늘에는 서서히 붉은빛이 잦아들고 어둠이 밀려왔다. 이때 갑자기 남쪽에서 검은 구름이 몰려드는가 싶더니 곧 사방이 온통 암흑으로 뒤덮였다.

「비가 오려는가 봅니다!」

앞서 가던 마부가 이목에게 소리쳤다. 태양의 붉은빛은 완전히 자취를 감춘 뒤였다. 왕사가 병사들에게 외쳤다.

「불을 밝혀라!」

그런데 이 소리와 동시에 갑자기 숲속에서 금군(禁軍)의 복장을 한 병사들이 나타났다. 그들은 다짜고짜 칼을 휘두르며 이목이 탄 수레를 뒤집어엎었다. 이 바람에 수레가 덜컹거리며 언덕 아래로 굴러떨어졌고 그 아래 있던 친위병 두 명이 미처 피하지 못하고 수레에 깔려 목숨을 잃고 말았다. 갑작스런 광경에 왕사는 벌벌 떨며 아무 조치도 취하지 못했다. 다행히 이목은 얼굴만 약간 긁혔을 뿐 다치지는 않아 잠시 후 수레에서 나와 언덕을 올라왔다. 어처구니없는 죽음을 낭한 두 친위병들은 십여 년 동안 이목의 곁에서 흉노는 물론, 진군과 싸울 때 숱한 공을 세운 병사들이었다.

「천하의 무안군이 이런 한벽한 한산 골짜기에서 비참한 꼴을 당하다니……」

이목이 이렇게 중얼거리며 처연한 웃음을 흘렸다. 지난 시절 조왕 천은 정적(政敵)을 제거할 때 이와 같은 방법을 사용했던 것이다. 이목이 칼날을 번뜩이며 서 있는 예닐곱 명의 금군 병사들을 향하여 소리쳤다.

「너희들은 누구냐? 누군데 감히 왕사의 행렬을 막아서느냐!」

「그대가 이목인가? 목숨이 경각에 이르렀는데 아직 호기가 남아 있구나. 말은 필요없다. 어서 목을 내밀어라!」

금군 대장인 듯한 사내가 카랑카랑한 목소리로 소리쳤다.

「이놈들아, 나는 흉노를 물리치고 진군을 격파한 무안군 이목이다. 내가 어찌 너희 같은 한낱 졸개들에게 죽을 수 있겠느냐?」

이목의 당당한 목소리에 금군 병사들은 어이가 없다는 표정을 지었다.

「우리는 왕명을 받았을 뿐이다. 곽 상국 대인께서 밀령(密令)을 보내 너를 처단하라 일렀으니 성지를 거스르지 말고 순순히 목을 내놓아라.」

대장인 듯한 사내는 투구를 깊게 쓰고 엷은 면사로 얼굴을 가리고 있었다. 이런 모습에 이목은 순간 이들이 금군이 아니라는 생각이 들었다. 만일 금군이라면 굳이 대장으로 보이는 사내가 얼굴을 가릴 필요는 없기 때문이었다. 이목이 재빨리 검을 뽑아들고 달려오자 금군 대장이 놀라 한 발짝 뒤로 물러났다. 그에게 가까이 다가간 이목이 사내의 정체를 알아내고 깜짝 놀라 소리쳤다.

「조고, 바로 너로구나! 매국노가 감히!」

이목이 놀라 소리치고 있는데 대여섯 대의 창이 그의 가슴을 무참하게 찔렀다. 이렇게 조나라의 명장이며 충신인 이목은 진나라의 이간계(離間計)에 걸려 비참한 최후를 맞이하고 말았다.

「어서 빨리 남은 자들을 처치하라!」

조고의 명령이 떨어지자 병사들이 왕사 일행의 목을 순식간에 베어버렸다. 이목의 시체를 바라보던 조고의 입가에 냉혹한 미소가 떠올랐다.

「흐흐흐, 우리 두 사람의 액운은 그대가 만들었지. 이곳에서 편히 잠드시오.」

검은 구름이 내리퍼붓는 빗줄기는 더욱 굵어졌다.

「빨리 떠납시다. 그들이 올 시간이오.」

「알겠습니다, 왕 대인.」

왕오의 말에 따라 조고는 수하들에게 철수하라는 지시를 내렸다. 전객 왕오와 조고는 이목 일행을 모두 처치하고 그곳을 재빨리 벗어나기 시작했다. 얼마나 달렸을까. 그만하면 이목을 죽인 현장에서 꽤 멀어졌다고 생각한 조고 일행은 숲속 바위 틈에서 잠시 숨을 돌렸다.

「저쪽이다!」

이때 사람들 수십 명이 말을 타고 급히 조고 일행에게로 달려왔다. 그들은 모두 복면을 한 채 진나라의 평복을 입고 있었다. 조고 일행은 부리나케 일어나 다시 도망을 쳤지만 그들의 기세에 얼마 가지 못해 이들과 맞붙어 싸우게 되었다. 진나라 복장을 한 이들은 눈에 불을 켜고 왕오와 조고 일행을 공격하였다. 그들은 무슨 한맺힌 원한이라도 있는 듯 쉬지 않고 조고 일행을 공격하였고, 일단 수적으로도 밀리는 바람에 조고와 왕오는 더 이상 버티기 어려운 상황에 이르렀다. 그때였다. 산 아래쪽에서 복면을 한 채 흰 말을 타고 한 사람이 달려왔다. 그는 조나라 금위군 복장을 한 조고 일행이 진나라 옷을 입은 수십 명의 사람들에게 공격을 당하자 재빨리 싸움에 뛰어들어 진나라 사람들을 공격하였다.

「자, 어서들 피하시오!」

새로이 싸움판에 등장한 그가 조고와 왕오를 호위하며 이렇게 말하자 두 사람은 있는 힘을 다해 포위망을 뚫고 그 자리를 벗어났다. 그러자 조고 일행을 포위했던 이들은 더욱 이성을 잃고 방금 나타난 사람을 일시에 공격하기 시작했다. 그 바람에 조고와 왕오는 멀리 도망칠 수 있었다.

「잠깐, 그대는 혹시 왕단 대협이 아니오?」

진나라 복장을 한 사람 가운데 한 명이 이렇게 소리치자 복면한 자가 휘두르던 칼을 멈칫했다.

「간적 주제에 내 이름을 알아서 무엇하겠느냐?」

뒤에 나타난 이는 왕단이었다. 그는 무안군 이목이 조나라 금위군에게 참변을 당했다는 소식에 정신없이 이들의 뒤를 쫓았고, 어디가 어느 쪽인지 구별을 하지 못한 채 진나라 사람들에게 욕을 당하는 조군의 복장을 한 조고 일행을 도와주었다. 왕단은 금군의 복장을 한 조고와 왕오를 우군으로 착각했던 것이다.

「왕단 대협, 그만하시오! 이 분은 가 공자이시고, 나는 희단이오.」

왕단은 이 말에 얼른 검을 내리고 멍청하게 그들을 바라보았다.

「복면을 하는 바람에 서로를 오해하고 말았소. 방금 대협이 살려보낸 놈들이 바로 이목 장군을 해친 진나라의 간첩들이오.」

희단의 말에 왕단은 가슴을 치며 통곡을 하였다.

이목은 조나라의 가장 뛰어난 장군이었다. 그는 장성을 지키며 군사를 훈련시키고 궁사(弓士)와 기병을 10만이나 양성하여 흉노를 물리쳤다. 현사(賢士)를 존중하고 병사들을 긍휼히 여길 줄 알았으며 사사로이 재물을 탐하지 않았고 이익이 발생하면 모두 군용(軍用)으로 충당하였다. 이목이 한산의 골짜기에서 참변을 당했다는 소식이 전해지자 조나라 병사들은 물론이고 수많은 백성들이 땅바닥에 주저앉아 사흘 동안 통곡을 하였다.

조총이 대장군으로 부임하자 조군의 사기는 급속도로 떨어졌다. 조총은 제일 먼저 이목이 구축한 정경(井徑;지금의 하북성 정경) 방어선을 포기하고 대부분의 병력을 국경 지대에서 수십 리 뒤쪽으로 옮겼다. 병법에서는 '절경(絶境)에 군대를 배치하고 나서 살 길을 구하라'고 하였지만 조총은 그런 이치를 무시하고 평지에 병력을 배치했다. 뿐만 아니라 그는 하루빨리 군시를 활성화시켜 많은 이익을 빼내려고 하였다. 20만 대군이 군시에서 소비하는 금액은 대단한 것이었다. 군시가 활성화된다면 조왕 천과 대신들에게 바치는 금액을 빼고도 수십만 금이 조총의 손에 들어올 수 있었다. 이에 따라 조총은 험지에 배치한 병력을 평지로 옮겨 더욱 많은 소비를 하도록 유도하였다. 이렇게 두 달이 지나자 조군의 방어망은 쉽게 허물어졌다.

진나라 대장군 왕왕은 이목이 세상을 떠나고 조총이 그 뒤를 이었다는 소식에 조나라를 멸망시킬 때가 무르익었다고 판단하고 결정적인 기회만 엿보고 있었다. 그 사이 진군은 별다른 움직임 없이 회천산(灰泉山)으로 물러나 군사 훈련에 더욱 심혈을 기울였다.

진왕 영정 19년(BC 228년), 두 나라의 국경에도 어김없이 봄은 찾아왔다. 만반의 준비를 마친 진군은 조군의 정경 방어선을 일제히 공격하기로 하였다. 이목은 애초부터 험지로 소문난 정경 지역에 강력한 방어망을 구축하였고 진군은 그동안 수차례 이곳을 공격하였지만 좀처럼 방어선을 뚫지 못했었다. 그러나 조총이 군시에서 생기는 이익 때문에 주력군을 평지에 배치하자 조나라의 국경을 건너는 일은 시간 문제가 되었다. 마침내 조나라를 정벌할 절호의 기회가 찾아왔다. 이날 새벽, 공격에 나선 진군은 쉽게 정경 방어선을 뚫고 조군의 주력군을 공격하였다. 조총은 이목의 측근이었던 부장들을 모두 갈아치우고 도성에서 한가로이 지내던 부장들을 그 자리에 앉혔다. 전투 준비에 등한시하던 조총과 그 부장들은 갑작스런 진군의 맹습에 놀라 감히 대항할 엄두조차 내지 못했다.

진군은 평원 작전에 아주 능했다. 철기(鐵騎)가 선봉을 서고 그 뒤를 전차(戰車)가 따랐다. 방진(方陣)으로 구성된 보병은 나아가고 물러남이 아주 자유로운 대형이었으며, 방패와 장모(長矛)를 앞세운 보병의 대오는 마치 창이 숲을 이루고 이동하는 형세로 이러한 진군의 전투 대형은 매우 독특한 것이었다. 그 이전 춘추 시대에는 전차가 주(主)였고 보병이 그것을 보좌하였기 때문에 전차의 수량과 위력이 그 나라의 무력을 보여주었다. 그러다 전국 시대에 들어서자 전술은 기병과 보병을 위주로 하고 전차는 보조 수단으로 바뀌어졌다. 그런데 진나라는 이보다 더욱 발전하여 보병, 기병, 전차병을 혼합한 전술을 사용하였다. 기병의 민첩성, 보병의 위용성, 전차의 기동성이 하나로 어우러진 것이었다.

진군은 정경 방어선이 너무나도 쉽게 무너지자 더욱 사기가 올라 단숨에 조군의 주력군을 향해 돌진하였다. 북방에서 가장 매서웠던 흉노를 격파한 바 있는 조나라의 주력군도 진군의 기세에는 속수무책이었다. 조총은 좌군과 우군을 유리한 지형에 배치하고 중군을 뒤로 물러나게 하여 진군을 포위망으로 끌어들이는 작전을 구사하였다. 조총의 예상대로 진군은 중군을 향해 빠르게 돌진하였다. 진군의 주력군이 포위망에 걸려들자 조군이 사방에서 진군을 공격하였다. 언뜻 보면 전세가 조군에게 유리한 쪽으로 기울어진 듯이 보였다.

이때 왕왕이 누런 깃발을 흔들어대자 앞서 나가던 전차 부대가 학의 날개처럼 기수를 거꾸로 돌려 보병과 기병의 좌우를 보호하였다. 왕왕이 다시 북을 세 번 힘차게 두들겼다. 그러자 전차 부대 사이를 뚫고 기병이 사방으로 조군을 공격하기 시작했다. 순간순간 바뀌는 진군의 전술에 조군은 선수(先手)를 빼앗기고 오히려 대형(隊形)이 네 갈래로 분열되고 말았다. 조총은 중군을 독려하며 진군의 주력군을 공격하였지만 오히려 진군의 기세에 뒤로 밀리기 시작했다. 마침내 조군의 좌우군은 양쪽으로 나뉘어 제대로 힘을 쓰지 못한 채 가을 바람에 낙엽 떨어지듯 순식간에 무너져내렸다. 더 이상 버티기 어렵다고 판단한 조총은 전군에게 후퇴를 명령했다. 왕왕은 조군을 모두 격파한 뒤에 천천히 한단성에 진입하려 했지만 조총의 병력이 의외로 쉽게 무너지자 곧바로 한단성으로 내달렸다.

　조나라의 정경 방어선이 무너지고 조총의 대군마저도 참패를 당하고 있을 즈음 제나라의 대장군 안취는 조왕 천의 명령을 받들어 한단성 남쪽에 주둔하고 있는 조군을 이끌고 한단성을 방어하기 위해 급히 이동하였다. 그때 조나라의 장성(長城) 방어망을 돌파한 진나라의 양단화는 안취가 이끄는 조군을 무성(武城)에서 저지하며 치열하게 접전을 벌였다. 이 틈을 타 왕왕의 진군 주력 부대는 아무런 저항도 받지 않고 빠른 속도로 한단성에 이르렀다. 그러자 조정의 대신들은 성을 빠져나가 도망가기에 정신이 없었고, 조왕 천은 진양궁에서 눈물을 떨구며 항복을 결심하였다. 천에게 마지막까지 충성을 바치던 대신들도 항복하라는 왕명에 무어라 말을 못하고 바닥에 꿇어앉아 통곡만 하였다.

　「아, 이목 장군을 죽이다니 모두가 과인의 잘못이오!」

　조왕 천은 가슴을 치며 한탄했다. 잠시 후 조왕은 비단 두루마리에 항복하겠다는 글을 적어 항사(降使;항복을 전하는 사신)에게 건넸다. 이 시각 한단성 북문은 이미 진군 수하에 놓여 있었다. 항사는 왕왕의 발 아래 무릎을 꿇고 항복 문서를 바쳤다. 무성에서 양단화와 접전을 벌이던 안취는 조왕이 항복했다는 소식에 진군과 휴전하고 제나라로 돌아갔다.

　이로써 조나라는 조양자가 주원왕(周元王) 원년(BC 475년)에 진(晉)나라를 삼분하여 나라를 세우고, 조열후(趙烈侯)가 주위열왕(周威烈王) 23년(BC 403년)에 제후로 책봉을 받은 이래 이백수십 년 만인 진왕 영정 19년(BC 228년)에 멸망하고 말았다. 조나라의 북방은 연나라와 접하고 있었는데 이곳은 광대한 토지와 많은 백성들이 살고 있었기 때문에 도성이 무너져도 나라 하나를 세우기에는 충분한 땅이었다. 역대 이래로 대(代)라 불리운 이곳에 공자 가는 수백 명의 대신들을 이끌고 망명 정권을 세웠다.

　공자 가가 한단성을 빠져나갈 때 희단이 그의 앞에 무릎을 꿇으며 말했다.

「조왕 천은 서출이라 진작부터 조나라의 왕이 될 자격이 없는 몸이었
사옵니다. 공자야말로 조나라의 적통이오니 대에서 대통(大統)을 이으시
기 바라옵니다.」

그러자 가를 따르는 대신들이 모두 눈물을 흘리며 입을 모았다.

「옛날 진(晉)의 공자였던 중이(重耳)도 십수년 간 각지를 떠돌아다니
다가 끝내는 나라를 다시 일으켜 세우고 패업(霸業)을 이루었습니다. 대
군(代郡)은 나라를 일으켜 세우기 충분한 땅이니 그곳에서 조의 부흥을
꾀하십시오.」

이들의 말에 공자 가는 고개를 끄덕이며 그 의견을 받아들였다.

영정은 한단성을 함락하고 조왕 천을 포로로 잡았다는 소식에 그곳에
서 인질로 있었던 어린 시절을 떠올렸다. 그는 일찍이 한단성을 점령하
면 그곳을 피로 물들이겠노라 속으로 몇 번이고 다짐을 했었다. 영정은
한시라도 빨리 한단성에 가고 싶었다. 조나라를 멸망시켰다는 것은 그
어느 승전보다 영정에게 의미가 있었다. 영정은 승리의 기쁨을 여러
대신들과 함께 오랜 시간을 두고 마음껏 나누려 하였다.

'누구와 함께 한단성으로 입성하는 것이 좋을까.'

영정은 한단성에 함께 갈 만한 신하들을 생각해 보았다. 왕전과 이사
는 사려 깊고 학식이 뛰어났지만 한단성은 알지 못했다. 그는 이들이 자
신과 더불어 고통과 즐거움을 나누기에는 부족한 인물이라 생각했다. 더
욱이 두 사람은 평소 영정에게 군왕으로서 함양성을 쉽게 떠나서는 안
된다고 자주 간언하던 참이었다.

영정은 조나라 사람 조고를 떠올렸다. 그는 한단성에서 태어나고 자랐
지만 환관의 몸이고, 자신과 아픈 심정을 함께 나누기에는 여러모로 부
족하였다. 영정은 오랜 고민 끝에 마침내 남양군 군수 등승을 생각했다.
등승이 머리 속에 떠오르자 영정은 자신과 격의없이 승리의 기쁨을 나
눌 수 있는 사람은 오로지 그 하나뿐이라는 생각이 들었다. 비록 등승의
혼례 이후 자신과 다소 멀어진 것은 사실이지만 이도 따지고 보면 등승
의 잘못이 아닌 모두가 바로 군왕인 자신이 초래한 일이었다. 게다가 등

승은 맹상을 납치한 사람이 누구인지 아직 모르고 있었다. 마음을 굳힌 영정은 한단성에 함께 갈 사람으로 등승을 결정하고 그를 함양으로 소환했다.

남양에서 영정의 명을 받은 등승은 들뜬 마음을 억제하기 어려웠다. 혼례 직후 함양성을 떠난 지 반년 동안 그는 할아버지와 신부 능매를 한 번도 만나지 못했다. 또한 맹상을 찾아나선 만량도 그동안 아무런 소식이 없었다. 등승은 설레임으로 며칠 동안 잠을 이루지 못했다. 관부(官府)의 사무를 완벽하게 정리한 등승은 날짜가 되자 함양성으로 돌아왔다. 등승을 만난 영정은 그의 마음을 헤아리고 간단하게 몇 가지 당부의 말만 건넨 뒤 빨리 집으로 돌아가도록 해주었다.

드디어 영정은 그렇게 오랜 세월을 고대하던 한단성으로 입성을 하게 되었다. 애초에 한단성으로 행차하는 진왕의 행렬은 대규모로 계획되었지만 뒤에 수십 대의 수레와 수천 명의 금위군으로 그 규모가 대폭 줄어들었다. 진왕 영정의 행렬은 매우 빠른 속도로 한단성으로 향했다.

그들 일행은 정국거를 따라 함양성을 빠져나갔다. 멀리 위풍당당한 함양성의 모습이 아련하게 보였다. 행렬이 함양성에서 멀어질수록 주변 풍경은 썰렁하고 황폐한 기운이 더욱 짙어갔다. 닭이나 개 짖는 소리는 끊어진 지 이미 오래고, 집들이 온통 폐가가 되어 흙담이 무너지고 잡초가 마당에 가득하였다. 그 옛날 위용을 자랑하던 성곽들도 곳곳이 무너지고 들쥐만이 떼지어 살 뿐이었다. 전쟁의 참화가 스쳐지나간 들판에는 인골이 허옇게 가루를 날렸고 쑥대가 시체를 빨아먹으며 자라 그 키가 사람 키보다도 컸다.

이런 풍경에 영정은 마음이 몹시 심란해졌다. 그는 함양성을 벗어나 한단성에 이르는 내내 승리자의 기쁨을 마음껏 누리고 싶었지만 그런 생각은 점점 사라져 갔다. 즐거우리라 기대되었던 여행길은 어느덧 우울한 여정으로 변하고 있었다. 수많은 명승고적이 전쟁으로 인해 쑥대밭으로 변한 광경은 사람의 마음을 착잡하게 만들기에 충분했다.

역사적으로 스파르타는 그리스의 아테네를 처참하게 파괴하였고, 견융

(犬戎)은 주나라의 호경을 무참하게 짓이겨 놓았다. 후세의 일이지만 초패왕 항우도 진나라의 함양성을 철저하게 파괴하였다. 호전적인 한 인물의 야망이 이제껏 쌓아온 인류의 찬란한 문화 유산을 일거에 소멸시켰던 것이다.

영정은 답답하고 우울한 마음을 이기지 못해 멀리 하늘을 올려다보았다. 영정을 수행하는 대신들도 그런 기분을 느끼는지 얼굴빛이 좋지 않았다. 수레 행렬은 어느덧 널따란 평원을 가로질러 달리고 있었다. 영정이 고개를 돌려 등승에게 물었다.

「등 경, 이 길을 기억하고 있소?」

「대왕, 소신이 어찌 잊을 수 있겠사옵니까. 다만 그때보다 더욱 황폐해졌을 따름이옵니다. 그 옛날 대왕마마께서는 이곳에서 양치는 소년을 만났지요. 그런데 지금은 반나절을 달렸는데도 사람 하나 보이지 않사옵니다.」

등승이 안타깝다는 듯 이렇게 대답했다. 20여 년 전에 두 사람이 만났을 때 이곳은 양들을 방목할 만한 들풀들이 자라는 푸른 초원이었지만 지금은 쑥과 갈대만이 바람에 휘날리며 황량한 분위기를 느끼게 만들 뿐이었다.

지난날 두 사람이 만났던 일을 추억하며 감격에 젖어 있던 영정은 등승의 대답에 다소 기분이 나빠졌다. 등승은 영정의 표정이 침울해지자 자신이 잘못 대답했음을 알고 얼른 말을 바꾸었다.

「대왕, 소신의 직언을 용서해 주옵소서. 소신은 다만 양치는 사람이 하나도 보이지 않는다는 사실을 말씀드렸을 뿐이옵니다.」

영정은 고개를 끄덕이며 자기도 모르게 중얼거렸다.

「'외뿔소, 호랑이 너른 들판에 쏘다니네. 슬프게도 이 나그네, 아침이고 저녁이고 겨를이 없네(匪兕匪虎率彼曠野哀我征夫朝夕不暇).' 우리 염황자손(炎黃子孫;염제와 황제의 후손으로 중국의 한족을 일컫는 말)은 주평왕(周平王)이 견융의 침입으로 동천한 이래 5백여 년간 전쟁의 불길이 끊어진 적이 없었지. 백성들은 사방으로 피난하기에 바빴고 슬픔과 고통은 마를 날이 없었다네.」

영정은 큰숨을 들이키더니 이야기를 계속하였다.

「주초(周初)에 성왕(成王)이 71명의 제후를 봉했다고 하지만 어느덧 진, 제, 초, 조, 한, 위로 줄어들더니 지금은 한과 조가 사라졌다. 이로 볼 때 멀지 않아 천하가 하나로 합해지겠지. 그런데 어찌 제업(帝業)을 꿈꾸는 과인이 하찮은 원한에 집착하는지. 모두 다 부질없는 일이지.」

영정은 황량한 평원을 바라보며 덧없는 인생을 생각하였다. 그런 영정을 지켜보던 등승의 머리 속에는 여러 가지 생각이 서로 교차되었다. 그는 영정의 깊고 넓은 마음에 더욱 존경심이 일어났다.

「대왕, 어진 사람만이 천하의 넓이를 알 수 있다고 하였사옵니다. 우둔한 소신은 마마의 가슴 속에 그다지도 깊은 아량이 있을 줄 미처 몰랐사옵니다. 모든 게 다만 기우(杞憂)였을 따름이옵니다.」

「등 경, 그게 무슨 말이오?」

영정이 의아한 눈으로 등승을 돌아보았다.

「함양성을 떠날 때 왕 승상, 이 정위, 풍 어사, 몽 장군이 한결같이 대왕마마께 한단성으로 가시지 못하도록 간언을 한 이유는 살육이 난무할까 두려웠기 때문이옵니다. 그런데 이제서야 마마의 흉중을 알게 되오니 저으기 안심할 수 있사옵니다.」

영정은 등승의 말에 아무런 대꾸 없이 다시 길을 재촉하였다. 그런데 갑자기 진왕의 행렬 뒤쪽에서 기러기 깃털을 꽂은 관리 하나가 말을 타고 급히 달려왔다.

「무슨 일인가?」

영정이 함양에서 달려온 관리에게 물었다.

「급보이옵니다. 이 죽간을 보시옵소서.」

영정이 죽간을 받아 읽어내려갔다. 수레 아래에서 무릎을 꿇고 있는 관리는 온몸이 땀에 흠씬 젖은 것이 밤새워 말을 달린 모습이었다. 몹시 급한 사태인 듯했다.

영정이 죽간을 접으며 등승에게 말했다.

「등 경, 남쪽의 일이 복잡하게 되었소. 두 가지 소식이 있는데 하나는 기쁜 일이고 다른 하나는 나쁜 일이오.」

영문을 모르는 등승이 눈을 껌벅이며 다음 말을 기다렸다.

「기쁜 일이란 초유왕(楚幽王)이 죽고 나서 그 동생인 애왕(哀王)이 자리를 이었지만 부당(負黨)이 그를 죽이고 스스로 왕이 되었다니 조만간 내란이 일어날 것이오. 나쁜 소식은 남군에서 난리가 일어나 시끄러운 모양이오. 지금 누군가 빨리 부임해야 하는데, 경이 생각하기에 누가 좋겠소?」

「대왕, 소신에게 다시 한 번 모수가 될 수 있는 기회를 주옵소서. 반드시 못된 무리를 뿌리뽑겠사옵니다.」

영정은 기개 높은 등승의 말에 얼른 그의 손을 잡으며 호쾌하게 말했다.

「20여 년 전 이곳에서 과인은 뛰어난 시위를 얻더니 오늘은 훌륭한 군수를 다시 얻는구려. 과인은 등 경을 남군의 군수로 임명하니 남군의 병사를 이끌고 영성에 가서 반란군을 평정하시오.」

「언제 떠나는 것이 좋겠사옵니까?」

등승이 물었다.

「사정이 급하니 지금 당장 떠나도록 하시오.」

「알겠사옵니다.」

등승은 영정에게 예를 올리고 다시 떠날 채비를 갖추었다. 그의 몸은 비록 한단성으로 가는 길목에 있었지만 마음은 이미 남군으로 날아가 있었다. 만일 그곳의 반란이 커진다면 걷잡을 수 없는 상황이 될 수도 있었다. 등승은 하루빨리 돌아가 일거에 반란을 평정해야겠다고 다짐하였다.

등승은 떠나기 직전 영정에게 하직 인사를 올리고 다시 한 번 간언을 했다.

「소신이 감히 대왕께 직언을 하겠사옵니다. 경(經)에 이르기를 '백성은 나라의 근본이며 근본이 굳건해야 나라가 평안하다(民爲邦本本固邦

寧)'고 하였사옵니다. 대왕마마께서 한단성에 이르시면 부디 그 백성을 긍휼히 여기시고 그들을 넓은 아량으로 감싸 안아 주시기를 거듭 간언 하옵니다.」

그 말에 영정은 부드러운 미소를 지었다.

「과인은 등 경의 쓰디쓴 충고를 마음 속 깊이 간직하겠으니 아무 걱정 말고 어서 떠나도록 하시오.」

영정은 떠나가는 등승을 바라보며 허전한 마음을 이기지 못해 길게 한숨을 내쉬었다. 멀리서 등승이 부르는 노랫소리가 영정의 귀에 들려왔다.

아빠는 우리에게 사냥을 나가래요
활을 메고 산으로 올라가요
제후들은 정벌에 나선대요
짐승떼도 무서워 도망가요

엄마는 우리에게 밭을 갈래요
가래를 메고 도랑을 지나요
제후들은 정벌에 나선대요
말발굽에 새싹들이 죽어요

밭에는 싹이 죽고 잡초만 무성해요
횃불은 끊이지 않고 남정네는 죽어가요
정벌은 어느 해에……

영정은 등승의 뒷모습을 바라보며 혼잣말로 중얼거렸다.

「즐거움을 전혀 모르는 양치기야. 늙어가면서도 어찌 하나도 변하지 않는 걸까?」

함양성을 빠져나온 진왕 행렬은 함곡관을 지나 북쪽으로 방향을 바꾸어 황하를 건너 역사에 숱한 일화를 남긴 태행고도를 따라 한단성으로 내달렸다. 한단성을 떠나 진나라로 들어온 이후 영정은 내내 함양성과 참년궁에만 머물렀기 때문에 위하평원은 처음이었다. 영정은 위하평원의 광활함에 입을 다물 줄 몰랐다. 영정 일행은 어느덧 한단성 남쪽을 흐르는 장하(漳河)를 건넜다. 강을 건너자 한단성을 점령한 장군 왕왕, 양단화, 전개 왕오, 중거부령 조고가 장하 나루로 나와 영정 일행을 맞이하였다.

영정은 기세등등하게 한단성으로 들어갔다. 한단성은 별로 변함이 없었다. 전쟁을 겪었다고는 하지만 진군의 공격이 워낙 신속했고 이에 따라 조군의 항복도 그만큼 빨랐기 때문이었다. 영정은 한단성의 아름다움이 예나 다름이 없자 가슴 속에서 다시 복수심이 꿈틀거렸다. 그는 제일 먼저 진양궁으로 발걸음을 옮겼다. 조왕 천이 영정의 발 아래 무릎을 꿇고 신하의 예를 올렸다. 영정은 무능하고 나약해 보이는 그를 방능(房陵)에 유폐시키고 조그마한 영지를 내려주었다. 훗날 조왕 천은 그곳에서 고독한 삶을 마감하였다.

영정은 그제서야 기분이 좋아져 조왕성(趙王城)에서 하룻밤을 보내고 다음날 대신들을 소집하여 각자의 공로에 합당한 상을 내렸다. 그런데 그 가운데 조고만이 아무런 상도 받지 못했다. 조고는 가슴 속에서 불같이 일어나는 분노를 간신히 억제하고 밤이 되기만을 기다렸다. 이날 밤 조고는 영정의 침전에 들어가 낮의 일을 따지려 들었다.

영정은 수심 가득찬 조고의 얼굴을 보면서 생각했다.

'환관의 생명이 질기기도 하구나. 이번에도 살아남았으니 무슨 요구를 하려는가?'

조고는 영정의 표정이 의외로 담담하자 노기띤 얼굴을 바꾸고 공손하게 입을 열었다.

「마마, 한비 선생이 이르기를 '일에 공이 있으면 반드시 상을 내려야 군주의 권위가 선다'고 하였사옵니다. 이번에 한단성을 무너뜨리는 데 공이 큰 사람 가운데 아직 상을 받지 못한 자가 있사옵니다.」

이 말에 영정이 짐짓 놀란 표정을 지으며 물었다.

「누가 상을 받지 못했다는 말이오? 경은 이미 공로가 있어 상을 받았으니 다른 사람이라면?」

「소신이 이미 상을 받았다는 말씀이옵니까?」

조고가 어리둥절해 하자 영정이 빙그레 웃으며 말했다.

「그대는 중거부령에 있으면서 실제로는 이미 옥새령까지 겸임하고 있지 않소?」

이 말을 들은 조고는 순간적으로 영정의 뜻을 간파했다. 중거부령과 옥새령은 비록 낮은 벼슬이었지만 막중한 자리로 이 두 직위에다 황문령까지 겸임하면 궁중의 일은 손바닥 보듯이 훤하게 알 수 있었다. 조고는 더 이상 아무 말도 하지 못하고 조용히 침전에서 물러났다. 그런 조고의 뒷모습을 보며 영정이 피식 웃었다.

「사내 구실도 하지 못하는 환관 주제에 너무 욕심을 내는군.」

다음날 아침, 영정은 신하들을 대동하고 대북성으로 나들이를 나갔다. 그곳은 한단성의 오락 지구로 그 옛날 영정이 인질로 있을 때 살던 집과 두강노점이 자리하고 있었다. 대북성에 이른 영정은 지난날 인질로 있었을 때의 치욕과 한이 되살아나 태행고도에서 등승에게 약속한 관용과 용서는 까마득하게 잊어버린 채 대군으로 달아난 희단과 그의 구족(九族)을 몰살하라는 명령을 내렸다. 아울러 인질로 있었을 당시 원한을 맺거나 자신을 괴롭혔던 사람들도 모두 생매장하였다. 한단성의 백성들은 영정의 잔인한 조치에 분노를 삭이지 못하고 울분을 토하였다. 그들은 과거 장평 전투에서 40만의 조나라 군사가 진나라 장수에 의해 생매장당한 악몽을 떠올리며 몸서리를 쳤다.

영정이 과거의 죄를 용서치 못하고 살육을 저지르고 있을 즈음 한단성 백성을 대표로 한 사람이 영정에게 알현을 청하였다. 영정은 그 사람이 자신이 세상에 태어날 때 어머니 주희와 자신을 보살펴 주었고, 지금도 계속 태후의 병을 돌봐주고 있는 태의 왕충이라는 말에 알현을 허락하였다.

「왕 태의, 잘 오셨소. 마침 모후께서는 갑자기 병이 깊어져 이곳에 함께 오지를 못했소. 과인이 함양으로 돌아갈 때 동행해 주시오.」

왕충은 근 십여 년에 걸쳐 영정의 어머니인 주희를 간병하여 영정에게 두터운 신임을 얻고 있었다. 영정은 부왕 시절부터 안면이 있는 왕충을 함부로 대하지 않았다.

영정에게 예를 올린 왕충이 낭랑한 목소리로 입을 열었다.

「소신이 대왕을 알현한 목적은 간언을 하기 위함이니 귀에 거슬려도 부디 들어주옵소서.」

그 말에 영정은 안색을 바꾸며 대답했다.

「태의께서 간언을 하신다는데 어찌 과인이 피하겠소.」

「대왕마마께옵서 진정 제업을 꿈꾸신다면 천하의 백성을 모두 진나라의 백성과 같이 여기셔야 하옵니다. 한단성은 이제 진나라의 왕토이며, 백성들도 모두 대왕의 백성이옵니다. 백성들이 군주에게 두려움을 갖게 된다면 마음 속 깊은 곳에서 진정한 복종심이 우러나오지 않을 것이옵니다. 만일 그러하면 백성들의 마음은 물이 흐르듯 곳곳으로 빠져나가 뒷날 이 모든 것이 후환으로 변하옵니다. 이를 명심하옵소서.」

영정이 왕충의 말에 자리에서 벌떡 일어나며 말했다.

「과인이 한순간 무도(無道)하여 백성을 학대하였다면 이는 과인의 잘못이오. 곧바로 조서를 내려 백성을 위로하겠으니 걱정하지 마시오.」

영정은 곁에서 부복하고 있던 조고에게 한단성의 백성을 위무하는 조서를 내리도록 명하였다. 왕충이 자리에서 물러나자 장군 왕왕이 소복을 입은 환관 두 명과 함께 궁으로 들어왔다. 이들을 본 순간 영정은 왠지 섬짓한 느낌을 받았다.

「무슨 일인가?」

「대왕마마, 어젯밤에 태후마마께서 감천궁에서 별세하시었사옵니다.」

효성이 지극했던 영정은 이 말에 눈물을 떨구며 그 다음날 바로 한단성을 떠나 함양성으로 돌아갔다.

22

영정의 암살 명령이 내리다

진왕 영정 19년 여름, 진나라 장군 왕전은 주력군을 중산(中山;지금의 하북성 정현)에 배치하고 연나라를 공격할 기회를 엿보고 있었다. 연왕 희(僖)는 나이가 들어 이미 기력이 쇠진한 탓에 조정의 대사는 태자 단이 주재하고 있었다. 한단성에서 인질 생활을 했던 단은 왕전을 너무나도 잘 알고 있었다. 단은 대군에서 새로이 조왕으로 추대된 조나라 가 공자와 연합하여 연조(燕趙) 연합군을 상곡에 주둔시키고 진군의 공격에 대비하였다. 그리고 다른 한편으로는 태부(太傅) 국무(鞠武)에게 부국강병책을 강구하도록 지시하였다.

국무는 계연(薊燕:지금의 북경과 발해만 지역) 출신의 이름난 선비였지만 이미 고희에 접어들어 병이 잦아 거동이 불편하였다. 그는 5년 전 태자 단이 진나라에서 탈출하였을 무렵부터 태부의 자리를 맡고 있었다. 이날도 국무는 단의 부름을 받자 힘겹게 노구를 이끌고 궁으로 들어왔다.

「태자, 바람 앞의 등불처럼 꺼져가는 이 몸을 무슨 연유로 부르셨습니까?」

단은 국무에게 스승에 대한 제자의 예를 깍듯이 차린 후 용건을 말했다.

「한과 조가 진나라에 무너진 지 이미 오래되었고, 이번에는 진나라의 대병력이 중산에 집결해 우리 연을 노리고 있습니다. 이에 어떻게 대비 해야 좋겠습니까?」

그러자 국무가 크게 탄식하며 대답했다.

「지금 그 문제를 저에게 물어보시다니 정말로 뜻밖입니다. 태자, 지난 날을 생각해 보시지요. 태자께서 이 땅에 돌아오시어 진나라를 친다고 하셨을 때 소신이 상서를 올린 적이 있지요. 진나라는 북쪽에 감천과 곡 구라는 험지가 있고, 남쪽에는 경수와 위수로 인해 너른 옥토가 조성되 어 있어 파(巴;지금의 사천성)와 하(漢;지금의 섬서성 한중 지역)의 풍 요를 누리며, 오른쪽으로는 농(隴)과 촉(蜀)의 산세가, 왼쪽으로는 관 (關), 효(崤)의 요충이 있어 공격하기가 무척 어렵다고 말씀드렸습니다. 또한 백성의 수가 많고 선비들이 검소하여 무기와 병력이 충분하니 실 로 경계해야 할 나라로써 절대로 원한을 맺어서는 아니 된다고 간언하 였습니다. 그러나 그때 태자께서는 이 말을 듣지 않으시고 화양관(華陽 館)을 짓고 번우기를 우대하셨습니다. 소신이 번우기를 등용해서는 안 된다고 말씀드렸지만 소용이 없었지요. 번우기는 진왕이 극도로 싫어하 는 인물이기 때문에 그 일로 인해 우리가 화를 당하게 되는 것입니다.」

잠시 말을 멈춘 국무가 태자 단을 바라보았다. 단은 묵묵히 그의 말을 귀담아 듣고 있었다.

「그 당시 소신은 하루속히 번우기를 흉노로 보내 진나라의 시선을 그 쪽으로 돌리도록 하고, 서쪽으로는 삼진(三晉)과 조약을 맺으며, 남쪽으 로는 제, 초와 동맹하고, 북쪽으로는 흉노의 선우와 화평을 맺어야 한다 고 말씀드렸지요. 그렇게 국가의 안정을 다진 이후에 농상을 장려하여 국부(國富)를 증강하고 또한 가혹한 법률을 풀어주며 세금을 적게 거두 어 백성을 평안케 하는 등 그 옛날 조무령왕(趙武靈王)이 하신 것처럼 군병을 정비해야 한다고 주청했습니다. 하지만 태자께서는 너무나 급히 일을 서두르시느라 소신의 간언을 받아들이지 않으셨습니다. 그런데 이제 사태가 이 지경에 이르렀으니 설사 제나라의 명재상이었던 관중이나 영(嬰)이 다시 태어난다 해도 해결하기 어려운 일이 되었습니다.」

국무가 지난 과거를 들먹이며 자신을 나무라자 태자 단은 얼굴을 붉히며 어찌할 바를 몰라 했다.

「태부의 말씀이 옳습니다. 태부의 간언에 따라야 했는데 이 몸이 너무 분한 나머지 모든 것을 급하게 생각해서 일을 그르쳤습니다. 이는 진실로 저, 단의 잘못입니다. 하지만 번우기 장군은 저의 오랜 벗으로 의리를 저버릴 수가 없었습니다. 이를 두고 옛말에 '동명상조, 동류상구(同明相照同類相求)'라 하였지요. 이제 진나라가 그 사건을 핑계로 저를 압박한다 해도 어쩔 수가 없습니다. 다만 지금 당장 국가의 사직이 어려움에 처해 있으니 태부께서 혹 좋은 방안이 있으면 저에게 말씀해 주십시오.」

그러자 국무가 고개를 설레설레 흔들며 한숨을 내리쉬었다.

「나라가 위기에 처해 있다고 말씀하시지만 제가 보기에는 아직도 태자는 태평하십니다. 태자께서는 어찌하여 커다란 재앙이 닥쳐왔는데도 복록(福祿)만을 구하려 하십니까. 한 사람에 대한 의리 때문에 국가의 안위를 돌보지 않으셔도 되는 겁니까? 이는 마치 원한을 끌어와 재앙을 부르는 격이옵니다. 아, 이 몸은 너무 늙어 중임을 맡을 수가 없습니다. 그래서 말씀드리는데, 소신은 전광(田光) 선생을 추천하겠습니다. 그는 지략과 용맹을 겸비한 인재로 태자를 충분히 보필할 수 있을 것입니다. 더 이상 드릴 말씀이 없으니 소신은 이만 물러갈까 하옵니다.」

태부 국무의 말에 단은 그를 배웅하며 전광을 데리고 다시 한 번 와주기를 부탁하였다. 이날 오후가 되자 국무는 전광을 이끌고 다시 동궁(東宮)으로 들어왔다. 이들이 온다는 소식에 단은 궁 입구까지 나와 두 사람을 맞이하였다. 단은 국무가 적극 추천한 전광이란 인물을 뚫어지게 바라보았다. 전광은 도골선풍(道骨仙風)의 모습으로 눈발이 날리듯 하늘로 치솟은 긴 눈썹 아래 두 눈이 빛을 발하고 있었다. 그는 허리에 활을 차고 등에는 금을 메었으며 양가죽으로 만든 옷을 입었는데 포는 걸치지 않았다.

단은 국무의 말을 듣고 전광이 문벌 좋은 가문의 자제일 것으로 예상했었다. 그런데 만나보니 뜻밖에도 차림새나 생김새가 모두 자신의 생각에서 완전히 빗나간 듯하여 실망의 눈빛을 거두지 못했다. 국무가 이런 단의 심정을 알아차리고 헛기침을 하면서 입을 열었다.

「공자께서 이르시기를 '사람의 용모를 보고 인재를 구한다면 구하려는 마음의 크기만큼 인재를 놓친다'고 하였습니다. 지금 우리 연나라는 진의 압박으로 위기에 처해 있습니다. 이런 어려움을 이기려면 전광 선생의 계책을 받아들이셔야 할 것입니다.」

그러자 전광이 침묵을 깨고 강한 눈빛으로 단을 바라보며 말했다.

「천리마는 하루에 천 리를 달린다고 합니다. 그러나 그것도 혈기왕성할 때의 이야기일 뿐입니다. 태자께서도 보시다시피 소신은 이미 늙어 그런 힘이 없습니다. 그런데 태자께서 이 몸을 천리마처럼 여길 수 있으시겠습니까?」

단은 그의 말에 안타까운 마음으로 탄식했다.

「하늘이 연을 저버리는구나! 주무왕이 은주를 벌하고 선대 조상이신 소공석(召公奭)을 연에 봉한 이래로 이미 9백여 년이 지났건만 이제 와서 운이 다했다는 말인가!」

한참 동안 자신의 가슴을 내리치던 단은 자리에서 일어나 전광 앞에 무릎을 꿇었다.

「저는 오랫동안 타국에서 인질로 있어 국사에 눈이 어둡습니다. 선생께 가르침을 구하니 도움을 주십시오. 강태공은 나이 칠십에 주문왕을 만나 그 뜻을 펼쳤다고 하는데 선생은 그보다는 젊지 않습니까. 지금 나라가 위험한 지경인데 선생께서는 그냥 앉아 보고만 있으실 생각이십니까?」

전광은 단이 지극한 정성과 예의로써 가르침을 구하는 모습에 매우 감동하였다.

「처음에 태자께서 와신상담(臥薪嘗膽)을 결심하시고 지난 십 년 동안 준비를 하셨다면 태부의 보좌만으로도 충분했습니다. 하지만 그 모든 것이 이미 지난 일이 되었습니다. 그러나 아직 태자를 도울 선비를 구하는 일은 늦지 않은 듯하옵니다.」

전광이 또다시 다른 사람의 이름을 들먹이려 하자 단이 완강한 표정으로 고개를 가로저었다. 그런 단의 모습에 전광이 빙그레 웃으며 다시 입을 열었다.

「신 전광은 너무 늙어서 중책을 감당할 수 없습니다. 소신에게 형(荊)이라는 막역한 벗이 있는데 그는 지략과 용맹을 갖춘 보기 드문 인재입니다.」

그러자 단이 급하게 전광의 말을 가로막았다.

「지략과 용맹을 갖춘 인재라면 제 곁에도 몇 명 있습니다. 저에게는 오직 계책을 세울 인재가 필요할 뿐입니다.」

단의 굳은 표정에 전광이 얼굴빛을 단정히 하고 말했다.

「계책은 형 경의 가슴 속에 있습니다. 태자께서 지략과 용맹을 갖춘 인재를 얻으셨다고 하시는데 그들이 누구입니까?」

단이 대답했다.

「진의 맹장이었던 번우기, 용사(勇士) 진무양(秦武陽), 상객(上客) 하부자(夏扶子), 그리고……」

단의 말에 전광이 소리 높여 웃음을 터뜨렸다.

「하하하, 그 사람들이라면 소신도 이미 만나보았습니다. 하부자는 혈기 방장한 용사이지만 화가 나면 얼굴이 금세 붉어지고, 번우기는 힘 좋은 장수이지만 그 역시 분노를 참지 못하며, 진무양은 뼈대가 있는 열혈 청년이지만 자신의 감정을 감추기 어려워 합니다. 그러나 형 경은 아무리 화가 나고 급한 일이 있어도 얼굴색 하나 변하지 않는 인물입니다.」

전광의 말에 단은 호기심을 느끼며 질문을 던졌다.

「선생께서 말씀하시는 용사란 또 어떤 특징이 있습니까?」

「뛰어난 용사는 망령되이 말하지 않고 성격이 급하지 않으며, 즐겁거나 분하거나 슬프거나 괴로울 때에도 전혀 얼굴색이 변하지 않고, 치욕이나 괴로움을 당해도 마음의 동요가 없는 사람을 가리킵니다. 그 정도의 수양을 갖춘 용사는 이 세상에 형 경 단 한 사람뿐입니다.」

전광이 자신있는 어조로 말했지만 단은 여전히 의아한 표정을 지우지 못했다.

「그 정도의 인재라면 이미 널리 알려졌을 텐데 저는 그의 이름을 오늘 처음 들어봅니다. 그 사람의 능력을 선생과 비교하면 어느 정도입니까?」

전광은 태자가 그를 못 미더워 하자 목소리에 더욱 힘을 주었다.

「태자, 형 경은 위나라 사람입니다. 이름은 가(軻)이며 선조는 제나라 에서 살았지요. 형 경은 학문에 뛰어나고 검술에도 능합니다. 가슴에 커 다란 뜻을 품고 있는 그를 가리켜 위나라 사람들은 경 경(慶卿)이라 높 여 부른답니다. 그가 연에 들어오자 연나라 사람들이 형 경이라 불렀지 요. 평시 때 그는 계(薊) 지역 출신의 구도부(狗屠夫;개를 도살하는 사 람) 송의(宋意), 악사(樂師) 고점리(高漸離)와 어울리며 저잣거리에서 술을 마십니다. 그들은 그럴 때마다 시국을 논의하고 고금(古今)의 경전 을 읽습니다. 그러다가 흥이 일어나면 송의가 칼춤을 추고 고점리가 축 을 뜯으며, 형 경은 초빙가(楚聘歌)라는 노래를 부르곤 하지요. 그는 각 국을 두루 유람하여 세상의 이치에 밝고 지혜로운 현사들과 많은 교분 을 맺고 있습니다. 형 경은 호걸 중의 호걸이고 용사 중의 용사입니다. 아마 세상에 그와 비견될 사람은 없을 것입니다.」

전광의 곁에서 조용히 이야기를 듣고 있던 국무가 얼른 끼어들었다.

「천하에 누가 감히 초빙가를 부르는 사람이 있겠습니까. 그 노래 속에 는 천하가 비록 넓고 제후들이 많지만 결코 문무(文武)의 성덕(聖德)을 갖추지 못하였으니 어찌 자신을 알아보겠느냐는 통렬한 비판이 담겨 있 습니다. 그 뜻의 원대하고 심오함은 감히 헤아리기 어려울 정도입니다.」

그제서야 단은 옷깃을 여미고 전광에게 다시 절을 올리며 말했다.

「그분과 교분을 맺을 수 있도록 도와주십시오.」

전광도 태자에게 예를 올리며 대답했다.

「태자의 뜻을 그대로 전하겠습니다.」

「오늘 일은 선생과 저만의 비밀입니다.」

단이 궁문에까지 전광을 배웅하면서 이렇게 말하자 그는 하늘을 바라보며 껄껄 웃었다.

동궁으로 돌아오던 단은 대군에서 새로이 조왕으로 추대된 공자 가의 특사로 희단이 연나라로 들어와 궁에서 기다리고 있다는 급보를 받았다. 희단과 단은 비교적 친한 사이로 왕래가 끊이지 않았다. 반갑게 인사를 나누고 자리에 앉은 두 사람의 심정은 착잡하기만 했다. 희단의 고국인 조는 이미 진나라에 멸망하였고, 단의 연나라는 국세가 급속도로 기울어지고 있었기 때문이었다.

희단은 조대왕(趙代王)이 각국과 연결하여 진나라에 대항하려던 계획이 실패하였다는 이야기를 꺼내며 매우 안타까운 표정을 지었다. 태자 단도 이미 태부 국무의 요청으로 각국에 사신을 보내 합종책을 획책하였지만 모두 실패하였다. 위나라는 진에 신국(臣國)을 자청하였고 제나라의 국상(國相)인 후승(后勝)은 진과 맹약(盟約)을 맺었으며 초나라는 내분으로 어지러운 상태였다. 단이 추진한 합종책은 각국의 이러한 사정으로 이루어지지 못했다. 두 사람은 이런저런 이야기를 나누며 술로 울분을 달랬다.

한단성의 일을 전해주던 희단이 진왕 영정의 잔혹한 처사를 비난하기 시작했다. 그는 한단성의 협사 왕단을 거론하며 태자 단에게 비장한 어투로 말했다.

「함양에 가서 영정을 죽이겠다는 협객 왕단의 각오가 대단합니다.」

단은 술기운에 그만 비밀을 누설하고 있는 희단을 물끄러미 바라보았다. 그는 영정을 죽이겠다는 희단의 말을 곰곰이 생각해 보았다.

'그래, 맞아. 영정을 죽이는 거야. 그렇게 되면 진나라는 곧 혼란에 빠질 테지. 기회만 잡는다면 성공할 수 있어. 앉아서 죽기만을 기다릴 수는 없지.'

눈 앞에 영정의 얼굴이 떠오르자 단은 두 주먹을 불끈 쥐고 입술을 깨물었다.

이때 술에 취한 희단이 술잔을 높이 들어올리더니 떠들어댔다.

「태자, 잔을 높이 들고 노(魯)나라의 조말(曹沫)을 위하여!」

「하하하, 그럽시다. 노의 조말이 아니고 우리 연의 조말을 위하여!」

단은 술을 단숨에 입 속에 털어넣은 후 크게 숨을 내쉬었다. 단의 말을 되새겨 보던 희단이 그에게 물었다.

「연나라에 조말이 있습니까? 그는 누구입니까? 그 사람도 왕단처럼 함양에 가겠답니까?」

「가면 무엇하고 안 가면 무엇하겠소?」

단은 술기운에 횡설수설하는 희단에게 화를 내는 듯 퉁명스럽게 대답했다.

「그가 만일 함양에 간다면, 제게 아주 중요한 보물이 하나 있는데 그를 위해 주고 싶습니다.」

희단이 엉거주춤하며 허리춤에서 금낭(金囊) 하나를 꺼냈다.

「이 주머니에는 독약이 있습니다. 이 독약은 냄새만 맡아도 혼절하고 입에 대면 곧바로 죽습니다. 이것을 영정에게 쓰도록 하십시오.」

그러자 단이 씁쓰레하게 웃으며 품 속에서 비수를 한 자루 꺼내 희단에게 보여주었다.

「정말 훌륭한 비수입니다. 찬 기운이 뼛속까지 스며드는군요.」

비수를 자세히 보던 희단이 손자루에 새겨진 '서(徐)'자를 보고 깜짝 놀라며 중얼거렸다.

「어찌하여 우리 조나라의 서부인이 애지중지하던 보물이 태자의 손에까지 흘러들어갔단 말인가.」

그 말에 태자 단이 크게 웃으며 대답했다.

「하하하, 이 비수는 문신후 대인이 준 겁니다. 이날이 올 줄 알고 미리 주셨나 봅니다.」

「문신후 대인?」

희단이 고개를 저으며 영문을 모르겠다는 표정을 지었다. 그러자 단이 그에게 그간의 사정을 자세히 설명하였다.

「문신후 대인이 낙양으로 유배될 때 이 몸에게 이 비수를 주었지요.

그런데 이제 와서 이것이 영정에게 쓰이다니 우연치고는 너무나 기막히지 않소?」

희단이 그 말에 고개를 끄덕였다.

「푸르고 푸른 하늘도 빈틈이 없다고 하더니만 여 승상의 예지력은 대단합니다.」

「그렇소이다. 이 몸은 오로지 연의 조말을 기다릴 뿐입니다.」

단이 결연한 표정으로 말했다. 이때 밖에서 번우기가 도착했다는 보고가 들어왔다.

「그가 태자께서 말씀하시는 조말입니까?」

단이 아무 말 없이 고개를 가로저었다. 대전으로 들어온 번우기가 무릎을 꿇고 예를 올렸다.

「죄장(罪將) 번우기는 태자마마의 두터운 은혜를 입었으나 재주가 미약하여 아직껏 보답을 하지 못하고 있습니다. 이제 진군이 중산에 주둔하여 연을 압박하고 있으니 죄장은 함양에 잠입해 폭군 영정을 제거하여 천하의 근심을 풀어주고 싶습니다.」

번우기의 말에 단과 희단은 서로 얼굴을 바라보며 흐뭇한 표정을 지었다.

「번 장군, 장군의 뜻은 가상하나 장군은 이미 진나라에 널리 알려진 인물이라 쉽게 탄로날 위험이 있소이다.」

단이 멀리 밖을 내다보며 말을 이었다.

「그래서 이 몸은 다른 곳에 번 장군을 중용하는 날이 오기를 기다리고 있소. 그때가 되면 말씀드리리다.」

번우기가 물러가자 희단이 단에게 다시 물었다.

「번 장군이 연의 조말이 아니라면 과연 그는 누구이며 어디에 있습니까?」

그러나 단은 빙그레 웃음을 지음으로써 그 대답을 대신했다.

이미 날이 저물어 창밖으로 검은 기운이 들어오고 있었다. 태자는 등불을 밝히라고 지시하고 계속 자리를 지킨 채 사람을 기다렸다. 이윽고 궁내부 대신이 들어와 단에게 나지막한 목소리로 소식을 전했다.

「태자마마, 형 경이 알현을 요청하였사옵니다.」

이 말을 들은 단이 벌떡 일어나 밖으로 뛰어나갔다.

한편 단의 부탁을 받은 전광은 동궁에서 나오는 즉시 형가의 집으로 부리나케 달려갔다. 하늘에는 함박눈이 쏟아져 대지를 하얗게 덮었고 찬 바람이 눈발을 뚫고 세차게 불어오고 있었다. 전광은 이런 날씨라면 분명히 형가가 방에서 술을 마시며 책을 읽고 있으리라 생각하였다. 하지만 막상 그의 방에 들어가 보니 사람 그림자조차 보이지 않았다.

「이런 날씨에 어디로 간 걸까. 그렇지, 고점리한테 갔겠구만.」

전광은 급히 고점리의 집으로 발걸음을 돌렸다. 고점리 집의 대문을 열고 마당에 들어서니 마침 형가가 고점리가 켜는 축에 맞추어 노래를 부르고 있었다.

선생께서 노나라를 보고 싶어 하시지만 구산이 가로막았네
나무 벨 도끼가 손에 없으니 구산을 어이하랴.

형가의 노래에는 구슬프고 안타까운 심정이 절절이 배어 있었다. 이 노래는 노나라의 계환자(季桓子)가 제나라에서 보낸 미녀에게 빠져 공자의 간언을 듣지 않자, 공자가 노나라를 떠나면서 고향 산천인 구산을 바라보며 한탄하던 모습을 읊은 시였다.

전광은 애달픈 형가의 노래를 들으며 안으로 성큼성큼 들어갔다.

「형 경의 재주는 예나 지금이나 변함이 없구려. 하하하, 방금 전 나무 벨 도끼가 없다고 하시었소? 그렇다면 형 경이 말하는 구산은 다름 아닌 진나라이겠구려. 연나라 태자 단은 가히 도끼라고 말할 수 있겠으니 형 경이 구산에 오르는 게 어떻소?」

형가는 전광이 나타나자 마당으로 내려와 그를 마중하며 말했다.

「오랫동안 뵙지 못했더니 선생님은 농담도 잘 하십니다.」

방안에 들어간 전광은 자리에 앉아 술 두 잔을 연이어 마시고는 조금

전 태자 단과 은밀히 나누었던 이야기를 꺼내며 형가에게 입궁을 권하였다. 그의 말에 형가는 한동안 아무 말도 하지 않고 침묵을 지키더니 두 손을 들어올리며 사양하겠다는 표시를 하였다.

「저는 우둔하기 짝이 없어 죽음이 무섭지는 않지만 태자께 누만 끼칠까 두렵습니다.」

그러자 전광이 고개를 가로저으며 그를 설득하기 시작했다.

「형 경과 같은 천하의 현사를 만나기는 쉽지 않소. 내가 배운 학문에 의하면 대장부는 행동에 있어 남한테 의심받을 일을 해서는 안 된다고 하였소. 태자께서는 이 몸에게 절대로 비밀을 누설하지 말라고 당부하셨지요. 대장부는 한세상을 살면서 품행과 언행이 바르고 진실해야 하며 또한 한 번 한 약속은 반드시 지켜야 하오. 이 몸은 동궁에서 나온 즉시 바로 죽은 몸이 되었소. 나라의 비밀을 결코 누설하지 않을 것을 맹세하며 형 경에게 부탁하니 부디 입궁을 해주시오.」

형가에게 간절한 목소리로 부탁을 한 전광은 형가와 고점리에게 가볍게 인사를 하고는 급히 밖으로 나갔다. 그러더니 마당 한가운데서 패검으로 자신의 목을 힘껏 찔렀다. 두 사람이 말릴 사이도 없이 전광은 의리와 비밀을 위해 기꺼이 자신의 목숨을 버린 것이었다. 고점리는 형가에게 전광의 충절과 의리를 보아서라도 반드시 입궁을 하라고 권했다.

「전광 선생은 태자와의 비밀을 지키기 위해 기꺼이 목숨을 바쳤네. 그대가 천하의 협사로 진정 충과 의를 생각한다면 태자에게 의탁하는 게 옳다고 보네. 어지러운 천하를 평정하여 그 이름이 청사(靑史)에 길이 남을 기회는 이번뿐일 거야.」

형가는 전광의 시신 앞에 무릎을 꿇고 눈물을 떨구며 중얼거렸다.

「선생께서 의를 위해 목숨을 초개와 같이 던졌는데 어찌 칠척(七尺)의 이 몸을 아까워 하겠습니까.」

형가는 전광의 시신에 세 번 머리를 조아리고 곧 동궁으로 발길을 옮겼다.

희단은 연 태자 단이 그토록 흠모하고 기다리던 사람이 들어오자 그의 행색을 유심히 살펴보았다. 그런데 잔뜩 기대했던 형가의 모습이 뜻밖에 빈약해 보이자 그는 아주 실망한 표정을 지었다. 단은 형가가 소복을 하고 나타나자 매우 놀란 표정으로 그 연유를 물었다.

「전광 선생은 태자마마와의 비밀을 지키고 소인을 입궁시키기 위해 스스로 목숨을 끊으셨습니다.」

희단은 그 말을 듣고 깜짝 놀라 다시 한 번 형가를 바라보았다. 그때야 그는 형가의 두 눈에서 쏟아지는 안광을 확인하고 고개를 흔들며 밖으로 물러났다. 전광이 세상을 떠났다는 소식을 들은 태자 단은 바닥에 무릎을 꿇고 전광이 목숨을 버린 곳을 향해 절을 올리고 통곡을 하였다.

「제가 대사(大事)를 그르치지 않기 위해서는 절대 비밀을 누설해서는 안 된다고 당부했는데 그 말이 전광 선생을 돌아가시게 한 꼴이 되었군요. 전광 선생께 죽음으로 뜻을 보이라고 한 것은 아니었는데……」

단은 무척 상심한 듯 오열을 멈추지 않았다.

잠시 후 겨우 울음을 그친 단은 고개를 들어 전광이 보낸 형가의 모습을 자세히 뜯어보았다. 딱 벌어진 어깨와 다부진 입술을 가진 형가는 매우 강인해 보였다. 그는 말과 행동에 절도가 있었으며 예의와 품행이 단정하였는데, 그런 모습을 본 단은 전광의 안목에 새삼 감탄하였다. 단은 형가에게 자리를 권한 뒤 스승을 받드는 의식으로 그에게 절을 올렸다.

「전광 선생은 불초한 저를 어여삐 보시고 형 경을 천거하여 주시었소. 이는 진실로 하늘이 우리 연나라를 버리지 않으셨다는 징표라고 생각하오. 지금 진왕 영정은 우리 국경에 병마를 주둔시키고 침략의 기회만을 노리고 있는데 솔직히 우리 연의 힘으로는 막아내기가 벅찹니다. 아시다시피 이미 한과 조는 망하였고 나머지 나라들은 모두 진을 두려워 하여 제가 제안한 합종책도 소용이 없게 되었소. 그래서 저는 진왕을 암살하여 진나라를 혼란에 빠뜨리려는 계책을 꾸몄는데 이에 대해 형 경의 높으신 의견을 듣고 싶소.」

조용히 단의 말을 경청하던 형가가 입을 열었다.

「그런 일은 국가의 대사이거늘 어찌 우둔한 이 몸에게 맡기시려 하십니까. 태자마마의 문하에는 숱한 문객들이 있다고 들었습니다.」

그러자 단은 다시 그에게 예를 올리며 의견을 구하였다. 형가는 단의 말과 표정에 진실이 깃들어 있다는 생각이 들자 비로소 고개를 끄덕였다. 형가가 자신의 뜻을 받아들이자 단은 그 자리에서 형가를 상경의 자리에 임명하고 국빈(國賓)이 머무는 곳에 거처를 마련해 주었다. 그리고 그 이튿날 형가와 함께 교외로 나가 소, 말, 양을 잡아 하늘에 예를 올리는 태뢰(太牢)를 거행하고 서로의 믿음을 거듭 확인하였다.

그러던 어느 날 형가와 함께 동궁의 연못에서 이야기를 나누던 단은 갑자기 허리에 차고 있던 보석과 귀한 구슬들을 모두 연못에 내던지고 앞으로 더욱 청빈한 삶을 실천하겠다는 의지를 형가에게 보여주었다. 이 날 형가는 자신의 처소로 돌아오면서 태자 단이 타고 있는 천리마를 보며 지나가는 말로 우스갯소리를 하였다.

「소문에 천리마의 고기가 아주 맛이 있다고 하던데 태자께서는 이런 이야기를 들어보셨습니까?」

이 말에 단은 그날 저녁 곧바로 자신이 타고 다니던 천리마를 잡아 안주로 삼고 술과 함께 악기를 연주하는 미녀 한 명을 형가의 처소로 보냈다. 이런 단의 마음 씀씀이에 감동한 형가가 그 즉시 동궁으로 달려와 무릎을 꿇으며 소리쳤다.

「진실로 이 사람을 이토록 아껴주시다니 무엇이 두렵고 무엇이 아깝겠사옵니까?」

단 앞에서 형가는 눈물을 떨구며 한동안 자리에서 일어나지 못했다.

진왕 영정 20년(BC 227년) 봄, 사일(社日)이 가까워 오자 진나라 함양성은 매우 복작거리기 시작했다. 당시 진나라에서는 사제(社祭)와 납제(臘祭)가 행해졌는데, 그 중 사제란 봄이 시작될 무렵 오곡과 흙을 제단에 바치고 그 해의 농사가 잘 되도록 보살펴 달라고 하늘에 예를 올리는 풍속으로 춘사(春社)라고도 불렸다. 이날은 마침 진왕이 제위에 오른 지 스무 해째 되는 날이기도 하였다.

영정은 한과 조, 두 나라를 정벌한 기쁨에 국고에서 돈과 양식을 꺼내

전국의 마을마다 쌀 한 석(石), 술 두 단지, 양 두 마리를 내리고 백성들
이 명절을 즐겁게 지낼 수 있도록 하라고 명하였다. 또한 그때까지 관례
적으로 옹성에서 치르던 제례를 국도인 함양성으로 옮겨 거행키로 하였
다. 이로 인해 함양성의 백성들은 춘사를 더욱 중시하게 되어 집집마다
청소를 하고 술을 빚고 제단을 마련하느라 무척 분주하였다. 춘사는 입
춘이 지난 뒤 다섯번째로 돌아오는 무일(戊日)에 지냈다.

　이날 날씨는 매우 맑았다. 거리마다 복숭아 새순이 돋아나고 시냇가에
늘어진 버드나무가 바람결에 하느적거렸다. 묘시가 되자 명절을 정식으
로 알리는 커다란 종소리가 성내에 울려퍼졌다. 그리고 그 소리에 맞추
어 수천 개의 종이 일제히 울리기 시작했다. 사람들은 각자 자신의 손에
들려 있는 종을 치며 그 소리가 제단에까지 이르기를 소망하였다. 제단
은 위수의 북쪽 언덕에 자리한 너른 초원에 마련되었는데, 사방이 훤하
게 뚫린 제단 주위를 계수나무가 둘러싸고 있었다. 햇빛에 반사되어 번
쩍거리는 창을 높이 치켜든 위사들이 질서정연하게 제단의 사방에 서
있는 모습이 주변 분위기를 더욱 엄숙하게 만들었다. 제단은 1장 2척(二
尺;약 50센티미터) 정도의 높이로 흙을 다져 둥글게 만들었고 사방으로
36개의 계단을 놓았다. 단 위에는 비룡무봉(飛龍舞鳳)과 해, 달이 수놓아
진 깃발이 봄바람에 일렁이고 있었다.

　북소리가 울리자 가면을 쓴 남자 다섯 명이 사방에서 걸어나와 단 위
로 올라갔다.

「사방오제(四方五帝)가 등단(登壇)하는구나!」

　단 아래에서 지켜보던 사람들이 소리쳤다.

　사방오제는 천하를 다스리는 신을 말하는데, 동쪽 계단으로 오르는 사
람은 청제(靑帝)를 상징했다. 그는 푸른 포를 걸친 채 목에는 푸른 등줄
기와 개나리꽃 화환을 걸고 손에는 푸른 규옥(圭玉)을 들었다. 또한 남
쪽 계단에서 나타난 사람은 적제(赤帝)를 가리키는데 그는 붉은 포를
입고 손에 붉은색 구슬을 들게 되었다. 북쪽 계단으로 오르는 사람은 흑
제(黑帝)를 상징하며 검은 옷에 현옥(玄玉)을 손에 들고, 서쪽 계단으로

등장하는 이는 백제(白帝)로서 흰 옷에 흰 구슬을 쥐었다. 한편 단의 중앙에 서 있는 사람은 황제(黃帝)로, 그는 금색의 화포(花袍)를 걸치고 두 손에 빛나는 누런 옥(玉)을 받들고 있었다. 오제를 상징하는 차림을 하고 단에 오른 사람들은 모두 함양성의 가문 높은 집의 자제들이었다.

잠시 후 단 위에서 오제신이 자리를 잡고 나자 아주 아름답게 생긴 열두 명의 소녀들이 나타났다. 그녀들은 보리, 콩, 피, 삼, 기장을 상징하는 복장으로 단 위로 올라가 오제를 에워쌌다. 곧이어 음악이 흐르자 이에 맞추어 단 위의 사람들이 춤과 노래를 부르기 시작했고, 그 사이 단 아래에서는 각종 희생물이 바쳐졌다. 태뢰삼생(太牢三牲)이라고 하는 소, 말, 양은 물론, 개와 살아 있는 물고기, 닭, 오리가 희생물로 연이어 올라갔다. 그 뒤를 이어 진나라 사람들이 사냥해 온 사슴, 곰, 이리, 늑대도 희생물로 제단에 올랐다. 술은 커다란 단지에 담겨 있었는데, 단지 몸통에 '복(福)' 자가 쓰여져 있었다. 단 아래에는 함양성의 왕실종친, 고관대작은 물론이고 소관리, 전주(田主), 부호, 서민들이 자신의 운(運)과 복(福)을 빌기 위해 마련한 음식들로 가득 찼다.

단 위에서 벌어지고 있는 춤과 노래에 맞추어 그 아래에 있던 백성들이 장단을 치고 노래를 따라 부르며 웃고 떠들어댔다. 그들은 오제신이 흡족해 하는 모습에 함께 즐거워 하며 자신들의 복과 풍년을 빌었다. 흥이 무르익어가자 사람들은 서로 얼굴을 바라보며 인사를 나누기도 하고 상대의 복을 축원하느라 정신이 없었다. 축원하는 순서가 지나자 장내는 잠시 숙연한 분위기가 되었다. 이때 중년 사내 하나가 물샐 틈 없이 모여 있는 사람들 사이를 비집고 안쪽으로 걸어나왔다. 사람들이 눈을 흘기며 그 사내에게 짜증을 내고 욕설을 퍼부었지만 그는 전혀 아랑곳없이 사람들 사이를 비비적거리며 단 바로 아래쪽까지 걸음을 옮겼다.

그때 진나라의 중대부 안설은 계수나무 아래 커다란 바위 위에 올라서서 몹시 불안한 얼굴로 단상에서 펼쳐지고 있는 춤과 노래를 바라보고 있었다. 안설은 갑자기 뒤쪽에서 웅성거리는 소리가 들리자 얼른 고개를 돌렸다. 중년 사내 하나가 그를 바라보며 다가오고 있었다. 그 얼굴

을 본 안설은 오랫동안 기다렸던 사람을 만난 듯 서둘러 바위에서 뛰어
내려 그쪽으로 달려갔다. 반갑게 인사를 나눈 두 사람은 재빨리 제단에
서 멀리 떨어진 곳으로 자리를 옮긴 후 품에서 옥기(玉器)를 꺼내 교환
하였다. 서로의 신분을 확인한 안설과 그 사내는 춘사를 맞아 임시로 세
워진 주점 안으로 들어갔다. 그런데 뜻밖에도 주점 점원이 이들의 앞을
가로막고 나섰다.

「두 분 손님, 죄송합니다. 이 객점은 중서자 몽 대인께서 이미 예약을
하시었으니 다른 객점으로 자리를 옮기시기 바랍니다.」

그 말에 안설은 피식 웃으며 승상부의 명패를 꺼내 보였다.

「몽의 대인이 어떻다고? 그 사람은 제례가 끝나야 올 테니 잠시 한 잔
하고 가겠네.」

중년 사내가 얼른 품에서 돈 반량(半兩)을 꺼내 노복의 손에 쥐어주었
다.

「잠시면 되네. 몽 대인이 오기 전에 자리를 뜰 테니 걱정하지 말게나.」

그제서야 하인은 길을 비키고 두 사람에게 자리를 권하였다.

「왕 승상과 이 사람은 태자에게 깊은 은혜를 입은 몸입니다.」

안설이 자리에 앉으며 낮은 목소리로 입을 열었다. 중년 사내는 연 태
자 단의 측근으로 단의 두터운 신임을 받는 사람이었다. 단이 함양성에
인질로 있을 무렵 중년 사내는 안설과 깊은 교분을 맺었는데, 이날 그는
단의 명으로 왕 승상을 찾아왔던 것이다. 그의 임무는 진왕 영정이 연나
라의 사신을 받아들이도록 공작을 펴는 일이었다. 단은 연나라 일부의
땅을 진나라에 바치겠다는 의사를 표시하고 왕관을 통해 이 사실을 영
정에게 알리고자 하였다.

왕관은 연 태자 단이 갑자기 땅을 바치고 화해를 요청해 오자 여러 가
지로 의심스러웠다. 이는 단의 성격이나 포부로 보아서 결코 있을 수 없
는 행동이기 때문이었다. 왕관은 이번 일을 수락하면 뒤에 틀림없이 골
치 아픈 일이 생길 것으로 판단하였다. 그러나 왕관은 단의 요청을 그대
로 거절할 수가 없어 먼저 안설을 시켜 중년 사내를 만나게끔 하였다.

중년 사내를 물끄러미 바라보던 안설이 물었다.

「연 태자 단은 어찌하여 왕 승상을 만나려 하는 거요? 실제로 왕 승상은 이름만 승상일 뿐 실권은 없다오. 이런 일은 오히려 중서자로 있는 몽의 대인에게 부탁하는 게 제격일 것이오. 그는 대왕의 총애를 깊이 받는 몸이고 더욱이 중거부령 조고와 다투는 입장이니 더욱 합당한 인물일 듯싶소.」

「중거부령과 다투는 게 어떻게 합당한 이유가 되오이까?」

중년 사내가 의아한 표정을 지으며 물었다.

「중거부령은 하루빨리 대에 있는 조나라의 나머지 세력을 쳐야 한다고 주장하고, 몽 대인은 천천히 시간을 가지고 대응해야 한다고 주장하고 있소. 이런 때에 태자께서 연나라 땅 일부를 바친다고 하니 몽 대인의 지위를 더욱 부각시켜 주는 셈이 되지 않겠소?」

그 말에 중년 사내가 고개를 끄덕였다. 안설은 그의 귀에 무어라 속닥이더니 먼저 자리를 떴다.

제례는 신가(神歌)와 신무(神舞)의 순서가 끝나고 죽간(竹簡)에 서원(誓願)을 적어 하늘에 바치는 순서로 이어졌다. 조금 뒤 천룡포(天龍袍)를 걸치고 머리에는 금관을 쓴 영정이 단 앞으로 걸어나왔다. 영정은 손에 누런 이(彝;그릇의 일종)와 준(樽;잔의 일종)을 받들고 제신(祭神)에게 그것을 올리며 소리 높여 외쳤다.

「밭갈이와 씨 뿌리는 일이 제대로 이루어지고 곡식과 가축이 풍성하도록 서원하며 가뭄과 장마를 막아주옵소서!」

영정이 술잔을 올리자 단 아래 모여 있던 백성들이 만세 삼창을 외쳤다.

「대왕마마, 만세! 만세! 만만세!」

왕의 서원이 끝나자 그 뒤를 이어 대신들과 백성들이 저마다 준비한 음식과 술을 제신에게 올리며 축원을 올렸다.

연나라 사절인 중년 사내는 안설이 떠난 후 객점 문 옆에 서서 제례가 끝나기를 기다렸다. 잠시 후 몽의가 객점에 나타났다. 중년 사내는 몽의가 말에서 내리는 틈을 타 재빨리 그 앞으로 달려나가 바닥에 무릎을 꿇고 인사를 올렸다. 몽의는 놀라는 표정으로 한 걸음 뒤로 물러나 그의 얼굴을 자세히 살펴보았다. 그러나 처음 보는 얼굴이었다.

「대인, 지난날 소인이 제가 모시는 주인을 대신하여 옥(玉)을 드린 적이 있는데 기억하시겠습니까?」

몽의는 옥이라는 소리에 그가 바로 연 태자 단의 측근임을 생각해 냈다. 지난날 몽의는 단이 차고 다니던 옥을 빌렸다가 잘못 간수하여 그걸 깨뜨린 적이 있었다. 그때 단은 화를 내지 않고 오히려 다른 옥을 몽의에게 선사하였던 것이다.

몽의는 그 사내를 일으켜 세운 후 객점으로 데리고 들어갔다.

「그때의 일을 아직도 잊지 않고 있는데 은인의 사람이 이렇게 먼 곳에서 오시다니 반갑기 이를 데 없소. 그런데 연사(燕使)께서는 공무(公務)로 오신 것이오, 아니면 사적인 일로 오시었소?」

연사가 몽의의 눈치를 살피며 되물었다.

「공무이면 어떻고 사적인 일이면 어떻습니까?」

그러자 몽의가 정색을 하며 말했다.

「비록 내가 단 태자의 은혜를 입었지만 사적인 일은 들어줄 수가 없소. 〈상서(尙書)〉에도 이르기를 '공(公)으로 사(私)를 눌러야 백성들을 감싸 안을 수 있다'고 하지 않소. 난 사적인 부탁은 들어주기가 곤란하오.」

그 말에 연사가 빙그레 웃으며 대답했다.

「몽 대인께서는 역시 청렴하시고 원칙에 밝으신 분입니다. 오늘 제가 이곳에 온 이유는 사적인 일과 공적인 일, 두 가지 때문입니다.」

몽의는 불안한 눈으로 연사를 뚫어지게 바라보았다.

「태자께서는 지난 옛 정을 생각하시어 조그마한 선물을 대인께 드리고자 하시니 이는 사적인 일입니다.」

이렇게 말하며 연사가 품에서 흰 구슬을 꺼내 몽의에게 건넸다. 구슬을 받은 몽의가 놀란 표정을 감추지 못했다.

「아, 이건 연왕 대대로 내려오는 합벽구(合璧球)라는 구슬이 아니오? 이 귀한 것을……」

합벽구는 두 개의 구슬로 이루어져 있었는데 톱니처럼 날이 섰고 두 개를 합치면 빈틈없이 맞아떨어졌다. 구슬의 겉은 잔잔한 물결처럼 아주 곱고 푸른빛이 은은하게 흘러넘쳤으며 구슬 꼭대기에는 후예가 태양을 쏘는 전설이 새겨져 있었다.

몽의는 손바닥에 구슬을 올려놓고 신기한 듯 연신 쓰다듬었다.

「이렇게 귀중한 보물을 주시다니, 무슨 중요한 부탁이 있겠구려.」

「이번에는 공적인 일입니다. 지금 천하의 반쪽이 진나라에 귀속되었습니다. 우리 주군께서는 진나라에 대항한다는 것은 무모하다고 생각하시어 연의 땅 일부를 바치고 신을 칭하기로 하였습니다. 연의 땅에 병화(兵禍)가 미치어 백성이 도륙당하는 일은 막자는 뜻입니다. 그러니 몽 대인께서는 진왕마마께 이 사실을 전하여 주시고 연나라 사신을 알현하시도록 힘써 주십시오.」

잔뜩 긴장했던 몽의는 연사의 말에 크게 소리내어 웃었다. 그는 합벽구를 품안에 조심스럽게 집어넣으며 대답했다.

「그 일이라면 너무나 쉬운 부탁이구려. 연왕은 정말로 현명한 판단을 하였소. 내일 아침 좋은 소식을 전할 테니 기다리시오.」

다음날 몽의는 정위 이사, 전객 왕오와 함께 입궁하여 영정을 알현하는 자리에서 연왕이 항복을 하고 사신을 파견하려 한다는 소식을 전했다. 그러자 영정은 매우 기분이 좋은 듯 선뜻 연나라 사신의 입국을 허락하였다.

23

실패

　단은 형가와 매일 만나 진왕 영정을 암살할 계책을 꾸몄다. 생각 끝에 두 사람은 영정에게 연의 영토 일부와 연나라 지도를 바치면서 그에게 접근하는 방식을 택했다. 형가는 단에게 자신의 오랜 친구인 송의가 동행해야만 이 일을 추진할 수 있을 것이라고 주장했다. 형가는 송의가 돌아오기를 기다렸지만 그는 좀처럼 진나라의 국경선을 뚫지 못하고 그곳에서 서너 달을 허비했다. 진나라 대장군 왕전은 역수(易水)의 남쪽을 막으며 서서히 연나라의 국경을 압박해 오기 시작했다. 태자 단은 더 이상 시간을 지체할 수 없다고 판단하고 형가를 입궁시켜 이 문제를 상의하였다. 단은 형가에게 진왕이 연의 항복을 받아들였다는 사실을 전했다.

　「진병(秦兵)이 역수를 건널 날은 얼마 남지 않았소. 그런데 형 경이 기다리는 협사는 아직 오지 않으니 이를 어쩌면 좋겠소? 나도 더 기다리고 싶지만 지금 상황이 매우 어려운 지경이오.」

　안타까워 하는 단을 바라보며 형가가 가볍게 미소를 지었다.

　「하지만 지금은 진왕 앞에 선다 해도 뜻을 이룰 수가 없습니다.」

　단이 답답한 표정으로 다시 입을 열었다.

「여 승상이 희단에게 넘겨 준 독약을 물에 타서 서부인의 비수를 담가 두었고 함양성의 지도도 준비되었으니 형 경께서 용사 한 명을 선발하여 떠나시면 되지 않겠소?」

「마마, 이 일은 송의가 없으면 절대로 안 됩니다. 용맹한 사내는 세상에 많지만 송의만한 사람은 없습니다.」

단의 제의를 형가는 한마디로 딱 잘라 거부했다. 그러자 단이 더욱 조급한 목소리로 말했다.

「동궁에 있는 무사 중에도 송의만큼 뛰어난 장사가 있소. 진무양(秦武陽)이라고, 그는 연소왕(燕昭王) 때 이름을 날린 진개(秦開)의 후손이오. 그는 열한 살 때 소와 맨몸으로 싸웠고, 열세 살 때에는 저잣거리에서 칼을 들고 날뛰던 원수를 한 주먹에 때려눕힌 적도 있소. 진무양은 그러고도 눈 하나 껌뻑이지 않은 용사 중의 용사요.」

말을 마친 단이 손뼉을 세 번 치자 여러 명의 용사가 커다란 청동솥을 힘겹게 들고 들어왔다. 네 발 달린 청동솥은 한눈에 보아도 육칠백 근은 넘어보였다. 잠시 후 우람한 체구의 장수가 안으로 들어왔다. 그는 맨살에 갑옷을 걸쳤고 허리에는 비단을 감았는데 얼굴은 샌님처럼 희였다. 형가는 그의 이마에 나 있는 사마귀를 보고 그가 바로 진나라에서 망명해 온 번우기임을 알았다. 번우기는 대전에 들어오자 단에게 간단한 예를 올린 후 청동솥 앞으로 뚜벅뚜벅 걸어갔다. 그러더니 두 팔을 벌려 청동솥을 끌어안고 힘차게 그것을 머리 위로 올렸다. 단이 눈짓을 보내자 번우기는 청동솥을 다시 바닥에 내려놓았다.

「이 장사가 진나라에서 혁혁한 명성을 날리던 번우기 장군이오.」

형가가 번우기에게 인사를 하며 말했다.

「장군의 명성을 오랫동안 흠모하고 있었는데 이 자리에서 만나게 되니 참으로 행운입니다.」

번우기는 아직 형가의 인물됨을 알지 못한 탓인지 시큰둥한 표정을 지으며 아무 말 없이 간단하게 인사를 하였다. 단이 다시 손뼉을 치자 밖에서 또 다른 장사가 들어왔다. 그는 짧은 바지를 입었고 허리에는 가죽

띠를 질끈 동여맸는데, 온몸의 근육이 산처럼 툭툭 불거졌고 어깨는 바다처럼 넓게 벌어져 있었다. 그의 거대한 체구와 다부진 눈매는 보는 사람에게 위압감을 주기에 충분했다. 단에게 예를 올린 그는 형가를 노려보며 큰 목소리로 소리쳤다.

「태자마마, 누가 저를 마다합니까?」

형가는 이 말에 그가 바로 진무양이라고 생각했다. 단은 형가를 힐끗 바라보더니 목소리에 힘을 주며 진무양에게 말했다.

「여기 계신 형 경은 연나라의 상경이니 그대는 무례를 범하지 마오.」

단이 진무양에게 형가를 소개하면서 청동솥을 들어올려 보라는 눈짓을 보냈다. 청동솥 앞에 성큼성큼 걸어간 진무양은 큰소리로 기합을 주더니 그것을 번쩍 들어올렸다. 곁에서 이를 지켜보던 번우기가 진무양의 힘이 대단하다고 느꼈는지 고개를 끄덕였다. 그런 모습에 단도 흐뭇한 표정을 지으며 형가에게 말했다.

「협사 송의와 비교해서 어떻소?」

형가는 무표정한 얼굴로 자리에서 일어나 갈의(葛衣)를 벗어 자리에 놓고 청동솥 앞으로 다가갔다. 형가는 진무양에게 청동솥을 내려놓으라고 손짓하고는 길게 심호흡을 하였다. 단과 진무양, 번우기는 청동솥 앞에 옷을 벗어놓고 선 형가를 어리둥절한 얼굴로 바라보았다. 단에게 예를 표한 형가는 청동솥의 두 귀를 잡고 일거에 머리 위로 들어올리더니 그것을 빙빙 돌렸다. 세 사람은 형가의 신력(神力)에 너무나도 놀라 입을 다물지 못했다. 형가는 청동솥을 세 바퀴 돌리고는 다시 그것을 바닥에 내려놓았다. 그러자 번우기가 제일 먼저 입을 열었다.

「형 경께서는 대단한 신력을 가지셨군요!」

단은 다시 한 번 형가를 바라보았다. 청동솥을 들어올리는 것과 그것을 빙빙 돌리는 일은 하늘과 땅의 차이만큼 컸다. 그러나 진무양은 놀라는 표정을 억지로 감추며 여전히 형가를 인정할 수 없다는 얼굴빛이었다. 이런 진무양의 마음을 읽은 형가가 큰 걸음으로 그에게 다가가더니 오른손으로 그의 어깨를 움켜잡았다. 그 모습은 마치 가느다란 젓가락으로 소의 등을 누르는 듯했다. 진무양은 형가의 완력에 당하지 않으려고 어깨에 힘을 주었지만 그의 작은 손에서 쏟아지는 힘은 진무양을 꼼짝 못하게 만들었다. 곧 진무양의 온몸에서 땀이 쏟아지고 얼굴이 창백하게 변하였다. 형가가 손에 더욱 힘을 주자 진무양은 그만 바닥에 털썩 주저앉고 말았다. 그런 모습에 형가는 빙그레 웃으며 뒤로 서너 걸음 물러난 다음 허리에서 패검을 뽑았다. 단이 놀라 자리에서 일어났다. 형가는 진무양을 향해 춤추듯이 검을 휘둘렀다.

「형 경! 진 장사를 살려주시오!」

단이 다급하게 소리쳤다. 그러나 형가는 그 소리에 아랑곳없이 진무양의 어깨와 배, 다리를 베어나갔다. 잠시 후 형가는 검을 거두어들이고 단에게 인사를 한 후 제자리로 돌아왔다. 혼이 빠진 진무양은 바닥에 주저앉아 식은땀을 흘리고 있었다. 그가 입고 있는 옷에는 인체의 급소마다 모두 구멍이 뚫려 있었다.

단은 형가의 놀라운 검술 솜씨에 박수를 쳤다.

「대단한 실력이오. 형 경의 솜씨를 보니 조말 선생이 연나라에 다시 태어난 듯하오.」

형가가 미소를 지으며 대답했다.

「과찬이십니다. 그다지 뛰어나지도 않은 기술에 불과합니다.」

진무양은 형가의 실력에 완전히 굴복하고 엉거주춤 자리에서 일어났다. 형가가 진무양에게 얼굴을 돌리며 말했다.

「그대는 나를 따라 진나라에 들어갈 채비를 갖추게나.」

진무양은 형가가 자신을 허락하자 고개를 몇 번이고 조아리며 감사를 표했다. 조금 뒤 진무양과 번우기가 밖으로 나가자 형가가 단에게 말했다.

「진나라에 바칠 우리 연의 지도만으로는 진왕의 주목을 끌 수가 없습니다. 다만 번우기 장군의 목에 아직까지도 현상금 천 냥이 걸려 있는데 이는 진왕이 그를 몹시 미워하기 때문입니다. 만일 지도와 함께 그의 목을 바친다면 진왕은 대단히 기뻐하며 의심하지 않을 것입니다. 그래야만 소신이 임무를 훌륭하게 마칠 수가 있습니다.」

「그렇게 할 수는 없소. 번 장군의 문제는 다시 한 번 생각해 주시오.」

단이 곤혹스런 표정으로 말했다. 그런 단의 모습에 형가가 길게 숨을 내쉬었다.

「태자께서는 진정 성인군자이십니다.」

형가는 침울한 표정으로 단에게 인사를 올리고 궁에서 물러났다.

이날 저녁, 형가는 화양궁(華陽宮)에 머물고 있는 번우기를 찾아갔다.

「어인 일입니까? 이곳까지 오시다니.」

번우기의 얼굴을 보는 형가의 심정은 착잡하기만 했다.

「장군과 깊이 상의할 일이 있어 왔습니다. 듣자 하니 번 장군의 혈족은 모두 진왕에게 살해되었고 장군의 목도 현상금이 걸려 있다고 하는데, 이 원한을 어떻게 갚을 생각이십니까?」

그 말에 번우기는 두 눈이 붉어지며 길게 탄식을 하였다.

「그렇지 않아도 이 몸은 매일 그 생각만 하고 있습니다. 그러나 아무리 그 고통이 뼈에 사무치고 피가 들끓어도 원수를 갚을 방법이 없습니다. 형 경께서는 무슨 좋은 방안이라도 있습니까?」

번우기의 물음에 형가가 더욱 침울한 목소리로 입을 열었다.

「이미 계책이 섰습니다. 연나라의 걱정도 해결하고 아울러 번 장군의 원한도 갚을 계획인데, 단 하나 번 장군의 결단이 필요합니다.」

번우기는 그 말에 귀가 번쩍 뜨여 목소리까지 떨리기 시작했다.

「묘책이 있다는 말씀입니까? 그렇다면 빨리 말씀해 주십시오.」

형가는 번우기의 두 손을 굳게 잡았다.

「저는 태자의 명을 받들어 조만간 진나라에 사신으로 떠납니다. 그러나 이번 길은 돌아올 수 없는 생의 마지막 여행이지요. 저는 궁핍과 전란에 지친 천하의 백성을 살리고자 진왕을 죽이러 갑니다. 이미 독약을 바른 비수도 준비하고 진왕을 배알하는 기회도 얻어놓았습니다. 이 몸이 진왕을 죽이고 진나라가 혼란에 빠져 망하게 되면 그것이 바로 번 장군의 복수를 의미하는 게 아니겠습니까?」

　형가의 두 눈을 본 번우기는 그가 말하고자 하는 진정한 속뜻을 알아
차렸다. 번우기는 옷깃을 여미고 자리에서 일어나 동궁을 향해 세 번 절
을 올렸다.

　「의를 위하여 이 한 몸 바치겠다는 결심을 한 지는 이미 오래되었습니
다. 이제 형 경의 말씀을 듣고 보니 마침내 그때가 된 것 같습니다. 저는
형 경의 거사가 틀림없이 성공하리라 확신합니다. 지금 죽어도 여한이
없습니다.」

　말을 마친 번우기는 형가에게 예를 표한 후 패검으로 자신의 목을 찔
렀다. 번우기가 스스로 목숨을 끊었다는 소식에 단은 단숨에 화양궁으로
달려왔다. 그는 번우기의 시체 앞에 무릎을 꿇고 통곡을 하였다.

　「번 장군과 함께 역수에서 진군과 일전을 치르려고 했는데 먼저 떠나
다니, 나는 어떻게 하라는 말씀이오!」

　형가가 울부짖는 단에게 조용히 말했다.

　「번 장군은 진실로 용감하고 의리 있는 사나이였습니다. 하지만 진왕
을 죽이기 전에는 진나라의 군대에 대항해서 도저히 이길 수가 없습니
다. 설사 손무와 오기가 되살아난다 해도 결코 승리할 수 없지요. 번 장
군은 그것을 알기 때문에 스스로 목을 내놓았습니다. 마마, 이는 하늘이
우리에게 내려준 마지막 기회입니다.」

　말을 마친 형가는 번우기의 시신에서 목을 떼어내 옥갑에 담고 썩지
않도록 소금을 뿌렸다. 단은 번우기의 장례를 후하게 지내도록 명하고,
형가에게는 하루빨리 출발하도록 재촉하였다.

　그런데 형가는 진무양을 데리고 떠나기로 약정한 자신의 결정에 깊은
후회를 하고 있었다. 형가는 단의 재촉을 어떻게든 피하며 송의가 돌아
오기만을 기다렸다. 단은 열흘이 지나도록 형가가 떠나지 않자 더 이상
참지 못하고 그를 찾아왔다.

　「형 경이 가시지 않는다면 저는 진무양을 사신으로 먼저 보낼 생각입
니다.」

　그 말에 형가가 흠칫 놀라며 소리쳤다.

「마마께서는 어찌하여 이 일을 그리 쉽게 생각하십니까? 진무양이 그런 일을 혼자서 처리할 수 있다고 믿으십니까? 며칠만 더 기다려 주십시오. 그때까지 소신이 기다리는 사람이 오지 않는다면 떠나도록 하겠습니다.」

이 말에 단도 어쩔 수 없어 자리에서 일어났다. 이때 밖에서 급히 궁인 한 사람이 들어왔다.

「진나라에서 급서를 보냈습니다!」

서신을 읽은 단이 노한 얼굴로 그것을 형가에게 건넸다.

「형 경도 읽어보시오. 사흘 이내에 사신을 보내지 않으면 연을 공격한다고 쓰여 있소.」

형가가 서신을 읽더니 단에게 말했다.

「이제는 다른 방법이 없게 되었습니다. 내일 진나라로 떠나도록 하겠습니다.」

형가는 사람을 진무양에게 보내 다음날 떠날 채비를 갖추라고 전했다.

함양성으로 떠나기 전날 밤 형가는 조상의 위패 앞에 술잔을 올리고 마지막 예를 갖추었다. 형가는 무릎을 꿇고 조상에게 절을 올리며 진왕 암살 계획이 반드시 성공할 수 있도록 기원했다. 형가의 조상은 제나라 사람으로, 본래 성씨는 경(慶)이었으며 후에 위나라로 거처를 옮긴 그의 부친은 그곳에서 대장간을 운영하였다. 형가의 눈 앞에 쇠망치를 휘두르던 아버지의 모습이 떠올랐다. 용광로에서 쇳물이 샘물처럼 흘러나오던 광경도 머리 속에 아련하게 스쳐지나갔다. 형가는 열두어 살 때부터 귀족의 자제들과 어울려 검술과 궁술을 익혔으며 학문에도 열중하였다. 관례를 치른 뒤 형가는 양친이 모두 세상을 떠나자 가업이었던 대장간을 처분하고 거자(巨子)와 교분을 맺었다. 거자란 묵가(墨家)의 사상을 따르는 이들의 수령(首領)을 가리키는 말인데 묵가의 제자들은 거자의 명령이라면 목숨을 초개와 같이 버리면서 자신의 임무를 다하곤 하였다. 위나라에서 묵가 조직의 가장 충실한 제자로 성장한 형가는 기원전 241년에 진이 위를 무너뜨리자 조직의 지침에 따라 진군과 마지막까지 처절한 전투를 벌였다. 이 전투에서 조직원 대부분과 거자가 목숨을 잃었으며, 형가는 진군의 교위를 죽이고 간신히 그곳을 탈출하였다. 이때부터 형가는 이름을 바꾸고 세상을 떠돌아다니기 시작했다. 그 뒤 그는 유차(楡次；하북성 병주현)에서 개섭(蓋聶)이라는 협객과 검술을 시험하여 천하에 이름을 날렸고, 진나라의 세력이 팽창하자 연으로 피신하여 오늘에 이르게 되었던 것이다.

사당에서 예를 모두 마친 형가는 뜰로 나와 하늘의 별을 바라보며 중얼거렸다.

「천하의 사람들은 어찌하여 개인의 명리(名利)만을 다투는가? 한 몸 바쳐서 천하의 백성과 나라의 위기를 구할 협사가 그리도 적단 말인가?」

형가는 밤이 새도록 그 자리에서 진나라가 있는 서쪽의 하늘을 바라보며 깊은 생각에 잠겼다.

형가가 연나라에 들어온 것은 스물두 살 때였다. 그는 다행히 전광과 태자 단을 만나 세상에 이름을 떨칠 수 있는 기회를 얻었지만 진왕을 죽이려는 계획은 그렇게 쉽게 성공할 수 있는 일이 아니었다. 진왕 영정은 수많은 호위병들의 보호를 받고 있었는데 형가는 홀홀단신에 무기라고는 비수가 전부였다. 계란으로 바위를 치려는 격이 아닐 수 없었다.

「이런 때 송의라도 있었으면 바늘 구멍만큼의 가능성이 보일 텐데.」

형가는 아직도 나타나지 않는 송의가 원망스러웠다.

송의는 개를 잡는 도살꾼으로 청동솥을 들어올리는 괴력도 대단했고 칼솜씨도 형가만큼 뛰어났다. 더욱이 그는 무척 침착한 성격으로 어떤 위험이나 공포 속에서도 결코 얼굴색 하나 변하지 않는 용사였다.

송의가 무양성에서 장사를 하고 있을 때였다. 그는 그곳에서 돈 많고 권세 있는 집안의 아들과 다툰 적이 있었다. 부호의 아들은 며칠 후 건달 스무 명을 이끌고 송의를 죽이려고 하였다. 그러나 송의는 이 사실을 미리 알고 다리 밑에서 그들을 기다리고 있다가 일거에 공격하여 건달 서너 명을 그 자리에서 죽이고 나머지 사람들은 손과 발을 부러뜨렸다. 이 소문을 들은 사람들은 신릉군의 문객으로 철추를 사용했던 주해(朱

亥)가 이 세상에 다시 태어났다고 웅성거렸다. 그즈음에 형가는 송의와 교분을 맺었다.

「삶과 죽음은 천명에 달려 있는가 보구나. 천하에 아무리 뛰어난 협사도 제시간에 오지를 않으니 아무런 소용이 없군.」

형가는 날이 밝아오도록 송의가 돌아오지 않자 길게 탄식을 하였다. 기다리는 것을 포기한 형가가 떠날 채비를 하는데 새벽같이 단이 달려왔다.

「형 경! 성공을 비는 예식을 역수 북쪽에 있는 장화대(章華臺)에서 준비하였소.」

형가가 고개를 끄덕이며 가벼운 옷차림으로 말에 올랐다.

꽃샘추위인지 3월의 바람은 매우 찼다. 산골짜기에는 아직 군데군데 눈이 녹지 않았으며 겨우내 얼어붙었던 거리가 봄볕에 녹아 질척질척한 것이 다니기에 불편했다. 이날은 유난히도 날씨가 화창했다. 길을 걷기에는 다소 불편했지만 봄을 맞아 수많은 상인들이 여기저기에서 바삐 움직이고 있었다. 장화대는 역수 가에 있는 연나라의 이름난 누대로 높이는 10여 장에 가까웠고 주춧돌은 백옥으로 만들었으며 평대(平臺)는 수백 명이 앉을 수 있을 정도로 넓었다. 평대의 가운데에는 사슴 모양의 다리와 용 모양의 몸체가 새겨진 탁자가 자리하였고 그 탁자 위에는 예식의 희생물으로써 소, 말, 양의 머리가 놓여 있었다.

형가를 비롯한 연나라 조정 대신들이 모두 자리를 잡자 태자 단이 탁자 앞으로 걸어나갔다.

「노신(路神)에게 예를 올리십시오.」

제관의 말에 따라 악사들이 음악을 연주하기 시작하자 무복(巫卜;무당을 일컬음)이 노신을 들고 대 위로 올라갔다. 노신은 위패가 아니라 용 모양의 깃대에 달린 비단으로 만든 깃발이었다. 무복이 노신을 탁자 한가운데에 힘차게 꽂고 뒤로 물러나자 뒤이어 다른 무복이 붉은 비단으로 옷을 만들어 입힌 숫양을 끌고 평대로 올라갔다. 그러자 대축(大祝;축문을 읽는 사람)이 중얼거리며 축문을 읽고 나서는 단칼에 숫양의 목을 찔러 그 피를 그릇에 담았다. 무복이 그 그릇을 받아 박자에 맞추어 노신의 주위를 세 바퀴 돌더니 탁자에 올려놓았다. 대축이 다시 술을 받아올리고 무어라 축원을 하자 곧이어 음악소리가 그쳤고 대축이 물러나 그릇에 손을 씻었다. 뒤에서 예식이 끝나기를 기다리고 있던 단이 탁자의 술잔을 형가에게 바쳤다. 이때 곁에 있던 고점리가 형가에게 말했다.

「벗을 위하여 노래를 한 곡조 부르겠네.」

고점리는 매우 상심한 표정이었다. 형가는 입을 굳게 다문 채 태자 단을 바라보았다. 그 당시 제례는 매우 신성한 것이었기 때문에 제례악을 제외하고는 어떠한 곡도 부를 수 없었다. 그러나 단은 오랜 벗을 떠나보내는 고점리의 슬픈 심정을 이해하고 고개를 끄덕이며 승낙하였다.

그러자 고점리가 바닥에 자리를 잡고 앉더니 축을 켜기 시작했다.

해가 져서 저녁이 오니 그대의 마음 슬프구나
달이 떠서 밤이 되니 어찌 눈물 흘리지 않으리.

고점리의 슬픈 노랫가락은 제례에 참석한 사람들의 가슴에 울려퍼져 모두들 눈물을 흘리지 않을 수 없었다. 형가는 태자 단이 건네준 술을 단숨에 마시고는 자리에서 벌떡 일어났다. 그러더니 아직도 눈이 녹지 않은 산 언덕을 바라보며 비분강개한 목소리로 힘차게 노래를 불렀다.

바람이 스산하게 부니 역수는 차디차구나
대장부 한 번 가면 다시 돌아오지 못하네.

장화대에 있던 사람들은 슬픔을 이기지 못하고 형가의 노래가 끝나자 모두들 흐느껴 울었다. 단은 그런 형가에게 절을 세 번 올리고 장도(長途)를 축원하였다.

이른 아침 형가와 진무양이 함양성에 도착해 보니 전객 왕오와 중서자 몽의가 성문에까지 그들을 마중나와 있었다. 몽의는 연나라 사신 일행을 국빈관에 머물도록 하고, 영정에게 보고할 준비를 하였다.

마침 이날 오전 영정은 위수 남쪽에 짓고 있는 새 궁전으로 행차를 나갔다. 그 궁전은 구리로 기둥을 삼았다고 전하는 한단성의 진양궁을 본떠 세우고 있는 건물이었다. 장한(章邯)이라는 자가 이 궁전의 공정을 책임지고 있었는데, 언젠가 그는 몽의에게 구리로 만든 기둥은 속이 텅텅 비어 한여름에 얼음을 넣어도 녹지 않는다고 말한 적이 있었다. 그런 연유에서인지 후대 사람들은 이 궁전을 빙궁(冰宮)이라고 불렀다.

영정을 만나기 위해 새 궁전으로 나아간 몽의는 환관의 안내를 받아 궁안으로 들어갔다. 안에서 본 궁전은 더욱 화려하고 웅장했다. 기둥과 대들보마다 용과 봉황이 조각되어 있었고 벽에는 그림이 가득하였다. 궁전 곳곳에 보석과 구슬이 주렁주렁 달린 주렴이 길게 늘어졌고 병풍이 파도처럼 이어져 있었다. 구리 기둥에는 용 무늬가 상감되었는데 그 높이가 9장 정도 되어보였다. 또한 기둥 아래에는 아홉 개의 세 발 달린 솥이 놓여져 있었는데 상감된 도형들이 모두 달랐다.

「저게 바로 용자정(龍子鼎)이로구나. 참으로 아름답고 거대하다!」

몽의는 자신도 모르게 감탄사를 연발했다.

몽의가 고개를 돌려보니 대전의 오른쪽으로 60여 개의 편종과 각종(角鐘)이 나란히 걸려 있었다.

「경은 어쩐 일로 이곳에 오시었소?」

몽의가 넋을 잃고 궁을 구경하고 있는데 영정이 언제 나타났는지 그에게 소리쳤다. 그 소리에 몽의가 얼른 예를 표하고 보고를 올렸다.

「대왕, 연나라 사신이 연의 지도와 반역자 번우기의 목을 갖고 오늘 아침 함양성에 도착하였사옵니다.」

영정은 몽의의 보고에 기쁨을 감추지 못하고 크게 웃었다.

「하하하, 무엇보다도 군대의 힘으로 굴복시키는 게 으뜸이야.」

영정이 쾌활한 목소리로 몽의에게 일렀다.

「내일 이곳에서 그들을 접견하겠으니 그리 아시고 준비토록 하시오.」

몽의는 곧바로 국빈관에 돌아가 형가에게 다음날 입궁할 준비를 시켰다.

한편 전객 왕오는 형가의 얼굴을 보고 난 후 왠지 좋지 않은 느낌을 받고 혼자 곰곰이 연 태자 단의 의도를 생각해 보았다. 한동안 깊은 생각에 잠겼던 그는 이날 오후 신궁으로 영정을 찾아갔다.

「대왕마마, 연나라에서 자국의 영토를 그린 지도와 번우기의 목을 바친 것은 우리에게는 매우 중요한 의미를 갖고 있사옵니다. 소신이 생각하기에는 연나라 사신들을 이곳보다는 함양궁에서 접견하시는 게 좋을 듯하옵니다.」

왕오의 간곡한 주청에 영정은 그의 의견을 받아들이기로 하였다.

「그러면 구빈대례를 함양궁에서 준비하시오.」

그 다음날 영정은 묘시에 자리에서 일어나 천자(天子)를 상징하는 금관을 쓴 채 몸에는 곤룡포를 걸치고 허리에는 태가보검을 찼다. 영정이 대전으로 나아가 보니 일찍부터 대신들이 입궁하여 자리를 지키고 있었다. 대신들의 얼굴을 죽 한 번 훑어본 영정은 느긋한 표정으로 보좌에 앉았다. 영정의 얼굴에는 좀처럼 미소가 떠나지 않았는데 긴 눈썹과 굳게 다문 입술에서 웃음이 은은하게 흘러나오는 듯했다.

함양성에서 영정을 만나기 위해 국빈관을 나서던 형가는 다시 한 번 심호흡을 하며 마음의 평정을 찾으려 하였다. 형가는 어디선가 들려오는 북소리에 맞추어 천천히 걸음을 옮겼다. 그의 왼손에는 둘둘 마른 지도가 쥐어졌고 오른손에는 번우기의 목이 든 옥합이 들려 있었다. 형가의 뒤를 거대한 체구의 진무양이 따랐다.

어느덧 두 사람은 함양궁 정문 앞에 도착했다. 고개를 들어보니 그 앞에 가로와 세로로 각각 석 자 쯤 되는 돌이 판판하게 깔린 2백여 걸음 정도 크기의 광장이 나타났다. 광장 끝에는 옥석으로 만든 계단이 하늘 끝까지 치솟아 있었다. 광장의 좌우에는 창을 든 수백 명의 위사들이 눈썹 하나 움직이지 않고 서 있었으며, 추녀와 추녀가 맞물린 회랑은 구름의 끝에 맞닿은 듯 보였다. 형가는 여러 나라를 돌아다녔지만 함양궁처럼 웅장한 건물은 본 적이 없었다. 그는 의연하게 위사들이 줄지어 있는 광장을 지나 계단 위로 발을 올려놓았다. 함양궁의 백옥 계단은 반 자 정도의 높이에 두 자 너비로 만들어졌는데 돌과 돌 사이의 틈이 없을 정도로 반듯반듯하였다. 계단의 양쪽에도 투구를 쓰고 허리에는 검을 찬 위사들이 창을 들고 서 있었다.

광장을 지나 백옥 계단을 오르는 형가와 진무양의 몸은 이미 땀에 흠 뻑 젖어 있었다. 형가는 계단을 오르며 주변을 자세히 살펴보았다. 수많 은 청동솥과 석상이 계단의 좌우에 놓였고 향로에서 나는 은은한 향기 가 사방으로 퍼지고 있었다. 형가는 문득 진무양의 발자국 소리가 불규 칙하게 들리는 것 같아 걷는 속도를 늦추며 머리를 가만히 뒤로 돌렸다. 진무양은 낯빛이 새하얗게 변한 채 다리를 후들후들 떨고 있었다.

「이런 바보 같으니라고! 그렇게 떨어서야 어디 사신이라고 할 수 있느 냐?」

형가가 큰소리로 진무양을 나무라더니 옆에 따라오던 낭중령에게 말 했다.

「이 자는 북방의 시골뜨기라 그런지 이런 웅장한 건물을 보고 놀란 모 양입니다. 너그러이 용서하십시오.」

형가는 이렇게 말하면서 다시 진무양을 보았지만 그는 여전히 두려움 에 온몸이 잔뜩 굳어 있었다. 형가는 이번 일에 진무양의 도움을 받을 수 없다는 판단이 들었다. 그는 진무양을 그 자리에 놔둔 채 낭중령과 함께 계속 계단을 올랐다.

형가는 지도와 옥합을 단단히 쥐고 침착하게 수백 개로 이루어진 함 양궁의 백옥 계단을 올랐다. 그러나 계단 양쪽에서 육중한 몸체로 자신 을 노려보는 듯한 석수(石獸)의 무릅뜬 눈이 당장이라도 덤벼들 것 같 아 바짝 긴장할 수밖에 없었다. 기다란 칼을 차고 머리에는 붉은 숯을 단 진나라 무사들의 무표정한 얼굴에서 빛나는 눈초리 또한 형가의 가 슴을 섬짓하게 만들었다. 붉은 숯은 진군에게만 있는 특이한 표징이었 다. 거기에는 오래 전부터 내려오는 사연이 있는데 다음과 같다.

진나라 도성이 옹성에 있을 무렵이었다. 성내에 커다란 오동나무가 있었는데 당시 군주였던 진문공은 이 나무를 베어 궁전의 기둥으로 쓰기로 결정하였다. 그런데 목공들이 나무를 베려고 하면 천둥 번개가 치고 비가 세차게 내려 더 이상 나무를 벨 수가 없었고, 더욱이 몇 번 휘두르던 도끼 자국까지 감쪽같이 아물었다.

모두들 의아해 하고 있는데 한 사람이 나타나 진문공에게 나무에 얽힌 비밀을 알려주었다.

「이 나무를 자르려면 붉은 실로 나무의 밑둥을 감고 목공들도 머리카락을 위로 묶어야만 되옵니다.」

진문공이 그의 말에 따라 시행을 하니 목공들은 쉽게 오동나무를 벨 수가 있었다. 그런데 나무가 쓰러질 즈음 그 중 가장 큰 나뭇가지가 갑자기 푸른 물소로 변하여 물 속으로 달아나는 기이한 일이 발생했다. 이에 사람들이 너무나도 놀라 어쩔 줄 몰라 하고 있을 때 어디선가 머리카락을 붉은 실로 묶은 사람이 나타나더니 물 속으로 뛰어들어가 물소의 앞발을 잡았다. 그러자 도망치던 물소는 그 사람에게 대항하지 않고 순순히 물 밖으로 끌려나왔다. 이때부터 진나라의 무사들은 용감한 그 사람을 본받아 투구에 붉은 실로 만든 술을 매달게 되었다.

계단을 오르던 형가는 진나라 무사들의 위용에 적잖이 놀랐다. 진나라가 이웃 여섯 나라를 정벌하고 천하를 통일하려는 야심을 품은 데에는 이러한 무사들의 용맹과 힘이 뒷받침되었기 때문에 가능했다는 것을 형가는 새삼스레 느꼈다. 형가는 이를 악물며 가슴 속으로 스며드는 두려움을 이겨냈다.

'진무양을 믿은 게 잘못이지. 그래, 나 혼자서라도 해내는 거야! 해내고야 말겠다!'

이윽고 마지막 계단에 발을 디딘 형가는 재차 다짐하며 손에 힘을 주었다. 고개를 들어보니 그의 눈 앞에는 함양궁의 대전이 펼쳐져 있었다.

형가는 계단 서쪽으로 몸을 비켜선 다음 예를 올렸다. 고대의 예법에 따르면 빈객은 서쪽에서 주인은 동쪽에서 서로를 마주보고 인사를 나누게 되어 있었다. 진나라의 찬례관이 형가와 예를 나눈 뒤 연사(燕使)의 입전(入殿;대전에 들어가는 예식)을 큰소리로 외쳤다. 전객 왕오가 앞장을 서고 형가가 그 뒤를 따랐다. 지금 형가에게 가장 관심 있는 일은 진왕 영정이 앉아 있는 보좌의 위치와 주변의 사정이었다. 멀리 보이는 보좌는 바닥으로부터 옥계단이 여섯 개가 놓여진 곳에 자리하고 있었다. 좌의(座椅)는 보라색 향나무였고 그 위에 호랑이 가죽이 깔렸으며 보좌 앞에는 용이 상감된 청동 탁자가 놓여 있었다. 형가는 지도와 옥합을 어떻게 건네야 좋을지 잠시 생각해 보았다.

보좌에 앉은 진왕 영정은 가까이 다가오는 형가를 내려다보았다. 영정은 북방의 시골뜨기인 연나라 사신의 행색과 행동이 과연 어떠한지 궁금했다. 그는 그즈음 들어 이날만큼 기분좋은 적이 없었다. 영정은 연나라가 지도를 바치고 항복을 표하는 일이 너무도 당연하다고 생각했기 때문에 연나라 사신에 대해서 조금도 의심하지 않았다. 연나라 부사(副使) 진무양이라는 자가 대전에 이르지 못한 것도 진나라의 구빈대례에 주눅이 들어서 그런 것이라 여겼다. 웬만한 담력과 배짱이 없이는 함양궁의 대전에 당당히 들어오기란 쉽지 않았기 때문이었다.

마침내 영정 앞에 이른 형가는 바닥에 무릎을 꿇고 가장 공손한 태도로 머리를 조아리며 사신으로 오게 된 연유와 지도를 바치게 된 까닭을 또박또박 말했다. 영정은 형가의 낭랑한 목소리와 형형한 눈빛을 보면서 그가 대단한 인물임을 알 수 있었다.

'연나라에도 쓸 만한 인재가 있었구만.'

영정은 이렇게 생각하며 빙그레 미소를 지었다. 보좌 아래 부복하고 있던 대신들은 영정의 밝은 표정에 저으기 마음을 놓았다.

이때 찬례관이 형가에게 만세 삼창을 외치라고 지시했다.

「만세! 만세! 만만세!」

형가가 만세를 크게 외치자 이어서 조천락이 연주되었다. 그러자 형가가 옥합을 찬례관에게 건넸고 그것은 곧 영정의 손으로 넘어갔다. 옥합을 열어본 영정은 흐뭇한 표정을 감출 수 없었다. 그 안에는 십여 년 전

반란을 일으켰다가 실패하자 연나라로 달아났던 번우기의 수급(首級)이 들어 있었기 때문이었다.

「과인에게 죄를 짓고 숨어다니던 번우기의 수급을 보니 가슴이 후련하구나. 하하하, 나를 거역하는 자는 죽음을 당할 것이고 나를 따르는 자는 홍하리라!」

영정은 큰소리로 이렇게 외치며 형가를 힐끗 바라보았다. 보면 볼수록 탐나는 인물이었다. 영정은 좀더 가까이에서 형가의 모습을 보고 싶었다.

「연사는 과인에게 가까이 다가와 지도를 바치도록 하오.」

그 소리에 형가의 가슴이 떨리기 시작했다.

'하늘이 나를 돕는구나! 하늘이 형가를 돕는구나!'

형가는 지도를 두 손에 받쳐들고 보좌로 난 옥계단을 천천히 올라갔다. 마지막 계단 위에서 무릎을 꿇은 그는 첫번째 두루마리에 그려진 지도를 영정 앞에 펼쳐보였다.

「하하하, 이곳이 양성(陽城), 무양(武陽)이고, 이곳이 탁록(涿鹿), 방성(方城)이로구나. 북국의 옥토와 초원이 한눈에 선하다.」

영정은 지도를 보면서 연나라에서 나는 특산물을 떠올렸다. 태자삼(太子蔘)과 담비가죽이 생각났고 초원을 달리는 사향 노루떼가 한 폭의 그림처럼 눈 앞에 펼쳐졌다. 형가는 천천히 두번째 지도를 펼치면서 영정의 눈치를 살폈다. 영정은 여전히 즐거운 얼굴로 지도를 가리키며 혼자서 연신 중얼거렸다. 세번째 두루마리가 반 정도가 펼쳐지고 있었다. 지도가 한 장 한 장 바닥에 떨어지면서 그와 동시에 형가의 손에도 땀이 점점 많이 배기 시작했다.

형가가 네번째 지도를 손에 들었다.

「연의 도성인 계성이로군.」

영정이 형가의 손에서 두루마리를 빼앗으며 말했다. 형가는 바짝 긴장하며 마음 속으로 숫자를 세기 시작했다. 지도를 펼치면서 연왕의 충성을 생각하던 영정은 문득 무언가 번쩍하고 빛나는 것을 느꼈다. 형가는 기회를 놓치지 않고 재빨리 옥합 바닥에 감춰두었던 서부인의 비수를 들었다. 그는 오른손으로 비수를 들고 왼손으로는 영정의 소맷자락을 부여잡았다. 형가에게 한쪽 팔이 잡힌 영정이 소리쳤다.

「자객이로구나!」

영정의 외침이 끝나기도 전에 형가가 비수를 들어 그의 가슴에 힘차게 꽂았다. 그러나 영정은 날쌔게 왼쪽 팔로 비수의 등을 치며 몸을 살짝 피했다. 이렇게 해서 형가의 첫번째 시도는 실패하였다. 형가는 다시 칼을 들기 위해 순간적으로 영정이 몸을 피할 수 있는 시간을 주었다. 영정이 왼쪽으로 몸을 피하자 형가는 있는 힘을 다하여 그의 목에 칼을 겨누었다. 두번째 공격은 매우 신중하고 빈틈 없는 자세였지만 뜻밖에도 영정은 머리를 깊이 숙이며 그의 칼날을 피하였다. 게다가 자신의 소매를 붙잡고 있는 형가의 왼손을 발로 차며 그의 손아귀에서 벗어나는 민첩성까지 보였다.

형가는 도저히 믿을 수 없다는 표정으로 영정을 바라보았다. 그의 손힘은 거의 백 근에 가까웠고 이제까지 웬만한 장수는 그의 손에서 벗어난 적이 없었다. 형가는 영정을 너무나 쉽게 생각했던 것이다. 무예를 닦지 않은 보통의 나약한 왕으로 그를 대했는데 영정은 그렇지가 않았다. 그는 비대한 편이었지만 동작이 매우 빨랐고 힘도 상당히 세었다. 당혹스러워진 형가의 눈에 영정의 허리에 매달린 태가보검이 들어왔다.

'저 검을 뺄 기회를 주어서는 끝장이다.'

이런 생각이 든 형가가 다시 영정에게 달려들었다.

대전에 부복하고 있던 신하들은 그런 광경을 지켜보면서도 아무런 대응을 하지 못했다. 진법에 따르면 신하들은 무기를 들고 대전에 들어올 수가 없었다. 밖에서 뛰어들어온 위사들도 활을 쏘지 못했다. 형가와 영정이 너무나 가까운 거리에 있었기 때문이었다. 형가의 공격을 서너 번 피하던 영정은 태가보검을 검집에서 빼내려고 하였다. 하지만 너무나 긴장하고 있어서인지 땀만 주르르 나고 좀처럼 검을 빼낼 수가 없었다.

형가는 영정을 정면에서 찌르려는 계획을 바꾸고 우선 그의 옷자락이라도 잡은 후에 공격하기로 마음먹었다. 형가는 큰소리로 기합을 넣으면서 보좌 뒤로 몸을 피한 영정을 덮쳤다. 그러나 어려서부터 무예를 익혔고 말타기에 능했던 영정은 바닥으로 몸을 굴려 그의 공격을 피했다. 급히 청동 기둥 뒤로 몸을 피한 영정은 숨을 크게 내쉬었다. 형가는 몇 번의 공격이 모두 실패로 돌아가자 초조함을 억누를 수 없었다. 자객이 자신의 임무를 성공시키기 위해서는 무엇보다도 첫번째 기습이 중요했고, 그것이 실패했을 경우 그 뒤에는 적에 대한 심리상의 우세를 지니는 것이 필요했다. 그러나 형가는 여러 번의 공격이 무위로 돌아가자 오히려 영정보다 불안해졌다.

형가의 습격을 피해 한숨을 돌린 영정은 그가 다시 공격해 오기 전에 계단 쪽으로 몸을 피했다. 그 순간 형가는 영정이 대전으로 몸을 피하면 자신의 목표가 성공할 수 없으리라는 판단을 내렸다. 형가는 더 이상 지체할 수 없음을 깨닫고 몸을 날려 영정의 등을 공격하였다. 그러나 안타깝게도 비수는 영정의 발꿈치만 찍고 말았다. 형가와 영정의 쫓고 쫓기는 숨바꼭질이 계속되었다. 하지만 시간이 지날수록 형세는 영정에게 유리해져 갔다. 극도로 초조해진 형가는 주위에 누가 있는지조차 가리지 못하고 영정만을 향해 칼을 휘둘렀다. 이때 약낭을 들고 기둥 뒤에 숨어 형가를 공격할 기회를 엿보던 태의 하무차가, 영정을 쫓으며 형가가 바로 자기 앞으로 지나가자 있는 힘을 다하여 약낭으로 그의 어깨를 후려쳤다.

「억!」

형가가 어깨를 부여잡으면서 비수로 약낭을 베었다. 그러자 약낭에 들어 있던 약초와 환약이 일순간에 사방으로 흩날렸다. 그 혼란을 틈타 중서자 몽의가 벽에 걸려 있는 축을 발견하고 재빨리 뜯어다 요란하게 두들기기 시작했다. 대전이 갑자기 소란스러워지자 형가는 정신을 차릴 수 없었다. 몽의가 축을 더욱 세차게 두드리며 영정에게 소리쳤다.

「마마, 어서 빨리 태가보검을 뽑으십시오!」

영정은 형가가 어리둥절해 하는 틈을 이용하여 여유있게 검을 뽑아 형가의 가슴을 세차게 찔렀다. 어느 누구라도 피하지 못할 만큼 완벽한 공격이었지만 형가는 날쌔게 바닥으로 몸을 내던지며 가까스로 검날을 피했다. 영정은 쉬지 않고 칼을 휘두르며 형가의 오른발을 찔렀다. 미처 피하지 못한 형가는 고통에 입술을 악물었다. 태가보검은 대단히 예리한 칼로 날에 스치기만 해도 깊은 상처가 날 정도였다. 형가는 피가 흐르는 허벅지를 부여잡으며 기둥에 등을 기대고 섰다. 그러자 영정이 태가보검을 날카롭게 세우고 형가에게 접근하였다. 형가는 비수를 꽉 움켜 쥔 채 영정이 다시 공격해 오기만을 기다렸다. 그러나 영정은 서너 걸음 앞에 서서 검만 겨누고는 공격하지를 않았다. 그는 노련한 무사처럼 형가가 피를 흘려 지치기를 기다렸다.

시간이 흐르자 피를 많이 흘린 형가는 점점 어지러움을 느끼기 시작했다. 드디어 죽음의 순간이 다가오고 있다는 생각이 든 그는 비수를 움켜 잡고 그것을 영정의 가슴에 힘껏 내던졌다. 그로서 할 수 있는 마지막 방법이었다. 그러나 영정은 그것을 이미 예견한 사람처럼 태가보검으로 비수를 막아내었다. 비수가 쇳소리를 내며 바닥에 떨어지자 영정은 기회를 놓치지 않고 검을 들어 형가의 가슴을 찔렀다. 형가가 자신의 가슴을 관통한 태가보검을 부여잡고 고통에 찬 목소리로 소리쳤다.

「오늘은, 비록 실패했지만 내세에 다시 태어나, 너, 너를 반드시 죽이고 야 말겠다!」

형가는 마지막까지 영정을 노려보며 숨을 거두었다.

영정이 보좌로 돌아가 자리에 앉자 대신들은 그제서야 마음의 평정을 찾은 듯 이구동성으로 연나라의 무도함을 비난하고 하루빨리 쳐서 멸망시켜야 한다고 주장하였다. 영정은 왕전에게 역수를 도하하여 연나라를 공격하라는 조서를 내린 다음 형가가 벌인 암살 사건의 관련자들을 문책하기 시작했다.

「중서자 몽의는 어디에 있소?」

영정의 호통소리에 몽의가 대신들이 나열한 줄에서 빠져나와 바닥에 무릎을 꿇었다. 그의 모습을 본 영정이 분노를 참지 못하고 자리에서 벌떡 일어섰다. 진왕 영정의 서슬퍼런 태도에 대전에 모인 신하들은 숨소리조차 제대로 내지 못했다. 이때 정위 이사가 한 발 앞으로 나서더니 입을 열었다.

「대왕마마, 몽 대인이 비록 연사의 알현을 주청하여 크나큰 죄를 범하였사오나 혼란 속에서도 축을 켜 자객의 이목을 흐트려 놓는 기지를 발휘한 공이 있으니 이를 헤아려 주시옵소서. 또한 이와 아울러 소신이 마마께 말씀드리고자 하는 바는, 사신을 접대하고 검사하는 일은 전객의 임무이오니 마땅히 죄는 왕오 대인에게 있는 줄 아옵나이다.」

그러자 승상 왕관과 중대부 안설도 이사의 말에 동조하고 나섰다. 영정은 이사의 말이 옳다고 생각하며 왕오를 불렀지만 대전에는 그의 그림자조차 보이지 않았다. 영정은 더욱 화가 나 당장에 왕오를 찾아 끌고 오라고 명령을 내렸다. 그러나 잠시 후 혼자 대전으로 들어온 낭중령이 왕오가 후원의 나무에 목을 매달아 자살했다고 보고했다. 이에 분노를 가라앉힌 영정은 위급한 사태에 재빨리 대처한 하무차를 칭찬하였다.

「태의는 진심으로 과인에게 충성을 바쳤소. 약낭으로 자객을 공격하지 않았다면 지금쯤 과인은 커다란 화를 입었을 것이오.」

영정은 그 자리에서 하무차를 태의령에 임명하였다.

24

안륙현의 반란

진왕 영정 19년(BC 228년), 영정과 함께 한단으로 가던 등승은 남군에서 난리가 일어났다는 보고에 남군의 군수로 제수를 받고 하루도 쉬지 않고 달려가 임지에 도착하였다. 남군의 치소(治所)는 영성으로 이곳은 옛날 초나라의 도성이었는데, 초 경양왕(頃襄王) 21년(BC 278년)에 진나라 소양왕이 영성과 경능을 빼앗아 이곳에 군을 설치하고 진나라의 남쪽에 위치한다고 해서 남군이라 불렀다. 그리고 군치소는 초민(楚民)을 효과적으로 다스리기 위하여 영성에 두었다. 그러나 군을 설치한 이래 하루도 소란스럽지 않은 날이 없었는데 이는 지역이 워낙 진나라에서 떨어져 있고 설사 반란이 일어났다 하더라도 중앙이 동요되지 않기 때문에 관심을 기울이지 않은 탓이었다.

진왕 영정 17년(BC 230년)에 진나라는 한을 멸망시키고 한왕 안을 이곳 영성의 형산궁(荊山宮)에 유배하였다. 그 후 이곳은 많은 유랑민들이 다투어 모여들게 되었는데 그 때문에 대낮에도 살인과 방화가 빈번하게 일어났고 매일 집단적으로 싸움이 발생하곤 하였다. 이러저러한 연유로 성내의 민심은 더욱 흉흉해져 갔고 치안은 거의 공백 상태나 다름없게 되었다. 사태가 이 지경에 이르러서야 영정은 그 심각성을 깨닫고 등승을 남군으로 보냈다.

등승은 임지에 도착하자마자 병사들을 군내의 주요 위치에 배치한 후 친위군을 이끌고 영성으로 향했다. 그런데 영성으로 들어가려는 등승을 성문을 지키는 병사늘이 막고 나서자 하는 수 없이 그는 대군을 성밖에 둔 채 측근 10여 명 만을 이끌고 군수부로 향하였다. 전임 군수는 이미 짐을 싸고 떠날 채비를 마친 상태였다. 등승이 도착했다는 소식에 그는 한걸음에 달려와 군내의 상황을 장황하게 늘어놓은 다음 등승을 안으로 안내하지도 않은 채 그 자리에서 수인(綬印;관부에서 쓰는 끈 달린 도장)과 부패(符牌;병마를 움직이는 패), 그리고 문첩(文牒;공문서)을 건네주었다. 군수의 이취임이 간단히 끝나자 등승은 곧바로 측근을 이끌고 형산궁으로 달려갔다. 형산궁은 군수부에서 북쪽으로 오 리 정도 떨어진 곳에 자리하고 있었다.

등승이 궁안에 들어가니 수인(囚人)으로 보이는 사람들이 마당을 쓸고 있었다. 등승은 수인들을 감시하는 금위장을 불렀다. 금위장은 아주 뚱뚱한 몸집의 40대 사나이로 재빨리 달려나오더니 금위대를 도열시키고 신임 군수 등승을 맞이하였다. 천천히 말에서 내리던 등승은 금위장의 얼굴을 바라보았다. 대낮인데도 금위장의 얼굴은 붉게 물들어 있었고 구령을 하는 간간이 입에서 술 냄새가 풍겨나왔다. 등승은 이마를 찡그리며 금위장을 앞세우고 궁내를 시찰하였다.

「궁내에는 금위들이 몇 명이나 있는가?」

금위장은 등승의 엄한 표정에 바짝 긴장하며 대답했다.

「소인의 밑에 사졸이 30명, 노복이 15명, 그리고 수인들이 36명 있습니다.」

「그런데 대열에는 어찌하여 열한 명밖에 보이지 않는가?」

금위장이 난감한 얼굴이 되어 대답했다.

「대인, 이곳은 장독(瘴毒)이 심해서 많은 사람들이 부상당한 상태입니다. 장독으로 인하여 다섯 명이 휴가 중이고 나머지는 나누어 근무하고 있습니다.」

그 말에 등승이 눈알을 부라리며 소리쳤다.

「병자는 어디에 누워 있고 근무하지 않는 병사들은 어디에서 쉬고 있나?」

등승이 조금도 틈을 주지 않고 꼬치꼬치 깨묻자 금위장은 더욱 어쩔 바를 모르며 모기만한 목소리로 대답했다.

「그, 그들은 농가에서 쉬기도 하고 술집에 있는 사람도 있으며 투계(鬪鷄)를 구경하러 나간 사람도 있습니다. 대, 대인, 그들은 그렇게 해야만 병이 나을 수가 있고 또, 또, 병사들은 이곳에 오래 있으면 장독에 걸릴 위험도 있고 해서 모두 밖으로 나가 쉬고 있습니다.」

금위장의 말이 너무 어처구니 없어 등승은 버럭 화를 내었다.

「방자하구나! 그 죄가 얼마나 무거운지 모르는군. 네 죄를 알렷다!」

금위장은 등승의 호통에 땀을 뻘뻘 흘리며 안절부절못하였다. 신임 군수는 이전의 군수와는 성격이나 태도가 전혀 달랐다. 금위장이 알고 있는 돈과 여자만 아는 귀족이나 군관들과는 전적으로 차이가 났던 것이다. 그는 바닥에 털썩 무릎을 꿇고 연신 머리를 조아리며 용서를 구했다.

「소신의 죄를 알고 있습니다. 당장 부하들을 불러오겠습니다.」

등승은 금위장에게 바닥에서 일어나라고 눈짓하며 다시 질문을 던졌다.

「한왕은 지금 어디에 감금되었나?」

「그, 그는, 지, 지금……」

「똑바로 말하지 못하겠나? 만일 도망갔다면 목이라도 잘라서 가져오너라!」

등승은 금위장의 언행에서 형산궁을 지키는 금위들의 군율이 얼마나 흐트러졌는지 금방 알 수 있었다. 이런 자들에게 더 이상 한왕이 감금된 형산궁을 지키는 막중한 임무를 맡길 수 없다고 판단한 등승이 곁에 있던 만량을 불렀다.

「만 졸장(卒長)은 전군(前軍)에 나아가 똑똑하고 용감한 병사들로 다섯 오를 선발하여 이곳을 지키도록 하시오. 또한 그들로 하여금 특히 한 왕 안의 동태를 감시하고 절대로 외부와 연락할 수 없도록 만전을 기하 도록 하시오.」

등승의 명에 만량은 힘차게 고개를 끄덕이고 급히 말에 올라 밖으로 달려나갔다. 만량은 반년 전 갑자기 납치당한 맹상을 찾기 위해 함양성 으로 가 능매, 이대퇴, 이사와 함께 사방으로 수소문하여 맹상을 찾았으 나 끝내 뜻을 이루지 못하고 실의의 나날을 보내고 있었다. 그즈음 마침 등승이 남군의 군수로 떠난다는 말에 만량은 이곳으로 달려왔던 것이다.

그 다음날 등승은 정위 이사로부터 급서를 받았다. 얼마 전 신정(新 鄭)에서 일어난 반란 사건에 한왕이 연루되었다는 내용이었다. 이사는 영정의 재가를 받아, 등승에게 한왕을 심문하여 그 죄를 밝혀내면 형산 궁에서 비밀리에 한왕을 처형하라고 일렀다. 등승은 만량에게 한왕을 심 문케 하고 죄상을 실토받은 후 그를 처형하도록 명했다.

부임한 지 며칠이 채 지나지 않아 영성의 치안을 장악한 등승은 그제 서야 자신이 이끌고 온 정예 부대의 입성식을 성대하게 치렀다. 등승은 입성식을 위하여 성내에 18개의 제단을 준비토록 하고 악사들을 불러모 았다. 성내의 십여 만에 가까운 백성들이 모두들 거리에 나와 제례를 구 경하였다. 이날 아침 입성식을 보던 영성의 군민들은 너무도 어지러웠던 영성의 치안이 새로운 군수에 의해 하루아침에 자리잡혔음을 느끼고 무 척이나 신기해 했다.

입성식이 시작될 즈음 조나라의 대부였던 희단이 대에서 새로이 왕위 에 오른 공자 가의 명령을 받고 형산궁에 연금 중인 한왕과 연락을 취하 기 위해 영성에 잠입하였다. 갈포를 걸친 채 허리에는 장검(長劍)을 찬 희단은 마치 세상을 떠돌아다니는 유사(游士)처럼 모습을 꾸몄다. 그는 성의 북쪽에 위치한 북시(北市)의 어느 주점을 찾아가는 중이었다. 희단 은 그곳에서 만나기로 약속한 사람이 있었다.

희단은 옥천주점(玉泉酒店)이라는 간판을 내건 주루에 들어가 점원의 귀에 대고 사마 선생을 찾아왔다고 속삭였다. 살며시 고개를 끄덕인 점원이 안으로 들어가더니 잠시 후 희단이 찾던 사람이 나타났다. 그는 화려한 비단옷을 걸치고 있었다. 그는 바로 수년 전 조나라에서 진나라의 여불위에게 몸을 의탁하였다가 그 뒤 초나라로 다시 떠났던 사마공이었다. 희단은 생각 외로 쉽게 사마공을 만나자 얼굴 가득 미소를 띠며 그에게 다가가 두 손을 꼬옥 움켜잡았다. 사마공 또한 희단을 반갑게 맞이하며 측근에게 눈짓을 보내 주변을 살피라 이르고 안쪽 깊숙한 방으로 그를 안내했다.

옥천주점은 흙벽돌로 쌓아 화로를 만들고 술을 빚어 파는 조그마한 토루주점(土壘酒店)과는 격이 달랐다. 문을 열고 들어가면 커다란 장방형의 탁자가 질서정연하게 자리잡았고 안쪽에는 쪽방이 회랑처럼 양쪽으로 이어진 전형적인 저택의 형태를 갖춘 주점이었다. 사마공은 희단을 이끌고 안쪽의 중당으로 들어갔다. 아주 널따란 중당으로 들어서자 상군(湘君)과 상부인(湘夫人)이 즐겁게 노니는 모습을 그린 벽화가 눈에 들어왔다. 벽화 아래에는 꽃을 조각하여 만든 흑칠(黑漆) 탁자가 놓여 있었고 그 위에 은은한 향을 피우는 청동로(靑銅爐)가 보였다.

두 사람이 탁자를 사이에 두고 자리를 잡자 두 명의 시녀가 들어와 술을 따랐다. 술을 한 잔 받은 사마공이 눈짓을 보내자 그녀들은 황급히 밖으로 나갔다. 희단은 술잔을 들며 사마공을 힐끗 쳐다보았다.

술 한 잔을 마신 사마공이 정색을 하고 먼저 입을 열었다.

「남군에는 등승이 군수로 부임해 오고 진왕은 수춘을 공격할 기회만 노리고 있소.」

「아니오.」

희단이 사마공의 말을 끊었다.

「진군은 중산에 주둔하여 곧바로 연나라를 삼킬 것이오.」

「나는 다르게 생각하오. 한단성을 무너뜨린 다음 진왕의 마음 속에는 형초(荊楚) 지역만이 걱정거리로 남아 있다고 보오. 등승을 남군의 군수로 보낸 사실만으로도 알 수 있는 일이 아니겠소? 그렇지 않다면 남양군으로 보냈을 것이오.」

사마공의 말에 희단은 잠시 우울한 표정으로 술 몇 잔을 들이켰다.

「조만간 북쪽에서 좋은 소식이 올 것이오. 진왕이 제아무리……」

한동안 아무 말 없던 희단이 천천히 입을 뗴었다.

「그게 무슨 소리요? 진왕에게 무슨 일이라도?」

「우리는 이미 연 태자와 한 가지 계책을 세웠소. 때가 되면 자연히 알게 될 것이니 자, 지금은 술이나 듭시다.」

희단은 사마공에게 넌지시 영정의 암살 계획이 세워져 있음을 암시했다. 희단이 사마공과 술잔을 나누고 있을 시각 형가는 진나라에 들어가 있었다.

사마공이 매우 궁금한 표정으로 희단을 바라보며 말했다.

「나는 하루빨리 항 장군을 설득하여 등승이 남군을 손아귀에 넣기 전에 영성을 탈환하고 남군을 찾는 데 힘을 쏟을 생각이오.」

「좋소이다. 이 사람은 한왕을 구출하러 온 몸이니 그 기회만 노리겠소.」

「그렇지만 진군이 병력을 북쪽에서 남쪽으로 옮기면 어떻게 하지요?」

사마공의 근심에 희단이 빙그레 웃으며 대답했다.

「걱정할 것 없소. 진왕은 얼마 살지 못할 테니까.」

사마공이 의아한 얼굴로 희단을 바라보았다. 그러나 희단은 아무렇지도 않은 듯이 계속 말을 이었다.

「항 장군이 남군을 빼앗기만 한다면 진나라의 패업은 하루아침에 꿈으로 끝날 것이오. 그때가 되면 북쪽에서 조연(趙燕)군이 초와 힘을 합칠 것이고……」

희단이 자신만만한 얼굴로 이렇게 말했지만 사마공은 도무지 그의 말을 그대로 믿을 수 없었다. 사마공이 고개를 갸우뚱거리고 있는데 밖에서 다급한 걸음으로 점원이 들어왔다.

「주인 어른, 진군이 입성하였습니다!」

두 사람은 황급히 옥천주점의 문 앞으로 나가 진군의 행렬을 보았다.

진군의 행렬은 위용이 넘치고 질서 있었으며 사기가 하늘을 치솟는 듯

하였다. 진군의 제일 앞에는 노기(弩機;대형 활)와 투석차(投石車)가 지나가고 그 뒤를 기병이 따랐으며 뒤쪽으로 보병들이 발걸음도 가볍게 행진을 하고 있었다. 보병들은 손에 과(戈), 극(戟), 창(槍)과 방패를 들었으며 허리에는 검을 차고 〈시경〉의 '진풍(秦風)'에 나오는 '무의(無衣)'라는 노래를 힘차게 불렀다.

어찌 옷이 없으랴
그대와 더불어 두루마기를 함께 입으리다
왕께서 군사를 일으키시니
나의 짧은 창, 긴 창 갈아서
그대와 더불어 원수를 치리라

어찌 옷이 없으랴
그대와 더불어 속곳을 함께 입으리다
왕께서 군사를 일으키시니
나의 긴 창, 갈래 창 갈아서
그대와 더불어 일어나 싸우리다

어찌 옷이 없으랴
그대와 더불어 바지를 함께 입으리다
왕께서 군사를 일으키시니
나의 갑옷과 무기를 닦아서
그대와 더불어 일어나 가리다

진나라 병사들의 노래를 들은 사마공과 희단, 두 사람은 침울한 기분으로 다시 중당으로 들어와 술잔을 기울이며 계속 이야기를 나누었다.

등승은 입성식을 마치고 나서도 마음을 놓을 수 없었다. 초군(楚軍)의 압박이 나날이 더해만 갔기 때문이었다. 그는 순찰을 강화하고 매일같이 초군의 동태를 파악하였다. 이날도 등승은 아침 일찍부터 군수부에 나와 치안과 군비를 점검하고 있었다. 그런데 갑자기 문밖에서 요란한 말발굽 소리가 들려왔다.

「누가 이렇게 방자하게 말을 몰고 있는가?」

등승이 중얼거리며 군수부 정문으로 발걸음을 옮겼다. 밖을 내다보니 황표마(黃驃馬)가 쏜살같이 군수부로 달려오는 중이었다. 말 위에는 청년 서리(書吏) 한 명이 타고 있었다. 그는 군수부의 정문에 이르자 말에서 훌쩍 뛰어내리며 등승을 힐끗 바라보았다.

「군수 대인은 어디에 계신가?」

청년 서리가 다급히 위병(衛兵)에게 물었다. 위병이 고개를 돌리며 등승을 가리키자 청년은 한쪽 무릎을 굽히며 인사를 올렸다.

「안륙현 현리 종회가 장군을 뵙습니다.」

종회의 영민하고 눈치 있는 행동에 등승은 다시 한 번 그를 눈여겨보았다.

「남군의 현리 대부분이 이미 나를 찾아왔는데 어찌하여 안륙현만이 가장 늦게 인사를 하러 왔는가?」

등승은 남군의 상황을 파악하고 각지의 하급 관리를 통제하기 위하여 일찍이 군에 속한 모든 현의 현장(縣長), 현승, 현위(縣尉;현의 방비 책임자)를 영성에 소집한 바 있었다. 그런데 안륙현만이 도착하지 않고 있던 참이었다.

「안륙현의 현승은 거동이 불편하고 현위는 방비를 갖추는 데 눈코 뜰 새 없이 바쁜 관계로 서리인 소인이 먼저 왔습니다.」

종회는 당당한 목소리로 이렇게 대답하면서 품에서 공문서를 꺼내 등승에게 바쳤다. 등승은 조리 있는 말솜씨에 총명하게 보이는 종회에게 매우 호감이 갔다. 그는 지난 일에 대해서는 더 이상 문책하지 않고 종회를 데리고 영성의 방비를 점검하기 위해 군수부를 나갔다.

영성은 강한평원(江漢平原)의 중심부에 위치하고 있었다. 이곳은 강수(江水;양자강의 상류)와 한수(漢水)가 교차하는 지역이라 수운(水運)이

발달하고 육로(陸路) 쪽으로도 교통의 요지였다. 또한 초나라의 옛 도성
·이기도 해 성내의 거리는 질서가 잡혔고 여기저기 높고 우아한 궁궐이
즐비하였다. 비록 한단성이나 함양성의 화려함에는 미치지 못하지만 고
도(古都)의 냄새가 물씬 풍기는 지역이었다.

비록 지금은 안륙현의 서리로 일하는 몸이었지만 사실 종회는 영성에
서 태어나고 자랐기 때문에 이곳의 지형과 거리는 눈 감고도 알 수 있
었다. 종회는 전쟁 속에서 혼란스러웠던 영성의 거리가 질서가 잡히고
활기에 넘치는 모습을 띠자 무척 감명 깊었다. 영성에 들어서자마자 성
의 동문인 용문(龍門)에서 종회는 누대 아래에 붙혀진 진율을 보았다.
많은 사람들이 진율을 적은 방(榜) 아래 모여 웅성거렸고 군수부의 서
리가 사람들에게 열심히 방문(榜文)의 내용을 설명하고 있었다. 동문을
지나 저잣거리에 이르니 평소 왁자지껄하고 매일 싸움으로 시끌법석했
던 거리가 조용하고 질서 있게 변한 것이 느껴졌다. 진나라 병사들이 두
명씩 짝을 이루어 긴 창이나 갈래 창을 들고 저잣거리를 순찰하는 모습
이 눈에 들어왔다. 종회는 달라진 영성의 모습에서 새로 부임한 군수에
대한 존경심이 마음 깊이 일어났다.

종회는 군수부 정문에서 처음 등승을 보았을 때 그의 위풍에 놀라 자
연스레 무릎을 꿇었다. 그리고 다시 군수의 뒤를 따라 성내를 순찰하면
서 많은 사람들이 등승에게 깊은 존경이 담긴 인사를 하는 모습에 마음
속으로 그를 더욱 우러러보게 되었다. 등승은 종회 앞에서 말을 타고 천
천히 거리를 가다 사문(蛇門)이라는 곳에 이르자 고개를 돌리며 그에게
물었다.

「이곳을 어찌하여 사문이라 하는지 알고 있는가?」

종회가 얼른 대답했다.

「영성은 삼면이 강으로 둘러싸여 있습니다. 그런데 오로지 이곳만이
육지에 연결되어 있기 때문에 사문이라 불리고 있지요. 역대로 초왕들은
이곳을 엄중하게 방비했습니다.」

잠시 숨을 돌린 종회가 계속 말을 이었다.

「남군은 오래 전부터 도적과 외침으로 하루도 편한 날이 없었습니다. 농토가 풍부하고 물산이 수없이 오고갔지만 백성들은 항상 불안과 두려움을 이기지 못했지요. 초왕이 업을 다스리고 있을 때에는 소생이 아직 태어나기 전이라 자세히 모르겠고, 이곳이 진에 속한 다음에는 많은 군수가 부임하여 질서를 잡으려 노력했지만 모두 실패했습니다. 하지만 실제로 남군을 지배하려면 이곳 영성을 장악해야 하고 또한 이곳을 장악하면 모든 현은 안정을 찾을 수 있게 됩니다.」

등승은 그의 말에 고개를 끄덕이며 중얼거렸다.

「현의 서리치고는 대단한 청년이로군. 군승(郡丞)이나 도위는 물론이고 현승, 현위보다도 더 뛰어난 안목을 가졌어.」

등승은 보면 볼수록 종회가 마음에 들었다.

「그대는 안륙현에서 직책이 어떻게 되고 나이는 몇인가?」

「군수 대인, 소인은 현에서 영사(令使;군과 현의 명령을 전달하는 낮은 벼슬아치)를 맡고 있으며 금년 서른입니다.」

종회는 몇 년 전 번표자의 군대에서 보급을 관리하다 조나라의 공격으로 진군이 대패하자 곧바로 고향에 돌아와 안륙현에서 서리로 일하고 있었다.

「그대는 영성의 상황을 그리도 정확하게 알고 있으면서 어찌하여 진작 나를 찾아오지 않았는가? 또 달리 할 이야기가 있으면 서슴지 말고 나에게 말하라.」

종회는 뜻밖에도 등승이 부하들의 의견에 상당한 관심을 기울이자 놀라움을 금치 못했다. 그는 감동한 표정으로 다시 입을 열었다.

「초나라는 오랫동안 단양(丹陽)에 도읍을 두었지만 영성의 지리적인 중요성을 파악한 초평왕(楚平王;BC 528년-516년 재위)이 이곳으로 도읍을 옮겼지요. 벌써 3백 년 전의 일입니다만 그 후로도 초나라는 이곳에 계속 궁궐을 지었고 구역도 늘렸습니다. 이곳은 궁궐만 수십 채가 넘고 세 개의 저잣거리와 여덟 개의 가(街;거리)와 72항(巷;골목)이 갖추어져 있지요. 또한 패전(貝錢)을 주조하는 곳도 세 곳이나 있으며 초나라의 조묘(祖廟)인 태실(太室)과 역대의 왕릉이 있는 이릉(夷陵)도 있습니다. 이곳에 사는 초나라 사람들은 향토애가 유난히 깊고 자존심도 놀라울 정도입니다.」

종희가 문득 말을 그치고 등승의 표정을 살펴보았다. 등승은 종희에게 계속 말하라는 눈짓을 보냈다.

「진나라에서 남군을 설치한 뒤 최초로 군수에 부임한 이는 화양태후(華陽太后)의 사촌동생이며 창평군의 숙부가 되는 사람이었는데, 그는 초나라 사람이 초나라를 다스려야 한다는 구호를 내걸고 진율을 배제했지만 끝내는 성공하지 못했습니다.」

「음, 그런 사연이 있었군.」

등승이 고개를 끄덕이며 중얼거렸다. 그런 등승의 모습에 종희는 더욱 용기를 얻어 이야기를 계속했다.

「조금 전에도 말씀드렸습니다만 초나라 사람들은 영성에 대해 매우 깊은 사랑을 갖고 있습니다. 수십 년 동안 이곳의 성마루에는 진군의 깃발인 흑룡기(黑龍旗;흑룡이 수놓아진 깃발)가 휘날리고 있지만 실제로 시행되는 법령은 여전히 초령(楚令)이지요.」

「하하하, 천하는 이제 진으로 통일이 될 걸세. 대세는 이미 기울어졌고 어느 누구도 막을 수가 없어. 그렇게 된다면 각 지역마다 그 지방에 맞는 풍속과 법령이 시행되어야 할 거야.」

등승은 종희의 말을 대범하게 받아들이며 크게 웃었다. 종희는 낙관적이고 굳건한 등승의 태도에 더욱 깊은 인상을 받았다. 잠시 저잣거리에서 말을 멈춘 등승이 노점상으로부터 술 한 사발을 사서 종희에게 건네며 유쾌하게 말했다.

「자, 이 술을 한 잔 마시고 군수부로 돌아가세.」

종희는 등승과 같은 군수를 맞이한 것이 큰 행운이라 생각하며 주저 없이 술을 들이켰다.

「군수 대인, 걱정이 되어 드리는 말씀이온대 형산궁에 있는······」

「염려놓게나. 그곳에 있는 화약은 이미 빛을 잃은 지 오래라네.」

종희는 한왕이 이미 제거되었다는 말에 고개를 끄덕였다.

「군수 대인, 이곳 영성은 이미 안정을 찾았지만 이상하게도 안륙현은 뭔가 들뜬 분위기입니다. 왠지 그곳에서 금방이라도 무슨 일이 일어날 듯합니다. 마치 누군가 한 사람이 나서서 선동하기라도 하면 사방에서 벌떼처럼 호응할 그럴 낌새가 보입니다.」

「음……」

종희의 의견에 잠시 생각에 잠겼던 등승이 낮은 목소리로 말을 꺼냈다.

「그대는 지금 즉시 안륙현으로 돌아가 현승, 현위와 더불어 방비를 게을리하지 말고……」

그러자 갑자기 종희가 등승을 말을 가로막았다.

「군수 대인, 현승은 믿을 사람이 못 됩니다. 그는 초나라 사람들과 자주 어울리고 있는데, 소인이 알아본 바에 의하면 옛날 여 승상의 총관으로 있었던 사람이라고 합니다.」

「뭐라고? 어쩐지 안륙현이 의심스럽다 했더니 그런 사연이 있었군.」

등승이 입술을 깨물며 종희에게 은밀한 지시를 내렸다.

「영사는 조용히 현으로 돌아가 현승의 동태를 파악하며 본관을 맞을 준비를 마치고 있게. 며칠 이내로 본 군수가 병력을 이끌고 가겠으니.」

등승에게 인사를 올린 종희는 지체없이 안륙현으로 말머리를 돌렸다.

오래 전 여불위의 곁을 떠난 도 총관은 초나라의 영성으로 망명하여 안륙현의 현승이라는 벼슬길에 올랐다. 그는 현승이라는 직위를 이용하여 안륙현에 많은 측근들을 심기 시작하였는데 십여 년이 흐르자 그곳의 관리들과 문사, 부호들이 대부분 그에게 포섭을 당하였다. 오로지 종희만이 진나라에 깊은 충성을 바치고 있던 터였다. 도 현승은 그를 제거하기 위해 쉬지 않고 기회를 엿보았지만 다행히 번표자의 군대에 종군을 하게 되어 종희는 위험을 피할 수 있었다.

그로부터 이 년 후 안륙현에 다시 돌아온 종희는 겉으로는 도 현승에게 복종하는 체하면서 그의 출신과 전력을 몰래 조사해 보았다. 그러던 얼마 전 도 현승은 등승이 남군의 군수로 부임했다는 소식에 자신의 정체가 탄로날까 두려워 신임 군수에게 인사를 올리러 가지 못했다. 도 현승은 만일의 사태에 대비해 대부분의 정무는 아랫사람에게 맡기고 자신은 저택에 숨어 영성의 동태를 주시하고 있었다.

등승의 밀명을 받고 안륙현으로 돌아온 종희는 도 현승의 저택에 많은 사람들이 드나들자 그 주변에 숨어서 그들의 움직임을 자세히 관찰하기 시작했다. 이날 저녁 도 현승은 몸가짐을 정중히 한 채 누군가를 기다리는 듯 뜰을 서성이고 있었다. 어느덧 달은 중천에 뜨고 바람이 잔잔하게 불어왔다. 이때 하인이 급히 달려와 도 현승에게 물건 하나를 건네며 귀엣말을 나누더니 이내 사라졌다. 그는 천천히 보자기를 풀어 그 안에 든 물건을 손바닥에 올려놓았다. 그것은 조그마한 동과(銅戈)였다.

「'5년에 상(相) 여불위가 만들다.'」

동과를 바라보며 도 현승이 중얼거렸다. 그것은 진왕 영정이 왕위에 오른 지 다섯 해째 되었을 때 당시 승상이던 여불위가 주조한 동과였다. 도 현승은 손바닥을 바라보며 빙그레 웃더니 안으로 들어오면서 그것을 품 속에 잘 갈무리했다.

「북쪽에 사는 사람이 이 동과를 가지고 왔다고 했겠다? 누굴까?」

도 현승이 방으로 들어가니 이미 한 사람이 자신을 기다리고 있었다. 두 사람은 반갑게 인사를 나누고 자리에 앉았다. 북쪽에서 온 사람이 먼저 자신을 소개했다.

「저는 대에 있는 조나라의 대부장을 맡고 있는 희단이라고 하오.」

도 현승이 고개를 끄덕이며 자신을 소개했다.

「제가 바로 여 승상부에서 총관을 맡고 있던 사람입니다. 자, 차와 과자를 들면서 이야기를 나누시지요.」

희단은 도 현승이 매우 침착하고 의젓하게 손님을 대하자 속으로 감탄을 하였다.

'여 승상의 사람은 과연 다르군. 기백과 품위가 있어 보여.'

희단은 미소를 지으며 밀과(蜜果)를 들었다. 잠시 후 도 현승이 다시 입을 열었다.

「무슨 일로 저를 찾아오셨습니까?」

그 말에 희단이 품에서 연 태자 단의 서신과 옥천주점의 사마공이 부탁한 서신을 도 현승에게 건넸다. 서신을 모두 읽은 도 현승이 조용히 생각했다.

'연과 대의 세력으로 어찌 강대한 진군을 상대할 수 있다는 말인가. 한왕은 형산궁에 갇혀 소식조차 모르고 있는데 섣불리 일을 벌였다가는 그의 죽음만 재촉하는 꼴이 되지. 그렇다고 지금 거사를 하지 않으면 시간이 없는데……'

그는 곰곰이 서신의 내용을 생각하면서 등승을 떠올렸다. 도 현승은 여불위의 승상부에서 총관으로 있을 때 동궁 시위였던 등승을 자주 대했었다. 때문에 그는 등승의 결단력과 능력을 익히 알고 있었다.

'하지만 때는 지금뿐이야. 그동안 나는 수많은 초나라의 귀족들과 선비, 부호들과 함께 오랜 세월 이 거사를 준비해 오지 않았던가. 더욱이 이렇게 희단 대부장이 도움을 주러 왔으니 마침내 기회가 온 거야.'

결심을 굳힌 도 현승은 밤새도록 희단과 거사를 상의하였다. 두 사람은 우선 안륙현에서 거사를 시작하여 초나라 대군과 힘을 합쳐 영성을 공격하기로 결정하였다. 거사 준비로 도 현승과 희단은 눈코 뜰 새 없이 이틀을 보냈다. 그들은 수많은 사람들을 만나고 군비를 점검하는 데 시간을 쏟았다.

이튿날 밤이 되었다. 사방은 고요했고 바람 한 점 없었다. 그러나 도부(圖府;도 현승의 저택)는 사람들의 움직임으로 무척 분주하였다. 도부의 중당에서는 희단이 초나라 출신의 명문귀족 30여 명과 술잔을 기울이며 즐겁게 이야기를 나누고 있었다. 그 한가운데에 도 현승이 자리를 잡고 앉아 매우 흐뭇한 표정으로 사람들을 굽어보았다. 해시 경에 이르기까지 수많은 사람들이 계속 도부의 중당으로 모여들었다. 서서히 달이 중천에서 서쪽으로 기울어지자 도 현승이 대문을 모두 닫으라는 지시를 내렸다.

갑자기 좌중이 조용해지자 도 현승이 자리에서 일어나 큰소리로 연설을 시작했다.

「현승에 불과한 이 사람이 야반삼경에 여러분들을 이곳으로 모이시도록 한 것은 중요한 일을 상의하기 위해서입니다. 옛말에 '날마다 놀고 먹으며 뱃살을 찌게 한 뜻은 언젠가 젯상에 쓰여질 날을 기다리기 때문이다'고 하였습니다. 마침내 그날이 왔습니다. 지난 세월의 치욕을 씻기 위해서, 구천에 계신 초왕의 영령을 위하여, 그리고 흥초멸진(興楚滅秦; 초나라를 부흥시키고 진나라를 멸망시키다)을 위하여 모두 술잔을 높이 들고 맹세합시다!」

도 현승의 말이 끝나자 한 사람이 일어나 소리쳤다.

「몸이 가루가 되는 한이 있어도 그 뜻에 따르겠습니다!」

그의 말에 뒤이어 또 다른 사람이 입을 열었다.

「웅씨(熊氏)의 자손은 모두 태실(太室)로 가서 기병을 맹세합시다!」

사람들의 열띤 호응에 도 현승이 기분이 좋은 듯 희단을 힐끗 바라보며 큰소리로 말했다.

「모두들 조용히 해주십시오. 이 분은 멀리 조나라에서 오신 대부장 희단 대인이십니다. 한단성의 명문가 출신으로 이번에 좋은 소식을 가져오셨습니다.」

초나라 출신의 명문대가, 부호, 문사들이 열렬하게 거사에 참여하는 모습에 깊은 감명을 받은 희단은 도 현승이 자신을 소개하자 조용히 자리에서 일어나 경의를 표하였다. 사람들은 희단을 힐끗 바라보더니 다시 자신들의 의견을 내세우며 시끄럽게 떠들어댔다. 그러자 도 현승이 엄한 표정을 지으며 사람들의 입을 다물게 하였다.

「회 대부장이 항 장군의 밀명을 가져왔으니 조용히 좀 하십시오.」

항 장군이라는 말에 갑자기 좌중이 조용해졌다.

천천히 사람들을 둘러보던 희단은 대연(代燕) 연합군이 진군에 대항하고 있다는 사실과 형가가 영정을 암살하기 위하여 함양성에 들어갔다는 이야기, 한왕이 신정의 봉기를 지시한 일, 초왕이 항연에게 진나라의 남군을 공격하라는 명을 내렸다는 소식을 전했다. 희단의 말에 사람들은 모두들 희망에 들뜬 모습을 감추지 못했다.

도 현승은 사람들의 의견을 모두 들은 뒤 거사일을 오월 단옷날로 정하였다.

「오월 단옷날에 안류현에서는 애국 시인 굴원 선생을 추모하는 예식이 성대하게 치러집니다. 이날을 기하여 거사를 하고 항 장군과 연합하여 남군을 다시 찾읍시다.」

도 현승은 희단의 두 손을 움켜잡으며 감격의 눈물을 떨구었다. 사람들이 모두 들떠 있는데 갑자기 도부의 대문을 부수는 소리가 들려왔다.

「누가 이리 늦은 시간에 도착하여 방자하게 떠드느냐!」

도 현승이 밖에다 대고 소리쳤다.

「어, 어르신, 군수의 군대가 쳐들어왔습니다!」

도부의 총관이 중당으로 뛰어들어오며 외쳤다. 이 소리에 사람들이 우르르 밖으로 뛰쳐나갔다. 담을 뛰어넘는 사람들도 있었고 개구멍으로 도부를 빠져나가기도 하였다. 그러나 이미 도부는 진군이 두세 겹으로 포위하고 있어 어느 누구도 빠져나갈 수 없는 형편이었다. 이윽고 도부의 대문이 부서지자 등승이 친위병을 이끌고 중당으로 들이닥쳤다. 이들이 든 횃불에 중당이 대낮처럼 밝아졌다. 희단과 도 현승은 물론이고 도부에 있던 사람들 모두가 진군에게 붙잡혀 중당으로 끌려왔다.

등승이 희단을 노려보며 소리쳤다.

「겁없이 이곳까지 숨어들다니 간덩이가 부었구나! 너희들의 거사 계획은 모두 탄로났다. 병기와 양식은 이미 우리 손에 들어왔도다!」

거사를 일으키기도 전에 모든 것이 발각되자 희단은 너무나 어이가 없었다. 희단이 눈을 희번덕거리며 등승을 노려보고 있자 친위병들이 몰려들어 희단의 목줄기에 창을 들이대며 그를 바닥에 무릎꿇렸다.

등승의 눈길이 도 현승 쪽으로 돌려졌다.

「도 총관은 많이 늙었구려. 뜻밖에도 이곳에서 만나다니 반갑기 그지없소이다.」

도 현승 역시 분한 표정으로 등승을 쏘아보았다. 그러나 등승은 그런 눈빛에는 전혀 아랑곳없이 중당에 모여 있는 사람들에게 큰소리로 외쳤다.

「그대들에게 본 군수가 알려줄 일이 있다! 형가라는 자객의 거사는 이미 실패했다. 또한 신정에서 일어난 난리도 모두 평정되어 그 죄로 한왕을 처형한 지 벌써 오래되었다. 그대들의 꿈은 이미 물거품이 되었고 대에 숨어 있는 조나라의 잔당들과 연나라가 망할 날도 이제 며칠 남지 않았다!」

회단은 등승의 말에 분노를 참지 못하고 자리에서 벌떡 일어나 앞에 있는 청동 화로를 들어 등승에게 내던졌다. 등승이 여유있게 그것을 피하자 회단은 다시 자신의 몸을 날려 등승을 공격하였다. 하지만 몸을 움직이는 순간 만량의 칼이 먼저 회단의 목을 베었다. 사방으로 피가 흩어지면서 회단의 몸뚱이는 중당의 바닥에 널부러졌다. 이렇게 해서 조나라의 대부장으로 여러 나라를 돌며 반진(反秦) 전선을 펴던 회단은 남군의 안륙현에서 덧없이 일생을 마쳤다.

등승은 중당에 있는 모든 죄인들을 영성으로 압송하라는 명을 내리고 반란을 사전에 제압하는 데 많은 공을 세운 종회를 침이 마르도록 칭찬하였다.

소설 **진시황제(2)** (전3권)

2018년 11월 15일 인쇄
2018년 11월 20일 발행

지은이 | 유홍택
옮긴이 | 오정윤
펴낸이 | 김용성
펴낸곳 | 지성문화사
등 록 | 제5-14호(1976.10.21)
주 소 | 서울시 동대문구 신설동 117-8 예일빌딩
전 화 | 02)2236-065
팩 스 | 02)2236-0655, 2952

정가 15,000원